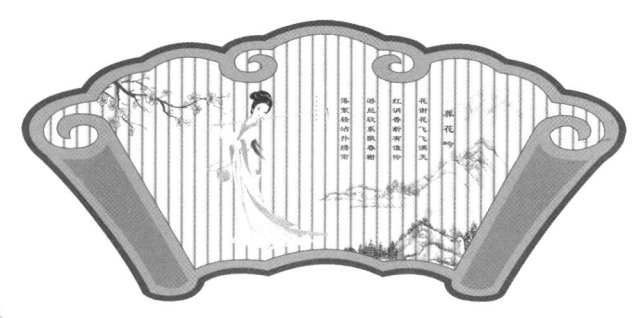

红楼医话

时仲省 著

郑州大学出版社

图书在版编目(CIP)数据

红楼医话／时仲省著. — 郑州：郑州大学出版社，2021.9
ISBN 978-7-5645-7802-2

Ⅰ. ①红… Ⅱ. ①时… Ⅲ. ①《红楼梦》研究②中医学 - 研究 Ⅳ. ①I207.411②R2

中国版本图书馆 CIP 数据核字(2021)第 063566 号

红楼医话
HONGLOU YIHUA

策划编辑	成振珂	封面设计	苏永生
责任编辑	成振珂	版式设计	凌 青
责任校对	陈 思	责任监制	凌 青　李瑞卿

出版发行	郑州大学出版社有限公司	地　　址	郑州市大学路40号(450052)
出版人	孙保营	网　　址	http://www.zzup.cn
经　销	全国新华书店	发行电话	0371-66966070
印　刷	河南龙华印务有限公司		
开　本	710 mm×1 010 mm　1 / 16		
印　张	25.75	字　　数	319 千字
版　次	2021 年 9 月第 1 版	印　　次	2021 年 9 月第 1 次印刷
书　号	ISBN 978-7-5645-7802-2	定　　价	99.00 元

本书如有印装质量问题，请与本社联系调换。

红楼梦搭桥　医海中探宝
——简评《红楼医话》
王占锋

随着社会文明不断进步,生活水平逐步提高,人们对健康的需求也日益增强。要获得健康,就需要医学知识,以指导自己养生健体、防治疾病、幸福愉快、延年益寿。医学知识浩如烟海,往往是专业的、艰深的,甚至有的是枯燥的,充满学术术语,所以要由医学科普作品来进行解读、诠释,而且要有可读性、趣味性、实用性,使读者乐意读下去,读后有所得,能应用。所以,我们需要这样的医学科普作品。时仲省老师所著的《红楼医话》就是符合这样要求的的一本书。是继他的《三国医话》而后应运而生的又一部科普佳作。

时仲省老师从事写作长达半个多世纪。从年轻时开始为《河南日报》《郑州晚报》《工人日报》等报刊写稿。到如今已85岁高龄,仍笔耕不辍。他的阅历广泛、知识丰富、文笔优美、感情真挚,由于长期在医学院校工作,对医学有比较深入了解,写出了大量的医学新闻报道,在《健康报》和《健康时报》发表,与此同时,还撰写了许多医学科普文章,有多篇作品获奖,曾被评为河南省优秀新闻工作者、《健康报》优秀记者等。

我和时仲省老师根据读者需求,经反复推敲后约定,从2002年开始,在《郑州广播电视报》连载他潜心写作的"医话三部曲":《三国医话》《红楼医话》《名人医话》(未出版)。

《三国医话》连载后,2016年7月已由郑州大学出版社出版。

《红楼医话》和《名人医话》,历经 6 年,已于 2020 年 5 月在《郑州广播电视报》连载完毕。

《红楼医话》在连载期间,受到医学界和广大群众的关注和好评,一时间《郑州广播电视报》"洛阳纸贵"。有的读者每期必看,说"这些文章,让我们在更好解读欣赏红楼梦的艺术魅力的同时,饶有兴趣的获得了医学和养生知识,真是收益良多。"有的医学家看到后说:"既有对这部脍炙人口的古典文学的赏析,又有现代医学的通俗诠释,是不可多得的医学科普读物。"

《红楼梦》自称是"因空见色,由色生情,传情入色",但实际上是对封建社会晚期没落现象的忠实描写。曹雪芹惨痛的生活经历,使他艺术地再现了封建社会面临着重重危机,这种危机不仅仅反映在意识形态领域,也表现在政治和经济等诸方面。曹雪芹不只是揭示以贾府为首的四大家族由盛而衰的过程,悲情悼念各色人等的悲剧命运,而是揭开了封建社会不可克服的内在矛盾,从而预示了其必然走向衰败的命运。这部文学巨著作人物众多,故事曲折生动、动人心弦,是古典文学的一座高峰,不但在我国影响深远,而且在世界文坛也有重要地位,受到很高评价和热烈称赞,有广大的读者群。

《红楼医话》正是借助这部世界名著,作为过山之桥、跨海之舟,普及医学知识,可以说是最佳选题。在写法上也具有独特之处。一是内容丰富,多达 120 多个题目,是多侧面、多角度解读、剖析原著,注入医学知识;二是改变了通常只引用一段故事,然后生硬地重述教材内容的拼凑写法,而是将故事与医学知识巧妙融汇,浑然一体,兼有文学性和医学性,通俗易懂,生动有趣。三是对《红楼梦》中的主要人物,从分散在各章回中的情节集中链接起来,然后对其出身、地位、性格进行分析、论述,对其所患疾病、心理等加以剖析,使人了解其全貌,了解各种因素特别是社会、环境、所处地位与其健康状况的关系。四是书中介绍的医学知识涉及面广,包括饮食卫生、精神卫生、环境卫生、老年疾病、夫妻关系、为人处事、世俗陋习、养生健身等,融知识性于趣味盎然的故事性之中,解科学性于易读易懂的通俗性之中。用四句话概括《红楼医话》作者时仲省老师的要旨:"医话传科普,勤耕不畏难。大众获健康,艰辛心内甜。莫云作者痴,甘愿做贡献"。

　　生老病死是自然规律,不能超越。但医学的神圣使命是尽可能使生命延长,使人们减少疾病的痛苦。实现这个使命十分艰巨,医学上有很多难题尚待攻克,但不能因此畏难而退,而要树立信心,勇于攻坚克难。尽管有的顽疾尚没有特效治疗办法,但事实证明,只要掌握了一定的医学知识,是可以起到预防疾病作用的,及时精准治疗还是能治愈不少疾病,对有的顽疾也可以使之缓解,得到控制。所以学习掌握基本的医学知识是十分必要的。

　　2020年春,突然猖狂袭来的冠状病毒,给人类再次敲响了警钟,防治疾病传染是何等重要。我国抗击疫情传播的经验证明,在党和政府引导下,群众掌握了防疫知识,坚决采取了科学精准的防治措施,就能有效控制疫情蔓延。医学知识是维护健康的金钥匙,是防治疫情的利剑。让广大群众掌握这把金钥匙,随时佩带擦拭这把利剑,我以为这可能是《红楼医话》作者时仲省老师的本意。希望更多读者能阅读这本书,起到在欣赏文学的盎然兴趣中,增进健康知识,增强身体健康,愉快幸福,延年益寿,为祖国繁荣昌盛做出应有贡献。

2020年国庆节于郑州

（王占锋,从事新闻工作22年,现任郑州广播电视报社副总编,《健康现代人》主编,致力于健康科普工作,曾在全国性报刊发表稿件和摄影作品多篇）

心血凝成的科普佳作

——喜闻《红楼医话》出版

高思敏　孟和平

时仲省先生被我们尊为老师,因为他是我们的新闻同行,又是长我们十几岁的忘年交老朋友。欣闻他所著的《红楼医话》将由郑州大学出版社出版问世,我们感到由衷的佩服和感动。这是他继《三国医话》后的另一部医学科普佳作,在此表示喝彩和祝贺。

作者别开生面,借助影响深远、脍炙人口的近代著名小说《红楼梦》中的人物与故事,以通俗生动的语言,来传播专业性的医学知识。不仅涉及面广、内容丰富,而且科学严谨,令人耳目一新。在艺术欣赏中,吸取了医学的乳汁,增强了对科学养生和疾病防治的认识和应用。笔者认为,这是一部知识性强、趣味横生的科普作品,读者一定会开卷有益。

该书中的文章《用药当学贾宝玉》,早在2001年初就发表于《健康时报》,不久《健康大视野》《家庭医学》等报刊先后转载。其后,作者只有零星的此类科普文章发表。直到2015年7月3日,《郑州广播电视报》开始连载,历时两年半,刊登了120篇。从第一篇发表算起,时间跨度长达16年之久,到目前出版已延续了近20年。

俗话说:"陈年老酒,历久弥香"。该书写作时间如此之长,彰显了作者的精心研磨的精神,苦功让思路更加开阔,内容更加丰富和深刻。经过认真构思,使之更加严谨、生动、耐读、实用,读后有恍然顿悟、心境开朗之感。

作者为写此书,参阅了大量的有关《红楼梦》的资料文章。尽力阅读、摘记,结合有关医学的书籍,经反复构思,将两者交汇融合,凝成一股活水,流进人们的心田,让读者不知不觉进入人物和故事之中,读后心情为之一爽,体验到阅读的乐趣。

作者曾担任中国高等医药院校校报研究会副理事长、河南省校报研究会理事长,被《健康报》《中国医学论坛报》等报刊聘为驻地记者。他利用这个良机,曾采访过许多名医和医学教育家。除了河南省的张静吾、董民声、沈琼等教授外,他还采访过王忠诚、裘法祖、顾方舟、邱蔚六、张金哲等医学院士。从中了解到我国医学发展历程,医学的前沿阵地,医学的现代理念等,并将这些融汇在他的书中,体现了时代感、新颖性。

作者从1954年19岁起,开始为报刊投稿,曾在《工人日报》和《中国青年杂志》等发表过通讯、特写、新诗等。自从担任医学院校报编辑之后,他深感最重要的任务,是普及医学知识,让广大群众讲卫生,防治疾病,增进身体健康,这是国家富强、民族振兴的基础。为此,他把全副精力用到医学报道和医学科普上来,从30岁一直写到60岁离休。

之后,仍离而不休,应聘到郑州大学一附院、二附院、四附院等担任宣传顾问,协助创办《院报》,与宣传战线同仁进行新闻宣传和科普宣传,直到近80岁才离开工作岗位。但医学科普写作并没有停止,每年仍有数十篇作品问世。他说:"医学科普写作已经是我生活中的不可分可割的一部分,是我生命延续的支柱之一,特别是新冠病毒突然袭来之后,我更感到医学知识普及的必要性、紧迫性,只要我的脑子不糊涂,就要继续这项工作。"

作者这种老骥伏枥,为提高人民的健康理念、防病意识,促进全民健康不懈努力,活到老、学到老、写到老,为普及医学知识献身的精神十分可贵,令人敬佩,非常值得学习和传承。

(高思敏,首任原河南医大三附院院办主持工作的副主任和工会副主席,郑州大学一附院宣传科创始人首任科长、副处级调研员、副研究员,曾兼任多家媒体特约记者和撰稿人,多产作者。主编《白衣战士的风采》、编著《礼赞生命卫士》等书。

孟和平,郑州日报社主任编辑,著有《弄潮集》《物华天宝》《山巅妖肆传奇》等书)

一本普及医学知识的好书
——简评新书《红楼医话》
何进喜

《红楼医话》是一本借助《红楼梦》人物和故事情节来普及医学知识的书籍,既具有科学性、知识性、实用性,又具有文学性、趣味性。在《郑州广播电视报》连载和《家庭医学》杂志刊登部分篇章期间,我曾经阅读,受益匪浅。

本书的作者时仲省,早在20世纪50年代就开始撰写新闻稿件,至今已发表新闻、通讯、评论等数千篇,曾主编《实用医学科技写作》《中州当代医家》《新编就医指南》《现代医院管理的理论与实践》《新时期高校工会工作》《用生命谱写奉献之歌》《校报采编学》等。

20世纪80年代初,他在河南医科大学从事校报编辑后,担任了《健康报》《中国人口报》《中国医学论坛报》等驻地记者,开始进行医学科技报道,并积极开展医学科普写作和研究,有数十篇获全国及省级好新闻和优秀科普文章一、二等奖,有一篇获全国晚报科技征文一等奖。他主编的《医学科技写作》一书获河南省教育厅二等奖。最近,他所著的《三国医话》(上下册)一书出版后,受到医学界和社会各界好评。

时仲省认为,在医学院校工作,进行医学科普工作,应当成为一项义不容辞的责任和义务。医生在临床中,向病人解释医学知识,时间有限,而且受众很少;而一篇医学科普文章,在报刊发表后,其受益者就是成百上千了。群众接受了医学知识,加以应用,做到讲究卫生、注意养生、锻炼身体,就能达到预防疾病、增进身心健康的目的。特别在疫情传播期间,及时进行防疫知识和措施的宣传教育,更是十分必要十分迫切的。医学科普还有一个重要作用,就是及时揭露和制止以赢利为目的的虚假医疗广告,揭露和制止封建迷信的所谓神仙治病骗局,使群众擦亮眼睛,避免受骗上当。他曾撰写多篇关于揭露所谓神医、仙方、万能药的文章,写出多篇如何搞好医学科普文章的论文,对医学科普起到了促进作用。

由于重视医学科普工作,所以他撰写医学科普文章乐此不疲,不辞辛劳,忘记了年龄,一直到年过耄耋,还笔耕不辍,至今85岁,还经常有文章在报刊发表,文章质量也达到了一个新的境界。

《红楼医话》的特点是,不是用《红楼梦》的事例"穿靴戴帽"一提而过,再用难懂的专业术语讲医学知识,而是将《红楼故事》融合在医学知识之中,用通俗生动的语言来讲述,使人们便于阅读,容易理解,趣味盎然,在轻松愉快中吸收了医学知识。

《红楼梦》被称为封建社会的百科全书,在传统医学方面内容也十分丰富。《红楼医话》一书分120多个题目,也是丰富多彩的,有关衣食住行,包括喝茶、饮酒、赏花、烹饪与养生的关系,也作了阐释。

书中不仅分析了红楼人物的躯体病情,而且探讨了主要人物的心理状态、性格的形成等。对主要人物都进行了比较全面的剖析,使人们对人物有个全面了解。如对贾政的愚忠和无能、无情,薛蟠的霸道凶恶,封肃的世俗自私,赵姨娘的狭隘毒狠,薛宝钗的工于心计,王熙凤的高傲、乖巧、逢迎、毒辣,林黛玉的纯洁善感,贾宝玉的聪明、多情以及他和林黛玉对封建制度的厌恶等,都有入骨三分的深入剖析。对贾母和刘姥姥不同的养生观念与方法进行了分析和对比。

书中对《红楼梦》中的几位医生也进行了分析评价,有的卖弄学识、高谈阔论、故作玄妙,但远离实际;有的被人收买,或畏于权势,昧着良心故意害人;有的分明就是假医,靠一张利口几句口诀欺骗病人,赚取不义之财;有的是庸医,查不清病情,开药分不清男女老幼,"一道方"骗吃喝。还有像王太医那样的医生,专业知识扎实,问诊耐心,用药谨慎,对症施治。他对贾母、巧姐饮食不节,食物过于肥腻而引起病症,采用饥饿疗法治疗,就很恰当有效。通过医生的众生相,使人们了解当时的医疗水平和医德医风状况,到现在也很有借鉴作用。

这本书还介绍了现代某些医学进展,提到了"感冒"命名的由来,对某些典故进行了考证等,这里就不一一赘述了,只要打开阅读就可以获得某些新的知识。

总之,我认为这是一本比较新颖、丰富、深刻、生动的医学科普书籍。愿更多的人掌握健康知识,养成健康的生活方式,自觉预防疾病,特别是对突然而至的疫情,有所警惕和提高应对能力,群策群力,战而胜之,筑起坚实的健康屏障,以实现我们对美好生活的向往。

(何进喜,曾任河南医科大学校报编辑部主任、郑州大学党委宣传部副部长、图书馆副馆长)

自序

《红楼梦》在我国文学史上具有崇高的地位。它是中国古典小说的一座金字塔,是近代文学艺术的一座高峰。自清代问世以来,迅速在士大夫和文人中传播,很快就流传到民间,虽曾遭禁止,但影响日盛,"京都竹枝词"就有"开谈不说红楼梦,纵读诗书是枉然"的赞语。

直到现代,《红楼梦》仍然是人们喜爱的一部畅销书,根据它改编的戏剧、电影、电视剧不断推陈出新、方兴未艾。它不仅在中国,而且在世界上也受到热捧,被翻译成日、朝、英、法、俄、西班牙等18种文字。被称为是世界文学宝库中的一颗光彩夺目的明珠。

《红楼梦》之所以经久不衰,除了它深刻揭露了封建社会的诸多弊端具有反封建的意义之外,还因为它具有很强的文学艺术魅力,能打动和震撼人心;同时它的内容丰富,涉及面广。其中涉及的一个重要方面就是医药。据统计,在《红楼梦》120回中,与医药有关的就有66回,涉及医药卫生知识有290多处,描写的病例114种,中医病案13个,方剂45个,中药125种,西药3种。描述的病种涉及内、外、妇、儿、五官、皮肤、精神科等。

文学是人学,而从某种意义上来说,医学也是是人学。《红楼梦》的成功,就在于它描写了众多栩栩如生的人物。据统计全书共写了975人,其中有姓名和称谓的就有732人。书中对主要人物,如金陵十二钗、贾府主要人物和官场相关人物等,都做了细致深入的描述,包括人物的地位、所处环境、身体状况、性格、品德、心理等,甚至连病情、治疗经过、死亡情况都有提及。这对医学研究来说,是很好的研究素材;对普及医学知识来讲,也是绝妙的载体。

随着社会进步和科技发展,医学模式已由传统的生物医学模式向生物—心理—社会医学模式转变。医学是研究人的健康和疾病的科学。人既是自然的人,又是社会的人。疾病中的人,不仅处于一种生物学状态,也处于一种社会状态。决定人是否患病,不仅要考虑其生物学变化,还要考虑其心理、社会状态的变量。但目前的情况是,不少医务人员还是只重视人的生物学状况,即"见病不见人",只关心躯体发生病理转变的一些表现,而没有把患者看作整体的人、社会的人,从而进行身心全面的关注。医患关系极为重要的是人文关系。发达国家的医学教育内容,人文方面几乎占到一半,而我国医学教育,主要是医疗知识和技能,成为一门纯自然科学。只讲技术,缺少关爱;只要病材,缺少情节;只有干预,没有敬畏;只有告知,没有沟通;只有科技的冷漠,而缺少人文的温暖。而要成为一名"能关心人的医生",就要学习《红楼梦》那样细致深入地了解人、关心人,要知晓人文,富于情义。正如一位医学家所说:"看的是病,救的是心;开的是药,给的是情。"眼里不仅看见了病,也看到了疾病背后的人,医学才有人的温度。

我之所以要写《红楼医话》,正是在多次阅读《红楼梦》之后,为其丰富的医药内容所惊奇,被其浓厚的人文气息所叹服,想通过它传播医学知识,普及医学人文理念。所以从2001年起,我开始撰写有关文章。在此期间,我也看到一些谈论《红楼梦》中医药的文章和书籍,大多只是借助《红楼梦》中的一个故事或一个病例、一个处方等,来讲医学知识。两者有些关联,但往往还是两张皮,不能互相融合,从传统的生物医学模式来讲《红楼梦》的医学知识,讲述某些疗法药物的作用,只不过是以《红楼梦》的某些片段"穿靴戴帽",然后摘录医学专业书的内容而已,难免枯燥、艰涩、单薄。

《红楼梦》成书已历数百年了,当时的诊断和治疗方法有的已经过时。如果只讲那些疗法和药物的功效,缺乏现代医学发展的内容,不免缺乏新意,缺少现代感和实用性。同时,《红楼梦》对医学的影响,不仅是一些病例、一些疗法和处方,更重要的是,它对人物的深切了解,充满人文关怀,这一点是目前医学教育中所缺少的,因此我在写作《红楼医话》时,就特别注重加强这方面的内容。

《红楼梦》对有些人物的症状描述得比较具体,但并没有点明是什么病。有的人根据现在的认识,提出某人是患了什么病,而有的人却认为是另一种疾病,因此免不了有争论。当时的诊查手段有限,只凭症状是难以确诊的。相同的病有时有不同症状,不同的病有时却症状相同或近似。无确实可靠证据,不容易敲定,也不必下结论。争论是好事,"红学"就是在争论中产生的。在红楼医药方面,也可以各找依据,细致分析,各抒己见,展开争论,越辩越明,越辩越深入,逐步形成红楼医药学一门学问,有利于医学科学的普及和发展,何乐而不为。

最初我只是想写几篇有关"红楼医话"的文章就罢手,但发表后受到读者欢迎和医学专家好评,有不少报刊转载。在此特别感谢《郑州广播电视报》的主编,给予鼓励支持,并表示可以连载,使我这个年逾八十的老人"聊发少年狂",写作欲萌发,历时16载,一共写了120篇,2016至2017年在《郑州广播电视报》连载。现在蒙郑州大学出版社策划出版,使我倍感欣慰。

这本书涉及的红楼人物众多,加强了剖析的广度和深度,力求打破只拿红楼故事当引子,而后还是用枯燥的概念、艰涩的术语来讲医学这种模式,而是采取将人物、故事与医学知识融合在一起,使医学与文学紧密结合,语言力求通俗、生动,既有严谨的科学性,又有可读性、趣味性、实用性,以达到普及医学知识的目的。

当然,这只是我个人的愿望,是一厢情愿,是一种探索。是不是能如愿以偿,还请读者和专家加以评判,热诚期望大家不吝赐教。

目录

1. 林黛玉的性情与病情 …………………… 1
2. 贾宝玉的医药观 ………………………… 4
3. 薛宝钗与冷香丸 ………………………… 7
4. 秦可卿死因的争论 ……………………… 10
5. 王熙凤为何羞说病? …………………… 13
6. 晴雯缘何被驱逐? ……………………… 16
7. 贾元春的苦衷 …………………………… 19
8. 色迷心窍的贾瑞 ………………………… 22
9. 秦钟其人 ………………………………… 25
10. 智能儿的胆识 ………………………… 28
11. 炼丹殒命的贾敬 ……………………… 31
12. 贪婪昏暴的贾赦 ……………………… 34
13. 论贾政的封建家长形象 ……………… 37
14. 柔顺怯懦的迎春 ……………………… 40
15. 变自卑为自强的探春 ………………… 43
16. 孤僻冷漠的惜春 ……………………… 46
17. 刚烈殉情的司棋 ……………………… 49
18. 誓死不嫁的鸳鸯 ……………………… 52
19. 如何看待袭人 ………………………… 55
20. 情深义重的紫鹃 ……………………… 58

21. 平和妥帖的平儿	61
22. 受尽磨难的香菱	64
23. 小红与攀高枝	67
24. 悍妒之妇夏金桂	70
25. 王一贴与现代"神医"	73
26. 缺德乏术的胡太医	76
27. 贫不移志的邢岫烟	79
28. 欲洁未能洁的妙玉	82
29. 探究赵姨娘的死因	85
30. 尤二姐的性格弱点	88
31. 尤三姐的三部曲	91
32. 朴实诙谐的刘姥姥	94
33. 贾母缘何长寿？	97
34. 近亲结婚结恶果	100
35. 体香是怎么回事？	103
36. 张道士的顾忌与人的气味	106
37. 说话咬舌的湘云	109
38. 贾环的报复心理剖析	112
39. 认错人的彩霞	115
40. 彩云好心获恶报	118
41. 如何看待王夫人的善	121
42. 邢夫人为何常尴尬	124
43. 金陵十二钗之一的李纨	127
44. 薛蟠的性格特点	130
45. 巧姐"见喜"与天花衰亡	133
46. 黛玉的失眠症	136
47. 《红楼梦》中的同性恋	140

48. 敢于顶撞宝玉的龄官	143
49. 任性倔强的芳官	146
50. 重情厚义的藕官	149
51. 务实之人贾琏	152
52. 论贾珍其人	155
53. 倒霉的年轻人——贾蓉	158
54. 贾府应用人参评析	161
55.《红楼梦》与酒	164
56.《红楼梦》与饮茶	168
57.《红楼梦》与粥	171
58.《红楼梦》中赏雪与雪的利弊	174
59.《红楼梦》中咏梅与梅的药用	178
60. 敢于挑战男权的多姑娘	181
61. 泼皮义侠倪二	184
62. 伶俐乖巧的贾芸	188
63. 卜世仁的心理透析	192
64. 窝娼聚赌的贾芹	196
65. 贾蔷缘何赢得龄官爱慕	200
66. 仁慈懦弱的薛姨妈	203
67. 贾母去世前的回光返照	207
68.《红楼梦》中的饥饿疗法	211
69.《红楼梦》中光怪陆离的梦	215
70.《红楼梦》里的笑	219
71.《红楼梦》里的哭	222
72.《红楼梦》中的口腔卫生	226
73. 炫富猎奇说茄鲞	230
74. 无疵不真说鸳鸯的雀斑	234

75. 李嬷嬷的"忘年妒"心理 …… 238
76. 王太医的医德和医术 …… 242
77. 两面讨好、图财害命的马道婆 …… 246
78. 嫌贫爱富、重男轻女的封肃 …… 250
79. 贾雨村贪腐的心理和丑态 …… 254
80. 甄士隐意为真事隐 …… 258
81. 从"血山崩"谈功能性子宫出血的防治 …… 262
82. 贪婪霸道者的心理与悲惨结局 …… 265
83. 重感冒被说成痨症 …… 268
84. 元春是病死还是被赐死之争 …… 271
85. 从妙玉的心理谈洁癖 …… 274
86. "走火入魔"是怎么回事 …… 277
87. 人体气味与体香由来 …… 280
88. 论阴阳话医理 …… 283
89. 对"驯顺节妇"的逆反 …… 286
90. 不是义气而是戾气邪气 …… 289
91. 娇生惯养致体弱多病 …… 292
92. 巧姐结局与刘姥姥的报恩思想 …… 295
93. 对林黛玉是否服错药的分析 …… 298
94. 酒有养生作用吗？ …… 301
95. 饮茶习俗与健身 …… 304
96. 喝粥分贵贱的封建陋习 …… 307
97. 天王补心丹的功效 …… 310
98. 桂圆汤的营养价值 …… 313
99. 梳头情意与养生 …… 316
100. 吃胭脂与异食癖 …… 319
101. 从四美钓鱼谈垂钓养生 …… 322

102. 蟹宴虽美禁忌多 …… 325
103. 海棠解语又入药 …… 329
104. 高洁而又祛病的菊花 …… 332
105. 从贾赦腿伤谈关节保护 …… 335
106. 从赵姨娘"讨人嫌"谈心理变态 …… 339
107. 聪明能干从何而来 …… 343
108. 贾府的捶打疗法 …… 347
109. 从黛玉中暑谈防暑降温 …… 351
110. 麝香与冰片的作用 …… 355
111. 玫瑰露与茯苓霜 …… 359
112. 从红纱帐谈防蚊 …… 363
113. 贾府的珍珠 …… 366
114. 宝玉对女性的评价 …… 369
115. 山药和红枣的药用 …… 373
116. 贾府如何治感冒 …… 376
117.《红楼梦》中音乐韵味浓 …… 379
118. 做梦影响健康吗？ …… 382
119. 芋头橘橙助诗兴 …… 385
120. 端午节的卫生习俗 …… 388

1. 林黛玉的性情与病情

林黛玉是《红楼梦》中的主要人物之一,她祖籍姑苏,生于扬州,父亲林如海是前科的探花,后被钦点为巡盐御史,母亲是贾母疼爱的小女儿贾敏。可以说,她是生在一个钟鼎之家、书香之族。

黛玉聪明灵秀,才华横溢,擅于用诗词表达自己的细腻情感。书中多处描写她的内慧外秀,楚楚动人,如"娴静似娇花照水,行动如弱柳扶风。心较比干多一窍,病如西子胜三分"。王熙凤夸她:"天下真有这样标志的人物!"宝玉赞她"神仙似的妹妹"。

但这样一位美如天仙的少女,却自幼体弱多病,一生下来就离不开药,16岁就在一片凄凉气氛中离世。

她究竟患的是什么病?过去大家普遍认为是肺结核。其依据是三个症状:咳嗽、咯血、午后潮热。但有人按现代诊断学来分析,认为是肺结核的理由不充分。咳嗽虽是黛玉的主要症状,但前面并未提到,直到第35回才显示,而且黛玉的咳嗽是有季节性的,好发于春秋两季。肺结核的咳嗽是慢性咳嗽,与季节无关,在当时的医疗条件下,不可能冬夏痊愈。咯血也是到第82回才出现,是在做了噩梦之后或听到有人为宝玉提亲而引起,有特殊原因。疑虑解除就奇迹般好转。其发热是在宝玉送来的绢子上题诗,劳神思考所致,只根据"面上作烧"这一点来说是"午后潮热",有些牵强。另外,如果黛玉患肺结核,也不会支撑那么久。

肺结核传染性强,她从小与宝玉吃住在一起,宝玉怎么未受传染?长大与几位丫鬟生活一起,丫鬟又岂能无恙?所以认定肺结核,依据不充分。

近来又有人认为,黛玉患的是先天性心脏病,如动脉导管未闭或室间隔缺损等,这种病也容易导致人体虚弱,易伤风感冒或肺部感染等。还有人认为,黛玉是患有肝硬化,发展成肝癌而死的。这些说法都是只凭某些症状臆断的,无充分依据,因此难以下定论。

从黛玉的经历、所处环境和她的性情来分析,我认为黛玉的疾病并不单一,除了躯体疾病外,主要还是心理问题——特别是精神压抑、爱情绝望——使她抱恨而逝。

首先,悲伤抑郁,多愁善感。黛玉六岁丧母,父亲忙于政务,将她送到荣国府外祖母家。虽然贾母对她十分怜惜,但黛玉总感到是寄人篱下。不久父亲又病逝,使她更感到孤苦无依,悲哀的情绪始终缠绕着她,见叶落伤心,见花残落泪。时常处于抑郁状态,苦闷、忧烦使她难以入眠。身体虚弱的她,哪经得起这样的折磨,免疫力必然下降,难以抵抗疾病的袭击,一场风寒就会使她病倒。

其次,心高气傲,自尊多疑。她与当时的世俗和污浊的贾府格格不入,对一些人和事看不惯。她有很强的自尊心,唯恐有人歧视和轻蔑。别人背后议论是非,仆妇辱骂丫鬟,而她却认为是影射自己;给她送来两枝宫花,她不是欣赏宫花的美妙精巧,却怀疑是不是"别人挑剩下的"。史湘云说唱小旦的戏子有点像她,她感到遭受"奇辱",气愤难忍。贾府的人认为她难相处,说她的话"比刀子还厉害"。如此由孤傲变孤寂,想的是"质本洁来还洁去",丧失了生活信心。

最后,追求爱情,执着坚贞。林黛玉在贾府唯一的知己是贾宝玉。她与宝玉的爱情是在从小的亲密接触中形成,建立在思想一致的基础之上。但这种爱情在封建礼教森严的贾府,是"离经叛道",有悖"父母之命,媒妁之言",是难以实现的。在无情的封建伦理高压下,她只能暗自伤心,以泪洗面,吟唱出血泪交织的"一年三百六十日,风刀霜剑严相逼"的诗句。她哀叹:"花谢花飞花满天,红消香断有谁怜?"她活着的唯一希望是与宝玉的爱情美梦成真。这个梦想最终破灭,她就心灰意冷,一死了之。

林黛玉之死,是为爱情而死,是对封建势力的控诉,是向往自由爱情的呐喊。这是她成为反封建典型的原因。曹雪芹塑造黛玉这个典型,并非是选取一个病例,而是为了表达为情还泪、为情而死的真挚爱情。因此,争论她的躯体疾病依据不足,也没必要。而应着重分析封建卫道者如何将一个纯洁美丽少女迫害致死,这才是这个典型的意义所在。

2. 贾宝玉的医药观

《红楼梦》中的贾宝玉,在不少人眼里,只不过是个纨绔子弟,不爱读书,满腹草莽。在其父贾政看来,宝玉更是顽劣异常,甚至骂他"无知业障""不肖逆子"。其实,宝玉只是对八股和"仕途经济"之类的书不感兴趣,而对诗词歌赋和其他"杂书"却涉猎甚广,对医药书籍也不陌生,对治病用药还有自己的见解。

宝玉颇知医理和养生之道,而且关心周围人的身体健康。第二十回,宝玉唯恐黛玉饭后贪眠,一时存了食,或夜间走了困,对保养不利,因此借宝钗来到,和大家一起谈笑,黛玉于是消除了睡意。第二十八回,宝玉看见黛玉饭后弯着腰,拿着剪子裁什么,就劝道:"才吃了饭,这么空着头,一会子又头疼了。"他还以"小老鼠偷香芋"的童话来消除黛玉饭后的睡意。

《黄帝内经》提倡"饮食有节,起居有常",中医有"饭后即睡伤脾胃"之说。现代医学认为,饭后血液集中在胃部,帮助消化,大脑供氧能力明显下降。如立即睡觉或劳作,会引起大脑供血不足,还会影响胃肠道的消化,不利于食物的吸收,所以最好在吃完饭半个小时后再睡觉,午睡后再劳作。午睡也不可太长,以免夜间失眠。

宝玉了解很多处方和成药,薛蟠曾经向他祈求治疗香菱的药方。在与王夫人分析黛玉病情时,宝玉说:"林妹妹是内症,先天生的弱,所以禁不住一点风寒,不过吃两剂煎药就好了,散了风寒,还是吃丸药的好。"当王夫人提到不知一种丸药的名字时,宝玉一连举出"人参养荣丸""八珍益母丸""左归、右归丸""八味地黄丸",可见他对药品的熟悉。

有次袭人感冒,宝玉安排取药煎好让其服下,盖上被子捂汗。在袭人被踢吐血后,宝玉不由后悔流泪,并想立即让人烫黄酒、拿山羊血黎峒丸来治疗,但被袭人劝阻。天刚亮,他就找医生来诊治。宝玉所要的山羊血黎峒丸是由三七、血竭、阿魏、乳香、没药、藤黄、麝香、山羊血等配制而成,具有活血祛痰、消肿止痛等功能,用于跌打损伤,瘀血肿痛,闪腰岔气,外治痈肿疮毒等,要用黄酒送服。可见宝玉的应急措施是对症的。

宝玉认为,用药必须根据人的病情、性别、年龄、体质等情况来确定,不能千篇一律。《红楼梦》第五十一回,晴雯患了感冒,鼻塞、咳嗽,贾宝玉命人请医诊治。来的胡太医诊脉后,开了药方。贾宝玉查看后,见上面开的有紫苏、桔梗、防风、荆芥等,后面又有枳实、麻黄,连声说:"该死,该死!他拿着女孩儿们也像我们一样来治,如何使得?"又命人请了王大夫,重新诊脉开方。见方子去了枳实、麻黄等药,倒有当归、陈皮、白芍等,药量也较前减了些。晴雯由于避开了"虎狼药",再加上宝玉的精心照护,以后才慢慢地好了起来。

贾宝玉对医药的观点,有哪些值得我们借鉴呢?

第一,宝玉虽然不是医生,但学习掌握了一些医药学知识和养生知识,加以应用,大有裨益。我们不论从事什么职业,也都需要学习掌握常见病的防治知识,对常用药品的性能、适应证、用法、毒副作用等,也应有所了解。虽然诊断疾病要靠医生,用药要有医生指导,但平时全靠自己养生健体。有了这些基本知识,就可以防病于未发之时,能及时发现疾病信号,以免出现延误。

第二,宝玉对病人关心体贴。他不但关心自己所爱的人,而且对当时地位低下的丫鬟也深表同情和爱护,用自己所学的医药知识悉心为她们服务,让她们免吃"虎狼药",免受风寒。作为现代医生,更要细心了解患者的病情、体质、心理,然后对症治疗,个体化用药,以争取最佳疗效。

　　第三,医学是一门严谨的科学,已有的疗法和药物都是经过反复实验甚至付出生命代价获得的,目前有许多疾病尚未完全攻克,但已有阶段性成果。因此要有科学的态度,有病到正规医院诊治。切不可病急乱求医,不要盲目相信那些所谓的"神医""大师"。他们所谓的"祖传妙药""包治百病""攻克癌症"等,都是缺乏科学依据的。当代的胡"神医"比起那时的胡庸医也毫不逊色,不但误诊误治,还害死了人命。我们应及时识破其骗局,防止上当受骗。

3. 薛宝钗与冷香丸

薛宝钗是《红楼梦》中的女主角之一。她祖上为官,后为皇商,虽已没落,但家资巨富。薛家与贾家联络有亲,贾宝玉是她的姨表弟。

薛宝钗容貌丰美,举止娴雅。"唇不点而红,眉不画而翠,脸若银盆,眼如水杏。"她恪守妇德,是典型的封建淑女。由于她佩戴的金锁上有"不离不弃,芳龄永继"八个字,与宝玉之玉上面的"莫失莫忘,仙寿恒昌"恰好是一对,人称"金玉良缘"。

与黛玉体质瘦弱不同,宝钗肌骨莹润,自称"先天壮"。但《红楼梦》第七回却提到她小时有个病根儿,多方求医用药无效,有一位癞头和尚献了个海上方,名曰"冷香丸"。其成分是:春天开的白牡丹花蕊十二两,夏天开的白荷花蕊十二两,秋天开的白芙蓉花蕊十二两,冬天开的白梅花蕊十二两。将这些花蕊在次年春分日晒干,一齐研好。再用雨水节气的雨水十二钱,白露节气的露水十二钱,霜降日的霜十二钱,小雪日的雪十二钱,将药和匀,再加十二钱蜂蜜,十二钱白糖,揉成龙眼大的丸子,盛在瓷坛里,埋在花根底下。发病时,拿出一丸用黄檗煎汤送下。

宝钗所患何病?和尚说"是从胎里带来的一股热毒",其症状宝钗说"不过只喘嗽些",也就是有点哮喘咳嗽。"冷香丸"是否对症?看其中成分:牡丹花味甘苦、性微寒,能清热凉血;荷花性温、味甘苦,清心益肾,治吐衄诸血;芙蓉花味微辛、性平,清肺凉血,散热解毒;白梅花味酸微涩,性平无毒,疏肝解郁、理气和胃,对百日咳、喘逆、咳嗽治疗有效。以黄檗煎汤送服,以清虚热、燥湿化痰。宝钗较丰满,具有湿热体质特点。这个配方对她是适合的。

现在来看宝钗的病,其症状疑似支气管哮喘(有家族过敏性)或呼吸道炎症,需要进行血液、痰等化验及X线检查等,并不难确诊,治疗上也有了更具针对性的药物。同时,"冷香丸"不像人参养荣丸、六味地黄丸等,医籍有所记载,目前还在应用。而且"冷香丸"也很难配,其中所需的"雨水"时的雨水、"白露"时的露水、"霜降"时的霜、"小雪"时的雪等,不但要碰巧、十分难遇,而且按现代医学的观点来看,并无科学依据。难道这四个节气的水,比平常的水更纯净?比平常的水含有特殊的营养素、微量元素?这四个节气的水,因地域环境不同,有的可能有污染,也不一定适合药用。所以,作者提出这个玄妙药方,并不在于治病,而是蕴含别的深意。

宝钗被封建礼教束缚,既有冷酷无情的一面,也有温柔善良的一面,可谓冷香兼有。有一次,袭人想央求湘云替她做点针线活,宝钗立即向她讲了史湘云在家"做活做到三更天"的苦衷,并主动接过了这件活。史湘云为诗社做东,宝钗因怕她花费引起她婶娘报怨,便热心资助。对于家境贫寒的邢岫烟,她也十分体贴,给予大力帮助。即使对于丫鬟,她也能关心爱护,所以深得人心。

她的冷酷无情也有明显表现。金钏儿投井而死后,王夫人心里不安。宝钗却劝王夫人:"金钏不会自杀;如果真是自杀,也不过是个糊涂人,死了也不为可惜,多赏几两银子就是了。"在一次诗会上,宝钗抽签是牡丹,群芳之冠,但诗句却是:"任是无情也动人。"尤三姐殉情,柳湘莲下落不明,对于这样的生离死别,宝钗却淡淡地说:"天有不测风云,人有旦夕祸福。这也是他们前生命定。"

宝钗冷淡、冷静、冷漠甚至冷酷,被称为"冷美人"。她曾多次规劝贾宝玉走"仕途经济""立身扬名"之路,引起宝玉反感,说她"好好的一个清白女子,也学得沽名钓誉,入了国贼禄鬼之流"。她多次劝别人"女子无才便是德""总以贞静为主",甚至对自己的婚事也恪守三从四德。当决定让她嫁给宝玉,薛姨妈问她"愿意不愿意"时,她说:"妈妈这话说错了。女孩儿家的事是父母做主的。如今我父亲没了,妈妈应该做主的;再不然,问哥哥;怎么问起我来?"她顺从家长之命与宝玉成亲,但双方信念与志趣各异。宝玉念念不忘黛玉,出家为僧,宝钗只好独守空房,抱憾终身。

《红楼梦》如此细致写"冷香丸",其中多取 12 这个数字。有人认为,这是照应金陵十二钗。而"冷香"则巧妙地嵌入了宝钗的性格和命运。作者以悲天悯人的情怀,借冷香丸揭示了封建制度压抑下女子的痛苦、无奈和悲惨的命运。

4. 秦可卿死因的争论

秦可卿是《红楼梦》中的金陵十二钗之一,是宁国府贾蓉的原配夫人。对于她的出身和死因,历来有不同的说法。

秦可卿长得袅娜纤巧,性格风流,行事温柔和气,贾母赞她为重孙媳中的第一个得意之人。她与其他人也相处得很好。又因其"鲜艳妩媚,有似乎宝钗,风流袅娜,则又如黛玉",因此获得其少年叔叔贾宝玉的暗恋,并在其卧房中做了一场春梦。

《红楼梦》对秦可卿的描述,似有隐晦之处。焦大醉骂的"爬灰的爬灰,养小叔子的养小叔子",虽没有明指,但细读之后,就可以看出,说的与秦可卿有关。她的公公贾珍与她通奸,书中隐约可见。她的小叔子贾蔷风流俊俏,曾与她的丈夫贾蓉共聚一室,因此出现了"诟谇谣诼"之辞,即他与秦可卿的绯闻流传出来,贾珍只好让他搬出宁府。书中对秦可卿的判词是:"情天情海幻情身,情既相逢必主淫。漫言不肖皆荣出,造衅开端实在宁。"还画了一座高楼,上有一美人悬梁自尽。

秦可卿的出身,书中写她是秦邦业从养生堂抱养的,身体比较羸弱。《红楼梦》第十回,尤氏提到秦可卿之病是"经期有两个月没有来,大夫说又不是喜","话也懒得说,神也发涊"。张医生分析为:心性高强、聪明太过,则不如意事常有,思虑太过,忧虑伤脾、郁结于心、气滞血亏、经血不调等。所以开的是养心调气之方,其中有人参、白术、熟地、黄芪、川芎、阿胶、怀山药等。

那张医生人称神医,号脉后把病情说得玄乎其神。其实,秦可卿的病并不复杂,也非绝症。按现代医学来说,就是月经不调,且精神抑郁。

月经是卵巢分泌的激素作用于子宫内膜后形成的,卵巢分泌激素又受垂体和下丘脑释放激素的控制,所以无论是卵巢、垂体还是下丘脑的功能发生异常,都会影响到月经。

秦可卿嫁到贾家时只不过十四五岁,贾蓉年龄也小。而其公公贾珍正当壮年,继承了宁公爵位,大权在握。他是个色狼,见了绝色美女岂能放过,于是逼奸秦可卿得逞。在"万恶淫为首"的封建社会里,这属于败坏人伦,俗称"扒灰"。秦可卿性情高强,敏感细腻,哪堪这种重压,再加上贾蓉与贾蔷"常共起居",引起对秦可卿的流言蜚语,其弟秦钟又受人欺侮,如此种种,使她倍感受辱和受压。长期的精神压抑和心理创伤,导致她月经失调,有时闭经,有时月经时间过长、经血过多。

月经不调是由于内分泌失调引起的一种妇科疾病。闭经与经血过多在秦可卿身上交替出现。经血过多(属功能失调性子宫出血),可引起严重贫血及盆腔感染,这时除补血外,还应抗菌消炎。同时,也要调理情志,即保持心情舒畅,消除忧烦、抑郁情绪。张医生的药方,只能起到较弱的补血和消炎作用,难以治愈,只不过拖延时日而已,因为她遭受的精神创伤并没有得到治疗,她的精神压力还如同巨石压身,无法解脱。

在这种情况下,秦可卿的性命岂能保住。关于她的死,书中描写得十分迷幻、怪异。一是她给凤姐托梦,提醒其要提防贾府败落,预言"三春过后诸芳尽";二是夜半云板忽然传来丧音:"合家皆知,无不纳闷",因病死亡何来"纳闷"?三是人们感到突然,"莫不悲号痛哭"。而宝玉"心中似戳了一刀,不觉哇的一声,直喷出一口血来"。如系久病而死,人们怎能如此惊讶、纳闷?看似病重而死,但细想又矛盾百出。可见作者在此用的是曲笔。

而在初稿中,作者却是另有说法。他以"秦可卿淫丧天香楼"作回目,写秦可卿与贾珍私通,事泄后羞愤自缢于天香楼。而作家刘心武也持"自缢"说,不过他认为,秦可卿的原型是康熙废太子胤礽的一个女儿,因避难被贾府收留,后来她怕被发现,为顾全大局,自尽而死。

秦可卿死后,其丈夫贾蓉倒不显怎么哀痛,而其公公贾珍却痛哭流涕,说什么:"这媳妇比儿子还强十倍!如今伸腿过去了,可见这长房灭绝无人了。"言过其实,奸情流露。他尽其所有为秦氏办丧事,多处破格违规。如丧礼极其奢华,王公贵族吊唁,停灵七七四十九日,棺材用的是原为义忠亲王老千岁准备的樯木板,太靡费、太张扬。在丧礼上,丫鬟瑞珠触柱而亡,宝珠情愿自任义女。其实这两个丫鬟是因为撞见了贾珍与秦可卿私通一幕,为求免遭残害而不得不如此。

有人认为秦可卿是一个淫妇而鄙视她。其实,她是一个逆来顺受的温柔美丽女子,在黑暗的宁府,她的肉体遭蹂躏,精神受压抑,受尽屈辱与折磨,年纪轻轻而死。这不是她的过错,而是封建制度的罪恶。

秦可卿是小说中的人物,多有虚构成分。按实有其人,或寻找似有似无的原型,凭一些似真似假的证据,来想象秦可卿的出身和死因,并为此争论不休,并无多大意义,也必然难有结论。秦可卿不论是出身皇族还是贫民,也不管是病死还是自缢,都是屈死的冤魂,是封建社会中屡见不鲜的一个悲剧人物。

5. 王熙凤为何羞说病?

在《红楼梦》中,王熙凤是一个特别活跃、十分出彩的人物,她长着一双丹凤三角眼,两弯柳叶吊梢眉,身量苗条,体格风骚,粉面含春威不露,丹唇未启笑先闻,性格鲜明,语言幽默风趣,是精明能干的大管家。

如同十二回中提到的"风月宝鉴"有正反两面一样,王熙凤也有善恶两面。善的方面是:思维敏捷、才能出众、处事果断,对亲人还有一定感情和有所照顾。恶的方面有:心狠手辣、笑里藏刀、诡计多端、贪而无厌。

王熙凤不仅把荣府管理得井井有条,而且曾经协理宁府,大力革除积弊、建立新规、威重令行,"合族中上下无不称叹"。她在贾母面前表现孝敬诙谐,是"开心果""顺气丸",对宝玉、黛玉等也很亲切照顾,尽量满足他们生活的需要。她不会吟诗联句,但支持宝玉和姐妹们办诗社。她对这个大家族的难缠之事,也善于及时排解。贾府的男士不少也要听她的号令。因此说她是"脂粉队里的英雄",一点也不为过。

但是,王熙凤利欲熏心、弄权贪财。她受馒头庵老尼姑之求,借地方官之手强迫别人退婚,造成张家女儿和某守备之子双双自尽,而她却从中得贿三千两。她经常叫心腹奴才在外面放高利贷,不仅把下人的钱拿来克扣、挪用,甚至连老太太和太太的都敢挪用，即便是"十两八两零碎"，她也要把这些攒到一起放出去。最后贾府被抄家，从她房中抄出不下七八万金并许多高利贷借券，成了贾府的主要罪证之一。她对丫头滥施刑罚，张口就骂，抬手就打。她毒设相思局，害死了贾瑞；弄小巧借剑杀人，逼死了尤二姐。用她自己的话说："若按私心藏奸上论，我也太行毒了。"

王熙凤如此劳心费力，拼命敛财，岂能不伤身体？年事忙过，她便"小月"（即流产）了。但她自恃强壮，足不出户仍继续遥控家务。有人劝她休息，她只不听。后来实在坚持不了，才由探春和李纨临时代管。谁知一月之后，凤姐又添了"下红之症"，面黄肌瘦，病卧床中，仍想着理家之事，平儿劝她："何苦来操这心！得放手时须放手。"

有一次，平儿跟鸳鸯说起凤姐的病，说她"这几日忙乱，又受了些闲气，比先又添了些病，所以支持不住，便露出马脚来了。"鸳鸯忙道："既这样，怎么不早请大夫来治？"平儿叹道："别说请大夫来吃药。我看不过，白问了一声身上觉怎么样，他就动了气，反说我咒他病了。饶这样，天天还是察三访四，自己再不肯看破些且养身子。"此时凤姐的病已经比较严重，正如鸳鸯所说："成了血山崩了。"

王熙凤病情已如此严重，她为何如此逞强，有了病却羞说病呢？

起初，她对治病一事还是抓得很紧的，"天天两三个太医用药"，急于早日痊愈，但以后病情加重，她就变得讳疾忌医了，甚至她最信赖的贴身丫鬟平儿问她身上怎样，她也认为是咒她。

在王熙凤心目中，最大的追求就是获得更大的权势和获得更多的财富，为此她不择手段，费尽心机，甚至不惜害人性命。如今患了重病，迅速治愈无望。在这种情况下，她最需要的是维护她女强人的尊严，是保持她荣府大管家的地位。所以她宁肯忍受疾病的痛苦，也不愿人们提起自己的疾病。她要继续逞强，继续

"察三访四"。

如果真是关心贾府的兴衰,为此尽心尽力,倒也有可取之处。但她主要是为了满足个人的权势欲与金钱欲。放贷、盘剥都是她昧着良心干的,见不得天日,她必须亲自悄悄处理,有病也不得不硬挺着去办。贪而无厌、"欲壑难填"是她患病的根源之一,也是她羞于说病的主要原因。她自己心里也清楚,曾说:"骑上虎背,虽然看破些,一时也难放宽。"她羞于说病,也说明了这种骑虎难下之势。

现代人有没有"羞说病"的情况?回答是肯定的。有的人确实像王熙凤一样,为保持地位和权势,或者因为害怕丢掉升迁机会而隐瞒疾病;还有的人为骗取保险或为了求职,甚至为了迅速结婚而隐瞒病情,这是不诚实、不道德、不负责任的表现。虽能骗人于一时,但不能骗人于长久,最终难免暴露,造成不良后果。也有的女性患了妇科病,羞于启齿。这是完全不必要的。医生担负神圣职责,绝对不会嘲笑你,只会想方设法得为你治疗,也会为你保密。有了病,要尽可能早发现、早确诊、早治疗,这样才能获得最佳的治疗效果,早日恢复健康。羞说病并不能减轻疾病,而只会错过最佳的治疗时机,加重病情,有的还会传染他人,因此必须克服"羞说病"这种心态。

6. 晴雯缘何被驱逐?

晴雯是贾宝玉房里的四个大丫鬟之一,她美丽聪慧,守身如玉,但却以"狐媚子诱人"的罪名被赶出大观园,这是为何?

晴雯心灵手巧,人所公认。贾母说:"但晴雯那丫头,我看他甚好,言谈针线,都不及他。"凤姐说:"若论这些丫头们,总共比起来,都没晴雯生得好。"《红楼梦》对她的判词是:心比天高,身为下贱。风流灵巧招人怨。寿夭多因毁谤生,多情公子空牵念。

她出身很苦,从小父母双亡,连自己的姓氏、家乡都不记得。十岁时,贾府家人赖大家用银子买了她。因她常跟赖嬷嬷进府,贾母见了喜欢,于是赖嬷嬷把她孝敬给了贾母。可见晴雯出身属于"奴才的奴才",但是她却不甘受奴役,敢于反抗高踞头上的封建势力。

晴雯坦诚率直,语言锋利,眼里揉不进沙子。袭人与晴雯同是由贾母派往宝玉房中的。但晴雯对于袭人的奴颜婢膝、爱在王夫人面前卖乖邀宠,很看不惯,与别的丫鬟一起说她是"西洋花点子哈巴儿"。对于袭人与宝玉的苟且之事,晴雯颇为不齿,曾向袭人说:"你们鬼鬼祟祟干的那些事,也瞒不过我去。"但她说在当面,意在使袭人收敛,并没有告发。如果告发,袭人的下场不会比金钏儿强多少。

有次端午节,晴雯不小心跌坏了一把扇子,宝玉说了几句气话,晴雯就顶撞起来。晚上,宝玉主动给她赔不是,晴雯说喜欢撕扇子,宝玉便把手上的扇子递给她撕。麝月来劝,宝玉又夺过麝月的扇子也交给晴雯撕了,还说是"千金难买一笑"。晴雯撕扇并非不珍惜物品,而是以此表达对主子滥耍威风的强烈反抗,旨在争一口气。

晴雯的性格弱点也十分明显。她傲而不群,口无遮拦,时常出口伤人。如宝玉的奶妈李嬷嬷想吃为宝玉留的酥酪,晴雯立即上前制止,毫不给这个年长的老嬷嬷留情面。丫鬟红玉擅离怡红院为凤姐办事,晴雯就带动几个丫头嘲笑红玉"攀高枝儿"。晴雯对于小丫鬟也毫不宽容。坠儿偷了件东西,她十分气愤,除了吵骂外,还用簪子戳坠儿的手,不等袭人回来,就急不可耐地把坠儿撵走了。

晴雯被赶出的导火线是绣春囊抄检大观园。本来这事与晴雯无关,但邢夫人的心腹王善保家借此向王夫人进谗言,说:"头一个是宝玉屋里的晴雯,那丫头仗着她生的模样儿比别人标致些,又生了一张巧嘴,天天打扮得像个西施的样子,在人跟前能说惯道,掐尖要强。一句话不投机,她就立起一双眼睛来骂人,妖妖道道,大不成个体统。"王夫人由此想起,曾看到有一个水蛇腰,削肩膀,眉眼又有些像林黛玉的女孩,骂小丫头,这次对上了号,立即命晴雯来见。晴雯正在病中,也不打扮,钗軃鬓松,衫垂带褪。王夫人见了冷笑道:"好个美人! 真像病西施了。你天天作这轻狂样儿给谁看? 你干的事,打量我不知道呢! 我且放着你,自然明儿揭你的皮!"

在抄检怡红院时,晴雯不像其他丫鬟任其搜检,而是"挽着头发闯进来,豁一声将箱子掀开,两手捉着底子,朝天往地下尽情一倒,将所有之物尽都倒出"。王善保家感到没趣,紫涨着脸说:"原是奉太太的命来搜检,不叫翻,我们还许回太太去呢!"晴雯听她拿太太来威胁人,更是火上浇油,说:"你说你是太太打发来的,我还是老太太打发来的呢……就只没见过你这个有头有脸大管事的奶奶!"这话直刺王善保家一类谄媚之人,也隐含对王夫人的不满,表现了对践踏人性的抄检行动的反抗。

王夫人看不惯晴雯的不守礼教,最恨"狐媚子"勾引宝玉。其实晴雯并无不轨行动,只不过长得太像黛玉,引起王夫人反感。王夫人一心想让宝玉娶自己妹妹的女儿宝钗为妻,再加黛玉没有封建统治者所需的"美德",所以她对黛玉是厌恶和排斥的,只不过碍于贾母的权威,不得不暗中下劲,赶走晴雯是排斥黛玉的前奏。

常言说:"性格决定命运。"晴雯的性格是既勇敢又脆弱,既伶俐又天真,既任性又直率,容易冲动,缺乏心机,不计后果。平儿说她是"一块爆炭",一遇烦心事就发火,不能自控,这火不仅烧伤了别人,而且也烧毁了自己。她对不满意的事只会通过发脾气和大吵大骂来发泄,却没有应对之策。话说得十分尖刻,但往往露出破绽。有两次说漏了嘴,要不是麝月圆场,她还难以下台呢。

宝玉虽然对晴雯有救助之心,但却没有切实可行的办法。他费了不少劲,只是为了见一面去永别,却没有想到如何给她实际的帮助。如可求医为她治病,自己不好出面还可以派遣贴身书童茗烟嘛! 也可以给她送点能吃能喝的东西,总比只送眼泪让她喝脏水好得多。最后写了篇诔文悼念,又有何用? 由此看出,面对世俗压力,宝玉显得何等软弱无能啊!

7. 贾元春的苦衷

贾元春是贾政与王夫人的大女儿，宝玉的大姐。因生于正月初一起名元春。她知书达礼，"贤孝才德"，被选入宫中，起初充任女史。后来被封为凤藻宫尚书，加封贤德妃。

元春省亲使贾府流光溢彩。按人之常情，元春回门本应向长辈请安问好，但她成了妃子，身份变了，她的家人都成了臣仆，不仅同辈要向她行跪拜大礼，就连她的祖母、父母，也要向她跪拜。其父贾政还赞颂她封妃是"上赐天恩，下昭祖德，此皆山川日月之精华，祖宗之远德钟于一人"，认为是贾家极大的荣耀，也是元春的最大荣幸。

而元春则不以为然。她与贾母、王夫人相见，先是垂泪，然后三人相抱呜咽对泣，满心皆有许多话但说不出。悲恸之后，元春才说出了自己的内心话："当日既送我到那不得见人的去处，好容易今日回家，娘儿们这时不说不笑，反倒哭个不了，一会子我去了，又不知多早晚才能一见！"说到这句，不禁又哽咽起来。她向贾政说："今虽富贵，骨肉分离，终无意趣。"从这几句话来看，她已深感皇宫高处不胜寒的冷酷。

元春自幼由贾母教养。她与宝玉年龄相差很多，作为长姐，她在宝玉三四岁时，就已教他读书识字，虽为姐弟，却如母子。省亲时，她特令太监引宝玉进前，"携手揽于怀内，又扶其头颈笑道;比先长了好些,一语未终,泪如雨下。"由此可见姐弟情深。但也看出元春的担忧。她对宝玉寄予厚望,教他恪守封建礼教,认真读书,考取功名,光宗耀祖。但宝玉却厌恶读经求官,追求个性和爱情自由,所以宝玉对元春并不特别亲切。尤其是元春在一次赏赐礼物时,独有宝玉与宝钗的相同,流露出她支持"金玉良缘"的想法,这也使宝玉难以接受。元春对宝玉是呵护但不放心,不放心是由于不同心,这是她泪如雨下的原因。闻知元春去世,贾家老少都十分悲戚,而丢失通灵玉的宝玉只是发呆,并无痛苦之状,可见他与待他至亲的元春已经疏远了。

贾府因为元春封妃,成了皇亲国戚,呈现"烈火烹油,鲜花着锦之盛"。但是,"豪华虽足羡,离别却难堪。博得虚名在,谁人识苦甘?"被封为妃子是当时许多贵族女儿的企盼,薛宝钗进京也是想走这条路。妃子在宫外人看来,那可是尊贵无比,有享不尽的荣华富贵。而在宫内的妃子,却有人们难以想象的痛苦。元春所说的孤寂苦闷只是表象,而内里潜藏着妃嫔之间的争宠互斗,残酷拼杀。而皇帝则喜新厌旧,为所欲为,别说是对一般的妃子,就是对皇贵妃、皇后,都当作自己的奴仆,高兴时寻欢作乐,厌恶时弃之如敝屣,年老色衰即被冷落。妃嫔稍有不慎得罪了皇上,就会招来横祸,轻则被幽禁或打入冷宫,重则被赐死或惨遭杀害。"伴君如伴虎",生活在这种高压的环境下,随时有性命之忧,妃子能高兴得起来吗?能有真正的幸福吗?

元春在宫内的生活如何?《红楼梦》着墨不多。由于当时"文字狱"盛行,作者只能写些"当今至孝纯仁,体天格物","圣恩浩荡"之类的歌功颂德之词,不可能如实展开来写。而元春"说一句哭一句",提起宫内情况,只说是"终无意趣"和"不得见人的去处",寥寥数语已经诉说了内心的万般苦衷。她的话并不夸张,一个年轻女子一旦被选入皇宫,就像进入了一个华丽的囚笼,外表虽然好看,但已经失去了自由,连回家见自己的父母也要受到很大限制。同时,所嫁的皇帝,不论美丑老少都要悉心伺候,哪里会有什么爱情,甚至连一点真正的感情都没有。

封建社会的婚姻遵循"父母之命,媒妁之言",讲究门当户对。而皇帝的婚姻,则是由皇帝及其家族在众多贵族女子中挑选,是皇家的一厢旨意,根本不考虑女方的意愿,因此带来的往往是不相称的婚配。而且大多属于政治联姻,即根据维护皇帝政权的需要来选择。既如此,在温情脉脉的背后,是赤裸裸的政治利害关系。妃子受宠时,其家人也升官加爵;妃子失宠后,其家人也会被降职甚至发配、被杀。

元春本来是很聪慧有才的,就从她为大观园起名题诗和评价诗词来看,就显示出她的见识与文采。但在深宫之中,这种才能难以发挥,终被埋没,多么令人惋惜。元春对自己的命运是有预见的。她为了解闷,曾下谕让贾府的人们自制灯谜互猜,猜中有奖。而她制作的灯谜是"能使妖魔胆尽摧,身如束帛气如雷。一声震得人方恐,回首相看已成灰"。谜底是爆竹。贾政虽然猜中,但已感到此中言语甚为不祥。他岂能知道,这个灯谜正是元春命运的写照。当了妃子气如虹,令人羡慕,也为贾府带来了一时繁荣,但闪光和响声过后,转眼已成灰烬。这也是贾府败落的预兆啊。

8. 色迷心窍的贾瑞

俗话说:"色是刮骨钢刀",让人谈色生畏。其实,喜爱美色乃人之常情。孔子曰:"饮食男女,人之大欲存焉。"告子曰:"食色,性也。"食与性是人生两件大事,"无色路断人稀",爱美不是罪,喜色并不错,但绝不能贪色忘德,也不可纵欲过度。现代社会,由贪色而变为贪财,走上腐败堕落的犯罪案例,仍不胜枚举。《红楼梦》中,有一个痴迷色情不能自拔的人物,就是学塾里的贾瑞。

贾瑞,字天祥。他是贾府义学塾师贾代儒的长孙,自幼父母双亡,由贾代儒抚养长大。贾代儒一生从事教学,但却不善于教育自己的孙子。《红楼梦》介绍:"原来这贾瑞最是个图便宜没行止的人,每在学中以公报私,勒索子弟们请他,后又附助着薛蟠,图些银钱酒肉,一任薛蟠横行霸道,他不但不去管约,反助纣为虐讨好儿。"

贾代儒有一次因事早走,嘱咐他临时照管学生。而他在解决学生争吵时,却不能秉公处理,以致学生在课堂上大吵大闹,大打出手。连一群小学生也管不好,可见贾瑞的缺德无能。

这样一个无后台无财力的贾瑞,却迷上了有权有势的强悍女人凤姐,而且公然调戏凤姐。当然,贾瑞对凤姐并非真正的爱慕,而是见色起意,淫心大发。他明知凤姐是个有夫之妇,不会成为自己的妻室,但舍身追求,只不过是图一时之欢,带有一种嬉戏、玩弄的邪恶心理。

贾瑞在宁府的园子里与凤姐相遇,用言语挑逗。凤姐一眼就看穿他用心不正。一般女士遇此情况责骂他两句,让他改过,以后疏远就是。但凤姐是何等人物,岂能容忍这种猥琐的人来调戏,因此心中大怒:"他如果如此,几时叫他死在我的手里,他才知道我的手段!"平儿也说:"癞蛤蟆想天鹅肉吃,没人伦的混账东西,起这个念头,叫他不得好死!"主仆二人对贾瑞起了杀心。

凤姐的手段十分了得,她"毒设相思局",与贾瑞约定相会地点,暗中派兵遣将。而贾瑞却如鱼上钩,第一次守了一夜,差点冻死,回去又挨爷爷痛打一顿,但痴心不改,还说:"死了也情愿。"第二次,被贾蓉等敲诈,写了五十两银子的欠条,又被尿粪泼了一身一头。这时,他已明知凤姐是在玩他,但还在发狠:"想着凤姐的模样儿标致,又恨不得一时搂在怀里。"因此连夜失眠,相思难禁,脚下如绵,眼中似醋,下溺遗精,嗽痰带血,满口胡话,惊怖异常。吃了鳖甲、肉桂等几十斤补药也不管用。后来一个跛足道人送给他一面"风月宝鉴"的镜子,告诉他只准照反面,不准照正面。但贾瑞忍不住照了正面,希望能与凤姐镜中相会,结果伤神损身,最终在迷幻中一命呜呼。

《红楼梦》对贾瑞之死的解析为受冻、挨粪尿浇头和受勒索之后发烧、咳嗽,然后又有手淫等造成疾病缠身,后来在风月宝鉴内行淫,直接原因是"精尽而亡"。

古人把精子看得十分贵重,有"一滴精子十滴血"之说,认为精液比血液更宝贵,房事会大伤"元气"等。而现代研究认为,人的精液中,绝大多数是水分,其次还有蛋白质、精子(包括其中的遗传基因)等成分。和血液的成分不同,精液并不是血液的"浓缩"或者是人体的"精华"。射精多了人会感到"累",那是在性兴奋时身体的内分泌、激素的变化,这与剧烈运动后感到累是一样的。而说贾瑞"精尽而亡"是不科学的。医学家认为,成人男性每天可产生1亿个精子,精液如井之水,不断产生,其作用仅是传宗接代,与生理机能关系不大,更不会影响生命。比如太监,切除了睾丸,精子不能再生,但并不会因此丧命。

按现代医学分析,贾瑞挨冻受吓、粪尿浇头之后,难免遭病菌侵袭感染患病,而相思缠绵、夜不能寐,导致免疫力下降,必然加重病情。从其症状来看,有人认为是心肺系统疾病,最后呼吸和心力衰竭;也有人认为是肺结核,嗽痰带血,日益沉重。这两类疾病当时确诊和治疗都是难题,只靠鳖甲、肉桂、人参等滋补药,不能控制病情,也不能杀灭病菌,于是贾瑞年纪轻轻丢了性命。而文中所说的"指头儿告了消乏"即手淫,对身体并无那么大的损害,不会成为病情发展和死亡的原因,大可不必对此产生恐惧感。当然也应当加以节制,转移兴趣,把精力集中到学习、工作和文体活动中来,以维护身心健康。

贾瑞的悲剧说明什么呢?他才20多岁,尚未娶妻。按他的条件,娶一位年龄、相貌相当的女子并不很难。其周围未婚美貌女子不少,他为何痴迷凤姐?"情人眼里出西施",贾瑞可能迷上了凤姐的风骚、妖冶、强悍。但他却没有想到,这样霸气十足的女人,你岂是她的对手?你想吃她的豆腐,岂不是自作多情,自不量力,自讨苦吃!

同时贾瑞与贾琏同辈,凤姐是他的嫂子,应当给予尊重才是。如果进行调戏甚至有非分之想,是明显违背伦理道德的。但贾瑞被色所迷,智商降低,失去客观评价标准;色胆包天,不顾道德羞耻;明知受骗,却甘愿"石榴裙下死"。贾瑞真可谓是"色迷心窍,至死不改"的一个典型。

9. 秦钟其人

《红楼梦》写了一个与贾宝玉同龄又同样俊美的男子,名叫秦钟,表字鲸卿,是营缮郎秦邦业五十三岁时得的儿子。秦钟生得"清眉秀目,粉面朱唇,身材俊俏,举止风流",凤姐夸他把宝玉都"比下去了!"

曹雪芹起名很讲究,往往通过谐音来显示人物的性格和命运。秦钟的姐姐名秦可卿,谐音为"情可轻",而秦钟的谐音为"情种",是寄托着作者深意的。

宝玉与秦钟相见时,二人各有非同寻常的心理活动。宝玉痴了半日,自思道:"天下竟有这等人物!如今看来,我竟成了泥猪癞狗了。可恨我为什么生在这侯门公府之家,若也生在寒门薄宦之家,早得与他交结,也不枉生了一世。"秦钟见了宝玉自思道:"果然这宝玉怨不得人人溺爱他。可恨我偏生于清寒之家,不能与他耳鬓交接。"

这些想法表明二人都有相见恨晚之感,而家庭的富贵贫贱不同,是他们认为没有早日相见的障碍,因此一见面,这种障碍就被打破了。宝玉对其他男子视为"须眉浊物",而对秦钟则看作是清爽高雅之人。俩人虽辈分不同,宝玉是叔辈,但成了至交后竟亲如兄弟。这种友情,是对封建制度的对抗,是自由平等思想的萌芽,在当时是十分可贵的。

不久，秦可卿去世。宝玉心痛欲裂，而秦钟却像没事人似的。在出殡时，他竟有兴品评一位农村纺织姑娘，暗拉宝玉道："此卿大有意趣"。送殡至馒头庵后，秦钟在姐姐丧期，竟有心和小尼姑智能儿调笑、偷欢。这点令人倍感诧异。秦可卿对秦钟这个弟弟十分疼爱，引荐他进入贾府攀附宝玉，但秦钟对姐姐的年轻而亡却无动于衷，即使他知道秦可卿是抱养而来，与他无血缘关系，但对这位姐姐的爱护关照总要有所感动，对她如此早逝总应有所悲痛吧。而秦钟却没有。可见他是个薄情寡义之人。

秦钟对智能儿是有真情吗？秦钟看上她是因为智能儿长大后"越发出息的水灵了"，智能儿则看上他人物风流。由此可见，二人只是相中彼此的外表。在没有思想感情沟通的情况下，秦钟趁黑无人，来寻智能儿。智能儿独在房中洗茶碗，秦钟跑来便搂着亲嘴，并要寻欢。智能儿还比较冷静，说："你想怎样？除非等我出了这牢坑，离了这些人，才依你。"这说明她是考虑到了这样偷情的后果。她还问："这是做什么？"即隐含着：这样做有成婚的可能吗？如果怀孕了会怎样？一个少女不得不考虑这些问题。而秦钟则说："这也容易，只是远水救不得近渴。"秦钟未经家长同意，自己也未学成立业，对于智能儿跳出"牢坑"他能有何法？他只不过是以"容易"作诱饵，强迫智能儿就范，以满足自己的欲望而已。

秦钟确实为此付出了心血和代价。由于他与尼姑智能儿幽会、缠绵，怕人发觉，担惊受怕，再加场合简陋，厨房是霉菌和其他病菌滋生之处，又无被褥挡寒，难免受冻遭到感染。回家后便咳嗽伤风，饮食懒进。智能儿随后私自逃入府中来找秦钟，不料被秦邦业发觉，把智能儿逐出，将秦钟打了一顿，自己气得老病复发，三五日便告别人世。秦钟本性怯弱，且患病在身，又挨了责打，如今老父气死，倍感羞愧哀痛，思想压力巨大，不久也呜呼哀哉了。

根据书中描写的秦钟的病情,有人分析可能是伤风感冒发展为肺炎。也有的医学家根据秦钟病后"面如白蜡"与原来的"粉面朱唇"比较,表明有极重度的贫血。秦钟才十几岁,没有显著的呕血、咯血、便血等失血症状,发病仅半月左右就死亡,这种情况下的极重度贫血,有可能是急性白血病和极重型再障。这个专业性分析,也很有道理。

现在再回到原题,秦钟是不是情种?情种按词义解释,是指感情特别丰富的人,对所爱恋的对方特别钟情,矢志不渝,用情至真,乃至剖心掷肺者。秦钟对智能儿有如此至真剖心的情感吗?回答是否定的。智能儿对秦钟是一片真情,她把自己逃出"牢坑"的希望寄托在秦钟身上。而秦钟对智能儿却只是爱她的艳丽妩媚,并没有想着如何救她跳出"牢坑",也没有打算与她结为夫妻,只是拿甜言蜜语来应付她,以满足自己赤裸裸的性需求罢了。当智能儿冒险寻到府上,请求秦钟救助,秦钟却忍心撒手不管,面对智能儿被老父逐走后可能走投无路而不敢挺身加以保护,如此对待曾经爱恋之人,与情种可谓有天渊之别。

宝玉对秦钟是有深厚感情的,他处处想着保护秦钟。但秦钟对宝玉却没有那么热情。他只顾自己结交香怜,私通智能儿,把宝玉丢在一边。从他对待秦可卿之死和对待宝玉的情况来看,他也算不得情种。有人将秦钟谐音为"情终",倒是比较贴切。

10. 智能儿的胆识

《红楼梦》以不长的篇幅写了一个小尼姑智能儿。她是水月庵主持净虚的徒弟,自幼在荣国府走动,也常和宝玉、秦钟玩笑。长大后渐知风情,看上了秦钟,之后在馒头庵与秦钟多次幽会。秦钟回家后,她从水月庵私逃出来找秦钟,但被秦钟的父亲秦邦业赶走,以后不知去向。

智能儿出场是在惜春那里玩耍。惜春见了来送花儿的周瑞家的,就笑道:"我这里正好和智能儿说,我明儿也要剃了头跟她作姑子去呢,可巧又送花来,要剃了头,可把花儿戴在哪里呢?"虽是笑言,但预示着惜春以后出家为尼,而与以后智能儿向往还俗形成了鲜明对照。

智能与秦钟早有接触。有一次,秦钟宝玉二人正在玩耍,智能儿过来,宝玉笑道:"能儿来了。"秦钟说:"理他作什么?"宝玉笑道:"你别弄鬼儿!那一日在老太太屋里,一个人没有,你搂着他作什么呢?"可见这时智能儿已与秦钟亲密无间了。然后,宝玉让秦钟叫智能儿为自己倒碗茶,秦钟说:"你叫他倒去,何用我说呢!"宝玉道:"我叫他倒的是无情意的,不及你叫他倒的是有情意的。"可见宝玉已知道这俩人的柔情蜜意了。

当为秦可卿送葬来到馒头庵,秦钟又采取了进一步行动。据《红楼梦》第十六回所写:秦钟趁黑晚无人,来后头房里寻智能儿,只见智能儿独在那儿洗茶碗,秦钟便搂着亲嘴。智能儿急得跺脚说:"这是做什么!"就要呼喊。秦钟道:"好妹妹,我要急死了!你今儿再不依我,我就死在这里。"智能儿道:"你要怎么样,除非我出了这牢坑,离了这些人,才好呢。"秦钟道:"这也容易,只是远水解不得近渴。"说着一口吹了灯,满屋里漆黑,不顾智能儿百般挣扎,终于寻欢得逞。

从这段描述来看,秦钟是主动的,甚至急不可待、要死要活的。智能儿虽然对秦钟有情意,但她比较冷静,考虑到后果,不愿草草从事。她的前提是待她跳出"牢坑"之后再谈此事,因此拼力反抗,但小女子挡不住男儿臂力,只得屈服。

智能儿把自己所在的尼姑庵看作"牢坑",这说明她对师傅净虚的所作所为已经看透,表面是佛门净土、普度众生、劝善戒恶,而实际上净虚是贪财谋利、不择手段的人,如教唆凤姐贪赃枉法、图财害命,就是确凿的一例。对于手下的小尼姑,净虚都是当作丫鬟来使唤,只有压制,没有关心。在这样的环境里,智能儿从小缺乏人间温情,看到的都是内部阴暗邪恶的一面。她把水月庵比作"牢坑",说明她的识别力是很强的,对净虚这个掌权老尼既不干净又很虚伪的认识是深刻的。

贾母、王夫人尊佛好道,因此小时候的智能儿会经常到贾府来玩耍,而秦钟与宝玉一同读书,也经常出入贾府,随着年龄增长,二人互相爱慕。但一个是佛门小尼,一个是寒家学童,这种爱情在当时被认为是违犯礼教、败坏门风的,因此有很大风险。

智能儿是痴情的,也是勇敢的。在秦钟回家后,智能儿还一直思念着他,不久竟然逃出水月庵进城到秦府来看望他。这时,智能儿的退路已经没有了,她与秦钟的关系也已经暴露了,她希望找到秦钟,从此有个归宿。而她却没有想到,秦钟已经患病在身,没有表示接纳她。当秦钟的父亲秦邦业发觉后,还勃然大怒,将智能儿逐出秦府。胆怯的秦钟也没有挺身而出来保护她。最后秦邦业气愤而死,秦钟随后也病重而亡。

秦钟和智能儿都是十几岁的小年轻,思想情感尚未定型,也缺乏独立生存的能力,一个出家女孩与一个学童自由相爱,这在当时社会是不容许的。智能儿违背佛门教规,净虚岂能饶她;秦钟违背封建家规,秦邦业当然要责打他,也不会收留智能儿,悲剧有其必然性。智能儿十分清醒,所以既和秦钟相爱,又要坚守最后一道防线,这对于一个少女来说是十分必要的。如果被人发现或怀了身孕,那下场是很悲惨的。但这道防线却被秦钟强迫攻破,智能儿也只能铤而走险了。

但是比较一下,智能儿的胆识明显高于秦钟。智能儿对自己所处的环境有深刻的认识,认为是"牢坑";而秦钟却没有认识到自己的家庭封建专制,不允许这种爱情。智能儿有明确的目标,就是要还俗,过正常人的生活,并把希望寄托在秦钟身上;而秦钟却只顾眼前,未虑长远。智能儿对秦钟的爱情是真挚的,敢于冒险出逃去寻找他,是依恋不舍、坚持不渝的;而秦钟则是犹疑动摇的,并没有与智能儿成家的意图,即使他不死,也不会反抗世俗压力而对智能儿不离不弃,他没有这个胆量。

被逐走的智能儿也不知流落到了何处,是死是活,结局如何,留下了悬念。但她敢于追求自由爱情、希望跳出牢坑的胆量和对所处环境的深刻认识,令人赞叹。智能儿人如其名,智能兼备、富有个性,给人们留下了深刻印象。

11. 炼丹殒命的贾敬

贾敬是宁国公贾演的孙子,世袭一等神威将军贾代化的次子,贾珍、贾惜春之父,贾政的堂兄,贾宝玉的大伯。他既有显赫的出身,又考取了功名,这在贾府可谓无人可及。文字辈中,贾赦只会讲究享受,贾政也未科考及第,而贾敬却是丙辰科进士。他虽是贾代化次子,但长子八九岁就死了,贾敬成为当然的爵位继承人。

然而,这位贾敬却一味好道,把爵位让给了儿子贾珍。他离家到都外玄真观,烧丹炼汞,别的事一概不管。按说这叫"看破红尘,脱离世俗"。但人们包括贾府的人对他的评价并不高。因为他只顾自己想当神仙、想长寿,而对于继承爵位的儿子贾珍却缺乏教育,对孙子贾蓉更是不管不问,任凭他们胡作非为。曾拼死救过他祖父的老家人焦大早就看不惯了,他大骂宁国府"这一把子的杂种们","那里承望到如今生下这些畜生来,爬灰的爬灰,养小叔子的养小叔子"。他所骂的恐怕不限于贾珍、贾蓉,而是指"一把""这些",难道不包括贾敬吗?

对这个问题,《红楼梦》没有直接回答,但有暗示。在警幻仙曲"好事终"中写道:"画梁春尽落香尘,擅风情,秉月貌,便是败家的根本。箕裘颓堕皆从敬,家事消亡首罪宁。宿孽总因情。"这首曲把败家的根源追溯到贾敬头上,宁府是罪魁祸首。贾敬如果只是因出家撒手不管,不会有那么大的罪责吧。有人推测这首曲暗示了一大篇宫闱秘事,贾敬自身有见不得人的丑事,子孙仿效,引起了多米诺骨牌效应,使宁府"盛极而衰",最后一败涂地。

贾府中人把修道的贾敬戏称为"神仙"。秦可卿炫耀自己的卧室"神仙也住得";刘姥姥称赞贾敬的小女儿惜春"怕是神仙托生的吧!"这个"神仙",是否有暗指贾敬之意?

贾敬有一儿一女。儿子贾珍道德沦丧,奸淫儿媳,勾引小姨子,带着子侄辈喝酒赌博。这种德行,不能说和其父贾敬无关吧?女儿惜春年龄幼小,是贾敬的老生子,但究竟是夫人、姨娘还是婢女所生,不见记载,可能其中有隐情。惜春理应住在宁国府,却住在了荣国府。如果说这是贾母为了便于照应和教育,似有道理。但秦可卿死后,作为她的小姑,同属宁国府,惜春却不见露面,这不合常情。其父贾敬"宾天"后,既没有人告知惜春,也不见惜春闻父死讯后的悲痛之状,送葬全过程也不见惜春踪影,不知是惜春冷漠还是另有隐情,令人费解。

过去富贵之人出家,有不少是在世俗有了难言之事,贾敬可能属于此类。秦可卿死后,贾敬还要把"阴骘文急急地刻出来,印一万张散人"。这是为何,而且要加急?在这个敏感时刻,他印阴骘文,如果不是造了什么罪孽,损了什么阴德,他岂能如此急忙地想借此赎罪?

贾敬离家修行,看起来很超脱,而人们却讥讽他是"去找那帮道士胡羼去了"。所谓"胡羼"就是鬼混、胡搞、胡来的意思。可见他在道观内也不是正经修行。他不要亲情,不顾家族败坏,只是为了炼成仙丹妙药,摆脱死亡恐惧,而且急不可耐。小道士劝他:"功夫未到,且服不得",而他却在深夜悄悄把仙丹吞了下去,"便升天了"。贾敬的死相丑陋不堪,腹中坚硬如铁,面皮嘴唇烧得紫绛皱裂。作者还借大夫的话说:"贾敬这种导气之术,总属虚诞,反而因此伤了性命。"

炼制仙丹在过去被说得很神秘、很灵验。其实炼丹术是古代的一种传统技术。我国自周秦以来就创用了这种技术,为世界之先。炼丹术起因一是炼制长生不老药;二是试造黄金。这两个目的都不可能达到。秦皇、汉武和以后历代帝王,不少想靠炼仙丹求长生不老,结果都是受骗上当,有的甚至被仙丹毒死,但至死还蒙在鼓里,不知是被忽悠了。

炼丹法所制成的药物有外用和内服两种,外用者至今还有研究价值,而内服者则因其毒性较大而逐渐被淘汰。所谓长生不老丹,主要用五金、八石、三黄为原料,炼成的多为砷、汞和铅的制剂,毒性剧烈,可引起中毒甚至死亡。砒霜是炼丹成果之一,是一种毒药。但现代医学研究表明,砒霜应用得当,对治疗白血病有一定的作用。说明炼丹术对于医药发展也有一定的推动作用,但需要用现代科学方法来检验,去伪存真,去粗取精。

制作长生不老药和点化金银的企图背离了科学,难以实现。但是,人们在无数次失败的过程中,积累了不少有关的化学知识和操作经验。如认识了一大批金属、非金属、化合物以及这些化合物的反应,制造出很多新的化合物,炼出了各种新的合金,还发明了火药,成为我国四大发明之一。

炼丹术又名炼金术,被认为是近代化学的前身,又被称为原始化学,是有价值的。但靠炼丹求长生不老药则是荒谬而有害的。贾敬炼丹服用猝死,是自私、愚蠢、迷信的一个典型。

12. 贪婪昏暴的贾赦

贾赦是荣国公贾源的嫡孙,贾代善、贾母之长子,贾琏、迎春的父亲。他承袭了荣国公的爵位。

这个贾赦爵高位显,名为"一等将军",其实是个酒色之徒,横行霸道,作恶多端,罪不容赦。

贾赦为了满足自己的私欲,不惜陷害良民,勾结官府,草菅人命。最明显的事例是霸占石呆子的扇子。

贾赦并不懂什么艺术,但有癖好,不知什么原因,有一段时间心血来潮,竟爱上了古扇。他命家人四处搜求。偏巧有一个石呆子,手中有二十几把古扇,全是湘妃、棕竹、麋鹿、玉竹的,上面都是古人的写画真迹。贾赦得知后立即派遣贾琏去找石呆子,提出要重金购买。石呆子把这些扇子当作传家宝,说:"我饿死冻死,一千两银子一把,我也不卖。""要扇子先要我的命。"贾赦恼羞成怒,勾结贾雨村,诬告石呆子"拖欠官银",将他拘押,并且抄没家产。石呆子被逼得家破人亡,古扇都被贾赦占有。这件事,连贾赦的儿子贾琏都看不下去了,说:"为这点子小事,弄得人坑家败业,也不算什么能为。"贾赦听了大怒,因为揭了他的伤疤,于是痛打贾琏一顿,脸上也被打伤了两处。最平和的平儿为此也很气愤,但不敢骂贾赦,就指桑骂槐痛斥贾雨村:"半路途中那里来的饿不死的野杂种!"

贾赦已经上了年纪，有妻有妾，儿女也已长大成人，本应有所节制。而他却十分贪色，不仅利用权势糟蹋良家女子，而且对贾府中稍有姿色的丫鬟，他也垂涎三尺，不肯轻易放过。

最为张狂的是，须发半百的贾赦，竟然提出要收贾母的贴身丫头鸳鸯。他命邢夫人向贾母去讨，邢夫人虽然认为纳妾是"常有的事"，但也怕碰钉子，就找凤姐探听，希望凤姐想法子。凤姐说"依我说，就别碰这个钉子去，老太太离了鸳鸯，饭也吃不下去，哪里就舍得了？"她劝邢夫人不要"拿草棍戳老虎的鼻子眼儿去"。邢夫人惧怕贾赦，哪敢罢休，于是直接找鸳鸯劝说，遭到鸳鸯拒绝。贾赦仍不死心，威逼利诱鸳鸯的哥哥去劝鸳鸯。贾赦的话十分露骨和狠毒，说"自古嫦娥爱少年，他必定是嫌我老了，大约是恋着少爷们，多半是看上宝玉，只怕也有贾琏。果有此心，叫她早早歇了心，我要她不来，此后谁还敢收？此是一件。第二件，想着老太太疼她，将来自然往外聘作正头夫妻去。叫她细想，凭她嫁到谁家去，也难出我的手心。除非她死了，或是终身不嫁男人，我就伏了她。"就是说鸳鸯不随他就无活路。

贾母对贾赦早有看法，说他："如今上了年纪，还要左一个右一个的，放在屋里，头宗耽误了人家女孩儿，二则放着身子不保养，官儿也不好生做去，成日里和小老婆喝酒。"这事闹出来，凤姐说他"行事悖晦，怎么见人呢？"袭人也议论他："这个大老爷，真真太下作了！略平头正脸的，他就不能放手了。"贾母大发雷霆后，贾赦才勉强收手。但他不死心，又各处遣人搆求寻觅，终于费了五百两银子，买了一个十七岁女孩子，收在屋里。

贾赦想娶鸳鸯，并非只是"老牛吃嫩草"，其中有更阴险的算计。他贪色，身边并不缺美色，而鸳鸯也非特别美貌，脸上还有雀斑，贾赦为何想娶鸳鸯呢？因为鸳鸯除了负责贾母的日常起居饮食之外，还掌握着贾母钱箱的钥匙，只要将鸳鸯娶到手，就等于掌握了贾母钱财的底细，以后分钱财时可以掌握主动权，避免贾母偏心。贾赦的这个阴谋被贾母识破,才未能得逞。

贾赦对于自己唯一的女儿迎春,不但缺乏父爱,很少关心,而且把她当成了摇钱树,许给了凶暴的孙绍祖。贾母、贾政等都反对这门婚事,但贾赦却顽固坚持,结果使迎春误嫁中山狼。其丈夫对其百般凌辱,还指着大骂:"你别和我充夫人娘子,你老子使了我五千银子,把你准折卖给我的。"可见是贾赦贪财,把亲生女儿送进了火坑。

贾赦的心理特点是:自恃出身豪门,可以利用权势为所欲为,也不必费心劳神读书。在一次中秋家宴时,贾环作了一首诗,贾政看了不悦,说不乐读书,终属邪派。而贾赦瞧了一遍,却连声赞好,说:"咱们这样人家,原不必寒窗萤火,读些书不过比别人略明白些,可以做得官时就跑不了一个官的。何必多费了工夫,反弄出书呆子来。"他宣扬的是:只要靠祖宗功勋,就可世代当官,坐享荣华富贵。实际上,贾府此时早已家道中衰,子孙坐吃山空,为非作歹,面临崩溃。而贾赦却毫无危机感,还想世代为官。他以为靠世袭爵位,自己做的坏事恶事就不会有人追究,可以延续下去。这真是目光短浅,痴心妄想。

"多行不义必自毙。"锦衣卫奉旨抄没贾府时,贾赦吓得面如土色,满身打战。他的罪行是被抄家的主要原因,最终以"交通外官,依势凌弱,辜负朕恩,有忝祖德"的罪名,被革去世职,发往站台赎罪,其家产全部入官。贾赦后来患了痨病,虽蒙大赦,但已是朝不保夕了。

13. 论贾政的封建家长形象

贾政是贾母和贾代善所生的次子,元春、宝玉、探春、贾环的父亲。他没有继承爵位,但被封为工部员外郎。元春封妃后,他成了皇亲国丈,地位非同一般。

贾政口碑不错。冷子兴说他"自幼酷爱读书,为人端方正直,祖父钟爱。"妹夫林如海说他"其为人谦恭厚道,大有祖父遗风,非膏粱轻薄之流。"实际上他不理大小俗务,每日只看书下棋,同一群众清客闲聊,过得倒也潇洒。

贾政是一个典型的封建家长形象。有人说他是"假正经",也有人说他是"一本正经",究竟该如何评价这个人物呢?

他对皇上表现为一种愚忠。元春省亲,贾政含泪启道:"惟朝乾夕惕,忠于厥职外,愿我君万寿千秋,乃天下苍生之同幸也。"皇上令锦衣军抄没贾府,贾政虽心生悲戚,但却无怨言,而且在锦衣军翻箱倒柜、逞凶施威以后,贾政还要面朝北面,含泪谢恩。可见,他深谙"君叫臣死,臣不得不死"之封建理念。

他恪守孝道。对贾母毕恭毕敬,唯命是从,对贾母溺爱宝玉也不敢稍有微词。当痛打宝玉时,"贾政见他母亲来了,又急又痛,连忙迎接出来"。他对母亲是顺从和关爱的。《红楼梦》第二十二回写道:"贾政朝罢,见贾母高兴,况在节间,晚上也来承欢取乐。设了酒果,备了玩物,上房悬了彩灯,请贾母赏灯取乐。"

而且，为了逗贾母高兴，贾政在猜灯谜时故意猜错，情愿被罚酒，逗老太太高兴。

贾政在官场上是清白的。以他皇亲国丈的地位，为自己谋利益并不难。而他还是按规矩办事，作为一个五品小官，并没有想到要借机攀升、谋利肥己。他不像其兄长贾赦仗势欺人，也不像同宗贾雨村贪赃枉法。就连王熙凤也敢动用贾府的关系受贿徇私，而贾政却坚守清廉底线，这在当时是很难得的。

贾政也不追求豪华奢侈的生活。他不像贾赦、贾珍、贾琏那样吃喝玩乐、醉生梦死，而是除了公务，就是和几个门客读书讲经、谈古论今，这是沿袭古代知识分子的清谈习惯，以显高雅。

贾政讲究宽容待下。他对下人平时很少训斥，有一次大声呵斥，是为了震住和宝玉胡闹的小厮。贾政听到丫头金钏之死时十分惊疑，问道："好端端的，谁去跳井？我家从无这样事情，自祖宗以来，皆是宽柔以待下人……"他并不认为死个丫鬟没什么大不了的，而是检讨自己"于家务疏懒"和"执事人操克夺之权"，表现出气愤、痛心、自责的情感。

在对待宝玉的态度上，他也是遵循孔孟之道。宝玉是贾政的继承人，是贾母的"命根子"。因此贾政希望他认真读书，恪守封建礼教，将来科考高中，在朝为官，青云直上。而宝玉却与他的期望背道而驰，因此对宝玉严加训教。说到痛打宝玉，是因为宝玉与琪官要好，获罪忠顺亲王，再加贾环诬告宝玉强奸金钏致其投井，两事叠加，使贾政气极，才下了狠手。有人认为贾政是"虎毒食子"。实际上并非如此，他是恨铁不成钢，认为宝玉离经叛道，必须严加管教。事后他也自悔不该下毒手打到如此地步。

贾政对宝玉并非没有父子之情。如让贾宝玉大观园题匾，他口头未赞，但拈须点头微笑，最后大多采用，内心对宝玉的才情是肯定的，也是为让贾妃知是其爱弟所题，以不负其素日切望。还有一段描写："贾政一举目，见宝玉站在跟前，神采飘逸，秀色夺人,看看贾环,人物委琐,举止荒疏,忽又想起贾珠来,再看看王夫人只有这一个亲生的儿子,素爱如珍,自己的胡须将已苍白:因这几件上,把素日嫌恶处分宝玉之心不觉减了八九。"说明他对宝玉还是有父爱的。只不过受封建传统影响,信奉"棒打出孝子",才使人感到他冷酷无情。

贾政一心想当一个清官,但他却只善清谈,缺乏实干才能,没有施政经验。在外放为官时,虽然自己不贪污纳贿,但遇事却难以应对,只能听手下人摆布,但又不能管束手下人奉公执法,致使下级官吏打着他的旗号为非作歹,搞得声名狼藉,遭人弹劾。这说明他是一个迂腐守旧的书呆子。

有人说:"贾政者,假正经也。"其实,他并未故意作假,而是他的思想被封建礼教所禁锢,他的性格是循规蹈矩的,想维护封建家族,耀宗荣祖。但他有致命弱点,如愚忠愚孝,迂腐守旧,过分严厉,不善沟通,空谈礼教,无实际理政能力,无治家教子之方,说起来"一本正经",但做起来却达不到原来的设想,他外放做官的经历,更表现出了他的乏能和无奈,因此给人以假正经的印象。

当然,按反封建的观点来看,贾政无限尊崇的皇帝,是最高统治者、压迫者,是应推翻的对象。他遵循的封建礼教与宝玉的反封建思想形成了尖锐对立。他逼宝玉读书入仕升官,被宝玉称之为"国贼禄蠹之流"。由此看来,他是封建制度的维护者,是与社会发展的趋势相背而行的,当然谈不上是什么"正经"的了。

14. 柔顺怯懦的迎春

贾迎春是贾府中的二小姐,是贾赦的女儿。她是嫡出还是庶出,说法不同。《红楼梦》常见版说她是贾赦之妾所生,俄罗斯圣彼得堡藏本则说她是贾赦前妻所生,其生母早已去世。其父贾赦只顾自己享乐,后母邢夫人性情怪僻,夫妇二人对迎春很少过问,也不珍惜,因此迎春缺乏父母之爱,胆怯怕事,产生了自卑心理,麻木消沉,萎靡不振。因此,人们暗地里说她是"二木头,戳一针也不知嗳哟一声"。

迎春出场时,书中写她"肌肤微丰,合中身材,腮凝新荔,鼻腻鹅脂,温柔沉默,观之可亲",可见她也有姣好的外貌,身体健康微胖,性格温和沉静。她作诗猜谜的才情不如姐妹们,特长是下棋,她的贴身丫头就名唤司棋。

迎春懦弱麻木,表现在许多事情上。如贾母听说园中有人斗牌赌博,十分震怒,责令对为首的几个人"每人四十大板,撵出"。这其中就有迎春的乳母。这对迎春来说,是很丢面子的事儿。因此,包括黛玉、宝钗等姐妹们都向贾母求情,而迎春却不敢出头为自己的乳母讨饶。邢夫人让迎春说说她的乳母,而迎春听了半响才回答说:"我说他两次,他不听也无法。况且他是妈妈,只有他说我的,没有我说他的。"邢夫人十分生气,说迎春"胡说!"连自己的奶妈"犯了法"也不敢责备,"心活面软",姑娘的身份那里去了?

迎春的攒珠累丝金凤首饰被她的乳母拿去赌钱。她的丫鬟绣橘很气愤,要追回,她却说:"罢,罢,省事些好,宁可没有了,又何必生气。"接着,迎春乳母的儿媳来了,她表示累丝金凤可以赎回来,但条件是迎春必须到贾母那儿去求情,放出她婆婆。迎春感到为难。而丫鬟绣橘指出:"赎金凤是一件事,说情是一件事,别绞在一起说。"意思是偷了的东西应当毫无条件的归还。但乳母的儿媳见迎春这样无主意,就倒打一耙,居然说迎春花了她们的银子。绣橘大怒,要与乳母之媳"算算账"。迎春又说:"罢,罢,罢,我也不要那金凤了,便是太太们问时,我说丢了,也妨碍不着你什么的。"

绣橘听了这话,"又急又气",小姐竟如此不辨是非。这时,病中的司棋也挣扎着过来指责乳母儿媳。而在这激烈争执的时刻,迎春居然"自拿了一本《太上感应篇》来看"。幸亏之后探春、平儿赶来,问明情况,才使乳母儿媳低头认错。但在探春追问时,迎春却与宝钗合看感应篇的故事,过后还说自己无法,"累丝金凤送来我收下,不送来我也不要了。"如此态度,令人发笑,黛玉引用一句话来说迎春:"虎狼屯于阶陛,尚谈因果。"意思是恶人杀到你面前了,你也不准备做任何反抗,还在空谈什么因果,岂不是太麻木了吗?

抄检大观园是对人的尊严的践踏,晴雯、探春等对此进行嘲讽和抵制是可敬的。而迎春则十分顺从,任凭翻箱倒柜。她的贴身大丫头司棋,与其表兄潘又安相爱,其箱中有男子鞋袜和约会字帖,被抄了出来。司棋含泪跪地磕头,苦苦哀求迎春,期望迎春看在主仆一场"说个情儿",而迎春却害怕:"我十分说情留下,岂不连我也完了。"这样态度,不但是无胆、无情,还很自私。丫鬟鸳鸯还敢冒险为司棋保密,而迎春连为自己的贴身丫鬟说情这点勇气都没有。司棋是个能干泼辣的丫头,曾经因为受歧视而大闹厨房。司棋被逐,迎春少了个臂膀,再受欺也无人敢出头为她争气了。

迎春的婚姻更是不幸。她父亲贾赦欠了孙绍祖家五千两银子,要把她嫁给孙绍祖。贾母不愿意,贾政明确反对,提出:所谓的"世交"其实是其祖父趋炎附势,孙家并非诗礼名族,名声欠佳,因此不宜结这门亲。

但贾赦却固执己见,实际上是拿迎春来抵债。孙绍祖绰号"中山狼",是个骄奢淫逸、作践妇女的虐待狂。迎春如此怯懦软弱,如何能抵挡。再加上是抵债,形成了变相的买卖婚姻,使千金小姐的人格受损,更使孙绍祖有恃无恐,不断对这个侯门小姐拳打脚踢、折磨虐待,甚至公然侮辱:"你老子使了我五千银子,把你准折卖给我的。好不好打你一顿,撵到下房里睡去!"迎春挨打受气不敢还口,只能回到贾府哭诉,但很快就被孙家逼回。在这种残酷迫害下,迎春出嫁只有一年多的时间就香消玉殒了。正如《红楼梦》判词所说:"中山狼,无情兽,全不念当日根由。一味地,骄奢淫荡贪欢媾。窥着那,侯门艳质如蒲柳;作践的,公府千金似下流。叹芳魂艳魄,一载荡悠悠。"

迎春是封建包办婚姻的牺牲品,也是变相买卖婚姻的受害者。她不辨是非、麻木不仁,让维护她的人寒心生怨,"哀其不幸,怒其不争",使欺凌她的人得势更猖狂。迎春的一生是封建时代柔顺怯懦女子命运的真实写照,令人扼腕叹息。

15. 变自卑为自强的探春

贾探春是贾政与赵姨娘所生的女儿，贾宝玉同父异母的妹妹，贾府通称三姑娘。她精明能干，富有心机，能决断，工诗词，善书法，诨名"玫瑰花"，别号"蕉下客"。

在封建专制社会，探春作为一名女性，在男权统治下属于从属地位；同时她又是庶出，嫡庶地位悬殊，所谓"妻妾不分则家室乱，嫡庶无别则宗族乱"的宗法观念，使庶出者备受歧视。凤姐看得很清楚，说："将来攀亲，如今有一种轻狂人，先要打听姑娘是正出是庶出，多为庶出不要的。"在称赞探春的才能时，凤姐颇为惋惜地说："只可惜她命薄，没托生太太肚子里。"兴儿在夸赞探春时也说："可惜不是太太养的。"

因此，探春有一种自卑情绪，她说："我但凡是个男人，可以出得去，我必早走了，立一番事业，那时自有我一番道理。偏我是女孩儿家，一句多话也没有我乱说的。"当同是庶出的迎春遭到乳母媳妇的欺负时，探春向管事的平儿说，如今这媳妇仗着婆婆是嬷嬷，为婆婆偷首饰赌钱强辩，还造假账，在这里与丫鬟大嚷大叫，二姐姐（指迎春）竟不能辖治，她是"先把二姐姐制伏了，然后就要治我和四姑娘（指惜春）了"。并说："物伤其类，唇亡齿寒，我自然有些心惊吗！"可见，她由于是庶出而自卑，有很强的危机感。

自卑是一种消极的自我评价或自我意识,而自卑感是个体对自己能力和品质评价偏低的一种消极情感。自卑心理往往使人缺乏信心和胆量,畏首畏尾,没有主见,因此是成功的大敌。但是,如果能以坚强的性格来超越自卑,发展自己的长处、优势,自卑感反而能成为一种动力,成为进步的反弹力。探春就是善于变自卑为自信、自尊、自强的一个典型。

探春虽然是"姨娘所生",是庶出,处于尴尬不利的境地。但她是主子姑娘,具有贵族的一些权利,她要借助这一优势来建立自己的威信和施展自己的才志。心理学研究指出:"由于自卑总是造成紧张,所以争取优越感的补偿动作必然同时出现。"探春正是借助自己的地位提升优越感,以弥补庶出的缺陷,从而树立了自己的威信。

平儿是凤姐身边有身份有实权的管事丫鬟,她很懂得探春的心理和感情,对探春屈身服侍,处处维护探春的威严。探春洗脸,三四个丫鬟细心伺候,探春盘膝坐在矮板榻上,捧盆丫鬟双膝跪下。平儿也忙上来为探春挽袖卸镯,还吵回事的媳妇:"你忙什么?睁眼看见姑娘洗脸,还不出去伺候着!你们谁敢眼里没有姑娘,小心鸡蛋碰石头!"这一来就把媳妇丫头都镇住了。探春进餐时,"只觉里面鸦雀无声,并不闻碗箸之声"。探春下棋时,林之孝家来回事,也不敢打扰,只得站了半天。可见探春已树立起尊严与威望。

抄检大观园是对人的尊严的践踏,探春公然表示不满。她说:"我们的丫头,自然都是些贼,我就是头一个窝主。既如此,先来搜我的箱柜。"命丫鬟将自己的箱子、妆盒、衣包等一齐打开。这种强势和敞亮的态度,连掌握实权、以厉害出名的凤姐也连忙赔笑,命丫鬟:"快快给姑娘关上。"探春说:"我的东西,倒许你们搜阅;要想搜我的丫头,这不可能!我原比众人歹毒,凡丫头所有的东西,我都知道。"凤姐等想就此收场,但王善保家的却打错算盘,仗着自己是邢夫人的心腹,又轻视探春是庶出,竟然拉起探春的衣襟,嘻嘻笑着说:"连姑娘身上我都翻了。"一语未了,只听"啪"的一声,王善保家的脸上早着了探春一巴掌。这一巴掌,打掉了"狗仗人势,天天作耗"的王善保家的张狂气焰,也打掉了探春自己思想深处的自卑心理。这一巴掌,打出了正气,保护了自己的丫头,也使满腹怨气的凤姐出了一口气。读者看到此处,感到畅快淋漓,不由拍案叫好。

在封建社会,男尊女卑,宣扬"女子无才便是德"。而探春没有被这种理念所束缚,由她发起在大观园办海棠诗社,在其建议的花笺上大胆提出:"孰谓莲社之雄才,独许须眉;直以东山之雅会,让余脂粉。"即认为具有雄才雅情的不只有男子,女子也毫不逊色,成立诗社显示女子之奇才,可"成千古之佳谈",足见其豪情壮志。

自古以来,多少人为自卑而深深苦恼,多少人为寻找克服自卑的方法而苦苦寻觅。探春则经历了三个阶段:一是因庶出和女儿身而产生自卑情绪;二是提高自我评价,认识到自身特点和优势,以心理补偿来消除自卑情绪;三是发挥自身特长和才能,实现了自身价值。

人生在世,都不可能完美无缺,而且会遇到不少挫折;与别人相比,强中更有强中手,再优秀的人也会相形见绌。因此,每个人都会产生一定程度的自卑感。然而,有人因自卑而萎靡不振,甚至被自卑所击倒;也有人变自卑为动力,通过调整认识,增强信心,激发创造力。探春由自卑变自信、自尊、自强,给了我们有益的启示。

16. 孤僻冷漠的惜春

惜春是贾家四姐妹中年纪最小的一位,宁国府贾敬的幼女、贾珍的胞妹。贾敬离开贾府随道士修身炼丹,世俗的事抛开一概不管,而贾珍又贪图玩乐,对惜春很少关怀。惜春的母亲是谁,书中一无记载,可能已经早逝,因此惜春也缺少母爱。贾母见惜春无人照料,就接她到荣国府居住,后来与其他姐妹一同住进了大观园。

对惜春的外貌《红楼梦》没有多少描写,只是说她"身量未足,形容尚小"。长大以后也未补述,说明比较一般。由于缺乏父母怜爱,也无兄嫂关怀,惜春从小养成了孤僻冷漠的性格。抄检大观园时,她的丫鬟入画本来没有什么大问题,搜出来的东西是贾珍赏给入画哥哥的。凤姐说:"若是真的,倒也可恕。"已经给她台阶下。但惜春对自己的贴身丫头却一点关怀怜悯之心也没有,说什么:"我竟不知道,这还了得!"凤姐有意开脱入画,而惜春却说:"嫂子别饶她,嫂子依她,我也不依她!"

这事本来到此已了结,但隔天惜春专门把嫂子尤氏叫来,让把入画带走。尤氏证实那些东西确实是贾珍赏给她哥哥的。惜春却说:"这些姊妹,独我的丫头没脸,我如何去见人!"让尤氏"快带了她去,或打,或杀,或卖,我一概不管。"入画听说,跪地哀求,百般苦告,尤氏和奶妈等人也都十分劝说,让看在入画从小服侍一场,让惜春"就饶了她吧"。而惜春咬定牙,坚决撵走入画。

众人都认为惜春太无情而感到寒心。尤氏说惜春"年轻糊涂",而惜春却说其嫂子尤氏和众人:"你们不看书,不识字,都是呆子。"尤氏说:"你是状元,第一个才子,我们糊涂人,不如你明白。"惜春冷笑:"可知你们这些人都是世俗之见,那里眼里识得出真假,心里分得出好歹来。我看如今人一概都是入画一幅,没有什么大说头儿。"看,她对入画受屈一点同情心也没有,对众人的劝解一概贬斥。所以尤氏说她:"可知你真是一个心冷嘴冷的人。"她恼怒至极,声称以后不与宁国府来往。

惜春强行赶走了她的并无大错的大丫鬟入画,使人想起了她的特长绘画。此事是由刘姥姥的提议引起的,贾母就命惜春画一幅《大观园行乐图》。但她行动迟缓,贾母本想让她年前画好,以便进宫贺节时,献给元春。但众人都知道,年下不会有,只怕拖到明年端阳节。贾母很不满意,说:"这还了得!他竟比盖这园子还费工夫了。"进入惜春住的"暖香坞",贾母还没有坐下,就问起画在哪里。惜春因笑问:"天气寒冷了,胶性皆凝涩不润,画了恐不好看,故此收起来。"贾母笑道:"我年下就要的。你别托懒儿,快拿出来给我快画。"

惜春当面是应承下来了,但实际上她的绘画技能有限。她向诗社请一年的假,众姐妹都认为时间太长,而黛玉却取笑她:"论理一年也不多。这园子盖才盖了一年,如今要画自然得二年工夫呢。又要研墨,又要蘸笔,又要铺纸,又要着颜色,又要……"众人听了都拍手笑个不住。惜春说:"我又不会这工细楼台,又不会画人物,又不好驳回,正为这个为难呢。"惜春为何难呢?她平时只是随笔画点写意画,不会画人物,但贾母却要她画出房屋、人物和那些花儿,惜春难以完成。宝钗给她出主意,帮她准备画具等。但以后不见下文,是画出来贾母不满意,还是没有画成,书中没有交代。但她撵走入画暗示:大观园没有"入画"。

曹雪芹为何把这个过程写得如此详细呢？我认为，一是表现惜春眼高手低，说别人"都是呆子"，没"大说头儿"，而她以能画自居，但到需要时却拿不出来；二是表现贾母对惜春并不怜惜，只管催画，而不考虑惜春的困难，惜春也爱面子，没有向贾母说不能，其结果贾母会对她更加冷淡。由此可见，惜春面对的是一片冷淡，缺乏关爱与体贴。同时当她年龄渐长，所接触到的是贾府已趋衰败的情景和贾府内的钩心斗角、尔虞我诈。环境造成了她孤僻冷漠的性格，她的处世态度就是"我只能保住自己就够了"。

对惜春的判词是："勘破三春景不长，缁衣顿改昔年妆。可怜绣户侯门女，独卧青灯古佛旁。"惜春三个姐姐的悲苦遭际，使惜春看到了贾府和当时社会的好景不长，使她对世俗更加厌恶，凝结了她的身凉心凉、绝情绝义的铁石心肠，于是决心摆脱世俗，遁入空门。

惜春出家为尼后，身份就变了，生活方式也改变了。她再也不是公府的千金小姐，而是一名终身孤单的出家人，过起了穿灰衣、吃淡饭、睡冷床、黯淡无光的孤寂生活，哪有什么幸福、飞升可言。惜春想以出家来逃避现实，摆脱痛苦，只是一种幻想，她的出家并不是什么"顿悟"，而是出于无奈，是悲剧而非解脱，所以判词中认为她"可怜"，最终她也被归入薄命司。贾家四位小姐姓名的头一个字连起来的谐音是"原应叹息"。惜春的性格和命运是令人叹息的。

17. 刚烈殉情的司棋

司棋是贾府二小姐迎春的大丫鬟,她从小与鸳鸯、紫鹃、侍书等一起长大,是贾府的家生奴才。司棋"品貌风流"、"高大丰壮",性情刚烈,可谓当时的一名"女汉子"。

她的主子迎春懦弱脸软,遭下人看不起,她房里的丫头也受连累,倍受欺凌。其他房里的大丫鬟到厨房可以点菜,如晴雯要吃芦蒿,厨房的管事柳家的连忙洗手炒好,亲自送去。而司棋要吃豆腐,厨房给的却是馊的。司棋派莲花到厨房要碗鸡蛋,这在大观园是最普通的食物了,而柳家的却说没有,结果被莲花翻了出来,柳家的还强词夺理,说探春宝钗要加菜都会加钱的,意思是人家正经小姐还另外给钱,你一个大丫头顶多是个副小姐,我懒得伺候这些二层主子。

司棋见迟迟不来,打发人催问,听到莲花回报,不免心头火起,便带了小丫鬟来到厨房,喝命动手:"凡箱柜所有的菜蔬只管丢出去喂狗,大家赚不成。"小丫鬟们巴不得一声,七手八脚抢上去,一顿乱翻乱掷。众人一面拉劝,一面向司棋道歉央求,说:"柳嫂子有八个脑袋也不敢得罪姑娘。"柳家的挨了打砸也不敢声张,反而连忙蒸了一碗鸡蛋让人给司棋送,而司棋全泼在了地上。

有人认为司棋这样做太霸道太蛮横。其实这是久受欺凌后积累的怨气大爆发。柳家的看人下菜碟,欺软怕硬,歧视欺负迎春的丫头惯了,不来这一招,她岂能知道迎春手下还有这么厉害的大丫头。怯弱的迎春确实需要司棋这样泼辣的丫头来壮胆出气。

更大胆更出格的事还在后面。司棋与表兄潘又安相爱。这在现在看来是很正常的事,但在当时的封建社会,在世袭爵位的贾府,这可是违背礼教的行为。司棋明知有危险,但却敢在大观园中私会情人。鸳鸯无意中见到了这一场景,司棋吓得不知所措,连忙请鸳鸯为她保密。好心的鸳鸯批评了她,但答应掩盖此事。而潘又安十分恐惧,丢下司棋逃走了。司棋也受了惊吓,大病一场。还是鸳鸯发誓不告密,并好言劝慰,她才慢慢好了起来。

但是出乎意料的是,司棋竟成为大观园检抄的牺牲品。检抄最起劲的是她的姥姥王善保家的,本来是邢夫人想找王夫人的茬,派其亲信王善保家的挑头检抄大观园。当来到迎春房内,查了别人没发现问题,轮到查司棋,她姥姥想马虎过去,但王夫人的陪房周瑞家的不依,于是开箱检查,发现了司棋和她的情人潘又安的定情之物与情书。这也怪司棋太大意,园中相会被发现,就应该将这些物品转移出去。她疏于防范,结果被发现。这时她倒也无畏惧惭愧之意,只是低头不语。可能她感到事已至此,自己甘愿为爱情承担一切后果,勇气可嘉。

未婚男女私通情书古已有之,在民间尚可宽恕,所以司棋幻想通过迎春求得宽恕。迎春也有不忍之心。但在封建侯门贾府岂能容忍这种败坏门风的行为,司棋还是被赶出了紫菱洲。

她的母亲为此也和她闹翻了,司棋终日啼哭。忽然那一日,她表兄来了。她母亲恨极,拉住要打,司棋急忙出来说:"妈要打他,不如勒死了我吧!"他妈骂她不害臊,司棋说:"我一时失脚上了他的当,我就是他的人了,决不肯再失身给别人的。我恨他为什么这样胆小,一身做事一身当,为什么要逃。就是他一辈子不来了,我也一辈子不嫁人的。妈要给我配人,我原拼着一死的……他到那里,我跟到那里,就是讨饭吃也是愿意的。"司棋妈气得了不得,又哭又骂,并说坚决不允许这门亲事。司棋绝望了,便一头撞在墙上,血流而死。

她的表兄在外头原发了财,本想回来完婚,见此情景,忙着把司棋收拾了,也不啼哭,把带的小刀子往脖子里一抹,也殉情而亡。司棋母亲懊悔痛哭。街坊上要报官,只好请凤姐说情。凤姐听了说:"真是傻丫头、傻小子,烈性孩子,怪可怜见儿的。"答应为其"撕掳"。可见,连凤姐也为他们的行为所震撼和感动了。

司棋的气质和性情在临死前表现得淋漓尽致。"一身做事一身当""讨饭吃也是愿意的""我愿拼着一死",句句斩钉截铁,是勇士的自白,是爱情的宣言。她不像宝黛爱情那样隐隐约约、暗通款曲;也不像尤三姐那样暗恋柳湘莲而得到的却是"水性杨花"的回应,是一厢情愿而不是两心相印的。司棋的爱情大胆、热烈、忠诚、真挚,为爱而不惧羞辱,不畏死亡。她的忠贞爱情也终于得到了回报,潘又安也是真正爱恋和忠诚于她的。他虽然逃走伤透了她的心,但毕竟还是回来了,而且准备好了结婚的财物,说明他是忠于爱情的。

司棋为爱舍生,潘又安为爱殉命。这一双男女的相爱与殉情,是向封建包办婚姻的坚决抗争,是争取爱情自由的勇敢拼搏,在当时的确是难能可贵的。

18. 誓死不嫁的鸳鸯

鸳鸯是贾母的大丫头。父亲姓金，世代在贾家为奴，因而被称为"家生子儿"。她长得蜂腰削肩，鸭蛋脸，乌油头发，高高的鼻子，白皙的面孔，两边腮上微微的几点雀斑，虽不惊艳，却透出聪慧贤淑。

鸳鸯深受贾母信赖，形同贾母的左右手。贾母的钱箱，由她掌管；贾母行走，由她搀扶；贾母打牌，由她当参谋；贾母设宴，由她充当令官。用凤姐的话说："老太太离了鸳鸯，饭也吃不下去。"李纨说："老太太屋里，要没那个鸳鸯如何使得？从太太起，哪一个敢驳老太太的回？从王夫人开始，就没一个人敢。偏老太太只听她一个人的话，老太太那些穿戴的别人不记得，她都记得。要不是她经管着，不知叫人诓骗了多少去呢！那孩子心也公道，虽然这样，倒常替人说好话，还倒不依势欺人的。"

鸳鸯要替贾母上传下达，联系左右，因此有较高的身份，连凤姐、贾琏都尊称她"姐姐"，贾琏还赞她："明白有胆量。"但她并不以贾母的红人自居，从不自傲，谦和待人，因此获得了人们的好感和尊重。

鸳鸯对人是关心体贴的。司棋和其表弟潘又安幽会，被鸳鸯无意中撞见，司棋十分羞愧、惊恐，但鸳鸯一面批评了她，一面又答应不去告发。当她得知司棋患了病，忙去劝慰，并发誓为她保密,说:"我若告诉一个人,立刻现死现报!你只管放心养病,别白糟蹋小命儿。"一句话使司棋感动得落泪,说她如同亲娘,自己死后变驴变狗来报答。司棋为何如此感激?因为不是鸳鸯庇护,而被别人发现告密,在森严的贾府确实有性命之忧。

贾母两宴大观园时,凤姐和鸳鸯等为了让贾母高兴,想让刘姥姥扮演一个喜剧角色。但是,鸳鸯丝毫没有侮辱刘姥姥的人格和耻笑刘姥姥的意思,而是先把刘姥姥请出去悄悄地嘱咐一席话,征得刘姥姥的同意。中间,她向刘姥姥递眼色,帮刘姥姥表演好。事后,鸳鸯道歉说:"姥姥别恼,我给你老人家赔个不是吧。"看,鸳鸯想得多么细腻,安排得多么周到。

在贾母的调教下,鸳鸯"水葱儿似的",心灵手巧,贾母让惜春写《金刚经》,惜春问鸳鸯:"你写不写?"鸳鸯说前几年还写,这三四年不写了。可见她也能识文写字。她当酒令官,随口而来的酒令也十分得体,有的引经据典,有的分韵联吟,起到了引领、生发作用,没有几分文采和敏捷的思维是做不到的。

最令人敬佩的是她坚决拒绝贾赦的求婚。邢夫人亲自充当说客,说什么一进门就封姨娘,又体面,又尊贵,过一年半载,生个一男半女,你就和我并肩了。多么诱人。而鸳鸯却毫不动心,一言不发,因为她自知是奴才,不能正面与主子冲突;也知道和这个糊涂主子说什么也无用。但是当她嫂子来劝说时,她忍无可忍,终于爆发出来,说:"别说大老爷要我做小老婆,就是太太这会子死了,他三媒六聘的娶我去做大老婆,我也不能去!"还嘲讽其嫂子说:"难怪成日间羡慕人家的丫头做小老婆,一家子都仗着他横行霸道的,一家子都成了小老婆了,看的眼热了,也把我送到火坑里去。我若得脸呢,你们外头横行霸道,自己封就了自己的舅爷;我要是不得脸,败了时,你们王八脖子一缩,生死由我去!"她在贾母面前表决心:"就是老太太逼着我,一刀子抹死了,也不能从命。"一面说一面打开头发就剪,表现了她态度坚决,凛然不可侵犯的浩然正气。

鸳鸯为何誓言拒婚？她对老色鬼贾赦十分厌恶。贾赦虽然袭着"一等将军"的官爵，却不务正业，看到"略平头正脸的"姑娘、丫鬟就不放过，以致"姬妾众多"，"耽误了"多少女子的青春年华。他年已超过半百，却想收正值青春妙龄的鸳鸯，同时他依仗权势，为非作歹，草菅人命，所以他地位虽高，但人品太差，鸳鸯打心眼里瞧不起他，岂肯嫁他？

贾赦要收鸳鸯还有一个卑鄙的目的，他认为贾母偏心，如把鸳鸯收了，就能了解贾母的全部信息，以争夺更多贾母的财产。这一点聪明的鸳鸯是能看清的，也是她拒嫁的原因之一。贾母有鸳鸯在身边伺候着，"就是媳妇、孙子媳妇想不到的"，贾母"也不得缺了"。如果鸳鸯走了，就是弄个"珍珠儿似的"人来，使唤着也不顺手。贾母离不开鸳鸯，所以宁可花"一万八千"的银子给贾赦再买一个，也绝不会让鸳鸯离开。鸳鸯是贾母最"可靠的人"，贾母像自己孙女一样疼爱她。而鸳鸯在贾母身边长大，也深爱贾母，看到贾母年老，身边需要无微不至的照顾，而自己最了解贾母的生活习性，能尽职尽责，所以她也离不开贾母，把贾母当靠山，借助贾母顶住了贾赦的淫威和图谋。

但遗憾的是，贾母没有为身后给鸳鸯找到一个好的出路，在当时严酷的封建制度下，她一个丫鬟也无法挣脱恶毒主子伸向自己的魔爪，因此贾母一死，鸳鸯也就毫不犹豫地选择了自杀。作为一个女奴，她最终没有摆脱悲惨的命运，但却保持了自己的清白和自尊，最后以死向贾赦之流发出了强烈的谴责和控诉，她的坚强、勇敢、"宁为玉碎，不为瓦全"的性格，得到了充分的体现。

19. 如何看待袭人

袭人原名花珍珠（一说蕊珠），原来是贾母的丫鬟。后来贾母素喜她心地纯良，将她送给了宝玉。宝玉知她本姓花，又曾见旧人诗句有"花气袭人知昼暖"之句，因此回明贾母，把珍珠的名字改为袭人。

袭人出身于贫苦家庭，幼小时因难以糊口，父母为换得几两银子，忍痛将她卖给了贾府当丫头。书中对她的容貌没有细致描写，只是说她"细挑身子，容长脸儿"，按王夫人的说法，她比晴雯的美貌略次一等。

对于袭人的评价，自古以来褒贬不一，贬多于褒。清朝文学家姚燮认为："花袭人者，为花贱人也。宝玉之婢，阴险莫若袭人"。也有人说她是"悲剧制造者"。当然也有人称她为善于处事的"能人"，"忍辱负重"的"贤人"。

袭人是一个独特的艺术形象，她的性格是复杂的。以封建观点来看，她做到了"表面鲜亮"，称得上"似桂如兰"。对待人和气温顺，处事稳重，照顾主子细心周到。她遇事能忍让。贾宝玉的奶妈李嬷嬷一次看见袭人躺在床上，没有起身迎接她，便大骂袭人是狐媚子，要拉出去配了小子。对此袭人却没有争辩，也未记仇。当李嬷嬷吃了为宝玉留下的枫露茶，宝玉大怒，要立刻回贾母撵走李嬷嬷，袭人反而为李嬷嬷求情。怡红院内的丫鬟发生争吵，都是袭人耐心劝解，方得平静。小丫鬟摔坏了杯，打碎了碗，或出了什么差错，也总是袭人出来担待。对小丫鬟的偷懒、贪玩，她也能宽容，因此获得了上下的好评。

袭人不像晴雯等敢于反抗主子的无理指责，而是甘当驯顺的奴婢。她服侍贾母，心里便唯有贾母；服侍宝玉，"心中眼中又只有一个宝玉"。她对宝玉的衣食起居照顾得无微不至。并不是她对谁有深厚感情，而是她要尽到奴婢的职责。当其家人提出要赎她时，她说："如今幸而卖到这个地方，吃穿和主子一样，也不朝打暮骂……再不必起赎我的念头！"与宝玉谈话时，总是说"咱们家"如何如何，表明她对贾府有一种归属感。

袭人是《红楼梦》中明显与宝玉有过"云雨情"的丫鬟。但这只是肌肤之亲，而非爱情。从发生的经过来看，宝玉含羞央告，强拉袭人"同领警幻所训云雨之事"。在当时，身为一个丫鬟，虽然难以抵挡主子的要求，但袭人并没有婉言劝阻，而是"羞的掩面伏身而笑"，并自知贾母曾将他给了宝玉，也无可推托的。有人认为，袭人当时的举止言行是有勾引色彩的。虽然封建社会对主子纳妾是允许的，但未婚少年男女有此事也属禁忌。王夫人最怕有这种事，认为会把宝玉引诱坏了，糟蹋了身子。

按现代医学观点来看，少年男女婚前有性行为，往往是在压抑不住性冲动和处在紧张、恐惧的状态下进行的，同时都缺乏性卫生常识，因此很难谈得上性和谐，很容易造成损伤和泌尿系统感染，确实会给双方身体带来一定的损害。初交的不和谐，还会给以后的性生活带来障碍，同时对心理也有一定的不良影响，如精神萎靡，对学习及其他活动丧失兴趣等。

王夫人担心宝玉婚前有性行为是有道理的。但她的提防过于敏感，看错了对象。金钏儿与宝玉只是孩子般调情，晴雯只是外表妖媚，王夫人却将她们视为洪水猛兽，进行遏制、处罚。而袭人与宝玉真有这种事，王夫人难道还能容忍和原谅吗？这说明袭人善于隐瞒，也说明知情者对袭人有好感，不忍心告发。而袭人却在王夫人面前伪装得很清白，还建议要防范，这就有点作假和两面派行为了，这是人们厌恶她的原因之一。

袭人的追求是当上宝玉的侍妾，认为晴雯是她的竞争对手，因此就靠献殷勤、自装清白和讨好王夫人来取胜。有人说是袭人"告黑状"害了晴雯。而事实是，在王善保家的告倒晴雯之前，王夫人根本不认识晴雯，甚至连晴雯这个名字都没听说过，对晴雯的唯一印象也只是"看不上那狂样子"。如果是袭人打过小报告，王夫人怎么会对晴雯一点印象也没有？

袭人与宝玉偷食禁果之后，要考虑宝玉的将来，因此不断规劝宝玉读书上进，与宝钗唱和，遭到宝玉厌烦。当宝玉误将她当成黛玉而"诉肺腑"之后，袭人惊恐不已。在宝玉挨打后，她向王夫人进言应管教宝玉，建议让宝玉搬出大观园，说什么"虽说是姊妹们，到底是男女之分，日夜一处起坐不方便，由不得叫人悬心。"王夫人从此对其信任有加，加了一倍月银，让其享受"姨娘"待遇。但她并没有从一而终，最后却嫁给了优伶蒋玉菡。这些事也引起了人们对她的鄙夷和唾骂。

其实，袭人只是一个体面的丫鬟，她的能量有限。宝黛爱情为封建礼法所不容，决策者是贾母、王夫人。袭人只是表达自己的心愿，尽自己的本分而已，并不起决定性的作用。她的性格合乎当时的妇道标准和奴婢守则，她是封建制度的顺民，是忠实的奴才。但说她是悲剧制造者和阴险女奴，确实有点高抬她和冤枉她了。嫁给蒋玉菡也不是她自愿的，并不是什么罪过，只是不符合封建贞洁观而已，况且这对贾府丫鬟来说，还是一个较好的结局呢。

20. 情深义重的紫鹃

紫鹃原来是贾母身边的一个二等丫头，名叫鹦哥。林黛玉进贾府后，贾母看到跟随黛玉的人，保姆太老，雪雁又太小，因此让鹦哥去服侍黛玉。鹦哥后改名为紫鹃，就成了黛玉身边的"首席大丫头"。

紫鹃纯洁善良，勤劳认真，善解人意，细致周到。黛玉刚进贾府，当天晚上就因为宝玉摔玉是因她无玉而起，因此伤心落泪。而向黛玉解释和进行安慰的就是紫鹃，终于劝得黛玉安心睡觉了。这说明紫鹃还是很会抚慰人的心灵的。

黛玉这位小姐与其他主子不同，体弱多病，多愁善感，经常哭泣。紫鹃要比其他房中的丫鬟更辛苦。她不但要照料黛玉的衣食起居，还要关心黛玉的病情，要按时取药、配药、熬药，耐心地安慰和奉劝黛玉，因此紫鹃要付出更多的心血和气力。她为黛玉搞好病中护理，给予黛玉无微不至的关怀与呵护。天气转冷，有一天黛玉到梨香院探视宝钗，紫鹃担心她冷，特让雪雁给她送了一个手炉。黛玉笑问雪雁："谁叫你送来的？难为他费心哪里就冷死我了呢！"雪雁道："紫鹃姐姐怕姑娘冷，叫我送来的。"虽然紫鹃没有露面，但她对黛玉关心、体贴却跃然纸上。

紫鹃对于黛玉的关心体贴还表现在对黛玉的终身大事一直萦萦在怀。她深知黛玉的内心深处是爱慕宝玉，但又难以启齿，于是不顾黛玉口头责备而成为她的代言人。对于宝黛的自由相爱,在贾府是难以得到支持的。开始贾母似有宝黛成婚之意,但随着宝钗的到来,王夫人与薛姨妈暗下功夫,再加上宝黛思想的叛逆和黛玉病重等原因,贾母的态度也变了。在这种孤立的情况下,唯一支持宝黛"木石"姻缘的就只有紫鹃一人了。

紫鹃与黛玉亲密相处,紫娟说她与黛玉一时一刻也离不开,黛玉则把紫鹃当作亲妹妹看待,只有紫鹃能说得动、劝得进。紫鹃受黛玉和宝玉那种追求个性解放、反对封建专制思想的影响,感到宝黛追求的是自己的真爱。而贾府几位小姐婚姻的不幸,也证明包办婚姻的失败。她深知,黛玉只有与宝玉成婚才能遂心所愿,才有幸福可言,甚至才可保住性命。有了这样的认识和情感,紫鹃坚决支持宝黛爱情。她不仅是思想、言语的支持,而且不顾别人的反对,勇敢机智地为实现这桩美好姻缘而积极行动。

紫鹃时刻关注着宝黛爱情的发展变化。当她发现金玉良缘的影响在扩大,黛玉的地位已与日俱下,而宝玉对黛玉的感情也有风波,两人不时争吵。她唯恐黛玉的唯一希望成为泡影,精神再遭摧残,所以就发生了"慧紫鹃情辞试莽玉"的故事。

在宝玉一人独坐时,紫鹃对他说:"姑娘大了该出阁时,自然要送还林家的,终不成林家的女儿在你贾家一世不成?所以早则明年春,迟则秋天,这里纵不送去,林家亦必有人来接的了。"并说还要与宝玉各自归还小时互送的东西,意思是要分手了。这几句话让宝玉仿佛中了一个焦雷,两眼发直,吓呆了,因此惊动了贾府。紫鹃受到了主子的叱责。但她并不后悔,因为这一试,试出了宝玉的真情,宝玉好转后发誓道:"活着,咱们一起活着,不活着,咱们一起化烟,化灰如何?"面对这样的誓言,紫鹃感到欣慰,她悄声告诉黛玉:"宝玉的心倒实,听到咱们去,就这么病起来。"同时她也怕夜长梦多,希望黛玉能够早点作定自己的大事。

接着,薛姨妈来到潇湘馆,宝钗开玩笑说要把黛玉说给她哥哥薛蟠为妻,气得黛玉起来抓她,由此引起婚姻话题,薛姨妈知道薛蟠品质低劣,说这是断然不行的,然后对宝钗说:"我想你宝兄弟,老太太那样疼他,他又生的那样,若要外头说去,老太太断不中意,不如把你林妹妹定给他,岂不四角齐全?"薛姨妈内心早想将宝钗嫁给宝玉,以亲上加亲,这话只是试探,表面作秀。而天真的紫鹃却信以为实,上前央求道:"姨太太既有主意,为什么不和老太太说?"薛姨妈本无此心,见紫鹃要来真格儿的,忙转移话题,说紫鹃:"这孩子急什么?想必催姑娘出了阁,你也要早些寻一个小女婿去了?"实际上这就是拒绝了紫鹃的请求,她以后的行动都是为自己女儿嫁给宝玉而费尽心机,岂肯为宝钗的竞争对手去说这个媒呢?

紫鹃始终坚强地维护黛玉的爱情,呵护着黛玉的身心。黛玉病危时,紫鹃急得忙里忙外,除尽心照料外,每日三四趟去告诉贾母。但这时贾母只操心宝玉和宝钗的婚事,顾不上黛玉了。黛玉弥留之际,紫鹃守护身旁,哭得死去活来。当林之孝家的来传达主子命令,让她过去搀扶新人宝钗,参与调包计时,她坚决拒绝,表现了对这些主子恶毒用心的鄙视和反抗。

黛玉死后,紫鹃看透了贾府的腐朽凶残,对人生也心灰意冷,"算来竟不如草木石头",她选择了出家之路,这也是她最后对封建专制的无声反抗。

实际上,紫鹃成了黛玉这位孤苦女子的利益维护者,也是黛玉这名娇弱病人的全面护理者。她是从身体、心理、感情等各方面对黛玉进行全面护理,还想尽一切办法促成宝黛婚姻,凸显了她的热情诚挚、聪明机智,使黛玉病情几度好转。我们的医护工作,如果能像紫鹃了解黛玉那样,对病人的病情、性格、心理、感情需求全面了解,细心体贴,精心呵护,待病人如亲人,那将大大提高医疗质量,大大促进医患和谐。

21. 平和妥帖的平儿

平儿是贾琏的通房大丫头。宝玉赞她"是个极聪明、极清俊的女孩儿"。她是王熙凤的陪房丫头,从小与凤姐在一起,又陪凤姐嫁到贾府,成为凤姐的心腹和得力助手,协助凤姐这个大管家料理贾府的内务,展示了她的聪慧、干练和善于处世应变。

平儿心地善良,她的性格就像她的名字,平和、沉静、化解矛盾,平息纠纷。她处在错综复杂的关系之间,在夹缝中求生和办事,因此如同夹心饼,磨平了她的棱角。她有奴性,但也有独特的见识,起到了平衡、润泽作用,在贾府丫鬟中她是智商较高的一位。

平儿对主子凤姐是忠诚的,但她在行为放荡的贾琏和凶狠阴险的凤姐中间,遭了许多难,受了许多委屈,甚至无辜遭凤姐打骂,她都忍受了,而且忠心不变。长期与这两位难伺候的主子相处,她也掌握了一套应对办法。

贾琏与多个姑娘私通,平儿从枕套中抖出一绺青丝,说明她是知情的,但她却向凤姐隐瞒了真相,避免了一场风波。凤姐放贷和受贿、存私房钱,平儿则为她隐瞒。因此贾琏和凤姐这两位主子都有把柄在她手里,所以有时也得让她三分。

当然,平儿处处事事还是为凤姐着想的,听从凤姐号令,不违抗,不越权,分担许多家内事,因此深得凤姐信任。李纨曾说她:

"你就是你奶奶的一把总钥匙。"平儿从不争风吃醋,处处让着凤姐,即使贾琏有时要"搂着求欢",也尽力"夺手跑了"。这也是凤姐信任平儿的原因。凤姐以前有四个陪房丫头,都被打发了,只留下了平儿一个人。因为凤姐不能容忍别的美女来争夺她的地位,而留下平儿,是因为封建大家族,嫡子如无妾,会被认为是妻子不贤。所以她留下了一个能让她放心的平儿。

平儿处事还善于照顾四面八方。探春代理家政,那些管家媳妇见她是庶出,认为她缺乏经验,想欺负她,连她的生身母赵姨娘也想占点便宜,前来惹是生非。平儿为树立探春的威信,采取了敬重探春并压制挑事者的办法,既支持探春的改革措施,又说出以前未改的理由,以顾全凤姐的面子。宝钗钦佩地摸着平儿的脸笑道:"你张开嘴,我瞧瞧你的牙齿舌头是什么做的。从早起来到这会子,你说这些话,一套一个样子,也不奉承三姑娘,也没见你说奶奶才短想不到,总是三姑娘想到的,你奶奶想到了,只是必有个不可办的缘故。"对平儿的处事巧妙看得清楚,表示赞叹。

平儿十分同情和自己地位相同甚至更低的奴婢们。她的镯子被宝玉房中的小丫头坠儿偷去,她心知肚明却不愿声张,一来体谅宝玉对丫鬟的宽容,二来保全宝玉和房内大丫头的面子,三来又照顾了病中晴雯的身体,是三面兼顾。在发生茯苓霜和玫瑰露事件中,她迅速查明了情况,如果按凤姐的意思,必然严厉惩处。但平儿劝她:"得放手时须放手","什么大不了的事,乐得不施恩呢?"凤姐听从了她的建议,既诫勉了偷窃行为,宽容当事人,又保护了好人,才使柳家母女得以照常供职。

对于贾赦要强娶鸳鸯之事,平儿坚决站在鸳鸯一边,大骂贾赦为衣冠禽兽,同情和支持鸳鸯。兴儿提起平儿也是连声称好,说她"背着奶奶常作些个好事"。从这些事例可以看出,平儿心地是善良的。她虽然得宠,有一定权力,但她从不狐假虎威,骄横欺人。

贾琏偷娶尤二姐，平儿得知后告诉了凤姐，这件事情她不敢隐瞒。但后来，见凤姐虐待尤二姐，她又十分同情尤二姐，还偷偷给她送饭，引起了凤姐的不满。尤二姐死后，王熙凤推说没有钱治办丧事。平儿偷出二百两碎银子给了贾琏，才把丧事办了。平儿倒没有什么反抗意识，只是设法把事情摆平，争取大事化小，小事化了，息事宁人。

在贾府败落、凤姐去世后，贾环、贾芸勾结巧姐的舅舅王仁，要将凤姐的独生女儿巧姐卖给一个藩王做"使唤的女人"，名义上是嫁给藩王做妾。邢夫人竟然听信此言，要为巧姐做主。邢夫人跟前的一个丫鬟把此事告诉了平儿。平儿感到不对，因为哪有这么匆忙（三天后送去）的出嫁。急忙告知王夫人和宝钗，王夫人前去相劝，邢夫人不听，王夫人说："巧姐的亲奶奶要当这个家，我也无法。"在此情况下，平儿说服王夫人接待了刘姥姥，想出了让巧姐到乡下避难之计。平儿安排周密，亲自护送巧姐到了刘姥姥家，终于躲过了被卖为奴的命运。这件事再次显现了平儿的机智多谋。贾琏返回后为此深受感动，还流下了感激的泪水，打算要扶她为正室。平儿受了那么多苦累，终于有了一个较好的回报。

《红楼梦》有四个回目有平儿的名字，如"俏平儿软语救贾琏""喜出望外平儿理妆""俏平儿情掩虾须镯""判冤决狱平儿行权"等，都属正面，而且突出了她的"俏"。对她外貌的"俏"着墨并不多，而重点写了她处事之"俏"之巧，使平儿的形象十分鲜明地展现在我们面前。

22. 受尽磨难的香菱

香菱是《红楼梦》中最命苦的女孩。她原名英莲,原籍姑苏,是甄士隐的独女。刚一出场就有癞头和尚说她"有命无运,累及爹娘"。5岁那年元宵节,家奴霍启("祸起")带她去看社火花灯,被拐子拐走。长大后,拐子先是将她卖给金陵公子冯渊,中途却被薛蟠抢去做了小妾。宝钗给她起名香菱。

薛蟠娶夏金桂后,香菱被改名秋菱。曹雪芹为她写的判词是:"根并荷花一茎香,平生遭际实堪伤。自从两地生孤木,致使香魂返故乡。"指其出身知识分子家庭,"生得粉妆玉琢,乖觉可喜",父母视如掌上明珠,但她的遭遇却令人伤感,她的名字英莲的谐音就是"应怜"。两地生孤木指的是夏金桂,对她百般虐待,返故乡即指死亡。暗喻香菱是被夏金桂迫害致死的,但高鹗却给她留了个光明尾巴,薛蟠出狱后将她扶为正室。

人们悲叹香菱的命运,但也感慨她的性格弱点。她遭受这么多折磨屈辱,却没有一点反抗精神,也没有一点应对办法,甚至是非善恶不分,对恶人只是顺从、哀求。

香菱12岁被卖,当葫芦僧盘问她的身世时,她说已不记得。当拐子喝醉时,她闻知自己被卖给冯渊,自叹"我今日罪孽可满了"。说明她对被拐遭罪还是知情的。冯公子对她一片真情,决心按正式的婚礼来娶她。而霸道的薛蟠却将冯公子活活打死,却不见香菱有同情冯渊和反对薛蟠的表示。当她在薛家出场时,已经是"嘻嘻笑着玩耍"了。

这种性格的形成,与从小受拐子毒打,脑子受了刺激是有关系的。她因此胆小怕事,逆来顺受,不敢反抗,甚至连不满也不敢流露,甘愿受人的摆布。

在薛家,她名为薛蟠的侍妾,但薛姨妈只拿她当丫鬟对待。见宝钗缺丫鬟就让她过去侍候,见夏金桂吵闹,就要把她拉出去卖了。刚开始还夸她温柔安静,但不久就抱怨她"不会过日子,只会糟蹋东西,不知惜福"。宝钗对香菱还是比较爱护的,但见她对自己的命运并不在意时,就说她"呆头呆脑"。薛蟠是杀死真心爱她的冯公子的凶手,她却对其没有仇恨,还尽心侍候这个缺德少才的浪荡子弟。薛蟠被打时,她还哭肿了眼睛。

夏金桂是狠毒的女人,香菱却对她毫无戒心。听说夏金桂要过门,她还特别高兴。夏金桂嫁过来之后,设计陷害她、折磨她,甚至想毒死她。而她却毫无防备,毫不反抗。有人说她缺心眼,她确实缺乏保护自己的心计和能力。

薛家缺乏管家人才。宝钗热情帮助香菱,教她学会了写字,就是想使她学会管家。如果她能像平儿、鸳鸯一样,逐步参与管家,薛姨妈就会信任和依靠她,她的地位也会提高。夏金桂比她晚了几年才来,又怎敢那样欺侮她?但她却不把管家之事放在心上,一有机会就到大观园闲逛、谈笑,"香菱之为人,无人不怜爱的"。可她得不到人们的敬重。她只顾眼前,不懂得为自己作长远打算。在黛玉的帮助下,她学会了写诗,但写诗并没有提高她对现实生活的认识,没能增强她的求生本领。

香菱缺乏把握自己的命运的勇气。美貌对于她这个没有主见的女孩来说,倒招来了麻烦和痛苦。有人说她脑子有病,其实,她习字作诗是很聪明的,但在人情世故方面却有点呆傻,难以适应当时所处的环境。

因为香菱逆来顺受,符合封建社会禁锢妇女的"三从四德",最后她破例成了薛蟠的正妻。但她还是没有逃脱悲惨的命运,终因难产而死。

难产是指在分娩过程中出现异常。胎儿顺利分娩取决于产力、产道和胎儿三大因素。如果其中一个或一个以上的因素出现异常,即可导致难产。如胎儿方面的问题、孕妇骨盆腔狭窄、子宫或阴道结构异常、子宫收缩无力或异常等,都会造成难产。

在过去,难产被称为孕妇的一道"鬼门关"。新中国成立前,我国孕产妇死亡率为1500/10万,即平均每1万名孕产妇中,约150个会发生难产而死亡。新中国成立后,我国采取了很多措施防治难产。据卫计委最近公布的数字,全国孕产妇死亡率为23.2/10万,即平均每1万名孕产妇中,约2.3个会发生不幸,比新中国成立前大幅度降低了。但生孩子还是有风险的。妊娠期女性身体各组织器官都发生了巨大的变化,有不少疾病是妊娠期的"特发性疾病"。夺去孕产妇生命的前三位疾病是产科出血、羊水栓塞、妊高征(妊娠期高血压)。此外,妊娠期急性脂肪肝、心脏病、产褥感染等,也是孕产妇特有的致命性疾病。

如何降低分娩意外风险?一是要定期做产检,出现问题及时治疗;二是要做好围产期保健,注意卫生,控制好饮食,营养均衡,坚持适当运动,防止胎儿超重;三是注意胎儿发育,避免有害化学、物理因素的影响,戒烟和杜绝被动吸烟,严格控制药物服用,采取有效的防护措施,以实现母子健康平安。

23. 小红与攀高枝

小红原名红玉，是贾府大管家林之孝的女儿。她先是在宝玉的怡红院中当三等丫鬟，受到了大丫鬟的欺负和讥讽。而她却不甘心久居人下，一个偶然机会，受到凤姐的青睐，成为凤姐重用的丫头，最后也有了一个较好的归宿。有人说，小红是贾府里最有心计的丫鬟之一。

红玉的原名中有"玉"字，犯了黛玉、宝玉的讳，因此改名"小红"。她爹是贾府的大管家，虽然也是奴才，但比别人有面子，掌点实权，有点优势。他的女儿小红当然要比其他丫鬟更了解贾府的内情。

起初她被分在了怡红院，本来是想和袭人一样取得宝玉的好感，将来争取做个侍妾。她"原有三分容貌，心内着实妄想痴心的向上攀高，每每的要在宝玉面前现弄现弄"。但宝玉跟前美女如云，晴雯的漂亮，袭人的温柔已抢占先机，麝月、秋纹也有容貌，有资历，不是好挤对的。于是她只好另找用武之地了。

有一天，她和小丫鬟坠儿正说着闲话，只见文官、香菱等上亭子来了，于是又和她们说笑。正在这时，凤姐儿站在山坡上招手叫人过去。其他人还没动静，而小红却连忙离开众人，跑到凤姐跟前，堆着笑问："奶奶使唤作什么事？"凤姐见她说话知趣，便笑道："我的丫头今儿没跟过来，我这会儿子想起一件事来，要使唤个人出去,不知你能不能干,说的齐全不齐全?"小红回答:"奶奶有什么话,只管吩咐我说去,若说的不齐全,误了奶奶的事,凭奶奶责罚就是了。"红玉把凤姐交代的事办得干净利索,回报得滴水不漏,得到了凤姐的赏识:"好孩子,难为你说的齐全。别像她们扭扭捏捏的蚊子似的……"并有了提携她的意思:"你明儿服侍我去罢。我认作干女儿,我一调理你就出息了。"小红当然因此得意,但她的行动却遭到了其他丫鬟们的唾弃和讥讽,认为她是攀高枝。

小红跟了凤姐后,由原来的小丫鬟变成了有身份的"大丫鬟"。但她并不满足于这样的地位,她要摆脱奴才身份,想嫁一个贾府的主子。

也是事有凑巧,一个偶然的机会,贾宝玉的干儿子贾芸来看望他的干老子,正被小红撞见,于是小红"下死眼把贾芸钉了两眼",并趁机跟贾芸搭上了话。小红缘何如此,她看上了贾芸是贾府正宗,长得也还清秀,而且还能到荣国府谋个事儿做,所以有意接近。贾芸善于巴结有权势之人,他借钱买冰片、麝香向凤姐行贿,得了一个在大观园里种树种花儿的活儿;他以儿子的名义送宝玉两盆白海棠,帮助成立了"海棠诗社"。这些红玉都看在眼里,心想能嫁这样一个丈夫,也不枉活一生了。

不久,小红丢了手帕,恰巧被贾芸拾到。她看到贾芸手里拿的手帕,倒像是自己从前掉的,待要问他,又不好问。但在二人相遇时,却眉目传情。贾芸找到小丫头坠儿,托她将自己的手帕送给了小红,而小红又回赠了贾芸一块手绢,两人互赠了"定情的信物"。

小红做了凤姐的丫鬟后,贾芸有事没事就前来向凤姐找"活",这往往由小红接待传话。借此机会,小红向贾芸提起她那年送给贾芸的手帕,贾芸知道那是以此传情,喜得心花怒开,就约小红出来,说悄悄话,还送小红礼物,小红说:"你先去罢,有什么事情,只管来找我,我如今在这院里了,又不隔手。"二人日见亲密。

后来结局如何?有两个版本。一是高鹗所写,贾芸和林之孝以后在一起办事,意味着贾芸成了林家女婿;二是如有的续书和电视剧所言,贾芸、小红结了婚,在贾府被抄,宝玉、凤姐入狱之后,贾芸和小红还分别去探望,设法相救。小红和贾芸帮助刘姥姥把巧姐救出了淫窟。看来这二人并未遭难,而且还有报恩之心。

小红不但为自己有个较好的前途而处心积虑,而且对贾府的前景也有预测。如她在与丫鬟佳慧的谈心中,佳慧为分赏银的事感到不公时,小红说:"也犯不着气他们,俗话说得好:'千里搭长棚,没有个不散的筵席',谁能等谁一辈子呢?不过是三年五载,各人干各人的去了,那时还谁管谁呢?"从这里可以看出,她的见识确实不同寻常。

对于小红的攀高枝如何看?所谓攀高枝,是指跟社会地位比自己高的人交朋友或结成亲戚,与"抱大树、势利眼"含义相近。如为了金钱地位,找靠山,寻门路,溜须拍马,阿谀奉承,拉帮结派,损人利己,这样的攀高枝确实危害不浅,为人所不齿。

常言说:"人往高处走,水往低处流。"小红的内心深处只是不安于被奴役的命运,有自己的追求,有实现这种追求的打算,而且善于抓住机遇,展示自己的才干。这一点比起安于被欺凌、被奴役还是值得肯定的。她并没有陷害别人,只是靠巴结主子,逢迎讨好而改变自己的命运,没有反抗这种压迫制度,这是很大的局限性。她突破束缚,争取自由爱情,还尽量援助别人,在封建社会,这一点也是难能可贵的。

24. 悍妒之妇夏金桂

夏金桂是薛蟠之妻,出身于富贵皇商之家,生得颇有姿色,也颇识几个字。她家广有田地,单长安"城里城外桂花局,俱是他家的,连宫里一应陈设盆景,亦是他家供奉"。"金桂"的名字就是因为她家有"几十顷地种着桂花"而起的。

因金桂父亲早逝,又是独女,其母对夏金桂娇养溺爱,百依百顺,遂养成横行霸道的性情,"爱自己尊若菩萨,窥他人秽如粪土;外具花柳之姿,内秉风雷之性"。因她小名叫金桂,就不许下人口中带出"金""桂"二字来,凡有不小心误说出一字者,她便要苦打重罚才罢。

夏金桂外号"河东狮"。"河东狮"是对妒妻悍妇的代称。苏东坡诗:"龙丘居士亦可怜,谈空说有夜不眠。忽闻河东狮子吼,拄杖落手心茫然。"

夏金桂的性格既泼辣又凶悍。嫁到薛家后,她就先给薛蟠来了个下马威,"自竖旗帜"。薛蟠被她压服,曾经被逼得躲出家门。她对香菱这个才貌俱全的侍妾心存嫉妒恼恨,看作"肉中刺,眼中钉",必欲拔除而后快。先是蛮横地将香菱的名字改为秋菱,接着利用丫鬟宝蟾,使薛蟠忌恨香菱,而至暴打,然后把香菱当小丫鬟使唤,深夜让她多次起来端水和按摩伺候,羞辱和折磨她。最后竟然又"施毒计"想害死香菱。

夏金桂品行不端。薛蟠打死人被下在牢里，夏金桂耐不住寂寞，看到小叔子薛蝌相貌出众，被情欲夺去了理智，不顾廉耻，与贴身丫鬟宝蟾同谋，想与薛蝌勾搭成奸，因薛蝌坚决拒绝而未遂。于是她"天天抱怨说：我这样人，为什么碰着这个瞎眼的娘，不配给二爷，偏给了这么个混账糊涂行子。要是能够同二爷过一天，死了也是愿意。"找帅哥不成，她就降低要求，把淫心转移到本家的过继兄弟夏三身上。薛姨妈曾在金桂屋内撞见过夏三，但被金桂花言巧语遮挡过去。随后她与夏三"已过了明路"，让薛蟠戴上了绿帽子。

夏金桂与婆家人的关系势同水火。小姑宝钗对她的无理取闹，总是尽量忍让，但她却得寸进尺，擅改宝钗为香菱起的名字以示主妇之权，讥讽宝钗想进宫当才女的想法是："天下有几个都是贵妃的命，行点好儿罢！别修的像我嫁个糊涂行子守活寡，那就是活活儿的现了眼了！"让宝钗听了又是羞，又是气。

对于婆婆薛姨妈，夏金桂不但没有尊敬、孝顺的表现，而且还当面顶嘴，用心挟制薛姨妈，气得婆婆"声战气咽"。夏金桂对自己的陪嫁丫鬟宝蟾，也缺乏关爱，只是利用，通过宝蟾迫害香菱，勾引薛蝌，一旦发现宝蟾威胁到自己的利益，她就要进行压制。她有心计，但都是用在制服婆家人和勾引小叔子上面。而其他方面，她既不会吟诗操琴，又不能治事理家，更不屑于做针线女工，其拿手本事是：遇事能哭、能骂、能打，撒泼闹事，聚众斗牌作乐，啃着骨头喝酒，出口见脏，行为不检，揽"搅屎棍""败家精""麻烦制造者"于一身。她处处为自己打小算盘，以欺侮、伤害他人为能事，其结果是害人、害家，最后也害了自己。

夏金桂这样的作为，使本来认为"女儿是水，让人清爽"的贾宝玉深感迷惑，他质疑：夏金桂"举止形容也不怪厉，一般是鲜花嫩柳，与众姐妹不差上下的人，焉得这等样情性，可为奇之至极。"于是这才向江湖术士王一贴询问："如何治女人的妒病？"

夏金桂的经历打破了"门当户对、富贵联姻"和"父母之命、媒妁之言"婚姻美满的神话。夏薛两家按说都是豪富官商,婚姻也是经两家家长商定的,但结局却是如此悲惨。这说明,婚姻是否美满幸福,不取决于家庭贫富,而在于两人的品德、性情,在于两人是否互相了解,感情是否融洽,否则就会成为一场悲剧。宝钗婚姻是一种类型,二人并无爱情,但沉默维系,最后一方出走;迎春与孙家的婚姻是又一种类型,女方被虐待而死;薛夏婚姻是另一种类型,男方浪荡鬼混,女方骄横凶残,搅得家庭衰败。封建婚姻葬送了多少男女青年的幸福。

有人认为,夏金桂虐待香菱、排斥宝蟾是反对男人纳妾,近乎主张一夫一妻制;她勾引薛蝌是争取自由爱情,是对包办婚姻的不满;她制服薛蟠、婆婆、小姑是对封建礼教的反抗。因此认为金桂也有进步和值得同情的一面。其实,这是由于对夏金桂缺乏全面分析。夏金桂并没有什么明确的主张,只是为了满足自己的私欲而不择手段,她勾引薛蝌不成又与夏三通奸,是道德败坏,哪里谈得上什么自由爱情。

古语云:"玉不琢,不成器。人不学,不知义。"夏金桂从小娇生惯养,家长缺乏对她的道德教育,看是对女儿的"珍爱""富养",结果却养成了她肆意妄为、以自我为中心、凶暴残忍、贪图享受、道德败坏的性格,至今仍应引以为训。同时也可以看出所谓"女儿要富养,男孩要穷养"这句俗语的片面性。

25. 王一贴与现代"神医"

你想了解现代"神医"的奥秘吗？《红楼梦》中的王一贴可谓一位揭老底者。虽然这个人物距今已有300多年,但他的伎俩还是被不断地抄袭应用。

《红楼梦》第八十回,贾宝玉到天齐庙还愿,王道士陪他说话。这位王道士并不专心悟道,而是个卖药的兼职大夫。道观门外挂着招牌："丸散膏药,色色具备,可治各种疾病。"他经常在宁荣二府走动,人们给他起了个诨号,叫作王一贴,指其膏药灵验,一贴病除。

王一贴并不懂医,但巧言令色,善于包装,给自己披上了擅治各种疾病的外衣,而且把中医词汇玩弄得滚瓜烂熟,说什么"若问我的膏药,说来话长。其中底细,一言难尽。共药一百二十味,君臣相济,温凉兼用。内则调元补气,养荣卫,开胃口,宁神定魄,去寒去暑,化食化痰；外则和血脉,舒筋络,去死生新,去风散毒。其效如神,贴过便知！"还说"百病千灾无不立效！"他承诺："若不效,只管揪胡子,打我这老脸,拆我这庙,何如？"其诱惑力、欺骗性确实不小。

王一贴靠一贴膏药来应付百病,根本违背医学原理。疾病是多种多样的,患者的性别、年龄、体质、病种、病情等大不相同,一贴膏药哪能有此神效。他既违背道规,又背离医理,千方百计地想赚钱"射利",不会治病偏说会治病,而且越难治的病他越能治。这明显是忽悠人的,连起码的道德都丧失殆尽了。

王一贴其实什么病也治不了,但他却要打肿脸充胖子。宝玉向他要"治女人妒病的方子",他虽承认此病"听也没听见过",可是却不甘心说不能治,竟说:"但有一种汤药或可医治,只是慢些儿。"随即开出一副所谓"疗妒汤"的方子:"用极好的秋梨一个,二钱冰糖,一钱陈皮,水三碗,梨熟为度,每日清晨吃一个梨,坚持下去,即可见效。"宝玉懂得些药理,当即揭穿这是胡诌。王一贴只得道出实情:"横竖这三味药都是润肺开胃的,不会伤人,既止咳,又好吃。人终究是要死的,死了哪还有妒? 那时就见效了!"可见王一贴脸皮之厚,心肠之黑,拿人命开涮,当挨了骂后又说"告诉你们说,连膏药也是假的! 我有真药,我还吃了做神仙呢,有真的跑到这里来混?"这才说了实话,隐含显示自己骗术高明的意味。

我们再来对照一下现代"神医"的表现。他们同王一贴一样,不懂医学或仅知一点皮毛,但会搬弄医学术语;也善于包装,擅长挂大招牌,不惜重金登广告、出书、搞宣传。他们不怕吹破天,说什么"发现黄帝内经""几代家传秘方""死刑犯临死前献的奇方"、是"盖世华佗""医圣再世",等等。那位害死多条人命的胡"神医",吹嘘自己"医术如神,包治百病,什么癌症、肝炎、高血压、阳痿诸病,一应手到病除"。对高血压,他说:"我治高血压就跟治感冒一样。"对现代医学还未攻克的癌症,"神医"自称可达90%的治愈率。他们不但不用听诊器、检验、X线透视、CT、核磁共振,而且中医的"四诊"也免了。就单凭肉眼来判断是什么病。这哪有一点医学科学的味道,全是痴言妄语。

现代"神医"用药也与王一贴相似,基本上也就是一种。如胡神医就是用芒硝。那位张神医用的也是单方,如喝绿豆汤可以治疗肺癌、糖尿病、心脑血管疾病、肺炎等数十种常见疑难病症;

生吃茄子能降血脂等等。说来可笑,他自己得了脑梗,却要住院治疗。还有的就是不管什么病,都是开一大包同样的药,还说是特效秘方,其实就是常用的草药,甚至有的还搀了红薯梗、芝麻叶之类,治不了病也死不了人。但并非无害,王一贴的妒妇方糖尿病患者就不适用。生吃泥鳅反招来肝脏损害。而延误正确治疗,错失最佳治疗时机,那就更是"神医"不可推卸的罪责了。

现代神医利用的手段,比起王一贴来可是进步得多了,如利用现代媒体、电子广告等,还有医托为其效力,其传播之广、欺骗性之强、为害之深、赚钱之快,是王一贴望尘莫及的。

王一贴被质疑时还兜底说了实话。而现代神医往往被揭露后还竭力强辩,不认输,受了处罚甚至被判了刑,一遇机会就死灰重燃,再操旧业骗人。这些年,神医前仆后继,如同韭菜,割了一茬又长出一茬。为何会出现这种情况?因为他们掌握了不少人"病急乱求医"的心理,了解到有些人医学知识缺乏的现状,在现代医学还有许多难解之谜和难治之病的情况下,就有了空子可钻,有不小的市场,所以故伎重演而能得逞。

对待所谓神医应持什么态度呢?贾宝玉的做法是,自己掌握了一定的医学知识,对神医吹嘘的那一套不相信,不受骗。同时他还提出问题进行试探,让神医露出马脚,然后揭露他是"油嘴的牛头",逼他说出实话。这些办法现在还适用。当然,随着医学科学知识的普及,人们的识别能力逐步提高,神医的市场会逐渐萎缩。有关部门加大对假医假药的打击力度,让神医这种怪象难以重演,更十分必要。

26. 缺德乏术的胡太医

《红楼梦》中的胡太医名叫胡君荣。有人认为他与给晴雯诊病的胡庸医是两个人,所谓太医指的是太医院里的当值大夫,比起一般大夫应当高明一些。其实两者是同一人。因为书中交代:"小厮们走去,便仍旧请了那年给晴雯看病的太医胡君荣来。"这位胡太医不但医术不高,而且医德沦丧,"庸医"尚不能概括其丑行。

这位胡太医给晴雯看病,诊了一会儿脉,结论是"外感内滞",说:"不过是气血原弱,偶然沾染了些,吃两剂药疏散疏散就好了。"既是如此,他却在开了紫苏、防风、桔梗等药后,还加上枳实、麻黄这样药性较猛的药。他的治则不过是"疏散疏散",而用的药却是"急攻",而且缺乏根据性别、体质强弱而辨证施治。当时这种医生不少是靠用钱买来的职位,不学无术,只能背诵一些成方,然后生搬硬套。

胡太医再次出现是为尤二姐看病。尤二姐受了凤姐的骗,进入大观园,受尽虐待而患病。当贾琏来看望时,她泣告:"我这病便不能好了。我来了半年,腹中也有身孕,但不能预知男女。倘天见怜,生了下来还可,若不然,我这命就不保,何况于他。"贾琏亦泣说:"你只放心,我请名人来医治。"于是出去即刻请医生。谁知王太医谋干了军前效力,小厮们只好请来胡太医。

胡君荣诊脉看了，说是经血不调，全要大补。贾琏提醒说："已经三个月没来月经，又常吐酸，恐是胎气。"胡君荣听了，复又命老婆子们请出手来再看看.尤二姐少不得又从帐内伸出手来.胡君荣又诊了半日，说："若论胎气，肝脉自应洪大，然木盛则生火，经血不调亦皆因由肝木所致，医生要大胆，须得请奶奶将金面略露露，医生观观气色，方敢下药。"贾琏无法，只得命将帐子掀起一缝，尤二姐露出脸来，胡君荣一见，魂魄如飞上九天，通身麻木，一无所知。一时掩了帐子，贾琏就陪他出来，问是如何，胡太医道："不是胎气，只是迂血凝结。如今只以下迂血通经脉要紧。"于是写了一方，作辞而去。

贾琏命人送了药礼，抓了药来，调服下。只半夜，尤二姐腹痛不止，谁知竟将一个已成形的男胎打了下来，于是血行不止，二姐就昏迷过去。贾琏闻知，大骂胡君荣，一面再遣人去请医调治，一面命人去打告胡君荣。胡君荣听了，早已卷包逃走。急得贾琏查是谁请了姓胡的来，一时查了出来，便打了半死。尤二姐因失子无生存希望，再加上被秋桐侮辱，吞金自杀。

从这段描写可以看出，胡君荣诊脉错误，把怀孕说成"经血不调"。贾琏已经提到"恐是胎气"，而胡君荣却武断地说："不是胎气，是迂血凝结。"贾琏求医本为尤二姐治病保胎，结果却是打了胎又加重了病情。如果仅仅是个庸医，他拿不准是什么病，一般不敢坚持己见。但胡君荣竟然十分固执，坚持应用凶猛的打胎药，那就难免是别有用心的了。

《红楼梦》对胡君荣擅用虎狼之剂打掉尤二姐所怀之男胎写得很详细，但是对于他为何如此这样做，却没有明白揭示。这是作者惯用的手法，扑朔迷离，留点悬念，让读者去猜测。但有线索可寻，有暗示可查。这一章的标题是"弄小巧用借剑杀人"。谁弄小巧借剑，谁是被借的剑，答案并不难找。

经常为贾府诊治疾病的是王太医，为何这时偏去军前效力了？凤姐的娘家是武将，王子腾是军方要人，这种故意安排当然不难。也有可能是凤姐指使小厮假报王太医不在，故意请来胡君荣。凤姐最担心的是尤二姐生了儿子，提高了在贾府的地位，威胁自己的权势，所以定会不择手段，加以破坏。

胡君荣为何一见尤二姐之面便"魂魄如飞上九天，通身麻木，一无所知"？可见他是一个贪色之徒，见了美貌女子便失魂丧魄。同时，他已接受贿赂，要下狠药使这位女子堕胎。而这位女子乃是侯门妻子，因此他十分恐惧，知道如此做后果严重，但是不如此做，则更加危险，所以胡君荣惊悸万分。

胡君荣为尤二姐看病时的表现很反常，一会要大补，一会又说血瘀，连最基础的脉理都不通，竟然开出迅猛的打胎药方，可见是有预谋的。同时，看过病之后的表现也很异常。他已做好了逃跑的准备，也许是指使他的人嘱咐他赶快逃走。所以，贾琏要抓他时，他早已逃之夭夭。

谁是胡君荣堕胎的幕后指使者？非凤姐莫属。书中已挑明：凤姐要用"借剑杀人"之法，"坐山观虎斗"，等秋桐害了尤二姐，自己再害秋桐。凤姐是个有名的醋坛子，对尤二姐怀恨在心。古代有"不孝有三，无后为大"之说。而尤二姐的身份是新二奶奶，如果生下了男孩，随时可能被扶正。凤姐虽出身豪门，如果生不出儿子，就是犯了"七出"，随时可能被代替。所以事关凤姐的地位前途，她当然不容许尤二姐生下儿子。于是她借助胡君荣这把暗箭消除了对自己最大的威胁。

令人气愤的是，胡君荣不但治病乏术，而且被人收买，故意用堕胎药，一下害了母子两条人命。这种见利忘义、草菅人命的人，连起码的医德都不具备，玷污了医生这一神圣的称号。

27. 贫不移志的邢岫烟

邢岫烟是邢夫人的内侄女,邢夫人的兄长邢忠的女儿。邢忠家道贫寒,一家人前来投奔邢夫人。贾母知道后便和邢夫人说:"你侄女儿也不必家去了,园里住几天,逛逛再去。"因此她住进了大观园。《红楼梦》对她性格、心理的描述,使我们又认识了另一个独具特色的女子。

邢夫人对邢岫烟并不真心疼爱,只不过略尽亲戚之情,通过凤姐将她安排与迎春住在一起。迎春连自己都照顾不好,哪里顾得了别人。迎春的软弱使她的丫头、婆子势头强硬,蛮不讲理。对岫烟这个无钱无势的外来的亲戚,更是不放在眼里。

面对这种情况,岫烟宁可自己受委屈也不声张。她自己掏钱打酒也要打点那些"嘴尖"的丫头、婆子。受了婆子欺侮,还为欺侮她的婆子讲情。她面对贫穷的父母和"非真心疼爱"她的姑母,没有产生不满和抱怨,还是按邢夫人的嘱咐,把微薄得连自己也不够用的二两月钱中拿一两给父母。

邢岫烟出身贫寒,却端雅稳重,温厚平和,因此贾府中人都善待她。连凤姐这个善于挑剔之人,都对岫烟产生了怜爱和疼爱之心。凤姐连黛玉、宝钗都有微词,说:"一个是美人灯儿,风吹吹就坏了;一个是拿定了主意,'不干己事不张口,一问摇头三不知'。"而对邢岫烟的评价却是"冷眼敁敠岫烟心性为人,竟不像邢夫人及他的父母一样,却是温厚可疼的人"。因此怜她家贫命苦,比别的姊妹多关照些。

薛姨妈也看上了邢岫烟。原来想把她说与薛蟠为妻,但考虑到薛蟠的行止浮奢,怕糟蹋了这个好女儿,遂改为与薛蝌配婚。这段婚姻,是薛姨妈提议,贾母、王熙凤认可,邢夫人赞同,然后经邢忠夫妇同意的,是符合"父母之命,媒妁之言"的。但这并非完全由他人摆布,其中也有邢岫烟个人的主见。

邢岫烟同意这门亲事,并不是羡慕薛家的财富,而是因为在路上曾见过薛蝌,对他的品貌有所了解。同时书中说:"岫烟心中先取中宝钗,然后方取薛蝌。"说明邢岫烟在与薛宝钗接触中,感到宝钗待人、处事令人敬服,同时也了解到薛蝌品行端正,与自己的心愿暗合。薛蝌是一个诚实的男子,对于夏金桂、宝蟾的挑逗毫不动心,洁身自守,而且帮助料理薛家经营和营救薛蟠之事,显示了才干。他与岫烟还是十分般配的。这一对结合可能是《红楼梦》里少有的较为美满的婚姻。

封建包办婚姻是悲剧产生的根源,《红楼梦》精心写了这些悲剧。但邢岫烟和薛蝌,因不是主要继承者,掌权者干预较少,知二人见过面彼此有好感,因此按程序走走过场,这样反而摆脱了悲剧命运。如果硬要将岫烟嫁给薛蟠,那就是另一种结局了。

薛宝钗对邢岫烟是同情和疼爱的,经常体贴接济她。邢岫烟有了困难从不向人张口,有一次竟然拿棉衣当了几吊钱作为盘缠,谁知当棉衣的当铺竟是薛家开的。宝钗得知后开玩笑说:"人没过来,衣裳先过来了。"宝钗心细,了解岫烟的困境和心情,用心帮她解围,不声不响地赎回了她的衣物,还尽力帮助她。岫烟也像对待亲姐姐一样尊敬宝钗,听从她的劝告。

宝玉、宝琴过生日十分热闹,许多人拜寿送礼。岫烟也是同一天生日,她却守口如瓶。史湘云脱口说了出来,探春才帮助安排,"赶着补了一份礼"。岫烟这才"少不得要到各房去让让"。

但她衣着简朴,收礼微薄,打扮和气派与其他小姐相差甚远。可贵的是,她并没有感到难堪,没有攀比,没有自惭形秽,而是从容随和,平静自然。

岫烟这种超然淡泊的性格,在某些方面是受了妙玉的影响。岫烟与妙玉曾在姑苏做过十年邻居,所认的字都承妙玉指授,曾说妙玉与她"是贫贱之交,又有半师之分"。因此两人重逢后,经常来往。宝玉接到妙玉以"槛外人"为名的拜帖后,不知以何名义回帖而发愁,多亏岫烟指点,署了"槛内人",正合妙玉心思。宝玉赞岫烟:"举止言谈如野鹤闲云。"但她没有妙玉的怪僻,待人平易,清贫而不孤高。

岫烟的《咏红梅花》写道:"桃未芳菲杏未红,冲寒先已笑东风。魂飞庚岭春难辨,霞隔罗浮梦未通。绿萼添妆融宝炬,缟仙扶醉跨残虹。看来岂是寻常色,浓淡由他冰雪中。"诗句体现了她的性情,温柔安静,随遇而安。

岫烟人如其名。"岫"是山穴、峰峦;"烟"指山中的雾气或云气,青山隐隐,云烟袅袅,很符合人物清淡娴雅的性格。但是也显示了一种消极无奈的态度。她的容貌不如宝琴美艳,才能不像探春出色,才华不及宝钗出众,更缺乏黛玉的聪明和对世俗的鄙视和反抗精神。岫烟没有自己的希望和追求,没有改变现状的勇气,只是被动接受和适应现实,她的平淡蕴含着胆怯、平庸,所以只能是个点缀型人物。

28. 欲洁未能洁的妙玉

妙玉是一个带发修行的尼姑,苏州人,祖上是读书仕宦之家。因自小多病,买了许多替身儿皆不中用,三岁在玄墓山蟠香寺出家。不久其父母亡故,由师父带在身边养大。

妙玉十七岁时,随师父进京。师父圆寂时遗言,让她在京静居。次年,贾府起造大观园,王夫人下帖请她进贾府,入住栊翠庵。

妙玉美丽聪颖,心性高洁。中秋之夜,湘云、黛玉在凹晶馆联诗,当联出"寒塘渡鹤影,冷月葬花魂"的警句,不知如何往下接时,妙玉请她们到栊翠庵中,提笔续诗:"钟鸣栊翠寺,鸡唱稻香村",将联诗境界推进一步,可见其才华出众。

宝玉失玉,岫烟请妙玉扶乩,有"青埂峰下倚古松"之语。贾家被抄后,贾母病危,妙玉前来探望。贾母出殡当晚,妙玉出园,到惜春房里座谈、下棋,被入室打劫的贼寇盯上。次日夜间,妙玉遭劫,过了些时日,贾府传闻妙玉不甘受辱,被贼寇杀害了。

《红楼梦》为妙玉下的判词是:"欲洁何曾洁,云空未必空;可怜金玉质,终陷泥淖中。"还有一首题名"世难容"的形容妙玉的曲子,内容为:"气质美如兰,才华馥比仙。天生成孤僻人皆罕。你道是啖肉食腥膻,视绮罗俗厌;却不知太高人愈妒,过洁世同嫌。"

妙玉的一生是典型的悲剧。一个美如天仙、才华横溢的女子,却孤僻自傲,令人厌恶,爱好清洁过度令人嫌,守身如玉但最后却落入盗贼之手。妙玉的经历,展现了美是怎样被摧毁的。这主要应归罪于封建社会,但妙玉自身也存在着心理方面的问题。

妙玉最明显的心理问题是"洁癖"。贾母等带刘姥姥到栊翠庵吃茶。妙玉用名贵茶具"成窑五彩小盖钟",捧了一杯"旧年蠲的雨水"泡的"老君眉"给贾母。贾母只品了半盏,剩下的给刘姥姥一口吃尽。道婆收回刘姥姥用过的茶杯时,妙玉便嫌脏不要。当宝玉说茶杯"白撂了"可惜,不如给了刘姥姥可以卖些钱度日。妙玉虽然同意,却强调"幸而那杯子是我没吃过的,若我使过,我就砸碎了也不能给他"。在吃"体己茶"时,黛玉好奇地问泡茶用的"也是旧年的雨水?"妙玉冷笑道:"你这么个人,竟是大俗人,连水也尝不出来。这是五年前我收的梅花上的雪,今年夏天才开了。你怎么尝不出来?隔年蠲的雨水哪有这样轻浮,如何吃得。"

刘姥姥虽穷,都是身体健康之人,她用过的茶具清洗过后当然可以再用。妙玉却因为刘姥姥用过,就要把珍贵的茶具扔掉,连富贵公子宝玉都感到可惜。雨水和梅花上的雪化过之后,在清洁度和营养成分方面不会有很大的差别,黛玉是个很讲究的人,妙玉却把她说成"大俗人",把自己珍藏的雪水说得玄妙无比,这当然会引起人们的反感。

爱清洁、讲卫生是好习惯。但妙玉太过分,成了洁癖。洁癖是强迫症的一种,即把正常卫生范围内的事物认为是肮脏的,感到焦虑,强迫性地清洗、检查及排斥"不洁"之物。患者往往有完美主义倾向,要求绝对清洁,认为周围的人和物大多是"肮脏"的,立即流露出要拒绝或隔离的情绪。

有了洁癖,不但精神受压抑,而且会导致免疫力低下,抗病能力减弱,反而更容易感染疾病。同时认为处处不洁,难与别人交往、相处，活动范围狭窄，会更加孤僻。

洁癖形成的原因：一是遗传因素：不少人的洁癖来自遗传。二是心理因素：发生突发事件，如家庭搬迁、亲人亡故、父母或自己的离异等，引起的心理紧张、情绪波动，成为洁癖诱因。三是社会因素：当进入青少年时期，生理发育上的明显变化，与社会交往过程中的不适应，均可导致洁癖的出现和加重。外界的不良刺激，严重的精神创伤，如突然惊吓、严重的意外事故等，也会引起洁癖。四是家庭因素：家庭教育过于严格、古板、甚至有些冷酷，因此患者谨小慎微、过分琐碎细致、固执，缺乏人情味及灵活性。有的家长对孩子的卫生要求过高过严，逼着孩子反复洗手。这种强烈的暗示，对敏感内向的孩子影响更大。五是性格因素：大部分患者都有特殊的性格特征，如过分讲究，有一定的知识但死搬硬套，生活刻板，过于谨慎，多疑。陷于迷信的人，在心理紧张、感染疾病时，更易诱发洁癖。

较轻的洁癖仅仅是一种不良习惯，可以通过提高认知能力，控制不良行为来克服。如改变任性、急躁、好胜等思维方式，扭转过于苛刻呆板、强求过度纯净的处事方法，不认死理，不钻牛角尖。要换位思考，尊重别人，培养乐观、豁达、自信、宽容的良好性格。如果是较严重的洁癖，则属于心理疾病，是强迫症的一种，应该及时到正规医院，请专业医生治疗。一般以心理治疗为主，辅以药物，是不难治愈的。

29. 探究赵姨娘的死因

赵姨娘活着爱惹是生非,是贾府内一个麻烦制造者,而她的死也不寻常,演出了一场闹剧。

《红楼梦》第一一二回,贾母出殡到铁槛寺后,贾府被盗,于是提前辞灵返回。正在套车备马要走时,赵姨娘却趴在地上起不来,满嘴白沫,眼睛直竖,把舌头吐出,把家人吓了一跳。过一会儿,她醒来,又胡言乱语,先是如鸳鸯附体,要跟老太太回南去,接着又说是阎王把她捉去,要审问她和马道婆合谋要害凤姐之事。

人们见她这种状况,都以为是中邪了,巴不得避而远之。她的丈夫贾政原是个甩手主儿,王夫人与她有嫌隙,也撒手不管,只有宝钗安排周姨娘照应她。赵姨娘见人少了,更加混说起来,有时趴在地下叫饶,说:"打杀我了!红胡子的老爷,我再不敢了。"有一时双手合着,也是叫疼。眼睛突出,嘴里鲜血直流,头发披散,人人害怕,不敢近前。那时又将天晚,赵姨娘的声音只管喑哑起来了,居然鬼号一般。无人敢在她跟前,只得叫了几个有胆量的男人进来坐着。赵姨娘一时死去,隔了些时又回过来,整整地闹了一夜。到了第二天,也不言语,只装鬼脸,自己拿手撕开衣服,露出胸膛,好像有人剥她的样子。可怜赵姨娘虽说不出来,其痛苦之状实在难堪。

危急之时,请来了大夫,但大夫"也不敢诊治,只嘱咐'办理后事罢'",说了起身就走。那送大夫的家人再三央告说:"请老爷看看脉,小的好回禀家主。"那大夫用手一摸,已无脉息。

赵姨娘就这样蓬头赤脚地死在炕上。人们都认为她是鬼附体,是因为她存心害人被阎王拘押审讯,在阴司里被拷打,因此不得好死。赵姨娘究竟死于何病呢?

从赵姨娘突发暴病的早期情况来看,是癫痫发作的典型症状。癫痫是大脑神经元突发性的异常放电,导致短暂的大脑功能障碍的一种疾病。由于异常放电的起始部位和传递方式的不同,癫痫发作的临床表现复杂多样,可表现为发作性运动,感觉、自主神经、意识及精神障碍。我国传统医学对癫痫还是有所认识和研究的,老百姓也知道这种病,并形象地称之为"羊角疯"。随着医学科学的发展,目前癫痫患者经过正规的抗癫痫药物治疗,约70%的患者的发作是可以得到控制的,其中50%～60%的患者经2～5年的治疗可以痊愈。但是过去人们对于鬼附身却感到很诡秘,甚至很迷信。

按现代医学的观点来看,这种所谓鬼附身的说法是十分荒谬的迷信之言。但是有人在昏迷后能惟妙惟肖地模仿已经逝世者的言语行动,或像赵姨娘那样胡言乱语,如在阴司受审,交代自己的隐秘,那是怎么一回事呢?

人的大脑是十分复杂和精密的,它由140亿个大脑细胞组成。这些细胞都各有职能,如分管听觉、视觉、动作、思维、语言等。

但是,人如果患了某种与脑神经有关的疾病,出现昏迷症状,绝大部分脑细胞处于受抑制状态,这时会有一些集存最深印象的脑细胞仍处在极度兴奋中,这时就出现了言行失常的现象。表现有类似过往死者的言语动作也并不奇怪。因为在病人的头脑中,某位死者的语气、神态,已经在患者脑海中留下了特别深刻的印象;或者某些事情很不寻常,深埋于心,一旦出现神智昏迷时就可能表现或叙说出来。这并非什么鬼魂作怪,而是大脑细胞的功能发生紊乱,也可解释为脑磁场、脑电波发生异常,是癫痫发作的一种表现。说"鬼附身"则是由于迷信有"鬼"的人幻想出来的。一个身体健康、头脑冷静、意志坚定的人,是绝不会有这种现象的。

赵姨娘有癫痫症状可以确定,但导致癫痫有多种原因。有的医学专家认为,根据赵姨娘平时的情况和发病特点,可排除原发性癫痫。而继发性癫痫常源于颅内某种器质性疾病,如脑血管意外、肿瘤、寄生虫、感染,等等。赵姨娘发病急骤、短时内死亡,可能属于脑血管意外,诊断可能为继发性癫痫,病因为脑出血。我认为这个诊断还是比较符合实情的。贾府人们说她是因罪恶深重被阎王惩罚而死,不仅是迷信,而且是冤枉了赵姨娘。我们应当运用现代医学,揭开"鬼附身"的神秘面纱,使这类患者能得到及时合理的治疗,避免再遭误解和伤害。

30. 尤二姐的性格弱点

尤二姐和尤三姐是《红楼梦》中两个悲剧性的美女,简称"红楼二尤",但俩人性格迥异,死因不同,给人们留下了深刻的印象,被反复议论、深入思考。

二尤是宁国府继承人贾珍妻尤氏的妹妹。但她们与尤氏既不同父又不同母,是因为她们的母亲在与第一个丈夫生下她们以后就做了寡妇,后来改嫁尤家,所以姐妹也姓了尤。

尤二姐从小就被生父许配给皇粮庄头的张家,后来张家出了事,这桩亲事就拖了下来。与贾府搭上了亲戚关系后,尤二姐与贾珍勾搭成奸。宁国府在办理贾敬的丧事时,需要有人看屋,于是尤老娘就带着二尤进了宁府。贾珍、贾蓉乘机调戏尤二姐,而尤二姐也不够自重,与他们嬉笑打闹。贾蓉为了避开其父贾珍,能多与尤二姐接触,就与贾琏密谋,让贾琏偷娶了尤二姐。

尤二姐自知名声不好,曾在贾琏夸奖她美丽时诉说:"我虽标致,但没品行。"贾琏受凤姐压抑太久,对女人有点饥不择食,所以并不在意,反而宽慰尤二姐:"人谁无过,知错就改就好。"贾琏让下人称呼尤二姐为"奶奶",并希望她生下子嗣。尤二姐也认为一生有靠了。

但事情并没有像尤二姐想象的那样简单。她与贾琏的秘事不久被凤姐发觉。凤姐采用先甜后苦、借刀杀人等手段,将尤二姐骗入荣府,先是拉拢诱惑,接着就步步紧逼,借秋桐之口辱骂羞辱,借丫鬟之手虐待摧残,借其原定婚姻的张家告状纠缠,最后借庸医之虎狼药打掉了尤二姐腹中的男胎,使她丧失了活下去的最后一线希望。

尤二姐的悲剧与她懦弱、轻信、柔顺、自卑的性格是有直接关系的。

懦弱,使尤二姐在与贾府连上亲戚后,就没有抵挡住姐夫贾珍的威逼利诱,被他玩弄到手;同时与贾珍儿子贾蓉的关系也十分暧昧。这对一个未婚姑娘来说是太轻率、太不自爱了,没有坚守住自己品德的最后底线。在当时的封建社会,对贞洁看得尤其重要。如果失去贞洁,就是不守妇道,会受人歧视,抬不起头来。

轻信,使尤二姐先是被贾琏偷娶,接着又陷入凤姐精心设计的陷阱。贾琏的贴身小厮兴儿,曾经向她揭露过凤姐的阴毒残暴:"明是一盆火,暗是一把刀"。而尤二姐却说:"我只以理待她,她敢怎么着我?"她太低估凤姐的狠毒手段了,对于凤姐的阴谋诡计毫无识别能力,甚至还"感谢不尽",正如"被卖还帮助数钱""被杀还称赞刀块"一样。

柔顺,使尤二姐缺乏主见,缺乏判断力,一切听从别人摆布。贾琏在时,一切听信贾琏、依靠贾琏。贾琏离开,她就轻信凤姐的甜言蜜语,未经贾琏同意,就轻易离开原来住地,中了凤姐的圈套。她有不切实际的幻想,认为贾琏会实践诺言:凤姐多病不再生育,如果早死,自己生子后就会被扶正。然而这些都成了泡影。秋桐来后,贾琏见异思迁,就把尤二姐抛在了脑后。

自卑,使尤二姐一味退让、忍受。她不但在贾琏、凤姐面前低三下四,悔恨自己的过去,而且受了丫鬟的欺负,也不敢声张,还替她们掩饰,结果饮食粗劣,备受欺侮,身心遭到摧残。尤三姐托梦与她,让她杀凤姐报仇,而她却哭道:"我一生品行既亏,今日之报,既系当然,何必又去杀人作孽?"看,她由自卑变自责,认为自己受迫害是理所当然的。这是男尊女卑和女人祸水论的流毒。

由此看来,尤二姐既是死于凤姐之手,也是死于封建礼教的屠刀之下。封建的贞洁观使她失去了对自身价值的正确判断,失去了反抗精神,最后连活下去的勇气也丧失了,在绝望和悲痛中吞金自杀。人们对她寄予很大同情,但也"哀其不幸,怒其不争,叹其不悟"。

我国古代传闻中多有"吞金自杀"之说。古代文献里还有某人喝了少量金箔酒毙命的案例。但根据现代医学研究,纯金并没有毒性。吞金并不会引起中毒死亡。有人推测,是由于当时冶炼技术的限制,金制品纯度不高,含有其他有毒杂质,或者是在金箔上涂了其他毒物所致。因此,如果说"吞金自杀",其原因不会是由于金的毒性,而主要是由于金制品通过机械性刺激等,导致消化道破裂、出血及发生其他并发症所致,如是这种情况,一定是疼痛难忍,辗转翻滚,不会像尤二姐死后那样平静地穿戴整齐,死在炕上。

有两件实例。一是清末黑龙江将军寿山,城破后自杀,先吞了两个金戒指,但未能致命,最后让他的警卫员补了两枪才死。二是溥仪的生母瓜尔佳氏,因复辟未遂又遭端康太妃羞辱罚跪,吞金而死。而实际上她是吞食鸦片掺着烧酒、金粉而自杀的。这说明单靠吞金是不会很快丧命的。小的金制品会随着粪便自然排出来,大点的会刮伤、撕裂食道,如堵在胃肠道,会影响胃功能和排出困难,但也不会很快死亡。现代医疗条件是可以通过手术取出这些异物的。

31. 尤三姐的三部曲

尤三姐是尤二姐的妹妹,她和尤二姐一同进了宁国府,与尤二姐一样,也受到了贾珍、贾蓉等的欺辱。但尤三姐与尤二姐任人摆布的性格不同,她认清了贾珍等的丑恶用心和不良企图,采取了揭露和反抗的态度,并大胆追求真正的爱情和自主婚姻。然而由于身居贾府,名声受损,最终以自杀结束了自己年轻的生命。

说起来二尤与宁国府有一层姻亲关系,但十分浅薄,她们与贾珍之妻尤氏,既不同父,也不同母,贾珍、贾蓉等也从未把她们当作亲戚来看。在他们眼中,尤氏姐妹就是两朵令人垂涎的野花,百般设法想采摘到手才称心。尤二姐幻想讨好贾珍,嫁给贾琏后能有个好结果。而尤三姐却比尤二姐多了几分清醒,多了几分自持,多了几分勇敢和机智。尤三姐在宁府的经历,可以归纳为以下三部曲。

第一部,应付。尤家的生活全靠贾府接济,因而尤三姐不敢公然得罪贾珍之流,只能忍辱与其虚与委蛇,假颜欢笑。但在内心深处,她对这些浪荡子弟是打心底鄙夷的,言谈举止间掩饰不住嫌恶。一旦遭到贾珍、贾蓉胡言乱语,尤三姐就"沉了脸,早下炕进屋里,叫醒尤老娘"。她不像二姐那样随和服低,而是设法回避、抵挡,坚守着自己的尊严底线。

第二部,恶斗。贾珍垂涎尤三姐的美貌,想让三姐与二姐一样,做他的地下情人。此计未成,他又与贾琏密谋,想偷娶尤三姐。但尤三姐不像尤二姐那样安于当二房。她清醒地认识到,贾珍这种色鬼只是把她当作玩偶和泄欲工具,谈不上真心爱护,因此她奋起反抗,不惜"拼个鱼死网破"。

常言说"光脚的不怕穿鞋的""横的就怕愣的,愣的就怕不要命的"。尤三姐摆出了不要命的架势,她揭露了贾珍等衣冠禽兽的丑态和诡计,声色俱厉地说:"打谅我们不知道你府上的事。这会子花了几个臭钱,你们哥儿俩拿着我们姐儿两个权当粉头来取乐儿,你们就打错了算盘了。"她大闹家宴,"松松挽着头发,大红袄子半掩半开,露着葱绿抹胸,一痕雪脯。底下绿裤红鞋,一对金莲或翘或并,没半刻斯文。两个坠子却似打秋千一般,灯光之下,越显得柳眉笼翠雾,檀口点丹砂"。如此绰约风流,先使贾珍、贾琏酥麻如醉。尤三姐恶狠狠地说:"我有本事先把你们的牛黄狗宝掏出来!"如此一来,反将贾珍、贾琏二人震住,欲近不敢,欲远不舍,迷离恍惚,落魄垂涎。尤三姐任意挥霍撒落一阵,拿他弟兄二人嘲笑取乐,在酒足兴尽后,把这一对好色弟兄撵了出去。这场闹宴,真是大快人心,扫尽了色鬼的脸面和威风,尤三姐的说法是:"破着没脸,人家才不敢欺负。"她如此恶斗,竟然将这两个色鬼给镇住了。

第三部,追求。尤三姐并不就此罢休。她从此就"天天挑拣吃穿,打了银的,又要金的;有了珠子,又要宝石;吃着肥鹅,又宰肥鸭;或不称心,连桌一推;衣裳不如意,不论绫缎新整,便用剪子铰碎,撕一条,骂一句"。如此折腾,使贾珍感到她是刺手玫瑰,于是就和贾琏商议,把她嫁出了事。他们没想到,尤三姐心中并不是想嫁宝玉一类的公子哥儿,也不贪图富贵享受,而早在五年前她就暗恋上了唱小生的柳湘莲,此时她表态:"若有了姓柳的来,我便嫁他。从今儿起,我吃常斋念佛,服侍母亲;等来了嫁了他去;若一百年不来,我自己修行去了。"

尤三姐的眼力不错，柳湘莲是个英俊豪爽侠义的好男儿。贾琏做媒，带回了湘莲的信物鸳鸯宝剑。尤三姐喜出望外，每天望着床头的剑，感到终身有望，可得解脱。谁知湘莲了解到尤三姐的来历后，向宝玉跺脚嚷道："这事不好了，断乎做不得了！你们东府里除了那两个石头狮子干净，只怕连猫儿狗儿都不干净。我不做这剩忘八。"然后赶忙找到贾琏，要求奉还宝剑。尤三姐在房内听得一清二楚，知道湘莲把自己当作了下流人物，于是从床上摘下鸳鸯剑走出来说道："你们也不必再说了，还给你的定礼。"说完泪如雨下，一手把剑递给湘莲，一手按住剑柄，使劲一拔，把剑往颈上一横。顿时，揉碎桃花红满地，玉山倾倒再难扶。一个绝色女子就这样殉情而死。

尤三姐是一个反抗权贵、维护自己尊严的女性。在宁国府这样一个污浊的环境里，她由随波逐流到独善其身，有一个认识提高的过程。她洞悉贾珍、贾琏的丑恶灵魂，了解女子一味顺从的悲惨结局，而且敢于揭露和反抗。她勇于追求自己的爱情，敢说敢当敢为，直接表露心迹，不像贵族小姐扭扭捏捏，遮遮掩掩，欲说还休。但她的爱情还是被贾府污染摧残了。柳湘莲对贾府是有偏见的，但不应以偏概全，其中总是有像他一样"出淤泥而不染"的莲花，而且像尤三姐那样美丽聪慧又如此挚爱他的女子，是多么罕见可贵的啊！说到底，湘莲也是受封建贞节观的毒害，对尤三姐有误解，以致后悔不迭，随道士一去不返了。

32. 朴实诙谐的刘姥姥

《红楼梦》精心塑造了农村贫苦的老大娘刘姥姥,就像在封闭阴暗的环境中,吹进一股田野的风,使人感到耳目一新。

别以为刘姥姥只是个无足轻重的配角,她可是《红楼梦》的关键人物之一,是另一阶层、另一类型的典型人物。她贯穿全书,三进贾府各有特点,界限分明。一进贾府,表现了贾府的权势、气派;二进贾府,显示了贾府的豪富、靡费;三进贾府,展现了贾府的衰败、没落。她的出现,对其他人物起到了对比映衬的作用,让人们从另一个视点来观察贾府。

刘姥姥可以称得起是位"老寿星",她究竟活了多大年纪,书里没有写明,但可以推算。刘姥姥二进荣国府时已有75岁高龄了,她比贾母还大五六岁。贾母逝世时是83岁,她还健在,应是89岁。过了13年,巧姐成婚时她身子骨仍很硬朗。这样算下来,她就是102岁了。我国过去也有百岁老人,多在农村,刘姥姥活过百岁与她的性格、气质、生活环境、习惯等有密切关系,表现在以下几个方面。

第一,乐观豁达,不畏困难。刘姥姥来到女婿狗儿家,而狗儿因家中贫困、心中烦虑,又无计可施,只能靠"吃闷酒"来解愁,还不断地发个牢骚。他的妻子只有受气,也"不敢顶撞"。刘姥姥看不过,就批评他:"是年轻时靠老子娘的福,吃喝惯了。"如今

"没了钱就瞎生气,成了什么男子汉大丈夫了!"狗儿则说刘姥姥"只会在炕头上坐着混说"。刘姥姥可不是混说,而是认为:这长安城中,遍地都是钱,谋事在人,成事在天,只要谋到了,就有机会。天无绝人之路,但是必须要靠自己努力去争取。刘姥姥不怨天尤人,而是以乐观进取的态度去面对,"舍着我这副老脸去碰撞"。她不怕受奚落,不怕碰钉子,对改善现状有信心、有勇气、有办法、有毅力,终于心想事成。

第二,热爱劳动,勤俭度日。刘姥姥本来是"靠两亩薄田度日",终日在田间辛勤劳动。年老后,被女婿接来奉养,"遂一心一计,帮衬着女儿女婿过活起来"。她不但要照看两个外孙,料理家务,还要参加一定的田间劳动,特别是农忙时更不会闲着。她劝狗儿说:"咱们村庄人,哪一个不是老老诚诚的,守多大碗儿吃多大的饭。"意思是要勤恳诚实,节俭度日。由于热爱劳动,刘姥姥筋骨硬朗。第二次进荣府,她从乡下步行走来,背着大包小包的土特产,还要领着外孙板儿,可是不轻松。但她到来后,仍然精神饱满与人谈笑。75岁的她,耳不聋、眼不花、牙齿坚、记性好,唯一不足的是"今年左边的槽牙活动了"。她在潇湘馆的泥地上不慎滑了一跤,也不用人扶,自己站了起来,还笑着说:"哪里说得我这么娇嫩了?哪天还不跌两下子!"

第三,粗茶淡饭,亲近自然。刘姥姥家境清贫,平时吃的是自己生产的粮菜,而对于鸡鸭鱼肉之类,她自称"只是吃不起"。当她见到贾府的螃蟹宴,一次就要花20多两银子时,不由得十分惊讶:"阿弥陀佛,这一顿的银子,够我们庄稼人过一年了。"比起贾府的山珍海味、大鱼大肉来,刘姥姥的饮食可谓"天壤之别"了。但正因如此,避免了肥腻和过咸过甜,也就不容易患冠心病、高血压、动脉硬化、糖尿病、肥胖症之类的疾病。常年住在农村,阳光充足,植物繁茂,空气清新,比起贾府沉闷污浊的空气,更利于健康长寿。

第四,风趣幽默,拙中藏智。刘姥姥经历多,爱说爱笑。她到贾府求助,能取悦于贾府的当权者并获得她们的怜悯,是很有智慧的。凤姐在她头上插满了各式各样的花,旁人说把她打扮成了老妖精,她却笑着自称"老风流"。她称贾母为老寿星,讲了许多农村趣事,使贾母十分开心。鸳鸯托她装傻卖俏,滑稽表演,后来有点不好意思,向她道歉,她却说:"你先嘱咐我,我就明白了,不过大家取个笑儿。我心里要恼,也就不说了。"贾府的小姐取笑她,她也不恼,更显出她的大度、睿智、宽容。在游览说笑中,她也长了见识,获得了欢乐。

第五,善良感恩,乐于助人。刘姥姥初进荣国府,得了20两银子渡过了难关。以后,家里好不容易多打了两石粮食,瓜果菜蔬也丰收。于是她就拣好的枣子、倭瓜、菜蔬等送到贾家。虽然不值多少银子,但表明了她知恩图报。凤姐有眼光,让她为巧姐儿取名。巧姐儿患病,她十分关心,劝凤姐:"富贵人家养的孩子多太娇嫩,自然禁不得一些儿委曲,再他小人儿家,过于尊贵了,也禁不起。以后姑奶奶少疼他些就好了。"在贾府被抄后,刘姥姥不像贾雨村等落井下石,也不像贾家人各自躲避,而是前去探望帮助。凤姐把巧姐拜托给她,她就尽心尽力救助。巧姐被其舅舅王仁和叔叔贾环卖到妓院,刘姥姥千方百计寻找,又设法筹钱来救赎巧姐,显示了她的善良正直、侠肝义胆。

刘姥姥长寿之道特别是她的乐观、勤劳值得借鉴。当然,她有攀富和迷信鬼神等缺点,这是历史局限,应当谅解。

33. 贾母缘何长寿?

贾母,又称史太君,她是金陵世勋史侯之女,贾宝玉的祖母,林黛玉的外祖母。在贾府是辈分和权位最高者,被尊称"老祖宗"。过去是"人生七十古来稀",贾母终年83岁,当时也属长寿了。

有人说贾母长寿是因为生活优裕,富贵尊荣。其实,生活太优裕了,吃的是山珍海味,穿的绫罗绸缎,四体不勤,五谷不分,却是致病原因之一,即现代所说的"富贵病"。贾府内的公子小姐媳妇,过的可是优裕生活,但一个个疾病缠身,有的早逝,如贾珠、黛玉、元春、秦可卿等就是如此。凤姐可称为女强人,但却有妇科病,是"硬撑着",也是中年去世。所以贾母长寿是另有独特原因的。

先从饮食来说,按条件贾母是可以任意挑选各种贵重美味的。司厨柳嫂子就说:"大厨房里预备老太太的饭,把天下所有的菜蔬用水牌写了,天天转着吃。"但贾母却要求合理搭配,不贪食、不偏食,并且注意防止肥腻厚味,对食物的温寒特征也很留神。儿媳们给她送上螃蟹馅儿的饺子时,她说:"这会子油腻腻的,谁吃这个。"螃蟹宴上,贾母知道螃蟹性冷,所以只少量尝了一些,而且还要"把酒烫的滚热的拿来"。因为热酒可以抵消螃蟹的冷,让老年人的胃口好一些。贾母吃完螃蟹还要用"菊花叶儿桂花蕊熏的绿豆面子来洗手",是很讲究饮食卫生的。

由于平日里"饫甘餍美",贾母特别喜爱吃些新鲜瓜蔬。刘姥姥二进荣府所带的不过是些"倭瓜、扁豆、茄子、野菜",但贾母却说:"我正想个地里现撷的瓜儿菜儿吃。外头买的,不像你们田地里的好吃。"贾母还喜欢吃些野味,比如"野鸡崽子汤",贾母吃了两块儿,不仅心里很受用,还嘱咐再炸上两块,就着吃粥有味儿。另外她也爱品尝"野鸡爪子"。老年人的牙齿和胃肠功能减弱,所以贾母"爱吃甜烂之食",但不喜欢吃油腻食品。丫鬟捧来的藕粉桂糖糕、松穰鹅油卷,还有奶油炸的各色小面果等,贾母皱眉说:"这油腻腻的,谁吃这个!"厨房为贾母预备的鸭子肉粥,她都嫌荤腻,提出要吃些清淡的,还抱怨"不是油腻腻的就是甜的",所以勉强吃了些杏仁茶,这茶虽也有甜味,但要放几枚苦杏仁,有清热败火的作用。

贾母还很注意限制饭量,有时只吃了半碗"红稻米粥",有时将送上桌的饭菜,嘱咐赏给小辈和丫鬟们吃。如一次晚餐,贾母吩咐将自己吃了半碗的红稻米粥"送给凤哥儿吃去";又指着一碗笋和一盘风腌果子狸"给颦儿宝玉两个吃去",还有一碗肉"给兰小子吃去"。对于奇异美食,她也只是"嚼得动的多吃两口",有的仅尝尝而已。

再说一下运动。贾母起居有不少丫鬟和婆子伺候,可以说是饭来张口,衣来伸手,有人捶背,有人梳头。如果慵懒怕动,就容易患病、减寿。而贾母是个爱好活动的人,她喜欢热闹,哪有热闹就到哪里去。如到清虚观打醮,本来是凤姐张罗的,并没让贾母去。贾母得知后主动要去,还动员宝钗和薛姨妈过去,说:"长天老日的,在家里也是睡觉。"在这次荣宁二府的集体活动中,贾母成了带头人。史湘云邀请贾母赏桂花,贾母也欣然前往,领着王夫人、薛姨妈、凤姐等人来到藕香榭,她大步流星地在前面带路,上了竹桥,才由凤姐搀扶着。刘姥姥二进大观园后,贾母兴致勃勃地领着刘姥姥把园子各处转了个遍,还热情讲解。如果平时不爱活动,久坐久躺,就很难坚持下来。即使到了冬天,贾母也不"猫冬",当宝玉和一帮姐妹在芦雪庵赏雪作诗时,贾母也赶了过来,和孙辈们一起说笑玩乐。她很喜欢散步游览,以此来"涣散涣散筋骨"。有时登高眺远,也是自己步行,不要小厮抬轿。"生命在于运动",贾母的爱活动,是她健康长寿的重要原因。

其三,是贾母的豁达放手。她本应是荣府家政的主持人,但自知年纪大了,就放手让王夫人和王熙凤去管,在关键问题上出出主意,其他事情自己不干预,并表示对凤姐的支持和称赞,自己落得个清闲自在。由于摆脱了琐碎的日常家务,她省却了许多忧虑烦恼,回避了残酷的钩心斗角,保持了心情愉悦。

其四,贾母有多种兴趣爱好。她经历丰富,知识渊博,品位高雅。"虽年高,却有兴头看戏","喜炽热戏文,更喜谑笑科诨",还与儿孙们猜灯谜取乐。她爱听琴,能欣赏和评价戏剧,指导惜春的画,教宝钗居室的布置,讲述蝉翼纱和软烟罗的区别等,显示了她的阅历和艺术天分。由于富有生活情趣,使她的生活不单调不枯燥,也有利于健康长寿。

最后一点,是贾母在贾家被抄、走向衰亡之际,沉稳不乱,深明大义。她拿出自己多年的积蓄,分给儿孙救急。封建大厦腐朽糜烂必然倾覆,贾母老年惨遭变故,虽难以幸免,但她并不惊慌失措、不怨天尤人,显示了她的应变能力。不久,这位贵族老太太,终于在忧戚中辞世。如果没有这种突然变故,她有可能活得更长一些!

34. 近亲结婚结恶果

《红楼梦》以大量篇幅描写了贾宝玉和林黛玉的真挚爱情，这俩人自幼青梅竹马，长大后都蔑视世俗的仕途经济、功名利禄，有共同的思想基础，因此产生了如胶似漆、难舍难分的爱情。但这种叛逆性格和自由生活的理想，在当时的社会是不容许的。再加上黛玉已经家庭没落，与贾家难以门当户对，个人身体羸弱，性情孤傲，因此在与薛宝钗的对比竞争中败下阵来。"木石盟约"成虚话，在贾家掌权者的精心策划下，"金玉良缘"终结成，宝黛相恋成为一场令人深为叹息和同情的爱情悲剧。

薛宝钗靠"调包计"嫁给了贾宝玉，成了贾府的二奶奶。从表面看，可谓郎才女貌，宝钗贤惠温柔，善于理家，体质也好，与宝玉很般配。但实际上，二人由于理念不同，缺乏共同的思想基础，追求的目标也不同，因此难以建立真正的爱情，相处中貌合神离，没有共同语言。贾宝玉刻骨铭心、念念不忘的还是与他真诚相爱的林黛玉。因此在他中举后，毅然出走当了和尚，使宝钗青年守了"活寡"，这又是一场令人惋惜和深思的婚姻悲剧。

宝黛爱情和宝钗婚姻是贯穿《红楼梦》全书最主要的叙事线索，也是《红楼梦》中最生动、最完整、最扣人心弦的故事。通过这些故事，写出了争取思想解放、婚姻自主与封建思想、封建势力的尖锐冲突，写出了导致了爱情婚姻悲剧的时代深刻性和必然性,这是《红楼梦》的历史价值与艺术魅力最主要的表现。

宝黛相恋,是建立在具有反封建思想基础上的爱情,是比较稳固的。二人相知相爱,向往结为夫妻。这种可能性,起初还是存在的。年幼的黛玉一进贾府,贾母就让她与宝玉住在一起,就是想让二人亲近的意思。对贾母来说,一个是最疼爱的孙子,一个是最疼爱的外孙女。在"亲上做亲"封建传统的影响下,贾母内心里肯定有这种想法。善于体察贾母心情、见风使舵的凤姐,就曾公开劝说林黛玉:"你既吃了咱们家的茶,怎么不给我们家做媳妇?"众人当时都报以赞赏的笑声。说明贾母开始是倾向于宝黛以后能结婚的。但是,以后有了金玉良缘之说,王夫人又通过元春示意,让宝钗与宝玉获赠同样礼物。当然最主要的原因是,黛玉不能扶持宝玉走仕途经济、升官发财之路,与封建家族的要求背道而驰,追求婚姻自由又与封建道德相悖,因此最后贾母的态度也转而选择宝钗了。

宝钗与宝玉结婚当然无幸福可言,但如果黛玉与宝玉结婚就能获得幸福吗?如果从优生学的角度来看,宝玉和黛玉是姑表兄妹,宝钗和宝玉是姨表姐弟,都属于近亲。贾宝玉无论同她们哪一位结婚,都是不利于优生的。

近亲是指的是直系血亲和三代以内的旁系血亲。我国多数民族历来禁止堂兄妹结婚,但是表兄妹结婚盛行。民间还流传:"姑舅亲,姨表亲,打断骨头连着筋,再结良缘亲上加亲。"但这种婚姻的结果就是增加了其子女和后代患遗传病的概率。

为什么近亲结婚会导致遗传病?生物的遗传是通过基因传递信息来完成的。每个人大约有5万以上的基因,这些基因一半来自父亲,另一半来自母亲,即每个子女与父母之间的基因有$1/2$可能相同,所以,同胞兄弟姐妹之间的基因也有$1/2$可能相同。而爷孙、叔侄、舅甥等之间则有$1/4$可能相同。表兄妹、堂兄妹等之间则有$1/8$可能相同。某些遗传性疾病,致病基因是隐性的,如夫妇双方都携带这种隐性基因,后代就会呈显性发病。以白化病为例,这种病的特征是皮肤、毛发全为白色。如果是表兄妹之间的近亲结婚,则子代中发病的机会要比非近亲结婚的高6倍多。

目前已发现的常染色体隐性遗传病有1232种。除白化病外,较常见的还有先天性聋哑、小头畸形、苯丙酮尿症、半乳糖血症等等。近亲结婚还可使多基因遗传病的发病率增高,常见的有脑积水、脊柱裂、无脑儿、精神分裂症、先天性心脏病、癫痫等。近亲婚配的风险还表现在后代婴儿的死亡率增高,非近亲所生者的死亡率为24‰,近亲所生者的死亡率为81‰。

在西方还流传过"皇室病"。1840年2月,21岁的维多利亚女王和她的表哥(舅舅的儿子)阿尔伯特结婚,他们一共生下了9个孩子,4个男孩子有3个患有遗传病——血友病,女孩子也是血友病基因的携带者。她的3位王子都是两岁左右发病。这是一种稍有碰撞即出血不止的疾病。当时的医学界束手无策,结果一个个都短命早夭。5位公主先后嫁到西班牙、俄国和欧洲的其他王室后,她们所生下的小王子也都患上了血友病。最后证明,造成遗传病的原因,就是由于近亲结婚。王室血统的"纯洁",带来的却是家庭的悲剧。

如今,我国婚姻法明确规定,禁止直系血亲和三代以内的旁系血亲结婚,就是为了防止遗传病,做到优生优育,提高人口素质,使我们的后代更加健康优秀。

35. 体香是怎么回事？

《红楼梦》写了薛宝钗和林黛玉的体香，即人体发出的香味。但同是体香，其表现却大有不同，可见作者的描写刻画细致入微。其用意在于通过这一侧面，显示二人的性情、爱好、追求的差异，但也涉及人类的一个生理现象，值得加以探讨。

先说宝钗的体香。宝玉听说宝钗有病，来到薛姨妈住处问候，宝钗趁机要求看了宝玉与生而来的那块玉，宝玉也看了宝钗随身佩戴的金锁。二人接近后，宝玉只闻到一阵阵凉森森甜丝丝的幽香，竟不知是什么香气，就问："姐姐熏的是什么香？我竟从未闻见过这味儿。"宝钗笑道："我最怕熏香，好好的衣服，熏的烟燎火气的。"宝玉道："既如此，这是什么香？"宝钗想了一想，笑道："是了，是我早起吃了丸药的香气。"

再说林黛玉的体香。宝玉去看望黛玉，见她躺在床上，担心她饭后贪眠，一时存了食，就与她对脸躺下说话，这时只闻得一股幽香从黛玉袖中发出，闻之令人醉魂酥骨。宝玉以为是她袖内藏着什么香，黛玉说："我没有什么罗汉真人给的香，也没有亲哥哥弄了花儿、朵儿、霜儿、雪儿替我炮制，我有的是那些俗香罢了！"这话暗讽宝钗，也说明是自身发出的香味，于是惹得宝玉拉住黛玉的袖子闻个不停。

黛玉的体香究竟是什么香。脂砚斋评说："美人忘容，花则忘香,此则黛玉不知自骨肉中之香同。"意思是黛玉之香是骨肉中自带之香,并非来自药品和化妆品里的香气,真正的美人常常不在意自己的容颜,芬芳的花儿也不在意自己的清香,所以黛玉并不知道自己身上还有香味。

按《红楼梦》的解释,林黛玉本是绛珠仙草,受天地精华,得雨露滋养,修成了人形女体,以后与警幻仙子交往,转而下世为人,自带太虚幻境带来"奇香"群芳髓。这与宝钗的"冷香丸"之香当然不同。

"冷香丸"之香是由凡间之物调制而成的,给宝玉的感觉是"一阵阵凉森森甜丝丝"。"一阵阵"是忽隐忽现的,是有间断的。而黛玉的体香则是"一股幽香,闻之令人酥魂醉骨"。"一股"说明是连续的,连绵不断的。宝玉对宝钗的香问明之后也就罢了,并没有特别的留恋。而对黛玉的香,却是"拉了袖子笼在面上,闻个不住"。这一方面表现了他与黛玉的挚爱,另一方面也说明了自然体香具有外来香气所没有的更令人陶醉的特点。

我国古代关于体香的记载不少。杨贵妃是突出的一例。唐玄宗行幸温泉宫,遇杨玉环,香气袭人,玄宗为之倾倒,占为己有,封为贵妃。其实杨贵妃有多汗症,玄宗却感到她的汗是香的,还为她修了一座沉香亭。更早的是春秋时代的西施,因为模样俊俏,身上有香气,被越国选中送给了吴王夫差。夫差特别宠爱西施,还专门为她修建了香水溪、采香径等,每天在芬芳馥郁的气氛中与西施寻欢作乐,以致不顾国事,丧失警惕,最后被越国所灭。近代有清朝的香妃,体有幽香,不施香料而自发香气,因此迷住了乾隆,恩宠不衰,在宫中度过了28个春秋。这些事例,可见香气魅力之大。

现代医学证明,人的身体是会向外发出气味的。这气味主要是由皮肤中的汗腺、皮脂腺等各种皮肤腺体的分泌物挥发产生的。所谓体香实际上就是人体自身的内分泌急速挥发所产生的一种天然气味,多为荷尔蒙混杂皮肤浅表大汗腺产生的汗液及性激素的味道。每个人有着自己不同的激素水平,在汗液中性激素的比例也有所不同,所以每个人都有着自己独特的味道。对于体香,专业名词为信息素或外激素。

研究表明,男女的体味明显不同,这是由男女内分泌等生理活动的不同引起的。女性的体味还会随着月经或排卵等生理活动而发生变化。正是由于这个道理,青春期男女散发的体味,具有吸引异性的魅力。

从基因的角度讲,人在寻找伴侣的时候,很大程度上,也有体味的相配,体味是基因的一种外在表现形式,在人们还没有知晓的时候,就已经开始凭借体味来寻找与自己的基因更相容的基因,就像动物寻找更强的伴侣一样,使下一代有着更优秀的基因。

瑞典卡洛琳斯卡大学医院的实验证实,人的体味中确实存在一种能吸引异性所爱之人的荷尔蒙,它会直接引起人类的大脑反应,产生性冲动。不同种族、不同阶层的人,对于体味的偏爱各不相同,但相爱的男女都对自己所爱的人的气味有所偏爱,有的学者将这种现象称之为"嗅恋"。

研究还证明,在同性集中的工作环境中,缺乏异性气味,即使条件优越也容易感觉劳累。如果有异性同时工作,其工作热情、效率,都显著提高。所以俗话说:"男女搭配,干活不累。"因为只要有微弱的异性气味扩散其中,就会化焦虑为平和,变烦躁为宁静。太空站的宇航员经常莫名头疼并且浑身不适,后来增加了一名女性宇航员,这些症状都自然消失了。

36. 张道士的顾忌与人的气味

《红楼梦》第二十九回,贾母带领贾家一大群人到清虚观瞻拜观玩,道观的掌门人张道士前来请安。别轻看这个老道,他是当年荣国公的替身,被先皇御口亲呼为"大幻仙人",当今皇上又封其为"终了真人",王公藩镇都称他为"神仙",所以贾珍对他也不敢怠慢。

张道士也很懂得处世之道,善于阿谀奉迎。见了贾母,连忙笑呵呵地口念"无量寿佛",问候"老祖宗一向福寿康宁,众位奶奶姑娘纳福"。他知道贾母最宠爱宝玉,因此说自己经常记挂着宝玉,夸奖宝玉"写的字,做的诗,都好得了不得"。说得贾母十分高兴。接着他又叹道:"这个身段,言谈举动,怎么就和当日国公爷一个稿子!"说着两眼酸酸的。国公爷不是别人,就是贾母的丈夫荣国公。这话引起了贾母的思念,不由得有些戚惨,颇有同感。

由此可知,张道士老于世故,能言善语,了解人的心理,说到了贾母的心坎里。他还要为宝玉提婚,为凤姐的女儿巧姐请寄名符,表演得够充分的。通过这些描写,展现了这类人物的特点。

还有一点,我国古代的道士、和尚还负有祛病消灾的使命,符水、香灰治病当然是迷信,无效且有害的。但他们有的也略知一点医理,知道一点防病知识。张道士就道出了气味与人体健康的关系。

他取巧姐儿的寄名符时,托着个茶盘,凤姐儿问他,为何不在手里拿?他说:"手里不干不净的,怎么拿?"凤姐取笑他拿茶盘"倒像是化布施来了。"他笑说,并不是化布施,是一举两用,除了送寄名符,还想把宝玉的那块随身带来的玉让远来的道友和徒子徒孙见识见识。这时,贾母说:你带着宝玉去那里就是了,不用这么跑来跑去的。张道士却说:"外头的人多,气味难闻,况且大暑热的天,哥儿受不惯,倘或哥儿中了腌臜气味,倒值多了。"这话一方面有奉承贾母、珍惜疼爱宝玉之意,另一方面事关少年身体健康,是有一定科学道理的。

人身上确实有气味,除了体香外,还有体臭。人体气味有一种是来自外界的气味,或称外源性气味。如长期吸烟,身上就会有烟味,比较持久。食用大蒜后,就会散发蒜的气味。服用某些药物,如维生素 B_1、速效救心丸等,也会散发这种药味,但持续时间较短。人的气味另一种是来自内在的气味,或称为内源性气味,如新陈代谢的产物;人体因疾病而形成的气味;皮肤的特殊部位,即腋下、阴部、乳头、腹股沟等由腺体(汗腺或油脂腺)产生的分泌物等。

如果不注意卫生,身体上的异味就会加重。如经常不洗澡,腋窝、皮肤的褶皱、脚趾缝等隐蔽部位不容易接触空气,易造成真菌和细菌滋生产生气味。早晚不刷牙,饭后不漱口,就会有口臭,某些刺激性调味品不但会引起口臭,消化后还会产生含有硫化物的气体,被吸收进血液,然后通过毛孔、肺排放,产生难闻的体味。

现代医学证明,脏腑有病也会引起口臭和身体散发不良的气味。如上呼吸道疾病,鼻窦炎、扁桃体炎和咽喉炎等上呼吸道疾病都会分泌大量含蛋白质的黏液,黏附于舌根后部或口咽部,当蛋白质分解后,就会产生腐败味。消化道疾病,胃幽门部狭窄或梗阻时,食物在胃内留置的时间过长,会产生酸臭腐败的气味,通过口腔散发出来。反流性食管炎等胃病还可导致病理性口臭,黏附在口腔、咽喉部位的呕吐物不停地释放"酸气"。人患糖尿病时,当血糖超标,未加控制时,体内的脂肪分解,就会发出一种酸酸的烂苹果味道。而尿臊味多是患有慢性肾炎或肾病的患者发出的。肝衰竭时,肝脏代谢能力减弱,分解毒素的能力下降,导致血氨升高,使患者口中出现略带甜味的排泄物臭味,俗称肝臭,是病情危重的表现。肺部感染、支气管炎、肺脓肿、慢性气管炎、肺炎、肺气肿甚至肺癌都会引起不同程度的口臭。这些气味多由积攒于肺部的黏液所致。罹患爆发性肝炎或者其他原因导致的肝功能严重损害的患者,常呼出一种特殊的臭味。

此外,如闻及酸性汗味常见于发热性疾病,如风热湿或者长期口服解热镇痛药物的病人。如呼出具有浓烈的酒味,常见于大量饮酒后或者醉酒者。如有恶臭味的脓液,应考虑气性坏疽或者厌氧菌感染的可能。大便带腥臭味,常见于痢疾患者。痰液呈现血腥味多见于大量咯血的病人。痰液具有恶臭,多见于肺脓肿或者支气管扩张症的病人。

由此可见,身体发出臭味是某些疾病的先兆或病情加重的表现。人群聚集之处,二氧化碳等有害气体含量增加,氧气变得稀薄,室内空气会变得浑浊不堪,人多免不了有人患病或带有传染源,容易引起季节流行性疾病等。

因此,张道士不让宝玉到道友和徒子徒孙聚会之处是很有道理的。目前预防传染病,仍然要尽量避免到人多拥挤的公共场所,特别是儿童和少年,抵抗力较差,更要注意避开容易传染疾病的场合。

37. 说话咬舌的湘云

史湘云是贾母的内侄孙女,出生于"四大家族"的史家。她开朗豪爽,风流倜傥,不拘小节,是金陵十二钗中别具特色的一位女子。

湘云虽然出身豪门,但她很不幸,从小父母双亡,由叔父抚养长大,缺少双亲无微不至的呵护与疼爱。尽管如此,她并没有像林黛玉那样整日以泪洗面,多愁善感,而是独立性强,乐观豁达,潇洒自如。

湘云的相貌如何,《红楼梦》没有直接描写,只是在"醉眠芍药荫"中提到"慢起秋波",还提到过她"被窝外的一弯雪白的膀子",显示她的眼睛有神和皮肤雪白。她的身材是"蜂腰猿背,鹤势螂形",是说其个子细高,腿长。书中没有赞她美貌,但写出了她的特点。她不像黛玉、宝钗天生有病,是一种病态之美。而是一种天然健康的美。红楼女儿中,不缺美貌,缺的是身体健康,缺的是旺盛的生命力。而湘云却正是身强力健,充满生命活力的。她割腥啖膻,烧烤鹿肉,大口喝酒,醉后就随意枕着芍药花,躺在石头上睡觉,也不怕风吹石头凉,疾病对她也望而却步,这样的体格,连贾府有头面的丫鬟也比不过。

湘云的健康与她开朗舒畅的性格有密切的关系。幼年双亲早逝、叔婶冷待、熬夜做针线活、旁人的冷眼冷语,都没有压倒她,却锻炼了她的心理承受力。她没有贵族女儿的娇气,却有男儿的豪情;她没有贵小姐的架子,却有帮助别人的侠义心肠;她没有见落花而伤感、望残月而悲痛的脆弱情感,却有迎战不幸的坚强意志。这正是她的健身之宝啊!

湘云爱说话,而且心直口快,没有顾忌。有次看戏,凤姐儿指着戏台上的一个小旦说:"这孩子打扮起来活像一个人。"大家都知道指的是黛玉,但不肯说出来。唯独湘云脱口而出:"我知道,像林姐姐。"为此她不仅得罪了黛玉,而且还受到宝玉怪罪。但她并不计较,过后与宝黛二人和好如初。

她待人诚恳热情。香菱要学诗,除了拜师黛玉外,还向湘云请教。湘云"越发高兴了,没昼没夜,高谈阔论起来"。宝钗因此说她"不守本分""不像个女孩儿家"。但她依然如故。

她表里如一,怎么想就怎么说。有一次,她受宝钗的影响,也劝宝玉走仕途经济之道,惹宝玉气恼,说:"请姑娘到别处坐吧,仔细我这里脏了你和你的仕途经济学问。"她也没有为此耿耿于怀,以后照样说笑。实际上她并没有把仕途经济看的那样重,只是重复别人的劝告而已。

湘云颇有才情。她在诗社中的雅号为"枕霞旧友",历次赛诗联句,湘云诗思敏捷,出得又快又多,还曾在海棠诗赛中夺魁。她的诗词也表现出了爽朗诙谐的性格。如行酒令:"这鸭头不是那丫头,这头上哪有桂花油?"又通俗又风趣,使酒场的气氛顿时活跃起来。她还擅长针线活和刺绣,这对一个贵族女孩来说,确实不易。

湘云的结局,按《红楼梦》后四十回的描述,是丈夫患病而亡,她成了年轻寡妇。但有人根据其判词"展眼吊斜晖,湘江水逝楚云飞"认为,她嫁于贵公子卫若兰后不久,卫家被抄,自己逃难流浪乞讨,后巧遇贾宝玉,两人共度暮年。这应了"因麒麟伏白首双星"的说法。但多数人不同意这种说法,认为宝玉因为怀念黛玉而出家,是忠于宝黛爱情的,不会再还俗娶湘云。

湘云与《红楼梦》中的其他美女一样,不是完美无缺的,她明显的"微疵"是说话"咬舌"。唤宝玉时,把"二哥哥"说成"爱哥哥",为此还引起黛玉吃醋,以后又常为此取笑她。

对于咬舌,医学上称为言语不清,人们俗称为"大舌头"。就是讲话时发音、咬字、吐词不清晰。其症状是多种多样的,有的是某个单音系的字音说不清楚,其他语音尚属正常。较严重的是较多音系的字音说不清楚。如按语流障碍程度分,有轻度、中度和重度患者;按外部症状分,有舌尖音、舌面音、舌根音不清等。

"大舌头"形成的原因:一是遗传因素,如父母、近亲中有大舌头;或从小娇惯,说话咬舌形成习惯。二是发音器官有生理缺陷或器质性病变,如舌头过大、过小、过宽、过厚、舌系带过短或其他病变等。三是先天性生理发育不良,有各种畸形,如先天性腭裂、先天性智障、先天性耳聋等。

大舌头的治疗,要根据患者的具体病情采取不同的治疗方法。如是一种不良习惯,就要对咬字、发音等进行训练,矫正"咬舌";如是舌系带过短,舌不能伸至上唇并且舌底中有凹陷者,就需要进行手术治疗。但这种手术比较简易,不必麻醉,剪断系带即可。早期手术对以后语言影响不大。如果年龄大了再手术,则需要麻醉,同时如已有口齿不清,纠正也较困难,因此手术越早越好。如是先天性腭裂,就要进行手术修补。如是其他疾病引起的,则需对症治疗,有的甚至要采取多种治疗手段才有效果。

38. 贾环的报复心理剖析

贾环是《红楼梦》中的一个弱势人物,也是令人讨厌、鄙视的一个人物。他的父亲是贾政,生母是赵姨娘,宝玉是他同父异母的兄长,他排行老三。

贾环虽说是姨娘所生,属于庶出,但也算是贾家的正经主子,本应受到众人的正视。但他却受到人们的奚落、排斥甚至羞辱。这是怎么一回事呢?

正是由于他是宝玉继承家业的潜在威胁,所以王夫人、凤姐儿处处贬抑贾环。凤姐在赵姨娘面前貌似爱护贾环,其实是恨之入骨,说贾环"实在令人难疼,要依我的性早撵出去了"。所以众人也就看势而为,不把贾环放在眼里,有时还是柿子捡软的捏,趁机踩他一脚。

按照封建大家族的宗法规矩,长幼有别,嫡庶差异,贾环是受到歧视的。贾府的"老祖宗"贾母,有一次命人把自己的粥给凤姐送去,把一碗笋和一盘风腌果子狸给黛玉和宝玉送去,把一碗肉给贾兰送去,唯独就没有想到送什么给贾环。当宝玉、贾环跟贾珍练箭,贾母只问贾珍:宝玉练得怎么样,还爱怜地叮嘱:"且别贪力,仔细努伤。"但对贾环却一字未提。贾母宠爱宝玉,对贾环是嫌弃、忽视,而没有疼爱。

贾环之父贾政,古板严苛,对儿子缺乏父爱,只有训斥,对贾环更是不管不问。他的生母赵姨娘,虽然与他相依为命,想提高他的地位,为他争取继承权不遗余力,但赵姨娘心地狭隘、贪图小利、粗俗恶毒,往往在细枝末节上无理纠缠,甚至采取卑劣手段,其不良言行给贾环带来了十分恶劣的影响。其胞姐探春虽与他一母所生,为了向上爬,视王夫人为亲母,对赵姨娘不念丝毫亲情,甚至不惜把生母和兄弟作为打击的对象。

由此可见,贾环可谓处于奶奶不疼、父亲不爱、生母不教、胞姐不亲、掌权者排挤打压的状态,因此使他感到亲人冷漠、亲情淡薄,面对冷言冷语冷面孔,他灰心丧气,气愤难平。有一次,贾环弄洒了凤姐给巧姐熬的药,凤姐大怒,赵姨娘也大骂贾环。贾环愤愤地说:"我不过是弄倒了药锦子,洒了一点子药,那丫头又没就死了,值得她也骂我,你也骂我,赖我心坏,把我往死里糟蹋。"

上述种种因素的综合效应,使贾环从小心灵蒙上了阴影,受到了伤害,种种不平等的遭遇,使贾环丧失了对生活的信心,丧失了对亲人的信任,导致人性扭曲,形成了孤僻、狭隘、自私、多疑、粗暴的性格。

贾环的小气与自私有许多表现。如在与莺儿等丫鬟掷骰子玩耍时,他明明输了,却抓起骰子抢钱,还与莺儿争吵,引起宝钗责备莺儿。莺儿委屈地口内嘟囔说:"一个做爷的,还赖我们这几个钱,连我也瞧不起!"此时贾环年龄虽小,但已表现出调皮无赖的模样。

贾环想改变自己的地位,成为贾府爵位的继承人,最大的障碍就是宝玉。其生母赵姨娘无时无刻不在想着用个什么法子除掉宝玉,让贾环取而代之。为此,她不惜献出全部积蓄,请马道婆做法,想要害死宝玉和凤姐。这样的言行对贾环有深刻的影响。他和莺儿争吵时就说:"我拿什么比宝玉?你们怕他,都和他好,都欺负我不是太太养的!"这一方面表现了他的自卑心理,也流露出他对宝玉的嫉妒之心。

贾环受欺辱无处发泄,就找机会陷害宝玉。有一次王夫人命人点蜡烛,让贾环抄《金刚经》。贾环见王夫人用手抚摸宝玉,又见宝玉与自己相好的丫鬟彩霞说笑,不由妒火中烧,计上心来,故作失手,将那一盏油汪汪的蜡烛,向宝玉脸上只一推,使宝玉脸上烫起了一溜燎泡。贾环并不只要烫伤宝玉的脸,而是存心要烫瞎他的眼睛,让他成为残疾人。

此计不成,贾环还在寻找机会。当贾政查问宝玉与琪官之事时,贾环趁贾政屏退左右无人之机,夸大金钏儿跳井的情景,诬告宝玉因奸不遂,逼死人命,等等。贾政怒火添油,将宝玉打了个半死,还要取绳将宝玉勒死。若不是贾母急出阻止,宝玉这条命就可能毁了。但即使宝玉毙命,贾环的袭爵企图也不可能得逞,害人损招的暴露甚至会遭到进一步贬斥。以后贾环继续下滑,为非作歹,竟然参与变卖巧姐儿,以致落到"恨无地缝可钻"的尴尬境地。

贾环的这些行为是由一种报复心理所驱使。心理学认为,报复是为反抗外部不利因素的自我防御保护机制。报复心理有普遍性,每个人都有可能产生过报复心理,但大多数的人能够通过冷静的分析,理智的思考而不会演变为报复行为。而有的人由于性格扭曲、认识偏差,产生了报复心理,在此心理的驱使下,失去理智,出现了报复攻击行为,如贾环所为,表面上好像出了气,解了恨,实际上却在伤害了别人的同时,也伤害了自己。

如何克服报复心理、避免报复行为呢?要正确认识自己,客观看待别人,不要因为自己不如别人就心生嫉妒。同时要心胸开阔,人生路上遇到挫折、受到委屈在所难免,不要因此耿耿于怀,也不必为一些鸡毛蒜皮的得失而斤斤计较。当遭受欺侮,自尊心受到伤害时,学会自我心理调节,冷静反思,是否事出有因,是否自己有责任,然后进行冷处理。宽以待人,严于律己,用理智控制冲动过激的情感,避免过火的报复行为。

39. 认错人的彩霞

彩霞是王夫人身边的一个丫鬟。《红楼梦》第三十九回,李纨与宝钗、宝玉、探春等谈起几个起重要作用的丫鬟,夸奖平儿是凤姐儿的一把总钥匙,鸳鸯是贾母离不开的人。宝玉说:"太太屋里的彩霞,是个老实人。"探春说:"可不是老实!心里可有数儿呢。太太老佛爷似的,事情上不留心,她都知道。凡一应事,都是她提着太太行;连老爷在家出去的一应大小事,她都知道,太太忘了,她背后告诉太太。"

从探春这段话看出,彩霞是王夫人十分信任和重用的一个丫鬟。按说她的地位是和平儿、鸳鸯相同的,可以指使其他小丫鬟,有一定的话语权。特别是如果她一直是有实权的王夫人的贴心丫鬟,最后的结局也会有较好的安排。

但事情的发展并非如此。

贾府的丫鬟到了结婚的年龄,一般有两种安排,一种是被一位男主子收入房中,做姨娘。另一种就是"放出去配个小子",较多的是嫁给贾府的年轻奴仆。两者相比,丫鬟们还是希望按第一种安排。因为贾府对犯了错误的丫鬟也是"撵出去,不要身价,把她的东西还给她!"实际上是抛弃是羞辱。所以,刚烈的晴雯就说过:"一头碰死了也不出这个门!"

彩霞看似十分聪明,她想走当姨娘之路。但贾府的男主子不太兴旺,贾赦、贾政已经年迈,而且都有几位小妾;贾琏身边有个大醋缸凤姐,连一个平儿都要受气,还能容得下别人?贾兰年龄太小,贾宝玉是一家的"至宝",是激烈争夺的对象,袭人、麝月是老太太派出的人,袭人还是王夫人宠爱之人。彩霞感到难以与她们争锋。权衡之下,她选择了贾环。

要与宝玉相比,贾环当然要逊色得多。他是庶出,长的委琐平庸,才学一般。但他终究是贾政的儿子,是个男主子,有一份继承权。作为一名丫鬟,彩霞选择的余地很小,这是她的退让,也是出于无奈。这里是谈不上"爱"这个层次的。

为了表示与贾环好,彩霞故意对宝玉冷淡,想拉开距离。《红楼梦》第二十五回,王夫人命贾环抄《金刚经》,贾环就指使丫鬟倒茶、剪蜡花。"众丫鬟们素日厌恶他,都不搭理。只有彩霞还和他合得来,倒了茶给他。"还给他说悄悄话,劝他"安分些"。而当宝玉要和彩霞说笑时,"只见彩霞淡淡地不大搭理,两只眼只向着贾环。"宝玉便拉她的手,彩霞夺手不肯,还说:"再闹就嚷了!"

很明显,彩霞已表现出对贾环热,对宝玉冷,拒绝宝玉拉手,以解除贾环的误会。但贾环却不依不饶,他原恨宝玉,今见宝玉和彩霞说笑,更加气愤,故意将正燃烧的蜡烛推到宝玉脸上,使宝玉被烫伤。可见,贾环对宝玉充满了嫉妒,而对彩霞的热心却毫不在意,还猜疑她、误解她。

彩霞不但设法讨贾环的喜欢,也设法与别人看不起的赵姨娘交好。她以为这样就可达到当贾环小妾的目的。她的想法太简单太幼稚了。岂不知赵姨娘是王夫人的眼中钉,王夫人口中不说,心里清楚,赵姨娘一直在争取提高自己在贾府的地位,竭力为贾环争夺继承权,甚至与马道婆勾结想害死宝玉和凤姐。彩霞想投靠赵姨娘当贾环的小妾,这岂不是背叛了王夫人。彩霞本来被王夫人当作亲信重用,她却反过来与王夫人的对头站在一起,王夫人怎能容忍？她必然要采取应对措施。

《红楼梦》第七十二回揭开了谜底。旺儿之子请求王熙凤说媒，要娶彩霞为妻。按照凤姐对贾琏的说法是："前日太太见彩霞大了，二者又多病多灾的，因此开恩，打发她出去了，给她老子随便择去吧。"看，王夫人是采取驱逐晴雯的办法来处理彩霞的。彩霞到了适婚年龄是事实，但并没有听说有什么病灾，这是王夫人厌恶她赶她走的借口。她要真是多病多灾，旺儿媳妇也不会托凤姐说媒要彩霞当儿媳妇。贾府家仆林之孝也说："彩霞这孩子，这几年我虽没看见，但听说，越发出挑的好了。"

彩霞虽被赶出，但还未放弃贾环，悄悄命她妹子小霞去找赵姨娘。赵姨娘"素日深与彩霞契合，巴不得与了贾环，方有个臂膀"。但是贾环却"不大甚在意，不过是个丫头，他去了，将来自然还有，遂迁延住不说，意思便丢开手"。可见贾环对彩霞并无真正感情，彩霞认错了人。

来旺夫妇是凤姐的陪房，比一般的奴才更有面子，凤姐立即答应说媒。那彩霞之母原来是坚决不同意这门亲事的，因为来旺的儿子不务正业，容貌丑陋，一技不知，"在外头吃酒赌钱，无所不至"，彩霞更是坚决反对。但凤姐一出面说情，彩霞母亲怎敢不依，还感到"凤姐亲自和他说，何等体面，便心不由衷地满口应了出去。"她答应还有难言的苦衷，她和丈夫都在荣国府"供职"，如不给凤姐这个面子，老两口的饭碗就可能被踢掉。

贾政听了赵姨娘的求告，并没当作一回事，只是随便说了句："且忙什么？等他们再念一两年书，再放人不迟。"他只是说贾环不急于收房，对彩霞并没有明确表态。这位甩手掌柜不会插手这件小事，彩霞的结局正如林之孝所说，是"白糟蹋了一个人"。

40. 彩云好心获恶报

彩云与彩霞一样，都是王夫人身边的大丫鬟。但二人有同样的追求，就是争取当贾环的小妾。有不少评论文章由于二人姓名只差一个字，误将二人混淆为一人。其实彩霞和彩云多次同时在书中出现，经历结局也不同，分明是两个人。

《红楼梦》第二十五回，彩霞为贾环倒茶时，彩云还是与其他丫鬟一样，对贾环抱着厌恶和不予理睬的态度。但到了第三十回，情况就有了变化。当宝玉与金钏儿调笑时，金钏对宝玉说："我倒告诉你个巧宗儿，你往东小院子里拿环哥儿同彩云去。"可见这时彩云已经与贾环好上了。

彩云和贾环的关系在书中是暗线发展的。到第六十回才有了直接描述。

宝钗屋内的蕊官，托人给芳官带了一包蔷薇硝。宝玉问芳官是什么，芳官连忙递给宝玉瞧。这时贾环在场，便伸着头瞧了一瞧，又闻得一股清香，便弯腰向靴筒内掏出一张纸来，托着笑道："好哥哥，给我一半儿！"宝玉只得要给他。但芳官因蔷薇硝是蕊官赠给自己的，不愿转送别人，就连忙拦着说："别动这个，我另拿些来。"

芳官到自己的奁盒中去找，谁知常用的蔷薇硝竟然一点也没有了。问别人，都说不知。麝月劝她："你只管拿点别的给他，快打发他去了。"芳官于是便将茉莉粉包了一包拿来。贾环见了,喜得就伸手来接,芳官却忙向炕上一掷。贾环见了,也只得向炕上拾了,揣在怀内,告辞而去。

这一段描述把贾环的卑微、贪小便宜的丑态和丫鬟们对他的冷漠、鄙视刻画得入木三分。芳官连递到他手里都不肯,而是扔在炕上。就这样,贾环还是喜滋滋地走了。

贾环得了蔷薇硝,便兴兴头头地来找彩云,嘻嘻向彩云道:"你常说,蔷薇硝擦癣,比外头的银硝强。你且看看,可是这个?"彩云打开一看,嗤的一声笑了,说道:"你和谁要来的?"贾环便将方才之事说了。彩云笑道:"这是他们在哄你这乡老呢,这不是硝,这是茉莉粉。"贾环看了一看,果然比先前的带些红色,闻闻也是喷香,因笑道:"这也是好的,硝粉一样,留着擦罢,自是比外头买的高便好。"彩云只得收了。

这事按说也就罢了,谁知赵姨娘咽不下这口气,又吵又骂,还说:"依我,拿了照脸摔给他去!"彩云好言相劝,赵姨娘说:"趁着抓住了理,骂哪些浪娼妇们一顿也是好的。"还骂贾环是"下流没刚性",挑唆他出头。贾环不敢,赵姨娘就亲自上阵,与芳官等大吵大闹,扭打了一场。

这一闹不要紧,又牵出了玫瑰露事件。原来是彩云把王夫人屋里的一罐玫瑰露拿给了赵姨娘,这当然是为了给贾环用的。这时王夫人不在家,是玉钏和彩云管事。玉钏发现少了东西,去问彩云。彩云不承认。两人争吵起来,闹到了上面。因为凤姐病着,不大理事,这二人又是太太的丫鬟,所以没人针对她们,只是派林之孝家的在园内打探。于是拿了接受芳官玫瑰露的小丫头五儿。

这时替凤姐主事的是平儿。她夜访怡红院,查清了事情的经过。于是宝玉挺身而出,把私拿玫瑰露、茯苓霜两件事全揽到自己身上。平儿叫了玉钏和彩云来,说明了情况,并且说宝二爷已经承担了责任,这样可以保全几个人。

偷拿玫瑰露的彩云,却显示了勇敢坦诚的胸怀。她对平儿说:"姐姐放心,也别冤了好人,也别带累了无辜之人伤体面,偷东西原是赵姨奶奶央告我再三,我拿了些与环哥是情真,连太太在家我们还拿过,各人去送人,也是常事。我原说嚷过两天就罢了,如今既冤屈了好人,我心也不忍。姐姐竟带了我回奶奶去,我一概应了完事。"众人听了这话,一个个都诧异,为彩云竟有这样肝胆而感动。大家再三解说,只有宝玉担责才能平静省事,彩云才依从了。

赵姨娘正因彩云私赠了许多东西,生恐查出来,每日捏着一把汗。忽见彩云来告诉说:"都是宝玉应了,从此无事。"赵姨娘方把心放下来。

谁知贾环不识好歹,听如此说,便起了疑心,将彩云凡私赠之物都拿了出来,照着彩云的脸摔了去,说:"这两面三刀的东西!我不稀罕!你不和宝玉好,他如何肯替你应。你既有担当给了我,原该不与一个人知道。如今你既然告诉他,我再要这个,也没趣儿。"彩云见如此,急的赌咒起誓,至于哭了,百般解说,贾环执意不信,说:"不看你素日之情,去告诉二嫂子,就说你偷来给我,我不敢要。你细想去。"说毕,甩手出去了。急得赵姨娘骂:"没造化的种子,蛆心孽障。"气得彩云哭个泪干肠断。赵姨娘百般地安慰,彩云赌气一顿包起来,乘人不见时,来至园中,都撇在河内,顺水沉的沉、漂的漂了,自己气得在被子里暗哭。

彩云对贾环一片好心,不惜冒着危险来保护他娘俩。但换来的却是贾环的猜疑、辱骂,甚至还威胁要告诉凤姐来治彩云的偷窃罪,何等无情无义,狠心歹毒。好心得此恶报,彩云陷于绝望境地,不久"染了无医之症"。《红楼梦》通过彩霞、彩云之事,进一步揭示了贾环的偏执性格、扭曲心理和顽劣品质。

41. 如何看待王夫人的善

王夫人是贾政之妻,元春、宝玉的生母。《红楼梦》关于她的溢美之词不少,如"贤良、慈善、宽厚、孝顺"等等,甚至还说她"原是个天真烂漫之人"。这些美丽词句把她装饰成一位大慈大悲观世音。然而"善不善,看行动",她的所作所为符合善人的条件吗?

她的贴身丫鬟金钏儿只不过与宝玉说了几句悄悄话,宝玉有调情之意,金钏儿并无过分言行,还有阻止之语。但王夫人只听了片言只语,就对金钏儿又打又骂,说她是"下作小娼妇儿,好好儿的爷们,都叫你们带坏了"!而且盛怒之下,要把金钏儿立即驱逐出去。金钏儿跪地苦苦哀求,只求别叫她没脸见人,就感谢"天恩"了。但是王夫人毫不念殷勤伺候她多年之情,这一点面子也不给,还是把她赶出去了。金钏儿不甘屈辱,投井而死。

宝玉屋里的丫鬟晴雯,只因身材相貌长得好,留给王夫人的第一印象是"水蛇腰,削肩膀,眉眼有些像林黛玉",因此没有好感。再加上王善保家的进谗,王夫人就说,"我心里很看不上那狂样子",立刻传唤晴雯,当场破口大骂。晴雯虽说言辞犀利,嘴上不饶人,但身子是清白的。她对王夫人没有巴结逢迎,而对其笼络丫头们的小恩小惠报以轻蔑嘲笑,这也加深了王夫人对她的反感。就凭这些印象,王夫人就妄言晴雯勾引了宝玉,不顾晴雯四五日水米不曾沾牙，恹恹弱息，悍然下令将晴雯从炕上拉了下来，蓬头垢面，被两个女人搀架起来撵走了。王夫人还吩咐，只许把她贴身的衣服撂出去，余着好衣服留下给好丫头们穿。对重病中的晴雯下如此狠手，哪里还有什么慈悲恻隐之心？贾母对晴雯有好感，有惋惜之意。王夫人却向贾母回报，给晴雯加上了"又懒又淘气"和"得了女儿痨"的不实罪名。晴雯被撵出后，不久就悲惨地死去。

王夫人的残暴狠毒集中表现在抄检大观园上。仅仅因为一个绣春囊，她就受邢夫人挑唆，指使抄检各屋的丫鬟小姐。这是践踏人格和尊严的行动，结果害死了司棋、潘又安，逼走了入画，赶走了十二个演戏的小女孩。驱逐的理由牵强可笑。四儿是因为长得秀气，又与宝玉的生日是同一天，还说过"同日生日就是夫妻"的玩笑话。芳官是演正旦的，美貌伶俐，重姐妹情谊，敢于抗争。按照王夫人的说法，俊俏水灵的女孩子"自然更是狐狸精了！"因此不能留在宝玉身边，必须赶出去。有人评论王夫人是"除美务尽，灭情必绝"，话是狠了些，但确有道理。

对于亲生儿子宝玉，王夫人有自然的母爱亲情。宝玉年幼时一进门见了王夫人，"便一头滚在王夫人怀里。王夫人边用手满身满脸去摩挲抚弄他。宝玉也搬着王夫人的脖子，说长说短的。"在宝玉遭到贾政痛打时，王夫人赶去搭救，苦劝贾政手下留情，是出于母爱，但也暴露了她的私心："我如今已将五十岁的人，只有这个孽障，必定苦苦的以他为法，我也不敢深劝。今日越发要他死，岂不是有意绝我！"还提到若有贾珠活着，"便死一百个我也不管了"。原来，王夫人这样疼爱宝玉，是因为宝玉是她唯一的指望。她害怕宝玉一死，自己将老无所依。在宝玉的婚姻问题上，她未多言，但倾向性很明显，是厌烦黛玉，喜爱宝钗。她采取了多种手段，如通过元春表达属意宝钗，通过袭人牵制宝玉与黛玉亲近，通过亲姐妹薛姨妈密谋对策，最后使用调包计成就

了金玉姻缘,但最终使宝玉爱情绝望,万念俱灰,出家当了和尚。

王夫人经常念佛诵经,以慈悲善人的面目出现,但其所作所为为何那样骄横、暴虐呢?可以从其性格和心理方面寻找答案。

王夫人出身豪门,其父是"专管过各国进贡朝贺之事"的官员,其兄王子腾官至"内阁大学士"、京营节度使。身为这样大家庭的贵小姐,受封建传统思想的影响是深重的。王夫人把丫鬟当作随意践踏的奴仆,对她们的人格甚至生命都视如草芥,凭印象、感觉任意处置,毫不怜惜。这是受她的封建等级观念、男尊女卑思想所支配的。

王夫人嫁至贾府后,其丈夫为贾母偏爱,其内侄女凤姐嫁给了贾琏,可以代她管理家务。王夫人之子宝玉成为贾母的掌上明珠,其长女元春被选为皇妃。这些条件大大提高了王夫人的身价和地位,成为贾府的实权派。她平时深藏不露,一到关键时刻就亲自出马。她骄横武断,自以为是。如绣春囊事件,她竟然误以为是凤姐所为,严词责问,接着又下令抄检大观园,显露了她目空一切、凌驾于他人之上的心理。

王夫人为了保持自己的地位权势,把宝玉看作自己的命根子。她对于宝玉流露的平等观和厌恶经济仕途的思想看作洪水猛兽,把宝玉的这些想法看成是受了美貌丫鬟"狐狸精"的诱惑和感染。因此对具有反抗精神的丫鬟、戏子进行了毫不留情的打击与迫害。其目的是为了钳制、扼杀贾宝玉的叛逆思想和对婚姻自由的追求,使贾宝玉"留意于孔孟之间,委身于经济之道",成为光宗耀祖的继承人,也使自己安享尊荣富贵。这是她的根本利益所在,在这方面她是不会宽厚仁慈的。

42. 邢夫人为何常尴尬

邢夫人是贾赦之续弦。在封建社会，男人的第一任妻子称为原配，也叫结发妻。原配死后，男人再娶的妻子称为续弦，也叫继配、继室，但也是正妻，其地位在原配与侧室之间。

贾赦袭了荣国公之位，邢夫人是长房长媳，按说长房应主持家务。但她却被排斥一边，由二房王夫人掌握实权。她的儿媳凤姐儿受王夫人委托管理荣国府的内务，是王夫人的内侄女和亲信，与她面和心不和。

出现这种情况是由于邢夫人与王夫人相比有很大差距。王夫人出身豪门贵族，生有二子一女，女儿元春还被封为皇妃；而邢夫人出身寒微，也未生养儿女。王夫人是原配，而邢夫人是继配。王夫人受到贾母厚爱，而邢夫人遭到贾母厌恶。在封建大家庭中，特别讲究门第出身，讲究母以子重，王夫人占了上风。邢夫人口服心不服，一直在暗中较劲。邢夫人有自卑心理，又有报复情绪，因此成了《红楼梦》中的"尴尬人"，办了不少尴尬事。

她办的最令人不齿的尴尬事就是为贾赦当说客，要纳鸳鸯为妾。她也明知这是"一件为难的事"，鸳鸯是贾母的贴身丫鬟，大小事离不了她。贾赦并不只是看上鸳鸯的相貌，而更是看上了鸳鸯了解贾母的底细，收了她更利于多继承遗产。这种歪心眼如头上虱子，明眼人一看便知，邢夫人心里也明白："只怕老太太不给"。但是她对贾赦连一句劝告的话也没有,贾赦一说她就奉命行事。她也有计谋,找个先行官,托儿媳凤姐打头阵去说,凤姐一口回绝,"这是拿草棍儿戳老虎的鼻子眼儿",认为根本办不成,还会"招出没意思来"。凤姐建议邢夫人:"老爷行事不免有点悖晦,太太劝劝才是。"邢夫人哪里听得进去,还怪罪凤姐不知贾赦的性子。

邢夫人怕一上来找贾母碰钉子,就直接去找鸳鸯。她花言巧语,甚至许愿诱惑:"过一年半载,生下个一男半女,你就和我比肩了。"鸳鸯一言不发,她却说是鸳鸯"怕臊",又回报贾赦,找鸳鸯的哥嫂来相劝,结果碰了一鼻子灰。

邢夫人如此行事,引起贾母气愤,指责贾赦是"要来算计","暗中盘算我"!还讥讽邢夫人:"贤惠也太过了!""一味怕老爷,婆婆面前不过应个景儿。"

邢夫人在贾赦面前胆小如鼠,对贾赦"左一个小老婆右一个小老婆放在屋里,成日家和小老婆喝酒,身子不保养,官儿也不好生作去"的行为,一点也不敢相劝,还当了帮凶。其结果是贾赦越来越胡作非为,竟然为了几把古扇害人性命,最后落了个发配充军的下场。

邢夫人特别吝啬、贪财,为此她不择手段。她弟弟说她:"出阁时,把家私都带过来了。"获知贾琏、凤姐跟鸳鸯借当,她毫不犹豫地敲贾琏竹杠,凤姐只得把自己的金首饰押了二百两银子,送给邢夫人当封口费。邢夫人对经手的银钱,总要设法克扣,甚至亲侄女岫烟的月例钱,也被她命令"省一两给爹妈送出去",害得岫烟钱不够花,当了棉衣挨冻。邢夫人"婪取财货。儿女奴仆,一人不靠,一言不听,故甚不得人心"。这位名正言顺的荣国公夫人,缺乏应有的风度和雅量,甚至"阎王不嫌鬼瘦",连丫鬟微薄的饷银,她也要雁过拔毛。她对前房所生的子女贾琏、迎春,毫无爱惜照顾之心,责骂贾琏是"没孝心雷打的下流种子",埋怨迎春"心活面软"。迎春误嫁中山狼,备受虐待,而作为其继母的邢夫人却没有好言劝慰,而是毫不在意,"面情塞责"而已,太不近情理了。

作为贾家的大儿媳,邢夫人得不到婆婆贾母的欢心,没有当家的权力,为此她极为不满,并设法报复。傻大姐拾得绣春囊,邢夫人见到,便"死死攥住",以此来追究王夫人管家不严之责。她派王善保家的将此囊交给了王夫人,把王夫人"气了个半死",还挑唆起抄检大观园。结果闹得人心惶惶,引起猜疑怨恨,导致几个丫鬟惨死,同时也使邢夫人的亲信王善保家的丢了脸,邢夫人是"搬起石头砸了自己的脚",也十分尴尬。

邢夫人还办了一件尴尬事,就是听信贾环、王仁之言,要把巧姐变相卖给外藩。她不听平儿劝告,自称"横竖是愿意的",还以自己是巧儿的亲奶奶,自信地说"原该我做主"。贾环、王仁对凤姐有成见,有意坑害巧姐。邢夫人不问清底细,擅作主张,是否有报复凤姐的心理,值得怀疑。幸亏刘姥姥搭救,把巧儿藏到乡下,才免于受骗。

邢夫人如此办尴尬事,是一种什么性格和出自什么心理呢?用凤姐的话是邢夫人"禀性愚弱,只知奉承贾赦以自保,次则婪取财货为自得"。她没有别的优势,就把贾赦当作唯一的靠山。对贾赦唯命是从,不讲是非,不分黑白,甚至明知是缺德有害之事,也遵命照办,有失妻子应尽的劝诫责任,致使贾赦为所欲为,越陷越深,道德败坏,残害人命,落入法网,身败名裂。

邢夫人贪财刻薄,她担心自己没有亲生子女,也没有贴心之人,生怕孤苦伶仃、老无所依,因此设法聚敛钱财。但贪婪所得最后被抄没一空,只得靠贾母救济的银子过日子,遭到众人的嘲笑和唾弃。邢夫人心术不正,小算盘打得贼精,但结果是获得眼前小利,丧失了大节义利,尴尬人更加尴尬了。

43. 金陵十二钗之一的李纨

　　李纨是金陵十二钗之一。她十六七岁就嫁给了贾政的长子贾珠。不幸的是贾珠年方20岁就病逝了,她年纪轻轻就成了寡妇。好在生有一个男孩,取名贾兰,这成了她的精神寄托和唯一生存的希望。

　　《红楼梦》第四回开头就为李纨写了一段小传:"这李氏亦系金陵名宦之女,父名李守中,曾为国子监祭酒,族中男女无有不诵诗读书者。至李守中继承以来,便说'女子无才便有德',故生了李氏时便不十分令其读书,只不过将些《女四书》《列女传》《贤媛集》等三四种书,使他认得几个字,记得前朝这几个贤女便罢了,却只以纺绩井臼为要,因取名为李纨,字宫裁。因此这李纨虽然青春丧偶,居家处膏粱锦绣之中,竟如槁木死灰一般,一概无见无闻,唯知侍亲养子,外则陪侍小姑等针黹诵读而已。"

　　但细读书中关于对李纨的描述,与上述概括大相径庭。上述概括,确实是是对封建社会寡妇孤独悲惨生活的反映,并且指出了成为"槁木死灰"的原因是封建礼教压迫的恶果,作者在当时有这样的见解是难能可贵的。但具体到李纨这个人物,并不是"心如死井",也不是对身外事"无见无闻"之人。作者说她是"槁木朽灰",可能是先抑后扬的一种艺术手法。

　　李纨有向往有追求,表现在她最先想到要办诗社。李纨与姑娘们一起进入大观园,还没过一个月,她就想到办诗社这件事情,说明她并没有因为自己是寡妇就甘于孤寂,而是愿与姑娘们一起娱乐,一起抒发情感,一起探讨诗词艺术。

当然,李纨的性格是含蓄和谨慎的,她不张扬、不挑头,而是巧妙地启发探春去具体操作,按她的构想,发请帖,邀众姐妹参加。李纨自荐为"掌坛人",提出把社址设在自己所住的稻香村。她还接受黛玉的建议,让大家起个别号,并带头给自己起了个"稻香老农"朴实自然的别号,给宝钗取了个"蘅芜君"高雅脱俗的别号。凤姐取笑她:"亏了你是个大嫂子呢!姑娘们原是叫你带着念书、学规矩、学针线哪!这会子起诗社!"明摆着是说起诗社不是她应当管的事。而她却毫不忌讳,说明她是有冲破封建束缚和世俗眼光的勇气的。

李纨的智谋表现在她为诗社筹集经费上。她深知,要办诗社必须有经费,而内管家是精明刁钻的凤姐,要打动她不是易事。于是李纨、探春采取恭维和攀连凤姐的办法,让凤姐担任诗社监社御史。凤姐一眼看穿这是向她要钱,便打趣道:"那里是请我作监察御史!分明是叫我做个进钱的铜商。"她还给李纨算了一笔账:"你一个月十两银子的月钱,比我们多两倍子。老太太、太太还说你寡妇失业的,可怜,不够用!又有个小子,足足的又添了十两银子,和老太太、太太平等,又给你园子里的地,各人收租子……通共算起来,也有四五百银子。"那意思是李纨收入不菲,诗社应由掌坛的李纨来拿。李纨一看来软的不行,就对凤姐刮起狂风,劈头盖脸、一连串给凤姐送上"泥腿光棍""下作贫嘴恶舌""泼皮破落户""楚霸王""狗长尾巴尖儿"等恶名歪号。李纨毫不留情,骂得畅快,凤姐也听得过瘾,内心痛快。其实,李纨嘴似利刀,并无恶意,也不会抢凤姐的权,内心却夸凤姐权势计谋了得,决断刚劲有力,明骂暗夸,也显示了她和凤姐之间亲密无间,随性而为。凤姐只得赔笑,连声叫"好嫂子"来讨饶。李纨问:

"诗社你到底管不管?"凤姐笑道:"我不入社花几个钱,我不成了大观园的反叛了吗?还想在这里吃饭不成?明日一早就到任,下马拜了印,先放下五十两银子,给你们慢慢的做会社东道儿。"

李纨并不吝啬,她主动提出"初二、十六这两日,是必往我那里去",由她来做东,就是银子由她来出,凡正经社日都被李纨包了。非正经社日,李纨提议凑份子,而她出二两,只要宝、黛、钗、探各一两,其余人蠲免。凤姐忙于事务,有时指望不上,真正为诗社出资出力的还是李纨。

李纨并非没有文采。从她在诗社的表现看,她既能写诗,又擅评诗,分析得鞭辟入里,表明她知识广博,大家敬服,称赞她"善看,又最公道"。她和众姐妹利用诗社,向禁锢她们美好心灵和丰富情感的封建纲常发起了挑战,显示了女子的聪明才智。

李纨待人宽厚、友善。在丫鬟仆女眼里,她心善面软,是一个活菩萨。平儿被凤姐无辜打骂,要寻死。李纨连忙把她领到自己住处。见了凤姐,李纨毫不客气,说凤姐是"黄汤灌到狗肚子里去了""给平儿提鞋还不要呢!你们两个,很该换一个过儿才是"。她说这样的狠话替平儿打抱不平,说明她的思想并没有被等级森严的封建礼教所禁锢,没有把主子丫鬟的界限看成不可逾越,把主妇打丫鬟看成天经地义,这是一种朴素的平等观念,而且敢于以这种观念向十分厉害从不让人的凤辣子叫板。凤姐无奈只得乖乖认错,还说:"好嫂子,你是最疼我的,怎么今儿为平儿就不疼我了?"凤姐像个斗败的鹌鹑,挨了骂还讨好。这段写得十分精彩,显示了李纨的心地纯正,善良勇敢的性格熠熠闪光。

从以上的事例来看,李纨不是"槁木死灰",而是有青春活力、有丰富感情、有智慧才华的一位女性,只可惜在封建社会,把她的才华埋没了。

44. 薛蟠的性格特点

薛蟠是宝钗的兄长，字文起。他出身于皇商家庭，颇有财富，属于"富二代"，舅父王家、姨夫贾家都是当朝高官，也可称为"官二代"。这个兼有官富二代的豪门公子，缺乏起码教养，顽劣成性，蛮横霸道，恃强凌弱，草菅人命，低俗愚蠢，因此被称为"呆霸王"。

薛蟠的"霸"，最露骨的表现是抢夺甄英莲（即香菱）。英莲幼年在元宵节丢失，被人贩子拐走，长大后被卖，恰遇乡宦之子冯渊，一眼看中了英莲。这个冯公子知书达理，要郑重娶英莲，并表示不再娶第二个了，因此要等三日后把英莲迎进门。拐子乘此机会，又将英莲卖与薛蟠，想寻机逃走。谁知没有逃脱，被两家拿住，打了个半死。这时冯、薛两家都要领人。冯渊是出自对英莲有情，而薛蟠只是为了显示自己强势，竟喝令手下豪奴将冯渊活活打死。他抢了女子，又打死了人，闯下如此大祸，却像没事人一般，只管带家眷走他的路。那贾雨村审理此案，为了巴结贾家，只让薛家赔了一点银子，就胡乱结案，放过了薛蟠这个杀人犯。

放纵的结果是使薛蟠更加大胆妄为。在一次去南边置货时，薛蟠请人喝酒，到一家小酒店，因想起头一天喝酒时，酒店堂倌张三曾拿眼瞟过蒋玉涵，薛蟠想起来就有气，于是叫张三换酒，借口说张三换酒迟了，就破口大骂，张三不依，薛蟠一时性起，拿起酒碗就砸张三的脑袋,一下子就把张三打得头上冒血,并很快死亡。这一次薛蟠未能逃脱,在知县审问时,他已供认是斗殴杀人,按律当判死罪。薛母只好求贾政托人说情,还送给知县等官员银子数千两,并买通了证人做假证,这才改为失手误杀,收监待批。

薛蟠的"呆",也表现得十分突出。他本来厌恶上学,但为了发泄"龙阳之兴",上了贾府的家学,虽然能诱骗玩弄几个小学生,但也遭到大家唾弃。在赖大家的酒席上,他着迷于柳湘莲的俊美,死皮赖脸地纠缠人家,被柳湘莲骗到北门外的苇子坑里,打了个半死,以致"面目肿破,浑身上下滚得似个泥母猪一般。"他贪色无厌,抢了香菱,又娶了金桂,勾搭上陪房丫头宝蟾,还要嫖娼狎妓。但他蠢笨不堪,识不破金桂的诡计,毒打香菱,闹得家宅不宁。

薛蟠见色着迷,当凤姐、宝玉中魔时,人们都来看视,薛蟠"忽一眼瞥见了林黛玉风流婉转,已酥倒在那里"。他不会没有"癞蛤蟆想吃天鹅肉"的想法,宝钗还曾开玩笑向薛母建议,要林黛玉"做媳妇",薛母心里清楚,薛蟠太不成器,只会糟蹋了人家,贾母岂能同意。

薛蟠虽上过学,只是混日子,认不了几个字,在不少场合出尽洋相。如他说:"看了一个春宫画,真真好的了不得,落款是庚黄画的。"宝玉想了半天,原来是"唐寅"二字。薛蟠不好意思,笑道:"谁知道他'糖银''果银'的。"让他行令,他说的低俗污秽至极,让他说个曲儿,也只会拿"一个蚊子哼哼哼,两个苍蝇嗡嗡嗡"来应付,令人作呕。他还恬不知耻,反挑剔宝玉的行令不好,其实他是擀面杖吹火,一窍不通。

由此可见,呆、霸二字概括了薛蟠的性格特点。说他呆,是指他不学无术,胸无点墨,虽是皇商,一应经济世事,全然不知,依赖伙计老家人操办,受骗挨宰,再加他吃喝嫖赌,肆意挥霍,财产逐渐被掏空,是个典型的败家子。说他霸,是指他骄横跋扈,倚财仗势，横行霸道，草菅人命。他这些恶习，继承了《水浒传》中高衙内的衣钵，有过之而无不及。这些恶习，对后世的官二代、富二代也有深远影响。从现代犯了杀人罪、强奸罪的官二代、富二代的案例中，就可以看到薛蟠的影子。

薛蟠这种性格是怎样形成的呢？一是家庭影响。薛蟠幼年丧父，寡母又纵容溺爱，娇生惯养。由于他是家中唯一的男主人，家产继承人，寡母把他当作家庭的顶梁柱，事事依他，因此使他自视甚高，五岁上就性情奢侈，言语傲慢，终日唯有斗鸡走马，游山玩水而已。二是制度影响。在封建社会，官官相卫，有钱能使鬼推磨。薛蟠家为皇商，也属于官戚，同时还与贾、王、史家彼此联络有亲，所以他倚财仗势，胡作非为，视法律为废纸，把杀人当儿戏。三是社会影响。薛蟠周围非官即商，多为富豪。在当时社会，官商勾结，欺压良善，尔虞我诈，穷奢极欲，腐朽糜烂，这些污浊的东西，薛蟠耳濡目染，当作宝贝，吸收应用，终致五毒俱全。四是个人气质。薛蟠属于胆汁质类型，表现为情绪兴奋性高，抑制能力差，易冲动、自制力差、性情暴躁、行事鲁莽、易产生对立情绪，萌生报复心理，做事不考虑后果，在不如意时，常以欺负无辜来发泄不满。对这种气质的人，应从小加强教育，发扬其热情高涨、努力进取、直率豪爽的优点，克服其暴躁、鲁莽、冲动的缺点。但薛蟠却缺乏教育，道德败坏，恶性膨胀，越陷越深。

薛蟠的结局，《红楼梦》第一百二十回露了个"光明尾巴"。他被交了赎银释放后，薛母让他把香菱扶为正室，香菱还为他生了一个儿子，"以承宗祧"。但是，《癸酉本石头记》（即原本红楼梦）与此描述不同，写的是：贾府被查抄后，薛蟠加入柳湘莲和冷子兴的贼群，一起趁火打劫，抢夺贾家的地盘和余财。后来他又和冷子兴等人合伙做生意，在一次饮酒时打死店小二，被逮捕，判处死刑，并被斩首处决。这个呆霸王终于落了个应有的下场。

45. 巧姐"见喜"与天花衰亡

巧姐是王熙凤与贾琏之女,为《红楼梦》金陵十二钗正册第十位。因其年纪幼小,书中描述较少,但很有特点。她的经历也颇为奇特,是唯一嫁给农民子弟的贾府小姐。

她出场时还没有起名,按习惯叫大姐儿。因有病请大夫诊治。大夫看过后说,姐儿发热是"见喜"了,并说:"症虽险,却顺,倒也无妨。预备桑虫猪尾要紧。"

为何有病还说是"见喜"呢?原来这个"见喜"就是指传染上了"天花"。

天花也叫"出痘"。现在的年轻人对它可能已经比较陌生。但在20世纪80年代以前,它却是一种严重威胁人类生命的烈性传染病。其传染源是天花病毒,通过飞沫吸入或直接接触传染,主要症状有:寒战、高热、头痛,体温急剧升高时可出现惊厥、昏迷;皮肤成批依次出现斑疹、丘疹、疱疹、脓疱。其传染性强,致死率高达30%。人类不分民族、贫富、贵贱、性别、年龄等,都有被传染的可能。即使患病后大难不死,有不少人也会遗留下斑片状瘢痕,而且常在脸上,成为"麻子",这就是"天花"之名的由来。

天花很古老,几乎跟人类的历史一样久远。3000多年前,古埃及的木乃伊身上已可见到天花的疤痕,公元前6世纪,印度发现天花流行。中世纪,天花在欧洲猖獗,平均每5人中就有一位

"麻脸"，甚至连至高无上的国王也难逃厄运。法国国王路易十五、英国女王玛丽二世、德国国王约瑟一世、俄国沙皇彼得二世等，都被天花夺去了性命。据传，一位王后患了天花，她向国王提出最后的请求，如果医治无效，就把全部御医处死。她死后，国王就下令用剑杀死了全部御医。18世纪，欧洲人死于天花的总数达1.5亿人。曾经不可一世的古罗马帝国相传就是因为天花肆虐，以致国势日衰。天花也没有放过美洲，据记载，1872年天花在美国流行，仅费城一个城市就有近2600人死于天花。

天花在中国流行，最早可以追溯到公元1世纪。战争中，天花由俘虏从印度经越南带到中国，所以天花在中国古代也称"掳疮"。晋代医学家葛洪在《肘后备急方》中，第一次描述了天花的症状和流行情况，以后中国各代典籍中都有天花流行的记载。唐宋以后，天花患者在中国逐渐增多，明代以后流行范围更广。清代皇宫天花肆虐，顺治、同治两位皇帝死于天花，一个24岁，一个年仅19岁。和硕豫亲王多铎和董鄂妃也是死于天花。按照选择皇帝继承人的原则应是"有嫡立嫡，无嫡立长"，但由于畏惧天花，只得选了排行第三的玄烨继任皇帝，即清圣祖康熙，原因是他已患过天花却活了下来，也算是因病愈而登基，反而转为黄袍加身之大喜了。

由此我们可以理解"见喜"的含义，就是说，孩子得了天花虽然是病，但病愈之后就不会再复发，获得了终生免疫力，当然是喜。痘能顺利出来，说明毒能排出，病愈有望，也是"见喜"。过去有句民谚"生娃只一半，出花才算全"，也是此意。

当时我国对天花虽有种痘法预防，但还不完善，而对天花的治疗尚无理想之法。《红楼梦》那位大夫提到的"桑虫、猪尾"，有人认为不过是讨口彩："茧如豆，破可出；猪短尾，不久长"；也有人说是隐语，暗示贾琏与多浑虫胡搞，多浑虫不久丧亡。这有点低估曹雪芹的医学水平了。据中医学家的解释，桑虫是指桑蠹虫,为桑天牛或其近缘昆虫的幼虫,经过酒醉烘干或晒干后,有化瘀止痛、止血解毒之功效。明代医学家张景岳曾提到桑蠹虫:"唯其有毒,所以亦能发痘;唯其寒湿,所以最能败脾",主张慎用。大姐儿痘疹初发,需促使其毒完全发出,以保无虞,所以采用桑蠹虫是对症的。而猪尾巴含有胶原蛋白质,可以增强营养,避免脸上留下瘢痕。当然这些只能起一定的辅助治疗作用,主要还是要看患者体质和免疫力的强弱,能不能扛过去。

当时因为没有切实可靠制服天花之法,人们就把希望寄托在神仙保佑上,供奉"痘疹娘娘"就是其一。痘疹娘娘来自《封神演义》,商朝的潼关守将余化龙一门战死,姜子牙封其为痘神,号碧霞元君,其妻金氏被封为痘神奶奶,号卫房圣母,共掌人间之时症,主生死之修短等。但试问,余化龙是死保暴虐的纣王的,而且连自己和家人的性命都保不住,岂能保护别人防治天花。供奉痘疹娘娘纯属迷信。而当时采用的隔离和护理方法则是有道理的。如让贾琏隔房、家人忌煎炒、医生在患者近处日夜轮流守护等,有助于疾病好转和康复。但这些办法,只有当时的高官富绅人家才有条件做到。一般人家有人患了天花,只是在房门上挂个红条,让外人注意别串门、少接触,避免对患者的不良刺激与干扰,也避免扩散传染他人,哪有条件分房隔离和请医生监护。

幸运的是,不久大姐儿"毒尽斑回",痊愈了,而且也没有落下"麻脸",于是合家祭天祀祖,还愿焚香,庆贺放赏。

距《红楼梦》成书 200 多年后,可喜的是:天花也终于被人类消灭了。在征服天花的历程中,中国发明的人痘接种法和英国人琴纳发明的牛痘接种法,起到了关键作用。1961 年,我国最后一例天花病人痊愈,1977 年世界最后一例索马里天花病人痊愈。1980 年 5 月 8 日,世界卫生组织宣布:危害人类几千年的天花已经被根除,从此天花病毒只存在于实验室中。这不仅是几人病愈后的"见喜",而称得起是人类社会的大喜事啊!

46. 黛玉的失眠症

《红楼梦》中,林黛玉和史湘云等娇小姐都有失眠症。林黛玉"娴静似娇花照水,行动如弱柳扶风",不仅是说她婀娜多姿,身材苗条,而且隐含着羸弱、娇瘦之意。她从小就有"不足之病",其中主要表现之一就是失眠症。史湘云是"择席症",即换个地方、变了卧席就失眠了。而林黛玉的失眠表现就比较复杂了。

现代医学把失眠的表现大致分为四种情况:①难以入睡。躺在床上,翻来覆去,思这想那,就是睡不着。②睡眠时间短浅,不能熟睡。③中间醒来,难以再睡,有时感觉整夜都在做梦。④睡觉时特别敏感,不能受一点干扰,如环境改变也难以入睡,又很容易被惊醒,醒后难再入眠。

这四种失眠情况黛玉都占全了。先说难入睡。进了贾府第一天,黛玉睡在碧纱橱内,贾母、宝玉等早已睡了,而黛玉犹未安歇。袭人来问,鹦哥说,林姑娘伤心,淌眼抹泪的,说才来就惹出宝玉的病来,倘或摔坏了那玉,岂不是因我之过!黛玉又和袭人、鹦哥等叙了一回,方才安歇。《红楼梦》第二十七回:夜晚,黛玉"依着床栏杆,两手抱着膝,眼睛含着泪,好似木雕泥塑的一般,直到二更多天,方才睡了。"

再说睡时少。第四十五回:黛玉睡下后"自在枕上感念宝钗,一时又羡她有母有兄,一回又想宝玉素昔和睦,终有嫌疑,又听见窗外竹梢蕉叶之上,雨声淅沥,清寒透幕,不觉又滴下泪来,直到四更方渐渐地睡熟了"。

醒后难再睡。第五十二回:"黛玉道:昨儿夜里好了,只咳嗽两遍却只睡了四更一个更次,就再不能睡了。"一个更次也就是两个小时。

睡觉时特别敏感。第七十六回:"湘云有择席之病,虽在枕上,只是睡不着。黛玉又是个心血不足常常不眠的,今日又错过困头,自然也是睡不着。二人翻来覆去。黛玉因问道:怎么还睡不着?湘云微笑道:我有个择席的病,况且走了困,只好躺躺儿吧!你怎么也睡不着?黛玉叹道:我这睡不着也并非一日了!大约一年之中,通共也只好睡十夜满足的觉。"黛玉特别敏感,错过困头睡不着,心里愁闷睡不着,湘云来与她同睡也睡不着,稍有变化、稍有干扰,她就难以入睡了。

现代医学把失眠症分为间断性失眠、短期内失眠和慢性失眠。间断性失眠是指:失眠出现或持续几天,最长不超过4周,可在一段时间内缓解、复发。这种失眠也称暂时性失眠,在人群中的发生率最高。通常情况下,这种短暂性失眠不诊断为失眠症。但如不能很快适应环境变化和调整心态,有可能发展成短期或慢性失眠。

短期性失眠是指:失眠症状持续4周至6个月,由于持续性内外因素所致。如果这些因素得到解决或心态恢复正常,失眠症状可痊愈。

慢性失眠是指:超过6个月以上的失眠,此期间可能每晚或大多数时间处于失眠状态,多由暂时性或短时性失眠迁延而来。睡眠质量很重要,如果虽能入睡,但总感到难以解乏,睡醒后仍感到疲劳,白天也头昏乏力,这也是一种睡眠障碍。

失眠的原因很复杂。它可能是人体生理功能、生物节律出现异常的信号。失眠的原因大致可分为原发性和继发性两大类。由于躯体疾病、心理精神障碍、环境改变等引起的睡眠障碍,统称为继发性失眠。如果查不出任何特殊原因而引起的失眠,则称为原发性失眠。这类失眠与遗传及患者长期形成的性格、认知方式、生活习惯和睡眠卫生等因素有关。

另外,还有一种特殊的失眠,表现为虽然患者主诉有失眠,但并无睡眠紊乱的客观证据,各种与睡眠有关的检查均无明显异常,这种情况称之为主观性失眠或假性失眠。

根据上述分类,林黛玉的失眠属于慢性顽固性失眠。她失眠的原因属于继发性,是多种原因聚合造成的。她从小就有躯体疾病,离不开药物,究竟是肺结核、肺炎还是先天心脏病等,目前尚有争论,但公认为有较严重的疾病,这是她失眠的原因之一。从心理方面看,黛玉父母双亡,幼小的心灵遭受巨大的精神创伤。以后到了贾府,虽然贾母疼爱她,但她仍然有寄人篱下之感,羡慕别人有父母和兄弟姐妹,哀叹自己形单影只。她多愁善感,叶落伤心,花谢流泪。老嬷嬷骂丫鬟,她也认为是影射自己。她孤芳自赏,爱耍小性,说话带刺,开口伤人,别人生气,她自己也苦恼。她生活无规律,经常在夜晚搜索枯肠,咏诗写词;不断因愁闷气恼而不能正常进食。常言说:"心不静,睡不宁;胃不和,卧不安。"特别是黛玉因为与宝玉的爱情而缠绵悱恻,真挚相爱又难以倾诉,疑窦丛生,忧愁悲苦难以排解,向往自由婚姻而又难以冲破封建牢笼,因此身心交瘁,泪流不断,最终美梦成了泡影。黛玉受到如此残酷的折磨和打击,她岂能安眠。

睡眠是人类生命活动中不可缺少的生理活动。人生中大约有三分之一时间是在睡眠中度过的。睡眠可使人的大脑、躯体得到充分休息。而失眠对身体、精神、免疫力有很大的损害,因此千万不要忽视。

目前治疗失眠有许多方法,如中西医药物治疗、物理疗法、自然疗法、催眠法、食疗法、生物基因微导疗法等。但首先必须结合治疗引起失眠的原发性疾病;其次要重视心理疏导;最后要到正规医院诊治,在医生指导下,合理应用安眠药,避免出现药物依赖及其他副作用。

预防失眠要做到:保持乐观、豁达的良好心态;养成有规律的生活习惯;劳逸结合,创造有利入睡的条件;合理饮食,防止厌食和过饱;白天适度进行体育锻炼,多亲近自然,戒烟限酒等。

47.《红楼梦》中的同性恋

在评论贾宝玉的文章中,有的认为他是一位同性恋者。也有的红学研究者说得含糊一点,说"贾宝玉也有类似的同性恋的行为"。还有人再退一步,说"贾宝玉是一位双性恋者"。到底哪一种说法更符合贾宝玉的性取向呢?

说贾宝玉是同性恋者,其根据是他与四位美男子的交往。

第一位是秦钟。他与宝玉长得有相似之处。宝玉长得"面若中秋之月,色如春晓之花,鬓若刀裁,眉如墨画,鼻如悬胆,睛若秋波,虽怒时而似笑,即瞋目旁视而有情"。秦钟长得"比宝玉略瘦些,眉清目秀,粉面朱唇,身材俊俏,举止风流,似更在宝玉之上;只是怯怯羞羞有些女儿态"。宝玉一见秦钟,痴了半天,心想:"天下竟有这等的人物!如今看了,我竟成了泥猪癞狗了!"秦钟见了宝玉,形容出众,举止不凡,更兼金冠绣服,艳婢娇童,而自己偏生于清寒之家,与他结交亲厚一些,也是缘法。二人交谈后越觉亲密。谈到求学,二人一致认为,能在一起读书,有知己为伴,大家讨论,彼此有益。以后,二人一起上学,同来同往,同起同坐。这都很正常,贾母也高兴,把秦钟看成自己亲重孙。

问题出在馒头庵。当秦钟与小尼姑亲热时,被宝玉抓住。秦钟笑道:"好人,只别嚷得众人知道,你要怎样我都依你。"宝玉笑道:"这会子也不用说,等一会睡下,再细细的算账。"他们算何账目?这里作者卖了个关子:"此系疑案,不敢纂创。"但他写了当晚的环境:"一时宽衣要安歇的时节,凤姐在里间,秦钟宝玉在外间,满地下皆是家下婆子,打铺坐更。凤姐因怕通灵玉失落,便等宝玉睡下,命人拿来塞在自己枕边。"这种情况,宝玉和秦钟哪有其他不轨行为的空间?小孩子家打打闹闹,有时玩笑有点过分,或有点亲昵表现,并不影响其性取向,他们真正爱的还是异性。

第二位是蒋玉函(琪官),是位唱小旦的优伶,遐迩闻名。宝玉与他相会时,"见他妩媚温柔,心中十分留恋"。宝玉如厕,蒋玉菡紧随其后,宝玉便紧紧地搭着他的手,向袖子中取出扇子,将一个青玉扇坠解下,赠予他。蒋玉菡则将系在小衣儿的一条大红汗巾解下,这汗巾是北静王水溶的赠品,西香国女国王所贡之物,名贵非常,玉菡将此回赠宝玉"聊可表我一点亲热之意"。两人只是互相爱慕,互赠礼物,也无出格之事。

第三位是柳湘莲,原是世家子弟,素性爽侠,不拘细事,酷好耍枪舞剑,赌博吃酒,以致眠花卧柳,吹笛弹筝,无所不为。因他年纪又轻,生得又美,不知他身份的人,却误认作优伶一类。宝玉与秦钟在一起时就认识柳湘莲。在赖大的宴会上,宝玉与湘莲谈起了秦钟,湘莲说前几天他还去上过坟,还进行了修葺。宝玉十分感激。不久又一次相见,提及尤三姐之事,宝玉说尤三姐是个绝色的,真是个尤物。湘莲说贾府除了那两个石头干净,引起宝玉不快,再问尤三姐品行,宝玉说:"你既深知,又来问我作什么,连我也未必干净了!"他因未能为尤三姐的烈性和清白作证,结果是湘莲拒婚,三姐自刎,湘莲出走为僧。

第四位是北静王,形容秀美,性情谦和。因祖上与贾府有世交之谊,同难同荣,更不以王位自居。秦可卿出丧,他特设路祭,又专请贾宝玉相见。他对通灵宝玉"称奇道异"了一番,夸奖宝玉果然"如宝如玉",并把皇上亲赐之鹡鸰念珠一串赠予宝玉。贾宝玉素厌官僚权贵,但平日闻得北静王风流潇洒,不为官俗国体所缚,每思相会,所以相见之下,彼此都有惺惺相惜之意。宝玉认为,北静王是男性世界中唯一白璧无瑕、备受称颂的人物,因此常以各种理由跑去北静王王府,而北静王对他也多有馈赠,甚加爱惜,这是男性之间的友情,并非恋情。

从以上情况来看,宝玉与这四位帅哥的关系还只限于兄弟、朋友之间的关系,并没有明显的超越。说他们之间有"情投意合""如鱼得水"等词句,只是说比较亲密、谈得来而已。宝玉还是倾情于异性,他喜欢众多美丽清秀的女子,但忠贞不渝爱的是林黛玉。他认为"女人是水,男人是泥",男性"浊臭逼人"。他爱慕这四位帅哥,不是因为他们具有男性的雄壮、威猛、强悍,而恰恰相反,是因为他们具有女性化的特质,如温柔、秀美、妩媚等;同时他们没有世俗的庸俗、势利,却有民间的文化底蕴,如蒋玉函、柳湘莲,擅诗词,演故事,讲野史,不媚世俗,这很对宝玉的口味。他们的亲密并不是肌肤之亲,而是思想上的接近。只有薛蟠之类,才是有"龙阳"之兴的。但他也非同性恋,而是在蹂躏女性之外,还对有女性之美的男性垂涎三尺,发泄兽欲。这是当时不少纨绔子弟"狎昵娈童、男宠"的恶俗之一。

至于什么是同性恋?有不同说法。有的认为是"一个和自己同样性别的伴侣有过肉体接触,并达到性高潮的人"。还有的认为,必须是终生都是对同性的人有渴望才算。比较公认的说法是:同性恋,又称同性爱或同性吸引,分男同性恋和女同性恋两类,是指个体只对同性产生爱情和性欲的现象。最近研究并得到世界卫生组织认可,同性恋是由先天性基因决定的,不是一种疾病或不正常,无须接受治疗。同性恋者对异性的特征不会产生好感,不会对异性产生爱情和性欲。

由此可见,宝玉的性取向很明显是异性恋,不是双性恋,也不是同性恋。

48.敢于顶撞宝玉的龄官

　　为了迎接元妃省亲,贾府在苏州买来了十二个小女孩专门学演戏。其中一位演小旦的名叫龄官,她"眉蹙春山,眼颦秋水,面薄腰纤,袅袅婷婷,大有林黛玉之态"。

　　当首次为元妃演出后,元妃就表扬龄官唱得极好,并让她再作两出。贾蔷命她做《游园》《惊梦》二出。龄官因不是本角的戏,执意不从,定要做《相约》《相骂》二出。贾蔷扭不过她,只好依了她,元妃说:"不可为难这女孩子,好生教习",还赏了她礼物。

　　龄官不但个性倔强,而且敢于表露自己的爱情。宝玉有次漫步蔷薇架下,听见有哽咽之声,站住细看,见一女子用金簪在地上一连写了几十个"蔷"字。宝玉还担心她身体单薄,心受煎熬,其实龄官是通过写字显示心爱之人是贾蔷。

　　薛宝钗过生日,贾府搭戏台看戏,龄官演得出色,贾母点名要看她。王熙凤了解贾母心思,是因为龄官"扮上活像一个人",宝钗、宝玉都看出来了,龄官像黛玉才引起贾母的怜爱。但宝钗是精明避讳不肯说,宝玉是怕黛玉生气不敢说,倒是史湘云心直口快,说:"倒像林妹妹的模样儿"。这一下惹恼了黛玉,说:"我原是被你们取笑儿的,拿着我比戏子,给众人取笑儿!"在当时,戏子属于下九流,况且龄官又是买来的女奴,地位就更低下了,所以说她像谁,就意味着降低了谁的身份。黛玉虽然"小性儿",对此认为"这还可恕",只是对宝玉向湘云使眼色、过分劝解有点气恼。也许她想起自己的命运,对龄官产生了同情心,过后也就云消雾散了。

众人看不起小戏子,按赵姨娘的说法,连贾府里三等奴才也比她们高贵些。有人甚至把她们比做小猫小狗,当作玩物。但是这种封建等级观念遭到她们的坚决抵制和反抗。龄官就有很强的自尊心,贾宝玉在她面前就碰了个软钉子。

贾宝玉在各处游得烦腻,便想起《牡丹亭》曲来,有人告诉他,龄官的戏唱得最好,于是就着意来到了梨香院。别的女孩见宝玉来了,都笑嘻嘻地让座,唯有龄官独自倒在枕上,见宝玉进来,纹丝不动。宝玉素习与别的女孩子玩惯了的,只当龄官也同别人一样,因近前在她身旁坐下,又赔笑央她起来唱《袅晴丝》。不想龄官见他坐下,忙抬身起来躲避,正色道:"嗓子哑了,前儿娘娘传进我们去,我还没有唱呢。"

宝玉见如此景况,从来未经过这番被人弃厌,自己便讪讪地红了脸,只得出来了。宝官等问他为何要走,宝玉说龄官不肯唱,宝官便说道:"只略等一等,蔷二爷来了叫她唱,是必唱的。"宝玉听了,心下纳闷,这才知道龄官心里只有贾蔷,并没有自己的位置。

停了片刻,贾蔷来了。为了给龄官解闷,他专门花了一两八钱银子,买了个名为玉顶儿的小鸟,把别的女孩儿都逗笑了。唯独龄官不但不笑,见贾蔷还让小鸟表演衔旗串戏,特别生气,讥讽道:"你们家把好好儿的人弄了来,关在这牢坑里,学这个还不算,你这会子又弄个雀儿来,也干这个浪事!你分明弄了来打趣形容我们!"贾蔷听后,赌神起誓说自己没想到这上头,是糊涂油蒙了心。接着就将雀儿放了生。龄官又说自己咳嗽出两口血,太太让你请大夫,你竟拿个鸟儿来取笑儿。贾蔷连忙赔不是,说立即去为她请大夫。龄官却又叫:"站住,这会子大毒日头底下,你赌气去请了,来我也不瞧。"贾蔷只得又站住。

龄官唱不唱曲只听贾蔷的号令,她对贾蔷既能肆意指责又体贴备至。而贾蔷对龄官又是如此关爱,设法为她解闷、治病。

这个情景,让宝玉"不觉痴了"。他为何痴?因为出乎意外。他是贾府的宠儿,又长得俊美,以为自己必然受到人们尊重,命令一个戏子唱上一段应该是毫不费力的,然而却遭到拒绝。他认为大观园的美女都喜爱他,都会为他流泪,甚至想象"哭我的眼泪,流成大河,把我的尸首飘起来。"龄官专爱贾蔷,对宝玉冷若冰霜,宝玉甚感离奇。正是这个意外和离奇,使他先是痴迷,然后便是顿悟。他承认原来是"管中窥蠡",并向袭人说:"原以为你们的眼泪单葬我,这就错了,看来我竟不能全得,从此后只好各人得各人的眼泪罢了。"

这说明宝玉碰了龄官的钉子,心理上向成熟迈进了一大步。人各有缘分,各有所爱,条件不同,追求不同。以自己为中心,认为别人都会围着自己转,都会听命于自己,是不符合实际的,这样来看待和处理人和事,往往会出错。

有人说龄官是黛玉的影子。爱情专一上俩人有相似之处,黛玉是只爱宝玉一人,北静王都被说成"臭男人"。俩人的长相和咳嗽吐血的症状,也十分相似。但龄官的勇敢直爽却是黛玉望尘莫及的。龄官对贵妃、对领班、对得宠的公子都敢不给面子,对爱情敢于大胆表白,而黛玉却羞于出口。龄官是从她演出的戏剧中,汲取了丰富的文化营养,培养了其不甘屈辱、敢于反抗的精神。她没有奴颜婢膝,却有侠胆傲骨,令人刮目相看。

龄官的结局,书中没有交代。一种可能是在其他小戏子遣散之前,她就因患吐血之症而死;还有一种可能,就是刘心武考证的,龄官嫁给了贾蔷。贾蔷脱离了贾府,抄家时没被牵连,过上了正常日子,这符合人们的愿望。

49. 任性倔强的芳官

芳官是贾府买来的十二个小戏子之一,原姓花,姑苏人氏,是唱正旦的。正旦又称青衣,在旦行里占着最主要的位置,扮演的一般是端庄、美丽、正派的女性,包括大家闺秀、小家碧玉、贤妻良母等。芳官曾演过《牡丹亭》中的杜丽娘、《西厢记》中的崔莺莺等。她容貌美丽,唱作俱佳,一段杜丽娘"如花美眷,似水流年""在幽闺自怜"的唱段,曾使林黛玉芳心震惊,情迷神驰,感伤不已,由此显示了芳官的演唱魅力。

芳官身份卑微,但聪明伶俐,善解人意,特别是率性倔强,敢于抗争,把大观园闹了个不亦乐乎。

戏班解散后,芳官被分到怡红院。不久发生了"洗头事件"。她的干妈克扣了她的月钱,说是为她洗头,却把亲女儿洗剩的水拿给她用。她不甘受辱,说干娘偏心,揭露干娘贪钱沾了光还让人用剩东西的恶迹。她干娘骂她不识抬举,是戏子都难缠,"咬群的骡子似的"。这些极其令人难堪的毒骂,芳官岂能忍受,就和这个婆子大吵大闹起来。晴雯说芳官不省事,有点狂。袭人说一个巴掌拍不响,老的不公,小的可恶。而宝玉却说:"怨不得芳官,物不平则鸣,赚了她的钱,又作践她,如何怪得。"让袭人以后照看芳官,管她的月钱。袭人于是取了花露油、香皂等送给芳官。这一来,芳官的干娘羞愧难当,又拍了芳官几把。晴雯、麝月看不下去,一起斥责婆子,说她越老越没规矩,是铁石心肠,把婆子撵走了。

接着又发生了"茉莉粉事件"。蕊官送给芳官一包蔷薇硝,贾环见了就向宝玉要,宝玉只得答应。芳官因为那是同行姐妹赠送之物,不愿分给贾环,就找原来存放的,麝月说:"没有了,就拿茉莉粉给他吧。"赵姨娘知道后,认为是芳官有意哄贾环,气急败坏地飞跑到怡红院,去找芳官算账。她见到芳官后,先将茉莉粉撒到芳官脸上,然后破口大骂芳官是"小淫妇""买来的戏子""娼妇粉头"等。芳官感到十分委屈,说:"没有硝我才把这给他的,这也是好的。"她还边哭边说:"我一个女孩家,知道什么是粉头面头!赵姨奶奶犯不着来骂我,我又不是姨奶奶家买来的。梅香拜把子——都是奴才罢咧!"后一句戳到赵姨娘痛处,她气得上来给了芳官两个耳刮子。芳官挨了打,哪里肯依,一边打滚泼泼,哭闹起来。一边便说:"你打得起我么?你照照模样再动手!我叫你打了去,也不用活着了!便撞在赵姨娘怀里叫她打。"葵官、豆官、藕官、蕊官得讯后,急忙赶来,四个女孩,凭着梨园行里的情分,出于义愤,一起冲向赵姨娘,头撞手撕,把赵姨娘裹住。此时的芳官更是"直挺挺地躺在地上,哭得死过去"。赵姨娘除了乱骂外,已无法还手。

赵姨娘虽然是妾,但比丫鬟特别是买来的戏子,地位要高得多,特别是她还生有一男一女,女儿探春还是管家之一。芳官不但敢与她顶撞,而且还指出赵姨娘与她们一样,也是奴才。这是无视地位差别和势力悬殊的行为。芳官口无遮拦,说话不知轻重,其反抗精神可嘉。这一场大闹,看似芳官占了上风,实际上却留下了隐患。

按说芳官针线拿不起,说话有锋芒,不会服侍人,是个不合格的丫鬟。但她在怡红院却没有受气。袭人、麝月都让着她,晴雯虽说过芳官是"狐媚子",但遇事还护着她。这是因为她是个天真无邪、清纯脱俗的可爱女孩。而宝玉对芳官的"不平则鸣"、洒脱不羁、表演才能十分欣赏。在怡红院庆寿开夜宴时,芳官满口嚷热,脱了外衣,打扮得像个英俊男子,"面如满月犹白,眼似秋水还清"。众人都说她与宝玉"倒像一对双生弟兄"。她唱《赏花时》为大家助兴,偷偷替宝玉喝酒,主动陪袭人喝酒,最后酩酊大醉,身子动不得,便睡在袭人身上。袭人怕芳官再吐,便让她与宝玉同榻而睡,说明大家对她这个直爽透明的小女孩是没有什么忌讳的、也无须作什么防备的。

有一次,芳官改变了发型,宝玉为她起名"耶律雄奴",还起了洋名叫"温都里纳"。芳官很高兴,想借此让宝玉带她出去,像小厮一般见见世面。宝玉说怕人认出来。芳官说:"我说你是无才的,你只说我是小番就可。"芳官敢说主子"无才",真是毫无顾忌,目无上下。而宝玉却不生气,反而"喜出望外"。这是看出了她的天真、直爽、童言无邪,而感到难得,他身边的下人哪个敢说这种话啊,于是就感到稀罕,就原谅了。

有人评论芳官为:品貌像宝玉,豪爽似湘云,才艺似黛玉,刁钻像晴雯。如果说她与这四人有某些共同点,还是说得通的。但芳官敢于藐视封建秩序,挑战尊卑观念和敢于硬碰硬的精神,则是她独有的,并且引起了宝玉的共鸣,这是宝玉保护和纵容她的原因之一。芳官为何有这样的性格和气质,与传统戏剧的感染熏陶密切有关。我国戏剧源远流长,内容丰富,其中有不少是反对封建礼教、追求婚姻自主、揭露贪官污吏、歌颂被压迫者的品质和反抗意志的。芳官在学戏和演出中,潜移默化,入脑入心,增加了知识和智慧,培养了这种一往无前、坚强不屈的精神。

芳官如此作为,当然为封建卫道者所不容。王夫人说她是"狐狸精",下令赶出大观园,由干娘带出,自行聘嫁。芳官不从,最后削发为尼。她的美丽青春和出色演技,就这样被封建制度残酷地扼杀了。

50. 重情厚义的藕官

藕官是《红楼梦》中十二个唱戏的优伶之一。她扮演的是小生角色。戏班解散后,她成了林黛玉的丫鬟。当戏伴芳官被赵姨娘侮辱时,她甘冒风险,和豆官等四人一起将胡搅蛮缠、惹是生非的赵姨娘围在中间,头撞手抓,出了一口恶气,显出了戏班女孩们的义气和情谊。

清明这天,宝玉去找黛玉,走到沁芳桥一带堤上,忽见山石那边有一股火光。转过去看,只见一位女子烧纸祭奠。有个婆子恶狠狠地吵嚷说:"藕官,你要死!怎么弄些纸钱进来烧,我回奶奶们去,仔细你的肉!"宝玉问藕官,是为谁烧纸?藕官不作一声。婆子要拉她走,她怕受辱没脸,便不肯去。婆子说她是"什么阿物儿,跑了这里来胡闹,快跟我走!"这时宝玉忙上前解围,说藕官并没有烧纸,原是林姑娘让她烧那烂字纸。藕官见宝玉为她掩饰,也硬着口说烧的是林姑娘写坏了的字纸。那婆子不信,弯腰向纸灰中检出不曾化尽的纸钱在手内,说藕官"你别嘴硬,有证又有凭,只和你到厅上讲去!"拽着藕官要走。宝玉忙护住藕官,说婆子:"实告诉你:我昨夜作了一个梦,梦见杏花神和我要一挂白纸钱,不可叫本房人烧,要一个生人替我烧了,我的病就好的快了。所以我请了这白纸钱,巴巴儿的烦他来替我烧了。我今日才能起来,偏你又看见了!这会子又不好了,都是你冲了!藕官,只管见了他们去,就依着这话说!我就说她故意来冲神灵,想让我早死。"那婆子见宝玉转守为攻,言之凿凿,还要追究她的罪责,反而赔笑乞求宝玉饶过她。

从这件事可以看出宝玉的怜香惜玉和颇有智谋。在不明真相的情况下,他就为藕官说情。他先把烧纸钱说成是烧字纸。在古代,烧字纸是积福的,是"敬惜字纸"的表现,不是错。但见婆子已经捡拾到了烧纸钱的残屑,还不罢休。这时宝玉灵机一动,又说是为自己驱病让藕官烧纸钱,这才巧妙地掩盖过去。不然,藕官在大观园烧纸钱罪过不轻,轻则会遭毒打,重则会遭打骂后被赶出去。

宝玉救了藕官,又问她为谁烧纸,她羞于开口,流着眼泪说:"这事我不想让别人知道,但被你撞见了,我也不便与你面说,你背人悄悄地问芳官就知道了,但不许再对一人言讲。"藕官为何对此事这样隐秘,这样难以出唇呢?

芳官在了解到宝玉是庇护了藕官后,才肯哭着说出真相:原来藕官祭的是已死的菂官(有的版本是药官)。藕官演的角色是小生,菂官演的是小旦,她们扮作两口儿,唱戏的时候,都装着那么亲热,一来二去,二人就像真的一对夫妻,你恩我爱。菂官一死,她就哭得死去活来,至今不忘,所以每节烧纸。后来补了蕊官,她俩还是那样,还比作男人死了女人也有再娶的,只是不把死去的丢过不提就是有情分的了。

芳官在说到此事时,对藕官不免有点抱怨。一开口就说"藕官也是胡闹",继而又说她和菂官是"装糊涂",最后又说她是"又疯又呆""说来可是可笑"。她为何这样说?

按世俗观念,两个女子是不能结为夫妻的。我国古代确有二女相恋的情况,被称为磨镜、对食、自梳等。清代《粤游小志》记载:广州女子多拜结盟姊妹,出嫁后,归娘家很久不返夫家,若催促过甚,则相约自尽。凡是缔结金兰契的女子,誓不肯和男子婚嫁,即使被迫嫁人也不会和丈夫同寝。而结盟的二女则会同居,情如夫妻,誓不相负,临终前还会选择嗣女继承双方财产,死后也会被埋在一起。光绪年间的《永明县志》中也有类似记载:桃州许多母亲想方设法,寻找与女儿年纪相貌相当的女子,使二人结为内交。最初是为了使之安稳闺中。然而常常会导致两女产生爱情,许多相恋女子,在其密友出嫁时会进行阻止,甚至闯进婚礼,持刃刺伤密友的丈夫。古代把这种女女同性恋看作是一种不良风俗,是弊习。所以藕官羞于启齿,芳官也认为是不正常的,要求保密。

而宝玉的认识则有所不同。他听了又喜又悲,称奇道绝,还感到相形见绌,说:"天既生这样人,又何须我这浊物污辱世界。"他让芳官转告藕官,以后断不可烧纸了,但可逢时过节,只备一炉香,一心虔诚,就能感应了。只在敬心,不在虚名。

宝玉看重的是藕官对菂官爱得真切,情思缠绵。现在对演员也还是提倡"深入角色""真情投入"。藕官演小生就把自己当成了剧中的多情公子,把演女角的菂官视同妻子了。菂官死了,她如同丈夫失去爱妻,以烧纸表达哀伤思念,并将后补的小旦蕊官,当作续弦,仍然给予丈夫般的关爱。这种"又疯又呆"的爱情是发自内心的,是真情实意的,即使是同性恋也值得同情。比起尤二姐的滥情、夏金桂的淫情、惜春的无情、宝钗的冷情、袭人的偷情移情、妙玉的矫情隐情来,要纯洁、诚挚、热烈、忠贞、爽朗得多。但藕官才十几岁,只是因为演戏性别转换,性取向还没有定型,所以还不能断定是同性恋。

藕官的藕是莲的根茎,菂官的菂是指莲子,黛玉被公认为"水中芙蓉",也就是莲花。三人由莲相系。藕有丝,藕断丝连,恋恋不舍;莲子可食可入药,但"莲子心中苦";莲花出淤泥而不染,但风刀霜剑严相逼。这象征着黛玉对宝玉的爱情是真挚的,爱到了"痴"的程度。但最终也是"假凤虚凰"一场,木石姻缘"终虚化",一片痴情化云烟了。

51. 务实之人贾琏

贾琏是贾赦之子,王熙凤的丈夫。他和妻子分别是荣国府的内外管家。贾琏出身豪门,也经过"十年寒窗",受过正统的封建教育,但他不爱读书,不擅长诗词歌赋,"于世路上好机变,言谈去的"。他捐了个同知的官位,属五品,相当于现在的副司长,但只是挂个名,无实职。有人因为他贪色纵欲,说他是个任意胡为、不务正业的浪荡子,这个评价恰当吗?

在荣国府的男主子中,他是一个唯一能干务实之人。贾赦不被贾母看重,他也贪图安逸享受,不管家事;贾政自命清高,不谙俗务;贾珠早死,宝玉、贾环、贾琮年龄尚小,因此荣府的家务除内务有凤姐主持外,对外的交际应酬、建房修屋、收入支出、人事安排、婚丧嫁娶等都由贾琏主管,这个担子不轻,所以贾琏是很辛苦的。

为了迎接元妃省亲,贾府要建造大观园。名义上是贾政主持,但他却交由贾赦、贾琏、贾珍、贾蔷等"安插摆布"。那贾赦"只在家高卧",具体经办的就是贾珍和贾琏了。工程告竣,贾政带一班文人到大观园题对,当问起帐幔帘子和玩器古董怎样购置配备时,贾珍说不出来,贾政知道贾珍也没有具体管,便问贾琏,贾琏忙向靴筒取出一个纸折,详细回禀了种类数量以及已购情况。可见,贾琏是大观园的实际经办人。从选址、设计到施工建造、装修、物品配置等,都是以他为主安排的。大观园不同于一般园林,而是贵妃省亲的别墅,时间紧,要求高,总共用了一年时间就建成了。而且布局巧妙,山水环绕,诗情画意,奇花异草,院落宅邸,十分精致,各有特色,得到元妃赞赏,对后世园林建造也产生了深远的影响。

林黛玉回家探父,贾母提出要贾琏护送。贾琏一路谨慎小心,陪伴黛玉到了扬州。不久林如海逝世,贾琏又帮助料理后事,并陪黛玉护送其父灵柩到苏州安葬。这件事也是很繁杂的,如需照顾年幼多病的黛玉的安全和饮食起居,照顾病重的林如海并关注他的疾病治疗,在他去世后处理其后事及遗留问题,安定黛玉的情绪,使其从丧父之极端痛苦中摆脱出来,办理安葬事宜等。多愁善感而又十分挑剔的黛玉,能顺利而平静地回到贾府,且无埋怨之声,说明她对贾琏的处置还是满意的。

荣府与外界的交往,处理与太监、王府等的关系等,也是贾琏跑前跑后。贾母外出,贾琏事先周密安排,动身后带领家丁跟随护送。夏金桂中毒而死,贾琏帮助料理,报官相验,刑部托人,使案情大白,薛家得以安生。邢岫烟的婚事,贾琏安排周到。可见,贾琏是荣府辛勤操劳、办事细心的一位实干家。

贾琏与王熙凤分别是内外当家,本应"夫妻同心,其利断金"。但王熙凤特别强势,与贾琏争夺荣府的管理权,尤其是在钱财上,她贪心不足,挪用款项,中饱私囊;在人事安排上,也抢着当家。如需要找人管理铁槛寺,贾琏已派给贾芸,而凤姐却答应了贾芹。贾琏只得让步。凤姐还得意地说,谋事不找自己找贾琏是"捡远道走,耽误事!"凤姐用府里人的月例钱放高利贷,一向都是瞒着贾琏的。

凤姐十分霸道,不但与贾琏争权,而且对他严加防范,就连侍妾平儿也限制与贾琏亲近。这样做的结果,伤害了贾琏的自尊心,破坏了夫妻之间本来还算和谐的关系。贾琏设法突破牢笼,曾说凤姐:"防我像防贼的,只许她同男人说话,不许我和女人说话,我和女人略近些,他就疑惑,他不论小叔子侄儿,大的小的,说说笑笑,就不怕我吃醋了。""等我性子上来,把这醋罐打个稀烂!"

但是贾琏的贪色放纵确实过分。在他女儿巧姐出痘期间,他不避讳,竟与厨子多浑虫的老婆通奸,有点饥不择食。他趁凤姐赴生日宴之机,与鲍二家的在自己家中淫乱,还说凤姐是个"夜叉星"。凤姐发现后,他恼羞成怒,持剑要杀凤姐。正如贾母教训他的:"成日家偷鸡摸狗,脏的臭的,都拉了你屋里去。"不过贾母还是原谅了他,向凤姐解释:"什么要紧的事!小孩子们年轻,馋嘴猫儿似的,那里保得住不这么着。从小儿世人都打这么过的。"

贾琏与多浑虫家和鲍二家的通奸,可以说是逢场作戏。但他与尤二姐结合,在某种程度上来说,还是动了真情。凤姐对他日益冷淡,而尤二姐对他温柔体贴,使贾琏倍感温暖,因此偷娶了尤二姐,另立门户,当妻子对待。尤二姐感到过去已经失身,对不起贾琏。而贾琏却说:"谁人无错,知过必改就好。"但贾琏缺乏对凤姐的警惕和防范。后来又有了新欢秋桐,就把尤二姐丢在一边,以致尤二姐丧子惨死。二姐死后,贾琏搂尸大哭,只叫"你死得不明,都是我坑了你"。他让平儿替他收藏着二姐的旧裙子作为纪念。二姐之死,当然是凤姐有意陷害的,但也与贾琏懦弱乏智、多情滥情有关。

贾琏虽然沾染了封建贵族的不少恶习,但并非游手好闲、无所事事;他虽然贪色,但并非强娶豪夺,与下人妻子通奸,是以小恩小惠拉拢,偷娶尤二姐是两情相悦;同时,他良心未泯。贾赦霸占石呆子的古扇,贾琏说:"为这点子事,弄得人家倾家荡产,也不算什么能为!"因此遭到贾赦毒打。旺儿家的儿子要娶丫头彩霞,贾琏听说这个儿子"吃酒赌钱,无所不至",就劝凤姐不要"白糟蹋了人家女儿"。统观其所作所为,如果给他戴上浪荡子的帽子,还是有点冤枉了。

52. 论贾珍其人

贾珍是宁国府贾敬之子，因贾敬到道观烧丹炼汞，爵位让贾珍袭了，成为三品爵威烈将军，但只挂个名，享受俸禄，并无实职。冷子兴说贾珍："哪里干正事？只一味高乐不了，把那宁国府竟翻过来了。"

贾珍有一妻二妾，但他却与儿媳秦可卿私通。这在封建社会是乱伦的禽兽行为。曹雪芹在《红楼梦》原稿里曾专门写了"秦可卿淫丧天香楼"一回，由于好友脂砚斋认为此过于暴露，才改成秦可卿病死的情节。但原稿的痕迹尚存。秦可卿死时，合府上下"无不纳罕，都有些疑心"。丫鬟瑞珠触柱而亡，小丫鬟宝珠愿为秦氏义女，守在铁槛寺，不愿回宁府，都是异常的表现。

贾珍对于秦氏之死，也表现得十分怪异，竟"哭得像个泪人"，以至于连走路都走不成了，拄上了拐杖。他要尽其所有大办丧事，甚至"恨不能代秦氏去死"，这已暴露出他与秦氏的隐情。为了丧礼风光，他特意花一千两银子为儿子贾蓉捐了个五品龙禁尉。要做棺材，他看了好几副上等杉木都不满意，后来选定了一位老亲王预定的一副上好的樯木，是一千两银子也买不来的。贾政就劝他："像这么好的东西，一般的人可能享用不了"，但是贾珍根本不听，这在当时也是违规行为。除了在宁府大厅停灵七七四十九日请一百〇八位和尚念经超度亡魂外，还要在天香楼另设一坛，由九十九位道士打醮四十九日，隐含着秦氏是在天香楼上吊自尽的，所以要在此打醮驱鬼，安抚亡灵。

秦可卿嫁到宁国府时，不过十四五岁，其丈夫贾蓉只是比她大一二岁的纨绔少年，还不懂得什么恩爱。而其公公贾珍已过而立之年，又是宁府掌权者。他是个好色之徒，见了秦氏美貌温顺，就下了毒手，很可能先是强奸，而后逼其顺从的。

秦可卿为何死得如此突然，据分析是贾珍与她的奸情被贾珍之妻、秦氏的婆婆尤氏撞见，因此无地自容而上吊自尽。其两个丫鬟因是知情者，知道贾珍不会轻饶她们，所以一个自杀，一个守灵不回。尤氏虽十分气愤，但惧怕贾珍的残暴，不敢揭露和争吵，只得以"犯了胃疼旧疾，睡在床上，不能料理事务"为托词，未参与秦氏的后事。而贾珍的儿子贾蓉则对于妻子之死毫无悲痛之感，这说明他对贾珍与秦氏的丑事已经知晓，对秦氏只有厌恶而无任何感情。贾珍乱伦的后果，逼死了两条人命，也破坏了家庭关系。

贾珍不但奸污儿媳，还与小姨尤二姐私通，甚至当贾琏娶了尤二姐之后，他还趁贾琏不在之时去找尤二姐，想鸳梦重温。接着，他又打尤三姐的主意，贾琏还为他出主意，让他干脆娶了尤三姐。尤三姐早看透他是把自己当粉头来玩弄，破口大骂，要把他和贾琏的"牛黄狗宝"掏出来，对他的丑恶灵魂进行了揭露。后来，尤三姐又要金要银、添珠进宝，故意糟蹋物品，让贾珍难以招架，只得为她另选佳偶。但是贾珍已经败坏了她的名声，因此发生了柳湘莲悔约退婚、尤三姐挥剑自刎的悲剧。

贾珍玩弄女性臭名昭著，甚至连与他交好的呆霸王薛蟠对他也有戒心。薛蟠知道贾珍见色起意，而且不顾羞耻，不择手段。他怕贾珍见到香菱会生出坏心眼，于是就尽量不让香菱与他见面。柳湘莲闻知尤三姐是贾珍的小姨子，岂能不生疑心？尤三姐自杀、柳湘莲出走，贾珍难辞其咎。

更令人不齿的是,贾珍在给父亲贾敬服孝之中,竟然难耐寂寞,带领儿子和一群子侄以习射为名,聚赌嫖娼,淫秽不堪。古代父母丧后要守孝三年,而贾珍丧父不到三月,就在侯门之家、簪缨之族,干起如此违规非礼的勾当,这是他无法无天、道德败坏的露骨表现,也是他被查抄被发配的罪状之一。

贾珍对于其唯一的儿子贾蓉,竟然不思如何教育其修德成才,而任凭其寻花问柳,但却大耍严父的威严。贾母在清虚观打醮时,贾珍问:"怎么不见蓉哥儿?"一声未了,只见贾蓉从钟楼里跑了出来。贾珍喝命家人啐他。小厮们不敢违拗,有个小厮便上来向贾蓉脸上啐了一口。贾珍又道:"问着他!"那小厮便问贾蓉道:"爷还不怕热,哥儿怎么先乘凉去了?"那贾蓉垂着手,一声不敢出。贾珍不给贾蓉留一点脸面和尊严,是那样冷酷无情,哪儿有一点父爱可言。

贾珍自己荒淫无耻,却道貌岸然教训晚辈。过年时,他发放年货,贾芹也来领取,贾珍训斥道:"你在庙里为王称霸,夜夜招聚匪类,赌钱,养老婆小子,这会子花得这个形象,领一顿驮水棒去吧!"他指责贾芹做的坏事属实,但比起贾珍来贾芹是小巫见大巫。贾珍是"只许自己放火,不许小辈点灯",满口仁义道德,一肚子男盗女娼。

贾珍把剥削压榨农民当作挥霍享受的来源,并认为天经地义。当乌庄头交租时,贾珍看着清单,皱眉训斥道:"这一二年里赔了许多,不和你们要,找谁去?"他的丑行,焦大看得一清二楚,说:"那里承望到如今生下这些畜生来!每日家偷狗戏鸡,爬灰的爬灰,养小叔子的养小叔子。"

作家刘心武只看贾珍的一些表面现象,认为他"有阳刚之气,有光彩,有魄力"。这与曹雪芹的评价"造衅开端实在宁""家事消亡首推宁"是背道而驰的,也与贾珍的荒淫败家丑行不符。我们还是尊重原著的本意吧。

53. 倒霉的年轻人——贾蓉

贾蓉是贾珍之子,他面目清秀,身材细挑,轻裘宝带,美服华冠。表面看来,他很幸运,是宁国府的长房长孙,侯爵继承人,而且还是监生。秦可卿死后,其父贾珍花了一千两白银给他捐了个五品龙禁尉,看来很是风光。其实,他的境遇很尴尬,有人评论他是一个"倒霉的年轻人"。

在刘姥姥一进荣国府,王熙凤与刘姥姥谈话时,贾蓉来向凤姐借玻璃炕屏,当告退离去时,凤姐忽然想起一件事来,便向窗外叫:"蓉儿回来。"贾蓉忙返回,满脸笑容地瞅着凤姐。那凤姐只管慢慢吃茶,出了半日神,忽然把脸一红,笑道:"罢了,你先去罢。这会子有人,我也没精神了。"有人根据这段描述,认为贾蓉与王熙凤的关系暧昧。但从以后的情节来看,凤姐只是以长辈身份指使贾蓉,如派贾蓉和贾蔷去戏弄坑害贾瑞等,并无其他男女过分的行为。凤姐要保持贞洁妻子的底线,以此才能保住管家的权力和威望。原著本来没有那些调情的细节,是程高本故意加上的,给贾蓉身上泼了污水,也显示了贾蓉被任意驱使的情景。

贾蓉与其父贾珍一样荒淫无耻,他和姨娘尤二姐不干不净。为了达到能与尤二姐不断鬼混的目的,他背着凤姐,想出了让贾琏偷娶尤二姐并安置在府外的主意,其目的并不是口头上说的"为了贾琏的子嗣",而是以后自己好与尤二姐寻欢作乐。他在背后说了许多凤姐厉害霸道的话,挑拨贾琏与凤姐的关系。当凤姐获悉贾琏偷娶尤二姐是贾蓉的策划时,到宁国府惊天动地地吵闹,贾蓉磕头不绝。可见贾蓉对凤姐并无真心实意,是个两面派。

贾蓉娶了美如天仙的秦可卿为妻,不料自己的老爹贾珍却与秦氏通奸,最终"淫丧天香楼"。他是不敢怒更不敢言,只有隐忍。但隐忍终会借机爆发,这种尴尬情感,使他在其他方面寻机发泄,以自己的乱伦来报复了贾珍的乱伦。

在尤二姐和尤三姐到宁国府后,贾蓉表现得丑态百出,"变态"显露。他嘻嘻地望着尤二姐笑说:"二姨娘,你又来了?我父亲正想你呢。"二姐红了脸,骂道:"好蓉小子!我过两日不骂你几句,你就过不得了,越发连个体统都没了。还亏你是大家公子哥儿,每日念书学礼的,越发连那小家子的也跟不上。"说着顺手拿起一个熨斗来,兜头就打,吓得贾蓉抱着头,滚到怀里告饶。尤三姐便转过脸去,说道:"等姐姐来家再告诉他。"贾蓉忙笑着跪在炕上求饶,因又和二姐抢砂仁吃。那二姐儿嚼了一嘴渣子,吐了他一脸,贾蓉用舌头都舔着吃了。众丫头看不过,都笑说:"热孝在身上,老娘才睡了觉。他两个虽小,到底是姨娘家。你太眼里没有奶奶了,回来告诉爷,你吃不了兜着走。"贾蓉撇下他姨娘,便抱着那丫头亲嘴,说:"我的心肝,你说得是。咱们馋他们两个。"丫头们忙推他,恨得骂他:"短命鬼!你一般有老婆丫头,只和我们闹。知道的说是玩,不知道的人,再遇见那样脏心烂肺的、爱多管闲事嚼舌头的人,吵嚷到那府里,背地嚼舌,说咱们这边混账。"贾蓉笑道:"各门另户,谁管谁的事?都够使的了。从古至今,连汉朝和唐朝,人还说'脏唐臭汉',何况咱们这宗人家!谁家没风流事?"尤二姐和尤三姐是他的姨娘,是长辈,而贾蓉竟然不顾廉耻,肆意调情逗笑。丫鬟相劝,他不但巧言反驳,而且还随意侮辱,这也是出于一报复心理。

贾珍对于贾蓉所干的荒淫之事置若罔闻,不但不干预,有时还共同参与,而对他的稍有迟缓则严厉训斥。如在清虚观打醮,一时不见贾蓉,就说他偷懒,命小厮啐他,羞辱他。这是为了树立其绝对父权,使贾蓉不敢有任何反抗。面对这种暴力,遭受这般屈辱,对贾蓉的心理造成了严重的伤害和扭曲。

在贾珍的影响下,贾蓉逐步成为一个和贾珍一样荒淫无耻的衣冠禽兽,正如贾琏所说:"贾珍贾蓉等素有聚麀之诮",即指其父子共同占有一个女人。贾蓉恣意乱伦,与上一辈姨娘调情与私通,就是一种报复性变态性取向。他对家中的丫鬟更是随意进行侮辱、蹂躏,毫无羞耻之感,反而用"脏唐臭汉"为自己开脱,来掩饰自己的滥淫行为。

提到"脏唐臭汉",说明贾蓉还是了解一点历史的。汉、唐两个朝代国家强盛,但朝廷中也出现了不少荒淫乱伦之事。脏唐是指唐朝皇室成员之间多见的乱伦行为。如武则天在成为唐高宗李治的妃子之前,就是他父亲唐太宗李世民的才人。而且武则天的姐姐和侄女后来也成了李治的妃子。杨玉环在成为唐明皇的贵妃之前,就是他儿子寿王李瑁的王妃,类似乱伦事件在唐朝还有不少。臭汉是指汉朝的皇帝大部分都有同性恋的癖好。在那时,同性恋不但不犯禁,而且还被一些人称为"雅癖"。在西汉和东汉的25个皇帝中,就有10个皇帝有男宠。其中汉哀帝刘欣和他的男宠董贤"断袖"的典故,更是臭名昭著。

这些事例在当时是违背封建礼教的,即使现在也认为是有悖道德伦理的,所以冠以"脏""臭"之名。但是贾蓉却以此当作自己淫乱的"护身符",并认为豪门贵族从古至今都少不了这种风流事,所以心安理得。明知脏臭却追逐不已,黑白颠倒,是非混淆。以后在贾敬的热孝期间,贾蓉与贾珍在堂堂官衙内聚赌嫖娼,这在当时是明显的忤逆恶行,可见他早已把忠孝仁义、道德伦理抛到九天云外了。

54. 贾府应用人参评析

人参是一种古老的名贵中药,古人称赞它为"千草之灵,百药之长""形态如人,功参天地"等。《红楼梦》中,多处描述了贾府应用人参的情况。

黛玉初进贾府时,众人见黛玉身体面庞怯弱不胜,便知她有不足之症,因问:"常服何药,如何不急为治疗?"黛玉道:"我自来如是,如今还是吃人参养荣丸。"贾母道:"正好,我这里正配丸药呢,叫他们多配一料就是了。"这说明人参养荣丸是贾府经常配制的丸药,其中的君药就是人参。

这种丸药的其他成分有黄芪、白术、陈皮、当归、茯苓、白芍、肉桂、熟地、远志等,其功效有补血益气、强心安神等,适用于呼吸气少、面色萎黄、形瘦神疲、食少乏味、毛发脱落、失眠心悸、妇女月经不调等。贾母年老、黛玉虚弱,所以经常应用此药。

第二次提到应用人参,是贾瑞因看上凤姐求欢未遂,反而受到羞辱、惊吓、冷冻、粪浇等折磨,患了重病。其祖父贾代儒对他严加训斥,贾蓉加紧追索债务,贾瑞单相思依然缠身,因此病情加重,服药无效。这时,其祖父求告王夫人,赐给人参以配"独参汤",以此挽救贾瑞性命。王夫人命凤姐称二两给他,凤姐借口人参都替老太太配了药,已无存货。王夫人让她派人到邢夫人那边问问,凤姐虽答应,但并不遣人去寻,只将些渣末泡须凑了几钱，命人送去。人参珍贵，贾代儒是买不起的。乾隆年间有人写诗说人参："一两三百金，其品犹居次。"优质人参一两竟需六百两银子。但贾代儒却相信人参能起死回生，为救孙子性命，厚着脸皮请王夫人恩赐，结果得到的只是低次品。试问，即使是优质的人参就能救贾瑞的命吗？清代有人著文说："今医病者至无可如何之候，则曰只好用独参汤，俗所谓救命谎者是也。"贾代儒就是被这种救命谎言所迷惑，有了独参汤却仍然眼看着独生孙子一命呜呼。

　　清朝贵族如贾府这样既有世袭爵位又是皇亲国丈的显赫人家，人参也不是那样信手拈来的。凤姐患妇科病，大夫开了调经养荣丸处方，需用上等人参二两。王夫人"翻寻了半日，只向小匣内寻了几只簪子粗细的。"她命人再去找，又找了一大包须末出来，也不合格。彩云又拿来一大包药材，王夫人看了，其中"并没有一枝人参"。她又命人去问凤姐，凤姐来说："也只有些参膏芦须。虽有几枝，也不是上好的，每日还要煎药里用呢。"王夫人又找邢夫人要，邢夫人说："早已用完了。"最后才在贾母处找到了二两"指头粗细的"。虽然是上好的，但年代太陈了，虽未成灰，但已成了朽槽烂木，也无效能了。王夫人无法，只好命人到外边去买。堂堂荣国府，竟连"上等人参二两"也找不出来了，由此可见，此时贾府已由盛转衰，也可见贾府过去应用人参之多。

　　这里提到调经养荣丸，这是一种中药方剂，其成分有生地、丹皮、白茯苓、山药、萸肉、泽泻、白芍、阿胶、白当归、枣仁、砂仁、川芎、川断等，其功能为：补养气血，疏肝解郁，祛瘀调经。用于气血不足，肝郁不舒，月经不调，头晕目眩，血漏血崩等。对于凤姐还是对症的。但其成分中原本并无人参，大夫却偏要加上"上等人参二两"，可能是"见人下菜碟"，认为凤姐用得起。其实要在此方中加人参，并无十分必要。还有贾母临终时，邢夫人端来一杯参汤，贾母刚接嘴喝，便道："不要这个，倒一盅茶来我喝。"可见，阅历丰富的贾母,是知道参汤是不会有起死回生效果的。

人参的作用究竟如何呢?中医学认为,人参具有大补元气、滋补强壮、安神益智、生津、复脉固脱等功效。李时珍在《本草纲目》中指出,人参主治阴亏阳绝、胸中痞坚、脾胃气虚、胃虚恶习、阳虚气喘、产后诸虚、肺虚久咳等症。现代医学认为,人参可提高人的体力、智力,增强机体免疫能力,对高血压、动脉粥样硬化、冠心病等老年性疾病有一定的防治作用,对异常血糖水平具有调节作用。此外,人参皂苷和人参多糖还具有一定的抗肿瘤作用,能减少化疗和放疗的不良反应,可作为防治癌症的辅助药剂。人参对高级神经系统兴奋与抑制均有增强作用,可调节大脑皮质功能紊乱。人参皂苷可推迟或延缓大脑皮层老化等。

在清朝,人参价格暴涨,与满族定鼎中原而抬高本地"特产"有一定的关系,但康熙皇帝对人参却有清醒的认识。他曾作人参诗:"旧传补气为神草,近日庸医谈地精。五叶五枝成洛数,顺时当用在权行。"他认为把人参比作神草,只是传闻,并不可靠;一些庸医赞人参为"地精"也不准确;服用人参应当顺从时令,权衡病情、体质等恰当应用。他在李煦的奏折上朱批:"南方庸医,每每用补剂而伤人者不计其数,须要小心。"还曾指出,曹寅(曹雪芹祖父)之病"亦是从人参中来",这与现代医学的观点是相吻合的。

人参不可能是万应灵药,它有一定的适用范围和配用方法。用之不当会引起一系列的不良反应与副作用,如血压升高(眩晕)、失眠、晨泄、水肿、皮疹及精神忧郁等。现代医学称之为"滥用人参综合征"。所以人参虽好,切不可当作一般补品而随意滥用。

55.《红楼梦》与酒

在《红楼梦》一书中,关于酒的情节不少。据统计,在前80回中,就有61回谈到酒,在后40回中,有15回与酒有关。在全书120回中,共出现"酒"字580多次,直接描写喝酒的场面共有60多处。

常言说:"无酒不成礼仪"。在侯门贵族"钟鸣鼎食"之家的贾府,当然少不了饮酒。通过饮酒,显示了贾家的豪富、奢侈,也展现了中国酒文化的丰富多彩。

书中提到的酒的种类就有黄酒、惠泉酒、屠苏酒、合欢酒、玫瑰露酒、桂花酒、菊花酒、果子酒、烧酒、金谷酒、西洋葡萄酒等十多种。饮酒的名目繁多,如接风酒、待客酒、年节酒、祝寿酒、生日酒、贺喜酒、祭奠酒、饯行酒、中秋赏月酒、赏花酒、赏雪酒、赏灯酒、赏戏酒、赏舞酒等,也有十多种。

贾府使用的酒具,按其质料来分,有金质、银质、铜质、锡质、陶土、细瓷、竹木、兽角、玻璃、珐琅等。其形状也是各式各样,奇巧精致。为烘托喝酒时的场面和气氛,还要行酒令。如牙牌令、占花令、曲牌令、故事令、月字流觞令、击鼓传花令、击鼓催诗令以及射覆、拇战,等等。这些酒令新奇别致,花样翻新,雅俗兼备,丰富了我国的酒文化。

第五回写宝玉神游太虚境时,饮用"万艳同杯"酒,清香甘冽,异乎寻常。警幻仙子介绍,那是以百花之蕊、万木之汁,加以麟髓之醅、凤乳之曲酿制而成的。这种酒其实并不存在,是作者用以表达对女子悲惨命运的深切同情,"万艳同杯"的谐音是"万艳同悲",可见作者是通过酒来推进故事情节、展现人物性格和深化主题。

书中描写了不同人物酒醉后的不同表现。贾雨村酒醉后吟诗,表现了他追求功名利禄的欲望和狂态。焦大醉后,大骂贾府子孙的邪恶、淫乱和肮脏腐败行为。刘姥姥醉后,朴实而又近乎滑稽的言行,表现了她老于世故、朴实老诚、诙谐幽默的性格。尤三姐的醉其实是佯醉,她借醉撕破脸皮,大吵大骂,酣畅淋漓地揭露了贾珍兄弟的丑态和险恶用心。史湘云酒醉后,"卧于山石僻处的一个石凳子上,业经香梦沉酣,四面芍药花飞了一身,满头脸衣襟上皆是红香散乱。手中的扇子落在地上也半被落花埋了,一群蜜蜂蝴蝶闹嚷嚷地围着。又用鲛帕包了一包芍药花瓣枕着"。这展现了她豪放、憨厚、天真的性格。

醉后见真情,醉后吐真言。古人对醉酒有不少精彩的描写。如李白自称"酒中仙",他欲借酒"同销万古愁"。刘禹锡"暂凭杯酒长精神"。还有人写诗:"醉后方知乐,全胜未醉时。雨后飞花知底数,醉来赢得自由身。"还有"斗酒诗百篇""壶里乾坤大,杯中日月长"等句,赋予酒以奇特的魅力和文化韵味。

《红楼梦》的作者曹雪芹对封建贵族大家庭里的饮酒礼仪、习俗、不同人物醉酒的表现等,刻画得细致入微,这与他的亲身经历有关。他少年时代就在这样的贵族家庭生活。家庭败落后,他每天著书仍喜爱喝酒,曾写有"举家食粥酒常赊"的诗句。晚年,嗜酒狂放,但疾病缠身,在一个除夕之夜溘然逝去,终年48岁。友人把他比作晋朝嗜酒如命的阮籍。曹雪芹为了喝酒,曾卖字画、卖物,甚至还把标志旗人身份的佩刀都卖了换酒,自诩为"燕市酒徒"。他的早逝,嗜酒常醉可能是原因之一。

醉酒也称酒精中毒。是指患者一次大量饮酒后发生的机体机能异常状态。医学上将其分为急性中毒和慢性中毒两种。前者可在短时间内给患者带来较大伤害,甚至可以直接或间接导致死亡。后者给患者带来的是累积性伤害,如酒精依赖、精神障碍、酒精性肝硬化及诱发某些癌症等。我国酒精中毒的情况也比较严重。据统计,约占同期急诊患者的5%,占急性中毒患者的49%。

饮酒后的酒精约20%在胃内吸收,80%在十二指肠及小肠吸收。酒精的中毒量和致死量因人而异,中毒量一般为70~80克,致死量为250~500克。是否中毒与胃内有无食物(空腹者吸收快)、是否食入了脂肪性食物(脂肪性食物可减慢酒精的吸收)、胃肠功能好坏(胃肠功能好的可吸收迅速)、人体转化剂处理酒精的能力(能迅速将乙醇转化为乙酸的不易中毒)等因素有关。

酒精中毒轻症表现为话多、易怒,面色潮红或苍白、眼部充血、心率加快、头昏、头痛等。随着病情进展,患者出现步态不稳、动作笨拙、言语含糊、语无伦次、视物模糊及重影,并可有恶心、呕吐等。重症中毒患者呈昏睡状态、面色苍白、口唇青紫、皮肤湿冷、体温下降、呼吸浅表、瞳孔扩大。严重者陷入深昏迷、血压下降、呼吸缓慢、心率加快,直至衰竭死亡。

酒精中毒的危害是多方面的。如伤害肝脏,引起脂肪肝;伤害胃,引起胃溃疡、胃出血;伤害神经系统,引起周边神经病变,导致大脑皮质萎缩、智力衰退;对生殖系统和胎儿也有伤害等等。

《红楼梦》也写了一位因嗜酒而被欺辱和导致死亡的人,他就是"极不成器破烂酒头厨子多浑虫"。他一味吃死酒,只要有酒有肉就啥事不管,任凭他的妻子与他人淫乱。贾琏进入他家,他醉酒昏睡在炕上,致使贾琏在他身边与其妻通奸,他浑然不觉地戴了绿帽子。不久他就因"酒痨"而死,妻子也很快改嫁了。

由此看来，美酒虽香，酒文化虽蕴含丰富，但饮酒一定要适可而止，不可过量，特别是烈性白酒和高度酒一定要严格限量。白酒一次不要超过二两，葡萄酒一次不要超过四两，啤酒一次不要超过半斤。也要避免每天饮酒，以免蓄积中毒。

56.《红楼梦》与饮茶

《红楼梦》一书中,饮茶的场面很多。通过写茶,介绍了我国悠久的茶文化,对茶的品种、饮茶的用水、饮茶的器具、饮茶的习俗等,都有细致描述,对茶与健康的关系也有涉及。

集中描写茶的是品茶栊翠庵。说的是贾母在大观园宴会之后,带领刘姥姥和自家人来到了栊翠庵。妙玉相迎进去。贾母说:"我们刚吃了酒肉,到这里坐坐,把你的好茶拿来。"

首先提到的是茶的品种。贾母说:"我不吃六安茶。"妙玉说"知道,这是老君眉。"六安茶也是中国名茶之一,产自安徽六安大别山一带。茶味浓而不苦,香而不涩。唐朝称为"庐州六安茶",明朝改称"六安瓜片",清为朝廷贡茶,既是消暑解渴的饮品,又可以清心明目、提神消乏、消食、解毒、美容、去疲劳等。

老君眉又名仙茶。其来源有三种说法,一种是湖南洞庭湖君山所产的白毫银针茶,第二种是福建武夷山的名丛,第三种是湖北省老君山的绿茶,至今尚无定论。但这三地产出的茶有共同的特点,即条索紧细;汤色翠绿,清澈明亮,香馥味浓,能消食,解腻。其外形如老人的长眉。

既然六安茶和老君眉都是绿茶,而且均为茶中佳品,为何贾母提出不喝六安茶呢?一个可能是平时喝的多是六安茶,来到栊翠庵这个"有菩萨的地方",想改改口味,尝尝新鲜,增点仙气;另

一个可能是，知道妙玉这里的茶有特色，而妙玉提出的老君眉，既有称君之尊，又有寿长之祥，还有在宴会后化解油腻之能，正符合贾母老人的心理需求。由此也能看到妙玉用心之细，揣摩贾母心思之准。

此外，《红楼梦》提到的茶还有宝玉因李嬷嬷偷吃而大发脾气的"枫露茶"，有黛玉常吃的龙井茶，怡红院常吃的普洱茶，凤姐从王家拿来的"暹罗进贡的茶"等，显示贾府兴盛时的气派、体面，既可吃到国内名茶，又可品尝外国名茶。此外，还有宝玉在太虚幻境喝的"千红一窟"茶，那可是世上难觅的仙境妙品啊！

选好了茶接着就是选沏茶用的水了。贾母接着就问："是什么水？"妙玉道："是旧年蠲的雨水。"《清嘉录》载："居人于梅雨时，备缸瓮，收蓄雨水，以供烹茶之需，名曰梅水。"妙玉说的就是这种"梅水"。所以贾母就高兴地吃了半盏，还笑着递给刘姥姥说："你尝尝这个茶。"说明她很满意。

妙玉另外给宝钗、黛玉泡了一壶茶，黛玉问："这也是旧年的雨水？"妙玉笑她："竟是大俗人，连水也尝不出来。"原来是用"五年前收梅花上的雪，埋在地下，今年夏天才开了"，量极少，所以妙玉说："雨水哪有这样清醇？"妙玉用的雨水和雪水，古人还称之为"天水"，认为来自天上，会特别清纯高雅。其实这有点想当然，有点神圣化了。说特别清醇是妙玉的心理作用，聪敏的黛玉都没有尝出来。

雨水是陆地上的水被太阳照射后蒸发形成的水蒸气，而在其降落中会吸附很多空气中的污染物，甚至有细菌病毒等，所以并不清纯。雪水是在低温下降临的，细菌病毒会被冻死，但在飘落时也会携带灰尘等污染物。所以雨水和雪水是不宜直接饮用的，烧开沏茶也不是理想的水。在梅花上收集的雪就有梅花的清香和高雅气质吗？也不见得。这只不过是妙玉追求高洁而产生的奇思妙想罢了。

茶必须与水相伴,水是茶的色、香、味、形的载体,茶叶的各种营养成分和药理功能,都要通过用水沏茶才能体现。如果水质不好,人们饮茶时不但闻不到茶叶的清香,尝不到茶味的甘醇,接受不到茶的营养保健作用,而且还会给身体带来危害。所以自古以来,人们对饮茶用水十分重视。有的名茶还提出了能够与茶匹配的最佳用水,如提出"云雾山顶茶,浉河中段水""蒙山顶上茶,扬子江中水"等。陆羽的《茶经》认为,饮茶用水要分等级,以山泉水最好,江河湖水次之,井水要差一些。其实不能一概而论。有的江河湖水遭到污染就不一定是上等水。而井水,有的因为是深层地下水,有耐水层的保护,污染少,水质洁净、甘甜;而浅层地下水易被地面污染,水质较差。所以泡茶,用深井之水并不逊于其他水。

依现代医学观点,评价水的质量,还应具体分析水的成分,其中含有哪些微量元素,益害如何,有无污染等。有些水的含盐量高或有其他有害杂质,就不宜用于沏茶。现在沏茶用的多为矿泉水、纯净水和自来水等。前两种较好,用自来水最好能沉淀一下杂质和散发一下氯气后再用.

饮茶要用茶具。贾府喝茶用的茶具也很讲究。在王夫人居坐安息的正室里,茗碗瓶花具备。在贾母的花厅上,摆着洋漆茶盘,里面放着旧窑什锦小茶杯。在"栊翠庵"中,妙玉的茶具更是出奇。她捧给贾母的是"一个海棠式雕漆填金云龙献寿的小茶盘,里面放了一个成窑五彩小盖钟",众人用的"都是一色官窑脱胎填白盖碗"。她给宝钗、黛玉的两只杯,一个镌着"晋王恺珍玩""苏轼见于秘府"字样,另一个形似钵而小,镌着"点犀盉"三字,可见其古老珍贵和文化内涵。这样的茶具,一般人是用不起甚至难见到的。但也不必遗憾。常见茶具也是材质多样、形状各异的。用玻璃杯饮绿茶也可以显其晶莹翠绿,用瓷质杯沏乌龙茶可增加其保温性,用紫砂壶沏红茶,可品其色香味。当然最重要的还是茶叶和水质,茶具次之,不要本末倒置。

57.《红楼梦》与粥

我国关于粥的历史最为悠久,其种类之多在世界首屈一指。《周书》载,"黄帝始烹谷为粥。"四千年前,我国已有食用粥的文字记载,二千五百年前已将粥作为药用,《史记》载:西汉名医淳于意用"火齐粥"治齐王病;东汉医圣张仲景《伤寒论》中有:"桂枝汤,服已须臾,啜热稀粥一升余,以助药力。"自此时起,已将粥的"食用"和"药用"加以融合了。

古代文人对粥情有独钟。宋代苏东坡有书帖云:"夜饥甚,吴子野劝食白粥,云能推陈致新,利膈益胃。粥既快美,粥后一觉,妙不可言。"南宋著名诗人陆游也极力推荐食粥养生,曾作《粥食》诗:"世人个个学长年,不悟长年在目前,我得宛丘平易法,只将食粥致神仙。"

曹雪芹在《红楼梦》中,写出了锦衣玉食的贾府食粥的情况,让我们看到这个贵族家庭是如何以粥来养生和治病的。

《红楼梦》第八回,贾宝玉在薛姨妈家吃酒,他的奶妈李嬷嬷阻止宝玉喝酒,薛姨妈既劝李嬷嬷,又哄贾宝玉,容宝玉喝了几杯,就连忙收过了。为防年幼的宝玉酒伤肠胃,又让他吃了半碗碧粳粥。

碧粳是一种优质大米,在清代是贡品,供皇室享用。按有关记载:"碧粳又称京米,以玉田县产者为良。细长,带微绿色,炊时有香。"《燕京民间食货史料》云:"粳米粥,俗称京米粥,汤纯青,味美,附售脆麻花与此同食,此为燕京清晨点心之一。"《本草纲目》云:"粳米,利小便,止烦渴,养脾胃。"现代营养学认为,粳米煮粥时,浮于粥面上的浓稠液体,即"粥油",乃米粥精华,富含维生素,且易消化吸收。薛姨妈让宝玉酒后吃粳米粥是为了保护他的胃肠。

《红楼梦》第十九回,贾宝玉与林黛玉说笑,编了一段"香玉"的故事,提到:"明日乃是腊八,世上人都熬腊八粥。"贾府每到腊月初八必然要熬腊八粥,所以宝玉专门借腊八粥来编造故事。

腊八粥的来历是:农历十二月(腊月)初八,相传为佛祖释迦牟尼成道之日,佛寺僧众都要诵经演法,取香谷及果实等造粥供佛斋僧,以示纪念。我国自宋代起流行于民间。腊八粥的做法,清代《燕京岁时记》记载:"用黄米、白米、江米、小米、菱角米、栗子、红豇豆、去皮枣泥等,合水煮熟,外用染红桃仁、杏仁、瓜子、花生、榛穰、松子及白糖、红糖、葡萄,以作点染。"

腊八粥配料多样,香甜可口,营养丰富,可增强人体免疫力,提高耐寒指数,而且有和胃、补脾、养心、清肺、益肾、利肝、消渴、明目、通便、安神等作用。腊八粥虽为节令小吃,但各种原料一年四季都有,且易于吸收、老少皆宜,所以不必等到腊八才喝,可以作为日常营养配餐和调剂饮食生活的一道美食。配料可根据需要挑选。如糖尿病病人可加上燕麦、荞麦,减少糖类;老年人可多放点大豆;儿童的原料则尽可能丰富多样。

《红楼梦》第四十五回,林黛玉每岁春分、秋分之后,必犯咳嗽;年秋季咳得比往常又重。宝钗来探望她,劝她"每日早起拿上等燕窝一两,冰糖五钱,用银铫子熬出粥来,若吃惯了,比药还强,最是滋阴补气的"。

燕窝,是海岛上燕子的唾液,或绒羽混唾液,或纤细海藻混唾液等,凝结于崖洞等处所成的巢窝,主要分布于印度、马来群岛一带,是名贵的补品。所以宝钗就从自家药铺中取来送给黛玉。燕窝粥对咳嗽有一定的疗效。中医认为其性平、味甘,主治虚劳咳嗽、咯血等症。燕窝粥是一种药粥,主要功能在于养肺补阴,一般不作食用。

第五十四回,元宵节夜宴,贾母觉得有些饿了,凤姐忙说:"有预备的鸭子肉粥。"贾母说:"我吃些清淡的吧!"凤姐忙说:"也有枣儿熬的粳米粥,预备太太们吃斋的。"

其实,鸭子肉粥和枣儿粥都是有滋补功能的粥。"鸭汁粥":"治水病垂死,青头鸭和五味煮粥。""大枣粥",养脾气,平胃气,润肺止嗽,补五脏,和百药。

第七十五回:"贾母问有稀饭吃些罢,尤氏给贾母捧过来一碗红稻米粥,贾母接来吃了半碗。"这种红稻米粥是由玉田胭脂米熬制的。这是一种极为珍贵的优质稻米,原产于河北省玉田县王兰庄,煮熟时色如胭脂、异香扑鼻,味道极佳。《红楼梦》第五十三回,庄主乌进孝进贡的红帖上,就有"玉田胭脂米二石"一条。尤氏捧给贾母的粥,可能就来自该庄。

据说这种胭脂米还与康熙皇帝有关。有次他策马郊游,看到稻田中有一片与众不同,株高早熟,穗红有芒,掐下一穗,剥去稻壳,红似胭脂。因令取此米煮食,熟后的米饭细腻油亮,色泽红润,口感弹软滑嫩。一位皇妃食用该米后不久,竟由憔悴变得脸色红润。康熙于是赐名胭脂米。

据检测分析,该米富含 B 族维生素、维生素 E、β 胡萝卜素等,还有膳食纤维、多种氨基酸等营养成分。长期食用,能起到补气养血、平调五脏和强身健体的作用。

喝粥有利于养生,但也要适当、均衡。如只喝粥,没有别的主副食搭配,就会造成营养不良。只喝粥而不经慢慢咀嚼,不能促进唾液的分泌,也会稀释胃酸,加速胃的膨胀,不利于消化。同时,粥的取材不同,功能各异,应因人而异选择粥的品种。在餐桌上,粥应是个配角,一般情况下,每天喝一次粥足矣。

58.《红楼梦》中赏雪与雪的利弊

"忽如一夜春风来,千树万树梨花开。"从古到今,人们对于雪景是十分欣赏的,常常把雪誉为洁白清香的梨花,也常将清冷的雪与艳丽的红梅相提并论,显示雪的高洁与梅的高雅、坚强相映成趣。

《红楼梦》一书,对雪情有独钟。作者的名字中有"雪"字,写四大家族的诗句中有"丰年好大雪,珍珠如土金如铁",以雪来谐音"薛"家。书中写了雪景,写了贾府的"赏雪"活动,写了"雪水"煎茶、乌进孝雪天送租、扫雪拾玉、宝玉栊翠庵踏雪乞梅,最后还写了贾政在雪地里巧遇已经出家披着大红猩猩毡斗篷的宝玉等情景,书中人物的名字有的也有雪字,如雪雁、茜雪等。

《红楼梦》写雪,最集中的还是第四十九回和第五十回。古人有"豪贵之家,遇雪即开筵"之说。贾府遇到降雪一片喜庆气氛,他们是感受不到雪天贫寒之家的冻饿之苦的。那宝玉还担心降雪很快停息,晴天作诗无趣。早上他起床,见窗上光辉夺目,埋怨日光出来,但揭开窗屉一看,竟是一夜的雪,下的将有一尺厚,天上仍是搓棉扯絮一般,因此欢喜异常。

作者没有孤立写景,而是通过写景,写出了人物的言谈笑语、行为举止,还写了小姐公子们冬天的服饰,以服饰衬雪景,以雪景映人物。如薛宝琴披着一领斗篷,金翠辉煌,是因下雪贾母专门让她穿的,表现了宝琴的美貌和贾母对她的喜爱。林黛玉则换上掐金挖云红香羊皮小靴,罩了一件大红羽纱面白狐皮里的鹤氅,束一条青金闪绿双环四合如意绦,头上罩了雪帽。史湘云外边穿着貂鼠脑袋面子、大毛黑灰鼠里子的大褂,头上戴着大红猩猩毡昭君帽,里面短短的一件水红妆缎狐肷褶子,腰里紧紧束着一条蝴蝶长穗五色宫绦,越显得蜂腰猿臂,鹤势螂形。众人笑道:"偏她只爱打扮小子的样儿,原比她打扮女儿更俏丽了些。"通过这些描写展现了人物的性格、爱好,也反映了贾府的奢华讲究。

雪花飞舞,见景生情,有了大雪就激发了诗情,大观园就出现了"芦雪庭争联即景诗"。凤姐不懂诗,但她的起头句"一夜北风紧"十分得体,既有声势,又为下面的联句提供了想象空间和发挥余地。下面众人的联句不乏精彩之作。如"入泥怜洁白,匝地惜琼瑶""有意荣枯草,无心饰萎苗""光夺窗前镜,香粘壁上椒""何处梅花笛,谁家碧玉箫""花缘经冷结,色岂畏霜雕"等,对雪的形象、雪与植物、雪中的花等等进行了描绘,借此抒发了各自的情感。

诗中没有涉及雪与人体健康的关系。其实这方面的内容很丰富。《本草纲目》曾提到,雪水能解毒,治瘟疫。民间过去有用雪水治疗火烫伤、冻伤的做法。还认为,经常用雪水洗澡,能增强皮肤与身体的抵抗力,促进血液循环,增强体质。长期饮用洁净的雪水,可益寿延年。

雪为什么有如此奇特的功能呢?因为雪水中所含的重水比普通水中重水的数量要少1/4。重水能严重地抑制生物的生命过程。有人做过试验,鱼类在含重水30%～50%的水中很快就会死亡。雨雪形成最基本的条件是大气中要有"凝结核"存在,而大气中的尘埃、煤粒、矿物质等固体杂质则是最理想的凝结核。如果空气中水汽、温度等气象要素达到一定条件时,水汽就会在这些凝结核周围凝结成雪花。所以,雪花能清洗空气中的污染物质。因此,每当一次大雪过后,空气就显得格外清新。新雪的密度较高,地面积雪对音波的反射率极低,因此能减少噪音。积雪对细菌病毒也有杀伤力,有利于减少疾病。

"瑞雪兆丰年。"土壤表面盖上一层雪被,可以减少土壤热量的外传,阻挡雪面上寒气的侵入,所以,受雪保护的庄稼可安全越冬。积雪还能为农作物储存水分。此外,雪还能增强土壤肥力。据测定,每1升雪水里,约含氮化物7.5克。雪水温度低,能冻死地表层越冬的害虫。所以农谚有"麦盖三层被,枕着馒头睡"的说法。

雪是把双刃剑,对人有利也有害。如果大气污染严重,在降雪的过程中以及形成积雪以后,雪颗粒都会吸收许多污染成分,从而产生"酸雪",对健康是有危害的。积雪可将90%的紫外线反射回地表面,紫外线经雪地反射,可引起角膜损伤,即患雪盲症(又称"雪光性眼炎"),一般发生在雪后天晴、气温较低的白天。形成此病的主要原因是太阳光中的紫外线经雪地反射到人眼的角膜,从而引起角膜损伤。据研究,当阳光中的某些中波紫外线照射到雪体上,由其反射的阳光射到眼睛后,便有可能发生雪盲症,其症状是畏光、流泪、奇痒、刺痛、水肿、异物感等。预防雪盲症最有效的措施是"物理隔断",也就是在雪地行走时,佩戴防紫外线的太阳眼镜。

雪天行走,容易跌摔,这也是降雪的弊处之一。尤其是老年人,走在湿雪、结冰的路面上,由于穿着臃肿,加上各器官出现退行性病变,器质性疾患增多,运动迟缓,反应迟钝,视听力减退,因而最容易摔跤,最容易导致骨折。所以,老年人在降雪天气里,最好不要独自外出(偶尔短距离外出,一定要穿防滑的鞋或拄杖),可以在家人的陪同或搀扶下,到室外观赏雪景。

农谚说:"腊月雪是个宝,仲春雪是警报。"如在三四月份突然因寒潮侵袭而下了大雪,就会造成雪害,使冬作物、家畜和林木生产以及农业设施等遭受严重损失;降雪过多、积雪过厚、雪层维持时间过长,致使公路严重积雪,能见度极低,造成交通中断、车辆被埋、冻死冻伤过往人员的现象。因此预防和战胜雪害,已成为一项重要任务。

59.《红楼梦》中咏梅与梅的药用

梅原产于我国,是我国的传统名花,在我国自然分布很广,全国有16个省和地区有梅花培植,还有大片的野梅林,有众多精心构建的梅园。梅花种类繁多,据统计,有300多种。

梅花冰肌玉骨、傲雪凌霜、清香俊逸,象征着坚韧不拔、不屈不挠、奋勇当先、自强不息的精神品质。梅花又名"五福花",象征着快乐、幸福、长寿、顺利、和平。梅花曾与牡丹同时被提名为我国的国花,目前我国有南京等九个城市以梅花为市花,说明了人们对梅花的热爱和敬重。

《红楼梦》中多处写了梅花,有人说梅花是红楼梦之魂,有一定的道理。在冰刀霜剑的封建社会,具有反封建意识的《红楼梦》能够迎风怒放,香飘四方,不就是梅花的坚强品格吗?有人还点出,许多人物都与梅花有缘分或赞赏过梅花。如黛玉诗句"偷来梨蕊三分白,借得梅花一缕魂",薛宝钗配制冷香丸要用"冬天开的白梅花蕊十二两",妙玉是收集梅花上的雪来煮茶,探春让莺儿打的花是攒心梅花,李纨作诗掣出的签上画着一枝老梅,湘云在梅树下睡觉,说梦话"饮到梅梢月上"。贾府在宴会击鼓传梅,贾母忙命人席上取了一枝红梅。香菱学诗:"淡淡梅花香欲染,丝丝柳带露初干。"

《红楼梦》还有集中写梅花的芦雪庭中吟红梅。邢岫烟、李纹、薛宝琴和贾宝玉的四首咏梅诗,各有特色,从不同的角度来赞颂梅花。"桃未芳菲杏未红,冲寒先已笑东风。"是赞红梅的不畏严寒,领先开放;"误吞丹药移真骨,偷下瑶池脱旧胎。"是说梅花的出神入化,脱胎换骨,飘飘欲仙;"疏是枝条艳是花,春妆儿女竞奢华"把梅花比喻成春光里打扮的少女;"不求大士瓶中露,为乞嫦娥槛外梅。"把梅花看得胜似神水仙露。当然,这四首诗隐含了人物命运,但只从咏梅来看,也是符合梅的特点的。

《红楼梦》不仅有咏梅诗,也提到了梅的药用。如刘姥姥二进荣国府时,贾府送给她的日用品中,就有与梅花有关的一些中成药。鸳鸯向她介绍:"这包儿里头是你前儿说的药,梅花点舌丹也有,紫金锭也有,活络丹也有,催生保命丹也有。每一样是一张方子包着,总包在里头了。"其中说的梅花点舌丹,是清热解毒、消肿止痛的良药,对疔疮痈肿初起、咽喉牙龈肿痛、口舌生疮等症,有良好的疗效。"紫金锭"其中也含有白梅花的花蕊,外用可治疗痈疽疔疮,内服对神昏闷乱、呕恶泄泻以及小儿痰壅惊闭等症有较好的疗效。

梅花入药,中医典籍早有记载。《神农本草经》指出:"梅实味酸平,主治下气,除热烦满,安心,止肢体痛,偏枯不仁,死肌,去青黑痣,蚀恶肉。"后魏贾思勰在《齐民要术》中指出,梅果因加工方法不同,成品有白梅、乌梅之分。然后他分别介绍了白梅和乌梅的制作方法。晋代的《肘后方》和宋代的《圣惠方》都记载了梅的药用。明代著名药物学家李时珍认为:乌梅能"敛肺涩肠,止久嗽泻痢,反胃噎膈,蛔厥吐利,消肿涌痰,杀虫,解鱼毒、马汗毒、硫黄毒。"白梅则"治中风惊痫,喉痹痰厥僵仆,牙关紧闭者,取梅肉揩擦牙龈,涎出即开。又治泻痢烦渴,霍乱吐下,下血血崩"。清代名医赵学敏在他所写的《本草纲目拾遗》中,将梅花列在了众花药之首,并说:"梅花之用,入药最广,而功效亦最大,有红、白、绿萼,千叶、单叶之分,唯单叶绿萼入药尤良,性寒,或曰平,味酸涩清香,开胃散郁,煮粥食,助清阳之气上升;蒸露点茶,止渴生津,解暑涤烦"等。他还介绍了有梅花成分的中药"紫金锭""九仙夺命丹""梅花点舌丹""三花丹""梅桃丹""青梅散"等的配方和功效。

中医认为,梅花性平无毒,入肝经,有疏肝理气,和胃止痛之功,是中医常用的疏肝和胃药,常用于梅核气、肝胃气痛、胸闷不舒、食欲减退等。由此可见,梅的药用范围很广。

近代医学界研究表明,梅花主含挥发油、苯甲醛、异丁香油酚、苯甲酸。梅的花蕾能开胃散郁,生津化痰,活血解毒;根研末可治黄疸。乌梅主含柠檬酸、谷甾醇,成熟后含氢氰酸。乌梅肉具敛肺涩肠,杀虫生津功能,并对大肠杆菌、痢疾杆菌、伤寒杆菌、绿脓杆菌、霍乱弧菌等均有明显的抑制作用。

梅也有较高的食用价值。在我国,梅的食用历史悠久。《书经》云:"若作和羹,尔唯盐梅。"《礼记》《诗经》中也都提到了梅的应用。古时梅子可代酪作为调味品,祭祀、烹调和馈赠等也应用梅。1975年,我国考古人员在安阳殷墟商代铜鼎中发现了梅核,这说明早在3200年前,梅已用作食品。

现代梅的食用方法多种多样。梅子生食,可生津止渴,也可制成话梅、梅干、酸梅汤、梅酒和各式蜜饯、梅酱、梅膏等食品。梅花酒也很受欢迎,其味甘甜,有顺气的功能,已销至日本、韩国等国家和地区。话梅是将梅子与糖、盐、甘草在一起腌制后晒干而成的,酸甜可口,有消食开胃的作用。梅花还可代茶冲水,有独特的香味。此外还可制作极具特色的系列梅花美食,如梅花饮料、梅花糊、梅花糕点、梅花元宵等。

当然,梅花与其他药材配伍入药后也就成了一种药,有一定的适应证,也免不了有"三分毒"。因此要在医生的指导下严格按时按量服用。梅花还具有一定的促进白细胞下降的作用,平时使用梅花一定要注意用量。如梅花泡水喝,不宜太浓,用量也需要控制,同时要注意保持梅花洁净,防止霉变和生虫。另外提醒,孕妇是不适合服用梅花的,对梅花过敏者也不要服用。

60. 敢于挑战男权的多姑娘

多姑娘是《红楼梦》中一个不起眼的小人物,书中出场次数不多。但曹雪芹却通过少量文字,极其生动地刻画出这个美貌又放荡女人的鲜明特点和泼辣性格,塑造了一个藐视男权、敢作敢为、无所顾忌的另类女子典型。

多姑娘的真名实姓书中没有交代。多字可能来源于她的丈夫的名字"多官"。而"多姑娘"三字却是因为"她美貌异常,轻浮无比",众人给她起了这个诨号。这一点她就与贾府其他仆人妻子的称呼不同。其他仆人妻子的称呼是"周瑞家的""王善保家的"等,就连她的继任丈夫鲍二的前妻也是唤作"鲍二家的"。轮到她称呼就变了,不再是丈夫名字后面的附属品,而是有点特立独行的意味了。

多姑娘的与众不同表现在一个"多"字上。

一是她出嫁的次数多。她先是嫁给了酒头厨子多官。多官懦弱无能,又十分贪酒,被人蔑称"多浑虫",不久就患酒痨而死。接着,鲍二妻子因与贾琏私通,被凤姐捉住,因不堪羞辱和恐吓上吊自杀。贾琏为安抚鲍二,就把过去与自己也偷过情的多姑娘配给了鲍二,还派遣多姑娘去伺候自己偷娶的尤二姐。后来,多姑娘又嫁给了晴雯的字姑舅哥哥吴贵,有的版本这时称她为"灯姑娘"。在封建社会,压迫女性的枷锁之一是贞洁观,要求女性婚前保持处女贞;夫在保持妇贞;夫死不嫁,从一而终。在这种歧视妇女观念的束缚下,女性沦为失去独立人格和权利的男权奴隶。贵族妇女如果丧失了丈夫,只有守寡一条如同枯木死灰般的窄路。劳苦妇女稍微宽松一些,但如改嫁也会被人瞧不起。而多姑娘却无视这种观念,认为改嫁是合情合理、毫无顾忌的。

二是她的情夫人数多。她"生性轻浮,最喜拈花惹草",又有"几分人才,见者无不羡爱"。所以荣宁二府不少男子都与她有暧昧关系。有地位的有贾琏,更多的是一般仆人。但她可不是"捡到篮里都是菜",而是有所选择的。书中介绍,多姑娘"恣情纵欲,满宅内便延揽英雄,收纳才俊,上上下下竟有一半是她考试过的"。"考试"二字,说出了她选择对象的手法。她和小厮们鬼混,是挑年轻俊秀的;与主子、管家偷情要挑肯出银子,也有点体面的。她有时是主动出击的。如她知道贾琏对自己有垂涎之心,但没有机会下手;而自己对贾琏也有意勾搭,闻知贾琏因女儿出天花挪在外书房,她便没事也要走两趟去招惹。惹得贾琏似饥鼠一般,最后终于落入她的欲海之中。所以有人说:"不是男人嫖了她,而是她人淫了男人。"

三是她的伎俩多。在封建社会,丈夫是一家之主,夫为妻纲,妻子要顺从丈夫,甚至甘受丈夫打骂。而多姑娘却把这个规则翻了过来,她可以随意辱骂丈夫,甚至敢于在酒醉的丈夫身边与别人通奸。多官是个软柿子,被她捏扁很自然。但鲍二却不是个省油灯,他曾与周瑞及周瑞的干儿子打过架,脾气火爆,但在多姑娘面前却十分驯顺。多姑娘骂他:"糊涂浑呛了的王八,你撞丧那黄汤吧,撞丧醉了,夹着你那脑袋挺你的尸去!"骂自己男人是王八,说明多姑娘让他当了戴绿帽子的王八,是明目张胆干的,他也无奈而被迫接受了。多姑娘的第三任丈夫名叫吴贵,吴贵者谐音"乌龟"也,也是听凭多姑娘为所欲为。要不,多姑娘敢在大白天在自己家里强迫宝玉吗?

多姑娘为何如此强势？她精明能干，上有贾琏当靠山，下有年轻小厮来当保镖，自己又能笼络人，又会下厨做菜、又能挣钱，谁敢惹她？她勾引男人也有一套技巧，书中说她"一经男子挨身，便觉遍身筋骨瘫软，使男子如卧锦上，更兼淫态浪言，压倒娼妓，诸男子至此岂有惜命者哉。那贾琏恨不得连身子化在她身上"。这种勾魂摄魄的魅力，来自于她丰富的社会阅历和对男子弱点的深切了解，致使不少男子拜倒在她的石榴裙下。

多姑娘脸皮厚，胆子大，粗口尖舌，但不莽撞，有心计。她不会像原来那个鲍二家的，跟贾琏偷情时傻乎乎地诅咒凤姐早死，也不会被撞见就上吊自杀，而是善于周旋，巧妙因应。她对宝玉也有暗恋，但通过"考试"，发现宝玉是"空长了一个好模样儿，竟是没药信的炮仗，只好装幌子罢了"，宝玉不符合她追求的条件，也就不再纠缠。当她得知宝玉与晴雯之间是清白的，两人是真情相惜的，便说："如今我反后悔错怪了你们。既然如此，你但放心。以后你只管来，我也不啰唣你。"由此看出，她有同情心和向往纯洁爱情的一面。

《红楼梦》中的多姑娘，是一位敢于藐视男权、维护女性自由的奇异女子，她在家庭中取得了主导地位，在荣府部分男性中也成为追逐的对象，但名声不佳。从长远看，她年老色衰之后将面临被唾弃、无依靠的命运，她个人再怎样反抗，也难以撼动封建这座顽固的大山，只不过像萤火虫一样，在黑暗中闪现一点亮光而已。

封建贞洁观是女性身上的枷锁，多姑娘挣脱了，但她却越过了道德底线，形成了滥淫。已婚男女，应当互尊互爱，互相忠诚。而滥淫即性乱交，不仅是对丈夫不忠诚的表现，而且从医学角度看，是严重损害健康的行为。滥淫是梅毒、淋病、软性下疳，尖锐湿疣和艾滋病等传播的主要途径。男性滥淫会导致上述疾病。女性滥淫，由于其生理特点，不但会罹患上述性传播疾病，而且会造成生殖器炎症、子宫糜烂、不孕等，甚至会危及下一代。多姑娘嫁了三个丈夫，却没有生育，这可能与她的性乱交有关。

61. 泼皮义侠倪二

泼皮是指流氓、无赖，而义侠是指行义除暴的侠士，这按说是两种截然不同的人物。但《红楼梦》却塑造了一位兼有这两种品质的小人物，使人看到了人的复杂性、多面性，避免了简单化、脸谱化。

书中对倪二的概述是："原来这倪二是个泼皮，专放重利债，在赌博场吃闲钱，专爱喝酒打架。"这时他正从欠钱人家索了利钱，吃醉回来，不想被贾芸碰了一头，正没好气，揪住大骂："你瞎了眼"，抡拳就要打。这是倪二的出场亮相，让人一下就看到了他那蛮横不讲理的嘴脸。本来两人相撞，双方都走得急，如果没有撞伤，互道一声"对不起"，或微笑点头表示歉意也就烟消云散了。但倪二却要寻事，既骂又要打。

但情况很快好转，当贾芸叫出他的名字，承认是自己冲撞了他，他也认出是自己的邻居，就连忙松手，并问贾芸有什么不平事，自己可以替他出气。常言说远亲不如近邻，倪二对邻居表现了宽容与关心。

贾芸诉说，自己为了能找个差事，想办法搞点冰片、麝香送礼，就去找香料铺老板、自己的亲舅舅卜世仁，希望他能借给自己一点。谁知说了许多求告的话，并保证有了钱就还上。但舅舅不但不借，还讥讽挖苦了他一番，连顿饭也不让吃。

倪二听到这种情况，非常气愤，认为这个舅舅太不近人情，自己的外甥想找个事干，是正经事，也是急事，你作为舅舅，而且不缺钱，有现成的冰片、麝香，为什么不借？真是狠毒心肠！倪二醉醺醺地便要开口大骂，但他一想到是贾芸的舅舅，就住了口。

更令贾芸料想不到的是，倪二竟然主动提出帮他解困的办法，说："你也不必愁，我这里现有几两银子，你要用只管拿去。"就像受冻时有人送来小棉袄，贾芸意外惊喜，称赞他果然是个好汉，并说回家后照例写个文约（借据）送来。倪二却说："这不过是十五两三钱银子，你若要写文约，我就不借了。"还提到："我们好街坊，这银子是不要利钱的。"贾芸连忙一面接银子一面说："我遵命就是了。"这些银子可真是解了贾芸的燃眉之急，他购买了冰片、麝香送给了凤姐，获得了个管理大观园种树种花的美差。

这个倪二，外号叫醉金刚，是个不要命的黑帮地痞。他自己吹嘘："这三街六巷，凭他是谁，若得罪了我醉金刚倪二的街坊，管叫他人离家散！"贾芸对他的评价是："虽是个泼皮无赖，却因人而施，颇有义侠之名。"他帮助贾芸正说明了他扶弱济困的侠骨柔肠。借钱给贾芸不但不收高利贷，而且连一般的利息也免了，甚至不要借据。他看重的是好邻居，知根底，能信任。贾芸自小丧父，虽然与贾府有亲戚关系，但没有仗势欺人，也没有受到什么照顾，家境贫寒，贾芸想找个事做，是自立自强的表现。倪二对恃强凌弱者是气不忿，敢恶斗，但对于弱者还是有同情之心的。他对贾芸的帮助与卜世仁对自己亲外甥的冷酷厌恶、绝情拒借，形成了鲜明对照。在这一点上他是做到了重义轻利的，所以《红楼梦》第二十四回就在标题上写了"醉金刚轻财尚义侠"，这可是个不低的评价啊！

据有关资料称，在曹雪芹八十回后原稿中有贾芸借倪二之力，去探望关在"狱神庙"中的宝玉的文字。《癸酉本石头记》第九十五回中，有贾宝玉被贼人劫持到岳神庙，倪二、茜雪和柳湘莲一起把宝玉救出的情节。可知作者还想进一步塑造倪二的侠客形象。

高鹗续书第一百零三回,写贾雨村回到都门,倪二酒醉拦路。雨村责问,倪二道:"我喝酒是自己的钱,躺的是皇上的路,就是大人老爷也管不得。"是泼皮嘴脸,但他敢藐视贪官,当面顶撞,也属难得。挨了鞭子求饶是"光棍不吃眼前亏",符合他的无赖身份。他被拘捕后,其妻子女儿曾求贾芸到贾府说情,贾芸也作了努力,但未办成。倪二出来后大骂贾芸没良心、忘恩负义,要报复。可见他是施恩望报的,否则就要还击。他比起除暴安良的鲁智深和威武不屈的武松来,真有天地之别。如果定性,倪二终究是个泼皮,是达不到侠客条件的。

倪二性情粗暴,蛮不讲理,动不动就要动拳头。他这种火爆脾气来自于:身处卑微却过度自尊,高度夸张自己的能耐,但实际上能力有限,企望得不到满足,就像充满气的气球,遇到不遂心的事时就要爆发。这种人属于胆汁质性格,易暴躁发火,行动鲁莽粗野。对这种人,不要顶撞,与他争辩等于给他打气。因应的方法应当是避让、疏导、放气,事后他就会懊悔。

医护人员在工作中也会遇到这种脾气火爆、蛮不讲理之人。对他们如果采取硬顶的办法,如训斥、辩解,往往无济于事,反而会助长其火势。应对办法是,认识到这是一种病态,因而不要愤怒,而要设法安抚,帮助他缓解紧张情绪,转移焦点,使他逐步冷静下来,这时再讲道理,进行说服,他就可能接受了,甚至还会后悔自己的过激言行,而道歉。这就说明,每一位医护工作者,都要掌握心理学知识,善于分析患者及其陪护亲属的心理,学会对不同性情的人做细致耐心的心理疏导工作,在治疗躯体疾病的同时,也要重视发现和治疗心理疾病,这样才能收到较好的疗效,同时也可缓和紧张的医患关系。

对于有火爆脾气者来说,则应当加强自己的道德修养和意志锻炼,要学会用理智来管控和调节自己的情绪。要升华自己的生活目标和思想境界,不要为眼前琐事而斤斤计较,对人对事要宽容大度,多为他人着想。在遇到不遂心的事和人时,要学会心理和情境转移,让头脑冷静下来,以免做出过激的行为。

62. 伶俐乖巧的贾芸

贾芸也是贾家的子弟，属于草字辈，只是旁系，其父早亡，跟母亲一起过活，家境贫寒。但他却十分机灵乖巧，善于应对，有许多曲折生动的故事。

贾芸善于见机行事。《红楼梦》第二十四回，贾芸正在求贾琏给他找个事干，碰到了宝玉路过，与贾琏打招呼。宝玉并不认识贾芸，但贾芸却主动上前向宝玉请安。宝玉见他容长脸，长挑身材，生得斯文清秀，就随口说："你倒比先越发出挑了，倒像我的儿子。"贾琏笑宝玉："好不害臊！人家比你大四五岁呢，就给你作儿子了？"贾芸赶快为宝玉打圆场，说："俗语说的，摇车里的爷爷，拄拐的孙孙，虽然岁数大，山高高不过太阳。只从我父亲没了，这几年也无人照管教导。如若宝叔不嫌侄儿蠢笨，认作儿子，就是我的造化了。"宝玉听得高兴，随口说："得闲找我说话。"实际上他没有当回事，过后也就丢在了脑后。

贾芸却记在心里。他明知宝玉年幼，没有掌权，但他是贾府的宝贝，是贾母的掌上明珠，是以后权力的继承者，因此希望能得到宝玉的提携。贾芸于是专程拜望宝玉，经过交谈才知道，宝玉与他的想象大不相同，"那宝玉便和他说些没要紧的散话，又说道谁家的戏子好，谁家的花园好，又告诉他谁家的丫头标致，谁家的酒席丰盛，又是谁家有奇货，又是谁家有异物"，等等，贾芸正为自己的生活奔波,哪有这种闲情逸致,自然话不投机。但贾芸掌管大观园的花木后,还是以儿子的名义送给宝玉两盆白海棠,大观园因此才有了"海棠诗社"。

贾芸有心机和处事能力,在他借债、求职中得以展现。他向其亲舅卜世仁借冰片和麝香,但卜世仁十分吝啬,找了许多借口加以拒绝。贾芸看透了卜世仁的悭吝守财不认亲的内心,但表面恭敬,答话中揭露了卜世仁过去曾占过自己家里不少便宜,而并没有帮助过自己,现在是为正事急事来求他,平时并没有给他找过什么麻烦,一番话把卜世仁的借口一一驳倒,然后果断离去。路上,他与喝得酩酊大醉的倪二撞了个满怀。倪二开始大骂甚至要大打出手,这时贾芸连忙道歉,缓解了紧张气氛。在倪二询问时,他说明了自己向舅舅借钱未成的情况,引起倪二的同情和义愤,表示要主动借钱给贾芸,且一不要利息,二不限时间,三不用借条。贾芸看到倪二是出于真情实意的,就接受了。

贾芸求职开始找的是贾琏,但了解到实权握在凤姐手里,连忙改弦易辙。他买了冰片、麝香,来找凤姐,先不提求职的事,只是表示尊敬问候,并说自己母亲如何佩服称赞凤姐。他送的礼物不说是买来的,而说是朋友送的,以此来抬高凤姐的品位,暗示这香料一般人不配使用,只有孝敬她这位"婶娘"才最合适,自己首先想到的就是"婶娘"的需要。贾芸的一番甜言蜜语和送的礼物,正迎合了凤姐争强好胜、喜爱奉承、炫耀能干的虚荣心,于是她满脸是笑,夸奖贾芸"知好歹""有见识",心里油然想起贾芸谋职的事情,贾芸的目的达到了。

贾芸有了大观园的差事后,在拜望宝玉时,碰巧遇到了丫头小红,并捡到了她丢失的手帕。在交换手帕的过程中,俩人渐渐萌发了爱情。在当时,这种爱情是违背"父母之命,媒妁之言"的。但作者却是以赞赏的笔触描述:俩人不仅长相相似,而且性格、气质相近,郎才女貌、两情相悦,互通了爱慕之情。小红表现得主动勇敢,贾芸则借助小丫鬟坠儿,穿针引线,层层推进。由于他掌握了小红的心理,所以事情进行得稳妥、顺利。贾芸与林小红的爱情,可以说是贾宝玉与林黛玉爱情的反衬、对比。两个都是贾林之爱,一个是隐隐约约、羞羞怯怯、哭哭啼啼、曲曲折折,最终破灭;另一个是显显露露、大大方方、说说笑笑、顺顺畅畅,后来成全。

有人认为贾芸的人品低下,善于巴结钻营。其实他是被生计所迫,在当时环境下不得不如此作为。他对母亲是孝敬的,在舅舅卜世仁处借债碰了钉子,并不向母亲提及,以免母亲生气。他有了银子,先告知母亲,让母亲欢喜。次日五更就早早归还了所借金刚倪二的银两,是守信用的。倪二被贾雨村拘捕,其妻女找贾芸说情,贾芸还是尽了力,先到前门又到后门,但是没能进入贾府,事才没有办成。

贾芸以后的行踪,据早期脂评抄本《石头记》的批语来看,在后30回中有贾芸的"仗义"行动。如庚辰本上有墨笔眉批提到,在贾府被"抄没"之后,贾芸与茜雪、小红等,救了王熙凤、贾宝玉一干人,使他们免去了牢狱之灾。在夹批和眉批中点明贾芸"孝子可敬""芸哥可用"等。

曹雪芹给贾芸起的这个名字也有深刻的含义。"芸"者既有芸芸众生之意,又有"芸草,可以死而复生"之意。但在高鹗所续的后40回中,贾芸成了参与"贩卖"巧姐的帮凶。其实,贾芸是宝玉的干儿子,凤姐又为他安排了差事,与他无仇有恩,他岂能与贾环共谋来害巧儿。近年来拍摄的电视剧均采用了贾芸、小红终成眷属,共同到狱神庙探望宝玉、凤姐的情节,比较符合情理。

贾芸的聪明才干由何而来?"刀在石上磨,人在世上练",他是在底层贫穷的环境中,经受磨炼,碰过许多钉子,受过许多委屈后才对不同的人和事逐步加深了认识,也锻炼了处事能力,能忍辱负重,能收缩自如。与此相比,那些锦衣玉食、无所事事的贵族公子,却只知享受玩乐,是难以具备这种实际才能的。常言说:"卑贱者最聪明,高贵者最愚蠢""少爷小姐是废物",可能指的就是这种情况。

63. 卜世仁的心理透析

《红楼梦》写了一个极端吝啬的人,他就是贾芸的舅舅卜世仁。他经营着一所香料铺子,家境要比贾芸家强得多。

贾芸为了求职,要求凤姐,他想到临近端阳节,凤姐需要冰片、麝香,以这个作为礼物,既上档次又不露痕迹。这两样东西是卜世仁铺子里现有的,贾芸想自己为谋生急用,舅舅不会不给他,而且也不会给自己次货。但出乎贾芸意料之外,卜世仁连这点忙也不帮。贾芸怕他作难,说明是借:"八月节按数送了银子来。"而卜世仁冷笑道:"再休提赊欠一事,有个伙计曾为亲戚赊过一点货,至今未还。为此立了合同,一再不许替亲戚赊欠。"还说:"如今这个货也短,你就拿现银子到我们这小铺子里来买,也还没有这些。"接着就训斥贾芸:"那里有正经事?不过赊了去又是胡闹。"这一番话明显是把话说绝,把路堵死。其实,他是掌柜,借给自己外甥点香料就是白送,店里伙计也无权干涉。贾芸明明是办正事,卜世仁偏偏说成是胡闹,不帮忙还拆台,最后连一顿饭也不管。

从贾芸回答他的话中,可以看出,他这个当舅舅的,曾经在帮助办理贾芸父亲丧事中捞取了不少好处。贾芸母亲虽然守寡贫穷,以后也没有请他这个亲弟弟帮过什么忙。贾芸也没有"死皮赖脸的三日两头来缠舅舅。"如今有了急事正事,他这个亲舅舅却寻找种种借口,推脱不管。他如此绝情无义,确实比泼皮倪二的品行都要矮上几分。卜世仁者谐音"不是人"也,可见作者对他的鄙视和厌恶。

《红楼梦》用不大的篇幅,刻画了卜世仁虚伪、冷酷、油腔滑调的吝啬者的嘴脸。他比起巴尔扎克所写的葛朗台、吴敬梓所写的严监生等吝啬者,有过之而无不及。

吝啬是指有能力资助或帮助他人却不肯付出行动的一种不正常的心态,人们常说的"老抠""小气""铁公鸡一毛不拔"等就是这种意思。它与吝惜不同,吝惜是指对所有公私财物都十分珍惜,不浪费的行为;而吝啬则是一种不正常的心态和行为,把温情脉脉的人间真情,淹没在利己主义打算的冰水之中。

从卜世仁的吝啬表现来看,一是自私,斤斤计较个人得失,遇事总想占便宜,生怕自己吃亏。二是冷漠,非常看重自己的财富与利益,为了自己的利益不受损失,甚至为了获取更多的利益,竟然六亲不认,对别人的需求甚至苦楚表现得冷漠无情,毫无怜悯之意,甚至奚落、训斥。三是封闭,守在自己小圈子内,即使亲友也很少来往,不肯帮助别人,甚至是自己的亲戚有了困难也不伸援手。四是虚伪,找借口推脱,说假话骗人,把有说成无,把正事说成是"胡闹",还拿什么不准赊欠的所谓"合同"来挡驾。其实,即使真有这个合同,也只是管伙计,岂能管得了店铺的所有者。卜世仁擅于巧言诡辩,以舅舅的口吻大讲空道理,转换话题,拒绝帮助,其丑态令人作呕。

从卜世仁的心理来看,他时刻在作消极的自我防备。他费尽心机才有了这个香料铺,由于社会财富占有的不确定性,使他产生了焦虑心理,生怕经营不善而破产。这种不确定性使人容易患得患失,心生吝啬。因此还有一种戒备心理,如唯恐受骗,唯恐借债不还等,因此即使有能力也借故不帮助别人,即使对亲外甥也不放心,不松手。

吝啬是个体早期人格发展不良的产物,与缺乏责任感、同情心有关。人与人之间存在着各种互助关系,相互关心,相互帮助是人类美好的属性。吝啬破坏了人类美好的社会关系、伦理关系与道德关系。吝啬之人也受到了社会的谴责。因此,要认识到吝啬的危害性。人活在世上,不仅为了拥有财富,更需要亲情与友谊,需要互相帮助,才能生活得更好。

吝啬虽然构不成一种病,但可能成为某种病的表现。如精神病中的偏执病,有的脑器质病患者,可能有极度吝啬的表现。他们根本没有自知,而是受病态妄想所支配的。人们常说的冲昏了头脑,就是指心胸变得狭窄,只追逐利己,不考虑利人,把付出看作是很大的痛苦。吝啬还是强迫症的表现之一,本人不愿有这种想法或行为,但他无法控制,并为此而痛苦不安。

据报道,白俄罗斯心理医生尼古拉·斯普鲁托夫斯基在论文中指出:和慷慨的人相比,吝啬的人患皮肤病的概率要多4倍,患血管梗死的多5倍,患中风和高血压的多2倍,患胃炎、胃溃疡、胃肠道疾病的多3倍。在精神分裂和帕金森病人中,吝啬的人和那些认为人生的目的就是发财的人,比慷慨的人多1倍。

吝啬的人为什么会患上这些疾病?尼古拉·斯普鲁托夫斯基医生指出:首先是睡眠失调引起的,担心和急于捞钱的心理常常导致失眠。由于睡不好,体内肾上腺便急剧增加,于是引起了血管梗死、中风、高血压、皮肤病等。接踵而来的是消化系统的毛病:胃、肠、肝、胰腺。这样一来免疫系统就受到了影响,身体的平衡也遭到了破坏。即便到了这一步,吝啬人也难改本性,他们往往舍不得花钱看病买药,而忘记了健康的宝贵。一个不吝啬的人在这种时候是愿意花完最后一分钱去治病的。所以,归根结底,吝啬的本性是他们患病的原因和结果。

吝啬本身是一种思想意识和行为,是受人的价值观、道德观支配的,但也与人的健康有密切的关系。至于吝啬与某些疾病直接相关的观点，目前尚需进一步的研究证实，但吝啬是某些疾病的表现已是不争的事实。如果是疾病引起的吝啬，就要及时到医院诊治。如果是思想意识问题，也要从提高思想认识入手，从自私、冷漠、封闭的牢笼中解脱出来，放开眼界，舒展心胸，登高远望天地宽，迈上助人为乐的新境界，在融入群体、奉献社会中，获得身心愉悦、健康常伴。

64. 窝娼聚赌的贾芹

贾芹与贾芸都是贾府的旁系子孙，同属草字辈。贾芹的家境要比贾芸强一些，他的母亲与贾芸的母亲安心在家不同，是经常在贾府走动的人物。贾芸的出场就是从她母亲为他谋职说起的。

《红楼梦》第二十三回，贾府的十二个小和尚和十二个小道士，要挪出大观园。贾政已计划将他们发送到家庙去住。贾芹之母周氏可巧听到了这个消息，她正盘算着要谋一个事务让其儿子贾芹来管，也好弄些银钱使用，于是便坐轿子来求凤姐。凤姐见周氏素日嘴头儿乖滑，常献殷勤，便依允了。于是经请示王夫人、贾政，决定将这些小和尚小道士都送到铁槛寺。凤姐已答应让贾芹去管这件事，让贾琏去请示贾政。贾琏说，我已经答应给贾芸找件事干，好不容易有了这件事，你又夺了去！但贾琏对此仅仅表示遗憾而已，他哪里拗得过逞强显能的凤姐，只得老老实实去禀报贾政同意，让贾芹当了这批小和尚小道士的总管。

铁槛寺这座贾府的家庙，是供贾府主子死后停灵用的，气派不小。贾芹得了这个美差，领取了三个月的费用三百两银子，先拿一块送给掌平的人，叫他们"喝茶"，然后拿回家与母亲商议，接着雇车坐上，到荣府角门前，又雇了几辆车，唤出二十四个和尚道士，张张扬扬地到铁槛寺去了。

贾芹以后又兼管了附近同属于贾府的水月庵。他在这两个家庙里,为王称霸,夜夜聚赌。演戏的小女孩有几位出家到了水月庵,贾芹见芳官美貌,便去招惹,哪知芳官是真心出家的,坚辞拒绝。贾芹未能得逞,于是就转移目标,勾搭上了两个年轻美貌的女道士,不但要给他唱曲,还要陪他喝酒淫乱,闹得乌烟瘴气。

贾芹贪而无厌,听说宁府除夕分发年物,他又匆匆赶去想领一份。贾珍见了冷笑道:"你在家庙里干的事,打谅我不知道呢。你夜夜招聚匪类赌钱,养老婆小子。这会你还敢领东西来?"贾芹挨了训,没有领成年物,还碰了一鼻子灰。

有人对贾芹的丑行看不下去,匿名写了纸帖,内容是:"西贝草斤年纪轻,水月庵里管尼僧。一个男人多少女,窝娼聚赌是陶情。不肖子弟来办事,荣国府内好声名。"

这个纸帖张贴在了荣府的大门口。贾政闻知后,气得头昏目晕。因为家庙是停灵祭祖之处,贾芹竟如此为非作歹,严重损害贾府的尊严和声誉,贾政本来要亲自询问和严惩贾芹,但因临时接到公事外出,便交给贾琏处理。贾琏与王夫人计议,最后从轻发落:小沙弥、小道士都被遣发,贾芹被革去了总管差事,并命他无事不得进入荣国府。

贾芹不但不承认自己所犯的丑行,反而倒打一耙,他一见了纸帖先问:"这是谁干的?为什么这么坑我?"意味着他要找到写匿名纸帖的人,设法报复。从贾芹的品行来看,有不少人分析,以后与王仁、贾环勾结,想卖掉巧姐的应当是贾芹,巧姐判词中所指的"狠舅奸兄"中的"奸兄",很可能指的是贾芹,而不是贾芸。

通过贾芹这个人物,我们看到了贾府用人的弊端。凤姐掌握用人大权,一不问能力,二不问品行,只是看亲疏,看对自己是否恭维、驯服,自己是否有利可图。起用贾芹,是因为其母与她经常来往,会说奉承话;用贾芸是因为收了他的香料。贾芸当差后还是干了点实事,在大观园栽花种树,天天在那里监工。而贾芹却不干正事,整天吃喝玩乐,聚赌奸淫,污染了家庙,败坏了贾府的名声。

贾芹与贾芸的不同点还在于：贾芸是通过自己的努力求得的职位，因此珍惜，能尽职尽责；而贾芹是通过其母亲说情而得到的美差，因此认为有依靠有仗恃，所以满不在乎，不守规矩，不尽职责，为所欲为。他有这种依赖思想，也使他不肯下功夫学习知识、锻炼能力，因此除了不学自通的吃喝嫖赌恶习外，就别无所长，成了"扶不上墙的烂泥"。

贾芹要害巧姐，是因为巧姐的父亲贾琏直接处理了他，免了他的家庙主管职务，断了他的财源。在别人来看是从轻处理了，而他却不认为自己有错，反认为是贾琏不讲情面，没有保护他，所以迁怒于贾琏，报复到巧姐头上。

贾芹的心理、欲望与现实情况很不相称。他不顾家庙的庄严与神圣，也不管那里人多嘴杂，坏事传千里，竟然在那里胡作非为，证明他愚蠢无知、胆大妄为。他认为家庙与世俗一样，可以为所欲为。实际上家庙有家庙的规矩，和尚道士尼姑都有各自的教规，是不可违犯的。他认为当了这个总管已经够牛，就无人能约束他了。实际上这个总管不过是贾府的一个打工仔，能管他的人很多，不止贾政能管，贾珍、贾琏都能管他，甚至他的命运也攥在贾府主人的手中。家庙耳目甚多，没有不透风的墙，岂能容他败坏教规和声誉，岂能让他称王称霸，岂能对他所干的坏事不予追究？贾琏和王夫人已经对他足够宽大处理了，但他却不认罪，反认为处罚不当，因此恩将仇报。

作为一个年轻人，贾芹不求上进，也不考虑后果，只图一时的享乐，追求肉体上的满足，所以走上了一条堕落之路。

以享乐为人生目的是极其有害的。若如此，就必然十分贪婪、自私自利、奸淫无耻，甚至不惜把自己的快乐建立在别人的痛苦之上。贾芸诱奸年轻的女道士，败坏了她们的修行，损害了她们的名声，这是种很不道德的行为。

爱因斯坦说:"照亮我的道路,并且不断地给我新的勇气去愉快地正视生活的理想,是善、美和真。我从来不把安逸和快乐看作是生活目的本身——这种伦理基础,我叫它猪栏的理想。"

贾芹的所作所为,就生动证明了,追逐他的醉酒、豪赌、窝娼,贪图肉体的享乐,不就是猪栏的理想吗!

65. 贾蔷缘何赢得龄官爱慕

贾蔷是宁府的正派玄孙。他父母早亡,从小跟贾珍过活,长到十六岁,比贾蓉生得还风流俊俏。他与贾蓉弟兄二人最相亲厚,常相共处,斗鸡走狗、赏花玩柳。

宁国府中人,对贾珍、贾蓉、贾蔷的关系,议论纷纷。究竟议论什么,书中没有明说。有人推测,是贾蔷与贾蓉同性恋;也有人认为,贾珍要避嫌的可能是因为他与年轻寡居的弟媳通奸,生了贾蔷,所以贾珍疼爱贾蔷胜似贾蓉。这件事情如传扬出去,有损贾珍的名声,因此只得分给其房舍,让贾蔷搬出宁国府,自立门户。

贾蔷并没有只顾玩耍,他进了家塾求学。在学堂,他看不惯有人欺侮秦钟,但自己又不愿得罪薛蟠,就唆使宝玉的书童大闹书房。之后,他又受凤姐指使,与贾蓉一起,设计诱骗贾瑞,让贾瑞挨冻受辱并写了空头借据。这些事显示了贾蔷的心机,但不过是少年时的顽皮刁钻而已。

大观园建成后,贾蔷被委任为贾府小戏班的总管。戏曲演出,是贵族用以炫耀豪富与高雅的,贾府又是为了迎接元妃省亲,所以特别重视,贾蔷也算尽心尽力。他到姑苏挑选了十二名女孩子,并聘请了教习,购买了行头乐器,整修了梨香院作为居住和演习场所,然后就令教习排演戏曲,同时又有贾府曾学过歌唱的老妪来带领和管理女孩们。这些人和戏班的购物、收支账目等都由贾蔷总管。这个差事可不轻松,如果没有一定的文化知识和处事能力是办不好的。但从以后的情况来看,贾蔷还是胜任的。他如果像贾芹一样,只顾自己玩乐享受,中饱私囊,诱奸美女,必然要把事情搞砸。戏班人多嘴杂,小女孩聪明伶俐,如果贾蔷的行为不检点,也会闹个天翻地覆,但没有出现这种情况,说明贾蔷还是能够约束自己的。

贾元春省亲时,是贾蔷带领戏班,呈递戏目,安排扮演的。元妃看了戏班的演出是比较满意的,还特别夸奖了演小旦的龄官,额外赏了礼物,并下谕让龄官再演两出戏。贾蔷忙命龄官作《游园》《惊梦》二出。这说明贾蔷在管理戏班中,也学习掌握了戏曲的有关知识,掌握了不少戏目的内容,他没有当甩手掌柜。

我国的传统戏剧是在悠久的历史中,由广大劳动人民和艺术家共同创造,它涵盖了人类生活的方方面面,是人类智慧的结晶。虽然受时代局限,其中难免有一些封建糟粕,但是大量的还是歌颂保家卫国英雄、讴歌扶危济困美德、赞扬真挚爱情婚姻自主、鞭挞为富不仁、为官贪腐等丑恶行为的。这些内容对聪敏的贾蔷来说,会起到借鉴和教育作用,从他的表现中就可以看得出来。

在清朝,演员被称为戏子,其地位是很低的,不允许参加科举。按赵姨娘的说法,女戏子就是"小娼妇、小粉头,下三等奴才也比她们高贵些"。但贾蔷却与她们和谐相处,特别是对待龄官,表现出了关爱之情。龄官个性倔强,她对贾蔷点的两出戏,认为不是自己的行当本角,定要换两出,贾蔷就依从了。以后龄官对贾蔷萌生了爱慕之心,她在雨中蔷薇架下,含泪连写数十个"蔷"字,流露出对贾蔷的挚爱。龄官这样有个性又对演出有敬畏之心的人,对贾蔷的爱,不会只是爱他俊美的外表和管家的地位,而是相中了他的品行和才能。她对贾蔷的爱情是专一的,当贾宝玉请她唱《牡丹亭》时,她说:"嗓子哑了。前儿娘娘传我们进去,我还没有唱呢。"意思就是,你以为你地位高,人人都巴结你,我偏不买你的账。其他女孩揭穿了谜底:除非贾蔷让她唱,其他人是不行的。

贾蔷既没有因为自己是总管而对龄官颐指气使,也没有因为戏子地位低下而对龄官漠然视之。他从外头回来带了一只小雀,笼子里还扎着个小戏台。他告诉贾宝玉,这个雀儿,是花一两八钱银子买来的。还对龄官笑道:"买了雀儿你玩,省得天天闷闷的无个开心。"说着,便拿些谷子哄得那个雀儿在戏台上乱串,衔鬼脸旗帜。谁知龄官见了这场表演,非但没有高兴,反而冷笑了两声,说:"你们家把好好的人弄了来,关在这牢坑里学这个劳什子还不算,你这会子又弄个雀儿来,也偏生干这个。你分明是弄了它来打趣形容我们,还问我好不好。"贾蔷听了,连忙赌咒立誓道:"罢,罢,放了生,免免你的灾病。"说着,将雀儿放了,将笼子拆了。龄官又说:"那雀儿虽不如人,它也有个老雀儿在窝里,偏生我这没人管没人理的,又偏病。"一听龄官说有病,贾蔷忙要去请大夫。龄官又叫:"站住,这会子大毒日头底下,你赌气子去请了来,我也不看的。"由这场对话看出,贾蔷与龄官,是互相爱恋的。贾蔷时刻设法让龄官开心愉快,龄官如果有了气可以向贾蔷发泄,有了怨可以向贾蔷倾诉;贾蔷急忙要为她请医生,她又怕晒着贾蔷,彼此这样互相关心,情感如此真挚,让贾宝玉不觉痴了,悟出了各人自有各人的爱情,而自己是不可能全得的。

曹雪芹写这段爱情,是持肯定态度的,也写出了贾蔷的性情品行变化。但高鹗的续书,却写了贾府败落后,贾蔷偷典偷卖、酗酒聚赌等行为,这不符合贾蔷的性格,而且他早已离开宁府,在宁府被查抄后回去,岂不是惹火烧身。从脂砚斋的批语来看,贾府败落以后,已经独立的贾蔷和龄官终成眷属。据刘心武先生考证,贾府被抄家时,贾蔷未受牵连,王熙凤在狱神庙时,贾蔷和龄官还前去看望过她。

66. 仁慈懦弱的薛姨妈

薛姨妈是京营节度使王子腾之妹,与贾府王夫人是同母姐妹。她嫁给了四大家族"珍珠如土金如铁"的薛家,生有儿子薛蟠,女儿薛宝钗。按说也是贵族的掌权夫人。但很不幸,她的丈夫早逝,儿子薛蟠由于她一贯"溺爱纵容",生活奢侈,在外胡作非为,屡屡惹祸。为送女儿宝钗上京待选,她带领子女寄居贾府,与荣国府众人来往密切,成为贯穿《红楼梦》全书的一个重要角色。

薛姨妈原是大家闺秀,性情随和,言谈举止得体,贾母喜欢与她在一起聊天打牌。有一次,贾母因贾赦要娶鸳鸯而生了气,邢夫人遭到斥责,在场的薛姨妈回避退了出去。谁知过了一会儿,贾母又让小丫鬟去请薛姨妈过来打牌。薛姨妈推说已经睡下不愿意去。那小丫鬟道:"好亲亲的姨太太,姨祖宗!我们老太太生气呢,你老人家不去,没个开交了,只当疼我们吧。"小丫鬟敢在薛姨妈面前撒娇,薛姨妈则亲切地笑称小丫鬟为"小鬼头儿",而且还是跟着小丫鬟去了。由此可见,她待人慈善随和,不拿架子,因此深得贾府上下的称赞。

薛姨妈的慈爱也表现在对宝玉的关怀上。有一次,宝玉在薛姨妈处要喝酒,薛姨妈便令人去灌了最上等的酒来。而李嬷嬷说老太太不让宝玉在外边吃酒。薛姨妈怕宝玉扫兴,一方面劝李嬷嬷自去喝酒,一方面劝宝玉放心喝,但不能喝冷酒,让他喝烫热了的酒,并适时地让他停酒吃饭,既尽兴又没有多喝酒。

对林黛玉,薛姨妈也十分同情和关心。她常去看望黛玉,为的是黛玉"可怜没父没母,到底没个亲人"。有一段时间还搬到潇湘馆暂住。对林黛玉"一应药饵饮食十分经心",并认黛玉为干女儿。当宝钗开玩笑说,要黛玉嫁给她哥哥薛蟠时,薛姨妈说宝钗:"连邢姑娘我还怕你哥哥糟蹋了她,别说这孩子,我也断不肯给他。"还说要将黛玉说给宝玉,这"岂不四角俱全"。有人认为,这是哄骗黛玉,虽有怜悯黛玉之心,但也有试探黛玉的意思。其实当时尚未正式商量宝玉的婚事,贾母曾提起在外边给宝玉选择对象。薛姨妈也知道宝玉和黛玉从小建立的感情,在黛玉因宝玉昏迷而急得气喘吐药之后,用这些"爱语"安慰,对黛玉恢复健康是大有好处的。怡红院夜宴,薛姨妈正住在潇湘馆,她半夜三更派人来接黛玉,也表现了对黛玉的关心体贴。

薛姨妈对侄儿薛蝌也表现了她的慈爱和关怀。在有人提议让邢岫烟嫁给自己的儿子薛蟠时,薛姨妈怕耽误了人家姑娘,由她做主,促成了薛蝌和岫烟的亲事,让两个品行端正的俊男靓女结为夫妻。她对香菱的遭遇也很同情,尽力地保护她。

薛姨妈的不幸接踵而来。薛蟠娶了夏金桂为妻。虽是门当户对,但夏金桂是个"河东狮",先是陷害香菱,接着又与宝蟾大闹,哭天哭地,砸桌摔碟。薛姨妈实在看不下去,上前劝解。夏金桂不但不听,反而埋怨和数落婆婆,并羞辱宝钗。薛姨妈气极,忽然叫道"左侧肋条胀痛得很",说着便向炕上躺了下来。宝钗知道,这是因生气怄得肝气上逆,左肋作痛。请医生已来不及,她先叫人去买来几钱钩藤来,浓浓地煎了一碗,给母亲喝了。然后又和香菱给薛姨妈捶腿揉胸,停了一会儿,略觉安顿些,宝钗又劝了一会,薛姨妈睡了一觉,肝气也渐渐平复了。

现代医学认为,胸肋部胀痛常见的为肋间神经炎,是一组症状,指肋间神经受到胸椎退变、胸椎结核、胸椎损伤、肿瘤等疾病产生的压迫、刺激,出现以胸部肋间或腹部呈带状疼痛的综合征。也有的是因冠心病、颈椎病等引起的心绞痛等。生气会引起人的精神高度紧张和焦虑、忧郁、恐怖等,使大脑皮层的兴奋与抑制过程失去平衡,导致皮层下血管舒缩中枢的调节失常,从而形成高血压。从薛姨妈发病紧急的情况来看,很可能是因生气而致的血压急剧升高,导致肋间神经痛,即中医所说的"肝阳化火,肝火上抗"。宝钗的处理在当时的情况下是对症的。钩藤是中医常用的一种镇惊熄风药,可用于血压升高、头晕目眩、小儿惊厥、妇人子痫等。常用的方剂有"羚羊钩藤汤""天麻钩藤汤"等。

宝钗是薛姨妈的开心果、主心骨。薛姨妈当然最关心她的婚事。虽然她有"你这金锁要拣有玉的方可配"的想法,但她并不能起主导作用。她明知宝玉与宝钗性情不和,宝玉心里只有黛玉,所以开始她还是在犹豫。像宝钗那样美貌、博学、智慧,难道还发愁找不到才貌双全的如意郎君?后来元妃薨逝,贾政被外放,贾家已渐衰落。宝玉失玉后神智昏聩,有疯傻之状,求医无效。这时,贾母、王夫人与凤姐策划为宝玉冲喜,还要搞"调包计"。薛姨妈开始怕宝钗委屈,提出"从长计议才好"。但在王夫人的坚持下,还是同意了。这一来,使宝钗的处境尴尬,婚后与宝玉貌合神离,最后宝玉出家,宝钗只好独守空闺,抱恨终身。这是封建婚姻制度造成的恶果,也是薛姨妈的软弱、无主见,致使自己疼爱的女儿落得这样的结局。

有人认为,薛姨妈是一个城府极深的阴险女人,甚至说她是大观园中最狡猾最阴险的老狐狸。这种说法有点简单化、绝对化了。薛姨妈对儿子的恶行,只有伤心落泪,却不会严厉管教,致使其发展到杀人的地步;她被儿媳欺负,只有气病的份儿,却无计可施;对于女儿宝钗的婚姻,她本来是十分谨慎的。贾家败落、宝玉生病、宝玉与黛玉爱得难舍难分,这些情况薛姨妈都十分了解,所以她对于宝钗嫁给宝玉是十分犹豫的,提出了"从长计议"就有婉拒之意,但经不起别人相劝,还是屈从了。像这样无决断、缺刚性的人,还会搞什么阴谋诡计呢?

在《红楼梦》中,我们看到的薛姨妈,是一位平易近人的长辈,她不像其他贵妇人那样强势、凶狠、自私,而是慈祥、宽容,关爱。但她的慈爱中有溺爱的成分,她的宽容里有懦弱的因素,所以她不是一位有权势的贵妇人,也不是一位合格的母亲。

67. 贾母去世前的回光返照

《红楼梦》有两处写了回光返照,是两个主要人物临死前的表现。有人认为,整个《红楼梦》写的就是一个封建大家庭的回光返照,甚至更有人认为,既然说《红楼梦》是封建社会的百科全书,那么从大范围来说,可以说它写的是整个封建社会的回光返照。

回光返照是怎么回事呢?我们先看《红楼梦》的描述。

林黛玉无意中从傻大姐口里得知宝玉要娶宝钗的消息,如同一个疾雷,身子竟有千百斤重,迷了本性,见过宝玉后身子前栽,大口吐血,从此病倒。她痴情破灭,焚烧诗稿,唯求速死。在宝玉娶亲那日,黛玉已经昏晕过去,只有心头口中一丝微气不断。李纨、紫鹃哭得死去活来。但到了晚间,黛玉却又缓过来了,微微睁开眼,似有要汤要水的光景。喝了一点桂圆汤和梨汁,觉得心里似明似暗。此时,李纨见黛玉略缓,明知是回光返照的光景,却料着还有一半天耐头,便回到稻香村,料理了一回事情。林黛玉睁开眼,一手攥了紫鹃的手,喘着使劲说出了自己的内心话并交代了死后身子要回老家的后事,随后就直声喊"宝玉!宝玉!你好……"说到好字,便浑身冷汗,身子渐凉,离开人世了。

贾母本来身体不错,但在贾府家被抄、子孙被监押之后,日夜不宁,眼泪不干。不久便感到胸口膨闷、头晕目眩、咳嗽,延医调治无效,病情一日重似一日,又添了腹泻。贾政十分焦急,不久,见贾母神色大变,瞧着不好。又请太医看了,说:"脉气不好,防着些。"王夫人急忙使眼色让鸳鸯将"老太太的装裹衣服预备出来",准备后事。但这时,贾母却"睁眼要茶喝",还要坐起来。然后又先后拉住宝玉、贾兰,嘱咐他们要争气要孝顺,嘱咐凤姐把金刚经施舍出去,还说想念湘云,又瞧了一瞧宝钗,叹了口气,脸上发红。贾政知是回光返照,即忙进上参汤,但贾母喉间略一响动,脸变笑容,竟是去了。

书中对这两人死亡过程的描写是何等的细致逼真。濒临死亡的人,眼看就要闭下最后一口气,但突然兴奋起来,要喝汤喝水,要起来说话,而且说的是自己的内心话,说得头头是道,看似病情缓解,实际上这是一种假象,短暂兴奋后即告别人世。这就是回光返照的表现。李纨和贾政都心知肚明。

回光返照原为佛教、道教用语。太上纯阳真君《了得三一经》中即有"回光返照中,神归气穴里"等语。民间引申其义,将人临死前精神忽而稍微振作的现象称为回光返照。

回光返照是一种自然现象。如日落时光线反射,天空会突然发亮,但十分短暂,很快就进入夜晚。过去点食油灯、煤油灯或蜡烛时,在即将燃尽时,也会突然一亮,迅即熄灭,这是因为最后一滴油失去了附着力和拉力,上升很快,出现这种现象。现在使用电灯,当灯丝寿命将尽时,也会猛然一亮,然后灯丝崩断报废。

人死为何有回光返照的现象。有一种说法:这是人的灵魂不愿很快离世,而要与亲人再说说心里话,交代一下后事,因此与勾命鬼奋力搏斗,取胜者即能回光返照。这当然是迷信之言,但可取之处是鼓励人最后也要与死神搏斗。

按照医学科学来讲,临终前的"回光返照",主要是肾上腺素分泌的激素所致。肾上腺是一对非常重要的内分泌腺体,按结构分为皮质和髓质。皮质分泌糖皮质激素和盐皮质激素。糖皮质激素主要用于应急,它能通过抗炎症、抗毒素、抗休克、抗过敏等作用,迅速缓解症状,帮助病人度过危险期。肾上腺髓质则分泌肾上腺素和去甲肾上腺素,它们均能兴奋心脏、收缩血管、升高血压,因此能够挽救休克。

患有器质性疾病的病人濒危时,身体各器官的功能处于衰竭状态,机体新陈代谢活动处于十分低下的水平,平时协调全身各系统功能活动的神经系统和内分泌系统也受到严重抑制,即将失去对生命的自我控制能力。但这时,有的病人在大脑皮质的控制下,迅速指使肾上腺皮质和髓质,分泌所有的诸多激素,调动全身的一切积极因素,使病人由昏迷转为清醒,由说不成话转为能交谈数句,由不会进食转为要喝要吃。这些转变,都是在中枢神经的支配下,内分泌激素在起作用。

人体还有一种"应激反应"能力。濒危时,身体可调动所有的力量以维持代谢活动,与即将到来的死神作最后一搏。脑垂体在这最后的抗争中发挥了主要作用,促使位于两侧肾脏上方的肾上腺髓质增加分泌,产生超过常量的肾上腺素和去甲肾上腺素;同时,引起交感神经兴奋。其结果是心率加快,血压回升,已经衰弱的心、脑、肺、肾等重要器官,血液灌流暂时增加,各系统功能稍有恢复,全身状况出现短期好转。原来精神模糊的,变得清晰起来;先前虚弱无力的,变得略为旺盛;本来嗓音低微的,此时也变得洪亮。

但这种作用毕竟是短暂的,并不意味着病情好转。一旦调动起来的最后力量消耗殆尽,病人即进入难以逆转的死亡过程。"回光返照"出现于全身衰弱的危重病人,持续时间很短,一般仅为几个小时,长也不超过1~2天。

回光返照在临床上有一定的意义。如病人还有话需要交代,就可以在回光返照时得以实现;有的病人急于想见的人尚在路途中,就可以在回光返照中延长生命以达成夙愿。有人还设想,充分发挥中枢神经和各种激素的作用,再加上研究有关药物,使病人的机体恢复活力,各种器官重新发挥作用,达到起死回生的目的。那确实是医学界的奋斗目标,但已经超出回光返照的范畴了。

68.《红楼梦》中的饥饿疗法

自古以来,先哲们和医学家就提倡饮食有节。孔子说"食无求饱",庄子提出"节饮食以养胃,多读书以养胆",《黄帝内经》明确提出和系统论述了"饮食有节",明代药学家李时珍说得更直白:"饮食不节,杀人顷刻。"

何谓饮食有节?人们常说的是要有"四有",即有洁、有时、有质、有量。这个概括比较全面。但其重点,我认为应抓住两有,一是有节律,进食的时间要有规律,早中晚三餐要定时定量,尽量不要提前延后,不要加夜餐、夜宵;饮食结构要合理,营养要均衡,脂肪食物要少,蛋白质适量,新鲜蔬菜和水果多一点。二是有节制,即进食的量有节制,不要过饱或过度节食。

我们再来看一下《红楼梦》贾家的饮食。一个特点就是高脂肪、高蛋白的饮食较多,每天少不了鸡鸭鱼肉、山珍海味;第二个特点就是宴会多,节日宴、招待宴、生日宴等名目繁多,宴会必然有酒,互相敬酒、让酒、劝酒、罚酒中,必有人醉酒;宴会必讲排场,主副食花样以多为佳,即使每样尝两口也免不了食之过饱;第三个特点就是平时吃零食多。主子们点心瓜果不离口,因此不少人营养过剩。

贾元春是在这样的饮食情况下长大的,到了皇宫被封为贤德妃,高脂肪高蛋白饮食不会减少,只会增多,而有许多宫女伺候,缺少体力活动,更缺乏运动,再加上缺少精神营养、心理安慰,因此"身体发福,未免举动费力",实际上是患了肥胖症。而肥胖症能够引发多种疾病,如高血压、冠心病、心绞痛、脑血管疾病、糖尿病、高脂血症、高尿酸血症、女性月经不调等,还能增加人们患恶性肿瘤的概率,因此是人类健康和长寿的天敌。元春只活了四十三岁就去世了,饮食不合理必然是其早逝的因素之一。

曹雪芹是了解饮食有节的医理的,因此《红楼梦》中介绍了"饥饿疗法"。

贾母两宴大观园时,受了劳乏,还感受了风寒,于是感觉懒懒的,就坐竹椅小敞轿回房中歇息。后请太医院的王太医诊治。王太医号脉后,到外书房对贾珍、贾琏说:"太夫人并无别症,偶感了些风寒,其实不用吃药,不过略清淡些,常暖着点儿。就好了。如今写个方子在这里。若老人家爱吃,便按方煎一剂吃;若懒怠吃,也就罢了。"王太医的疗法就是节制饮食,饥饿疗法,而药物只是辅助,可吃可不吃。

接着,奶妈抱了凤姐的女儿巧姐儿也来看病。原来是王夫人递了一块糕给巧姐儿,她在风地里吃了,就发起热来。王太医左手托着巧姐儿的手,右手诊了一诊,又摸了一摸头,又叫伸出舌头来瞧瞧,笑道:"我要说了,姐儿该骂我了,只要清清净净的饿两顿就好了。不必吃煎药,我送点丸药来,临睡前用姜汤研开吃下去就好了。"王太医说得很含蓄,也很幽默。巧姐儿是贪吃那块糕,再加上平时吃得太好,积着食了,饥饿疗法就管用。

晴雯由于夜间起来受凉患了感冒,"发烧头疼鼻塞声重",服药后已见轻,但为了连夜赶补孔雀裘,劳累过度,病情加重。王大夫诊了脉,诊断为饮食不当与过劳费神是病情加重的原因,然后开了益神养血之剂,也只是辅助性治疗。晴雯的病情好转靠什么?书上说:"幸亏她是一个使力不使心的人,再者数日饮食清淡,饥饱无伤的。""故于前一日病时,就饿了两三天,又谨慎服药调养,如今虽劳碌了些,又加倍培养了几日。便渐渐地好了。"这说明饥饿疗法起到了重要作用。

书中在这一段还特意加上一句话介绍:"这贾宅中的秘法:无论上下,只略有些伤风咳嗽。总以净饿为主,次则服药调养。"

其实,贾府的饥饿疗法不仅限于伤风咳嗽,其他有的较轻的疾病,特别是轻度胃肠道疾病,如消化不良、小儿积食等,就是通过饥饿疗法,减轻了消化系统的负担,使之得到充分的休息,因此收到了良好的疗效。

如今不仅我国有饥饿疗法,而且世界上也有其他国家采用类似的方法治病。如日本有"断食寮",在美国和欧洲有"断食疗养院"等。在解决了温饱之后,饮食结构发生改变,珍馐佳肴吃得过饱导致不少人头昏脑涨、心慌气短,原来得的是"美味综合征"。而且还会罹患高血压、糖尿病、心脑血管疾病等所谓的"富贵病",因此饥饿疗法得以推广。

医学研究认为,饥饿疗法的作用有:一是激发免疫功能。饥饿能使白细胞数量激增,增加了吞噬病原菌的能力。二是产生内源性治疗因子。饥饿后,体内会激发内源性药物因子,有祛病逐邪的功效。三是清除体内自由基。自由基是体内营养过剩的衍生物,会导致人体日益衰败老化。而饥饿是清除体内自由基的最简捷有效的方法。四是促进细胞更新。饥饿可增强人体的新陈代谢能力,促进细胞吸收营养的功能。

20世纪30年代,美国营养学家麦卡进行了一项实验:一组小白鼠限制热能摄取量,但保证其营养素的摄入;另一组则自由进食,不加任何限制。结果自由进食的小白鼠,175天后骨骼便停止生长,两年半内全部死亡;而限食的小白鼠,1000天后,骨骼生长还在继续,活了3~4年,这就是麦卡效应。以后的进一步的实验研究,为麦卡效应提供了佐证,也为节食和饥饿疗法提供了依据。

但是，饥饿疗法既然是个疗法，就有一定的适应证，有严格的限制。国外对饥饿疗法有专门的医疗单位进行严格监测，每次断食一般不超过 48 小时，并适时地补充水分及电解质，以免造成伤害。另外，靠不吃早餐、不吃主食、忍受饥饿和辟谷等方法减肥，都有悖科学，对身体有严重的损害，也达不到减肥的目的。所以饥饿疗法不可滥用，应在专业医生指导下进行。

69.《红楼梦》中光怪陆离的梦

《红楼梦》全书就是一场大梦。作者开篇就说:"因曾历过一番梦幻之后,故将真事隐去,而借'通灵'之说,撰此《石头记》一书也。"在收结尾又题诗道:"说到辛酸处,荒唐愈可悲。由来同一梦,休笑世人痴!"发出的是人生如梦的感慨。

《红楼梦》在大梦中还写了许多光怪陆离的梦,据统计就有三十四个之多,其中有长有短,有人物自己做的梦,也有别人转述的梦,有夜晚睡眠时的梦,也有白日之梦,有预言后事的梦,也有嘱托后事的梦,有缠绵相思的梦,也有报复恐吓的梦,可谓多姿多彩,奇形怪状,对我们认识和分析梦的产生、作用、影响等,提供了极好的素材。

最长最详细因而给读者印象最深的梦,是第五回贾宝玉梦游太虚幻境,有七千多字。其中金陵十二钗判词及十二支红楼梦曲,展现了书的主题及人物命运发展的轨迹,搭起了全书的框架,也初步揭示了宝玉从童年到少年时期的思想性格。他有"小儿心性"不愿读书,愿在这太虚幻境"过一生""纵然失了家也愿意"。这里还是一个女儿王国,他被众仙子斥为"浊物","果觉自形污秽不堪",这是他对自身生活环境的感受与他对人生思考的显现。

宝玉和黛玉的恋情是《红楼梦》中最哀婉动人的一条主线,

二人所做的梦使这段情爱得以充分的展示。

第三十六回,一天正午,宝钗到怡红院,宝玉睡着了,袭人有事外出了。宝钗就坐在宝玉身边替袭人刺绣,忽见宝玉在梦中喊骂说:"和尚道士的话如何信得?什么是金玉姻缘,我偏说是木石姻缘!"薛宝钗听了这话,不觉怔了。

第五十七回,紫鹃为试探宝玉,说黛玉要回苏州了。宝玉听说后如痴如呆。"有时宝玉睡去,必从梦中惊醒,不是哭了说黛玉已去,便是有人来接。"这两个梦,没有描述梦境,而是从宝玉的梦呓中说出,但主旨鲜明,把宝玉对黛玉的爱恋真情与害怕别离表达得淋漓尽致。

第八十二回,薛姨妈的一个婆子来给黛玉送荔枝,觑着眼瞧黛玉,笑着向在场的袭人说,林姑娘真是天仙似的,和你们宝二爷是一对儿。当夜深人静,黛玉想起自己年纪渐大,身子虚弱,而婚事没有着落,与宝玉虽然两心相通,但无人做主,还有金玉良缘之说,因此千愁万绪,涌上心头,又是叹气,又是掉泪,无情无绪地和衣倒下。只见贾雨村请见,告诉她父亲升了官,娶了继母,并把她许给了继母的一个亲戚做续弦,所以派来接她。黛玉就求贾母把她留下,贾母不允。她想到了宝玉,而宝玉就站在面前却为她贺喜。她把宝玉紧紧拉住说宝玉无情无义。宝玉道:"我叫你瞧瞧我的心。"说着,就拿着一把小刀子往胸口上一划,只见鲜血直流。黛玉吓得魂飞魄散,抱住宝玉痛哭。这时听见紫鹃叫她,原来是一场噩梦。这个梦表明黛玉是真心爱着宝玉的,她也相信宝玉爱她,甚至不惜以刀剖胸,把心掏出来让她看。但最后避免不了悲惨的结局。宝玉最怕黛玉回南方,黛玉最怕的是给宝玉议婚却说的是别的女孩,她为此忧心忡忡,泪流不止,但表面又不敢直说,只有在梦中才能表露心迹,同时这个梦也表现了她对婚姻结局的疑虑和恐惧。

第九十八回,宝玉得知黛玉已死的消息,不禁放声大哭,倒在床上。忽然眼前漆黑,辨不出方向,心中正自恍惚,原来到了阴司泉路。他向人要求寻找林黛玉。那人冷笑道:林黛玉生不同人,死不同鬼,无魂无魄,何处寻访!汝快回去罢。原来林黛玉死后,宝玉天天想她,祈求梦里一见,但好久无梦,这次做梦,却也难见到日思夜想的心上人。

第一一六回,贾宝玉得到了通灵宝玉之后,第二次梦游幻境。在那里,隔着珠帘见一女子,头戴花冠,身穿绣服,端坐在内。宝玉见是黛玉的形容,便想向前相认,不想被仙女怒斥驱逐。宝玉是怀着一颗忏悔的心和心肺撕裂之痛而想见黛玉的,但在梦中也不配与她相见,最后只有借出家来摆脱痛苦了。

除了宝玉黛玉二人做的梦较多外,王熙凤也是做梦较多的一个。

第十三回,秦可卿临死托梦于凤姐,提醒凤姐为贾府的未来作长远的考虑及早打算,说:"否极泰来,荣辱自古周而复始,岂人力能可保常的。但如今能于荣时筹划下将来衰时的世业,亦可谓常保永全了。若目今以为荣华不绝,不思后日,终非长策。"她为何托梦于凤姐,一来是凤姐与她素日相好,二来她认为王熙凤是贾府的内管家,"脂粉队里的英雄",对她寄予厚望。

第一○一回,黄昏以后,王熙凤有事到秋爽斋去。一只大狗惊吓了她,又见前面晃过一个人影,似乎背后有人说道:"婶娘连我也不认不得了!"凤姐十分眼熟,却想不起来。只听那人又说道:"婶娘只管享荣华富贵的心盛,把我那年说的立万年永远之基都付于东洋大海了。"凤姐仍想不起。那人冷笑道:"婶娘那时怎样疼我了,如今就忘在九霄云外了。"凤姐听了,此时方想起来是秦可卿,便说道:"哎呀,你是死了的人哪,怎么跑到这里来了呢!"啐了一口,方转回身,脚下不防一块石头绊了一跤,犹如梦醒一般,浑身汗如雨下。

其实,王熙凤早就把秦氏的话置之脑后了,她更没有把贾氏基业放在眼里。而是包揽实权,假公济私,贪而无厌,放债营利,甚至弄权铁槛寺,残害人命,致使贾府日益衰败。正如探春所说:"可知这样大族人家,若从外头杀来,一时是杀不死的,必须先从家里杀起来,才能一败涂地!"王熙凤就是内部杀手之一。

这些梦寓意深刻、内涵丰富,从另一个侧面展现了人物的性格、心理、情感、品质。

红楼梦中的梦都被涂上一种神秘色彩,十分玄妙,能预知未来,能预告人的命运,能暗示吉凶祸福。这当然是神话,不可当真。

梦是什么?现代医学认为,梦是一种主体经验,是人在睡眠时想象的影像、声音、思考或感觉。做梦是发生在睡眠后期的一种浅睡状态,也有发生在其他睡眠时期的,但比较少见。

研究认为,所有人类都会做梦,并且在每次睡眠中都会有相同的频率。因此,如果一个人觉得自己没有做梦或者一个夜晚中只做了一个梦,这被称为"记忆抹除"。

"日有所思,夜有所梦。"梦是人睡眠时的一种心理活动,梦中的心理活动与人清醒时的心理活动一样都是客观事物在人脑中的反映。梦中离奇的梦境是因人睡眠大脑意识不清时对各种客观事物的刺激产生的错觉引起的。因此做梦是一种正常现象。大可不必为做梦而担心,也不必为做的梦不吉利而忧虑。梦不会预告将来,也不能预卜吉凶,命运前途还是决定于各种主客观条件的,主导权还是掌握在自己手中的。要从视梦为神秘、是神灵托梦等的迷信中解脱出来,该干什么还干什么,生活照样运转。当然,如果噩梦连绵不断,严重影响睡眠,就说明身体发出了警报,或者是精神过于紧张,或者是过于劳累,也或者是某个部位出了故障。但也不必紧张,及时到医院诊治,一般是能够得到解脱的。

70.《红楼梦》里的笑

《红楼梦》整体是悲剧,但其反映的是一个封建豪门大家庭和与此紧密联系的社会各界,是形形色色各种人物的真实生活、情感变化,因此不可能没有笑,而且其中对笑的描写,可谓十分精彩,有许多独到之处,令人拍案叫绝。

经常被人提到的是第四十回的一段对众人不同笑态的描写。那天贾母请刘姥姥讲笑话,刘姥姥便站起身来,高声说道:"老刘,老刘,食量大似牛,吃一个老母猪不抬头。"自己却鼓着腮不语。众人先是发怔,后来一听,上上下下都哈哈地大笑起来。史湘云撑不住,一口饭都喷了出来;林黛玉笑岔了气,伏着桌子哎哟;宝玉早滚到贾母怀里,贾母笑得搂着宝玉叫"心肝";王夫人笑得用手指着凤姐儿,只说不出话来;薛姨妈也撑不住,口里的茶喷了探春一裙子;探春手里的饭碗都合在迎春身上;惜春离了座位,拉着他奶母叫揉一揉肠子。

看,虽然都是笑,但情态各异,互不雷同,而且又切合各个人的身份、地位、气质和个性。

接着,作者又写了贾府奴隶们的笑。"地下的无一个不弯腰屈背""也有躲出去蹲着笑去的"。他们不能放情无忌,只得"躲出去""蹲着笑""也有忍着笑"来为主子换衣服。丫鬟和仆人不能率性发笑,还须履行自己的职责,要服侍好笑闹中的主子。

第三十一回,湘云给袭人带来绛纹戒指,黛玉笑她"是个糊涂人",湘云作了一番分辩,众人听了,都笑道:"果然明白。"宝玉笑道:"还是这么会说话,不让人。"黛玉听了,冷笑道:"他不会说话,就佩戴'金麒麟'了!"一面说着,便起身走了。幸而诸人都不曾听见,只有宝钗抿着嘴儿一笑。宝玉听见了,倒自己后悔又说错了话;忽见宝钗一笑,由不得也一笑。宝钗忙起身走开,找了黛玉说笑去了。这一段里,作者就写出了赞赏的笑、"亲热"的笑、妒忌的冷笑、"幸灾乐祸的"抿嘴一笑,自我解嘲的"由不得也笑了"等五种笑态。

第五十四回,贾宝玉边走过山石后去,站着撩衣。麝月秋纹皆站住,背过脸去,口内笑说:"蹲下再解小衣,留神风吹了肚子。"后面两个小丫头知是小解,忙先出去茶坊内预备水去了。这一段有一个形容笑的新词"口内笑说",形象地描写了少女对异性小解的羞涩和好奇,还写出了贾府有"便后洗手"的良好习惯。

《红楼梦》对笑的生动描写,确实令人叹为观止。有人统计,除了一般地写"说笑""笑道"之外,还勾勒了各种各样的笑貌。如"含笑""赔笑""冷笑""嘻嘻笑""坎坎笑""哈哈笑""呵呵笑""失声笑""伸舌头笑""扎手笑""拍手笑""摇着头笑""挤眼笑""点头笑""拍手儿笑""假意含笑""满面赔笑""似笑非笑""哄然大笑""喷饭笑""岔气笑""滚着笑""偷偷地笑"等多达二十多种,可谓集笑之大成。

笑是什么?字典解释简短明了,是:"显露愉悦的表情,发出欣喜的声音。"现代医学认为,笑是一种心理状态的表达。一般情况下笑更多的用来表达高兴和快乐,由脸部肌肉动作为表现方式。它大都是由于人体感官特别是眼睛、耳朵等接触了外界令人愉快的事物或语言,转变为信息传入大脑皮层,而后通过大脑对脸部甚至全身的肌肉发出运动的命令而产生的。笑有时不仅会使肌肉发生运动,声带也会随之振动,由此产生笑声。

真诚的愉悦欣喜的笑,是人的一种平和心态以及善良的内心表现。但是,还有另一类笑,虽然也能使脸部肌肉发生运动,但有的并不是表达高兴和快乐的,而是表达嫉妒、愤怒、嘲讽、伤害等情感的;有的则是用来献媚、卖弄的等。如讥笑、嘲笑、耻笑、狞笑、奸笑、冷笑、强颜欢笑、胁肩谄笑、倚门卖笑、嬉皮笑脸、笑里藏刀等。这一类笑,情感是消极的,心理是恼怒、嫉恨或乞求的,不利于健康长寿,也不利于团结、和谐、交往。因此应当改变不良的心理状态,避免这一类扭曲的笑。

真诚的笑对于人类健康究竟有哪些益处呢?笑是一种人类生存的能力,人生来就会笑,逗婴儿开口笑令人特别开心。笑也是一种很好的健身运动。每笑一声,从面部到腹部约有80块肌肉参与运动。如果笑100次,对心脏的血液循环和肺功能的锻炼,相当于划10分钟船的运动效果。孩童时代每天可笑400次左右,但成年人,每人每天平均只笑15次,太稀缺了。刘姥姥能引起贾府老少上下纵情大笑,比现在的笑星毫不逊色。

笑是健康长寿不用花钱的妙方。常言说"笑一笑,十年少;愁一愁,白了头""常乐常笑,健身之道;舒心说笑,长寿妙药;笑声开朗,幸福诀窍"。医学研究证明,经常笑逐颜开的人,健康有活力,寿命比较长。生活乐观的人与生活悲观的人相比,死亡率低45%,心血管疾病的死亡率甚至低77%。经常笑的人,血压能保持较理想的水平,血糖也随之下降。人笑的时候,横膈膜产生振动,许多肌肉也因积极活动而变得温暖起来。因此,笑能促进消化功能,同时促进新陈代谢。经常笑的人,免疫力增强,有利于抵御各种疾病。笑能减轻各种精神压力,使肌肉放松,有助于增强体力。

71.《红楼梦》里的哭

《红楼梦》是"一把辛酸泪"写出来的,其中有"千红一哭,万艳同悲"。红楼梦里的哭是连绵不断,千姿百态的,表现了众多人物复杂的情感和不同的性格。有人统计,书中描写哭的地方有四百四十处之多,真可谓集哭之大成也。

《红楼梦》哭的种类,有人划分为三种,一种是哭号,哭出声来或大声哭喊;一种是流泪,即有泪无声或低声呜咽;还有一种是泣,即低声或无声的哭。具体来讲,哭号有:大哭、啼哭、痛哭、号哭、干哭、哭个死去活来、哭声摇山振岳等,流泪有:洒泪、含泪、堕泪、落泪、抹泪、垂泪、滴泪、滚泪、潸然泪下、满面泪痕、泪如雨下、暗自垂泪等;泣有:悲泣、掩面而泣、自叹自泣、呜咽对泣、悲切呜咽、哽咽难言、呜呜咽咽等。由此可见对哭的描写之绘声绘色,丰富多彩。

有一种是虚假的哭。如贾珍、贾蓉,在贾敬灵前大声号啕,但在背后却与尤二姐尤三姐调情淫乱,还在丧期嫖娼聚赌,哪有悲伤真情。王熙凤设计害死尤二姐后,还大哭一场,那是"猫哭耗子,假慈悲"。

还有一种暴露隐情的哭。秦可卿死了,其丈夫贾蓉倒和无事人一样,不见痛哭,而她的公爹贾珍却哭得"如泪人一般",显示出很不正常的情感,隐隐私情昭然若揭。

哭是要分场合分对象的。王熙凤发现贾琏与鲍二家的通奸,大打大闹,哭着往贾母那边跑,但跑到贾母那里,趴在贾母怀里,只说"老祖宗救我",像个受伤的小羊,哭着告状,得到贾母的怜爱和保护。

《红楼梦》通过"哭"的描写,展现了人物不同的哭态泪状,彰显了人物不同的内心世界,也揭露了封建社会对人性的压抑和摧残,特别是造成了女性的悲惨命运和结局。

元春省亲本来是喜事,看似礼仪隆重,雍容华贵,但内含悲凉和哭声。她身为贵妃,按规矩,老祖母还要向她跪拜,到贾母正室,她要行家礼,贾母急止之,于是元春垂泪,祖母、母亲与她"呜咽对泣",她说"当日既送我到那不得见人的去处,好容易今日回家,娘儿们不说不笑,反倒哭个不了,一会子我去了……"说话间,她"不禁又呜咽起来"。见了宝玉,元春抚着弟弟的头"一语未终,泪如雨下"。她的父亲见她还要下跪,她说:今虽富贵,骨肉分离,终无意趣。贾政也含泪表忠心,什么"肝脑涂地""勿以政夫妇残年为念",悲悲切切。临别时,元春"不由得满眼又滴下泪来",贾母等已哭得"哽咽难言"。看,是从头哭到尾。

哭比较集中的场面还有不少,如宝玉挨打时贾政愤怒气恼的哭,王夫人小心翼翼地哀告与痛哭,贾母心疼与生气的斥责与"哭个不了"。黛玉闻讯哭得"眼睛肿得桃儿一般"。

当然,最感人的还是宝玉和黛玉因为爱情而引起的哭,其中既有哭号又有流泪和自泣、对泣。有人统计,书中黛玉哭泣有八十多处。黛玉的哭还有个"还泪"之说。原来她是一株绛珠仙草,有位神瑛侍者,以甘露来灌溉它,因此修成女儿身。后神瑛侍者和绛珠仙草一同下凡,绛珠仙草对神瑛侍者的恩情念念不忘,说:"我受了他甘露之惠,并无水还他,但把我一生所有的眼泪还给他。"神瑛侍者就是宝玉,于是黛玉要为他流尽眼泪。这真是奇思妙想,把哭与泪描写成爱情的结晶和源泉了,正如宝玉吟唱的:"滴不尽的相思血泪撒红豆""忘不了的新愁与旧愁"。

哭是人类生理情绪的一种表达或表露。一般认为,哭是由于痛苦、悲哀或委屈而发生的,但有时因大喜或意外惊喜也会喜极而泣。

人到世界的第一声就是哭。《大宅门》里婴儿一出生就笑,就如同宝玉衔玉而生一样,是传说和神话而已。刚出生的婴儿需要哭,只有通过哭才能吸入更多的氧气,使呼吸器官运转和发育。婴儿感到不舒适、饿、渴、热、冷、尿床了等,都要以哭来报信,患了病时也要用哭来报警,婴儿的哭是必不可少的。

人成年后,哭大大减少。但如果受到了外界刺激,出现了喜、怒、哀、惧等积聚的情感,也免不了哭泣。从心理学上讲,如果一个人不会哭,就表明存在着情绪障碍。过去认为,哭是苦恼悲痛的表现,越哭越加重苦恼和悲痛。但后来研究认为,哭能使情绪得到宣泄,能帮助解脱苦恼减轻悲痛,会让人不知不觉中镇静下来。也有人认为,从心理的角度去分析,哭则有正常和病态之分。有些人常以泪洗面,哭号连天,这是一种心理病态,会对人的心理肌体产生一定的消极影响,如哭后食欲下降、失眠、做噩梦等。而正常的哭,对心理还有保护作用的一面。人哭后可能心情会畅快些。情绪得到宣泄比憋在心里要轻松些。当然,最好还是从根本上解除苦恼。

流泪是怎么回事?有的医学家研究认为,人的一生通常会流下三种眼泪:第一种是因感情而哭泣,流下的泪水。第二种是最基本的泪水,会在每次眨眼睛时出现,浸润眼球。第三种是反射性的泪水,是在眼睛不小心被戳,或洋葱等刺激性气体冲向眼睛时涌出来的。这三种泪水中,第二、三种化学成分相同,第一种情感性眼泪却很独特,其中蛋白质的种类比反射性眼泪多20%~25%,钾含量更是后者的4倍,而且锰浓度要比血清中的高30倍。这种眼泪还富含激素,比如肾上腺皮质激素和催乳素,有利于减轻精神压力。由于有这些激素，当人们经受强烈的感情冲击时，人体就会用泪水将多余的化学物质"冲走"。因此认为，情感性流泪对维护人体健康是有益的。不过，黛玉的泪水是解不开的爱情死结绞出来的，是残酷无情的封建枷锁压榨出来的，难以解脱，不属此例。

72.《红楼梦》中的口腔卫生

　　《红楼梦》中详写了贾家的生活情况,其中卫生方面的内容不少,对于口腔卫生也多有涉及。

　　书中不避烦琐地多次写了"漱口"。第三回,林黛玉初进贾府,"饭毕,有人捧过漱盂来,黛玉也漱了口"。第五十一回,宝玉三更醒来,要喝茶。于是麝月"下去向盆内洗手,先倒了一钟温水,拿了大漱盂,宝玉漱了口",然后才倒茶给宝玉喝。麝月自己也是先漱口,才饮茶。晴雯听见,也要喝茶,麝月只得服侍她漱了口,然后倒半杯茶给她喝,可见不论主子、贵客、丫鬟,都很讲究饭后和喝茶前都要漱口。另外,宝玉用餐时,有时很匆忙,三口两口忙忙地吃完,但漱口是不能少的。

　　第二十一回,那日一早,宝玉兴冲冲地来到黛玉住处,"忙忙的要青盐擦了牙,漱了口",然后才要求湘云为他梳头。宝玉是否用过牙刷刷牙,书中没有写明,但是第五十二回,晴雯抱病缝补孔雀裘时,却提到晴雯"刚刚补完,又用小牙刷慢慢地剔出蘸毛来"。这里提到的牙刷是否用来刷牙,是个未知数,但既然称为"牙刷",可能就与牙齿洁净有一定关系吧。

　　宝玉与众多美女在一起,如果牙齿不洁,有口臭,美女不远离他才怪呢!但是凤姐就没那么多讲究。第二十八回,"宝玉走到凤姐儿院前,只见凤姐儿在门前站着,蹬着门槛子,拿耳挖子剔牙,看着十来个小厮们挪花盆呢。"凤姐率性高傲潇洒之态跃然纸上,但用坚硬的耳挖剔牙却有损牙齿,是个坏习惯。

饭后漱口能清除留滞在齿缝间与磨牙冠面的食物残渣,对预防牙齿龋蚀及牙石形成,避免随之发生的牙髓、牙周炎等具有一定的作用。睡梦中,唾液分泌减少,口腔自洁能力降低。醒后漱一漱口,能滋润口腔,减轻异味,并清除其中的部分致病菌。

一日三餐后,尤其是在饱食鱼肉荤腥香醇美酒之后,用茶水漱口,有洁口、除腥、去腻的作用。茶中的茶多酚具有较强的清除自由基作用和一定的抗菌活性,对致龋的变形链球菌有较好的抑制作用。适宜浓度的茶水,可抑制口腔中厌氧菌的繁殖,有预防和治疗牙周炎的作用。

我国历代笔记杂著中还有青盐擦牙的记载。宋代《玉壶清话》中有一首揩齿方歌诀:"青盐等分同烧煅,研末将来使最良。揩齿牢牙髭鬓黑,谁知世上有仙方。"这个揩齿方不仅固齿洁牙,而且还有乌须黑发的作用。明代养生学家高濂也提到用青盐配中药的"擦牙方"。

还有一个实例。清光绪进士李慈铭,满口牙齿黄黑如锈,多方治疗无效。后发现《四库全书》中载录有宋代的"揩齿方"。他照方应用,半年后牙齿就光洁如玉了。这个揩齿方,其实很简单,就是以食盐煅过后研成细末,杏仁一两浸泡后去皮尖,一起捣烂如泥,每日早晚擦牙。现在看来,用盐擦牙固然有一定的抑菌消炎之效,但青盐结晶坚硬、粗糙,易损伤齿龈和牙齿表面釉质,因此,后来就被更好的洁齿方法所代替。如今,有的牙膏配方中,重新加上了食盐成分,可能仍是着眼于其抑菌消炎之效,但加工调配方法却有很大改进。有关专家指出,食盐只能辅助治疗口腔疾病,不能代替看医生和用药。患有高血压和糖尿病者,用食盐漱口或者刷牙的时候,尽量在刷完牙或漱完口后,再用清水把口腔漱干净,减少盐的额外摄入。

口腔卫生是现代人十分注重的健康指标之一，我国还专门设立了"爱牙日"。刷牙是现在公认的最方便有效的保持口腔卫生的方法。刷牙时所需的牙膏、牙刷，也已经成为必备的生活用品。我们所使用的现代牙刷的雏形，据说是在1770年前后，由威廉·阿迪斯在英国监狱里发明的。可是根据实物出土，早在距今1000多年的辽驸马卫国王墓葬里，就已发现了类似牙刷的文物，证明了我国出现牙刷要比欧洲至少早600年。虽然有证据表明中国古代有类似牙刷的工具，但其使用范围有限，并未在社会上普及。我国最早流行的是咬杨枝柳枝清洁口腔的习惯。可见从不自觉的口腔清洁到有医学认知下自觉的口腔卫生活动，经历了漫长的过程。

在《红楼梦》中，没有看到关于牙痛和掉牙的记叙。贾母曾问过七十五岁的刘姥姥："眼睛牙齿可好？"刘姥姥说："还都好，就是今年左边的槽牙活动了。"贾母说："我老了，不中用了，眼也花，耳也聋，不过嚼得动的吃两口。"可见两位老人的牙齿都没有大问题，一般食物能嚼得动。现代人的牙齿不见得比他们好。据研究，现代人口腔中细菌的多样性大大降低，使得致龋细菌在口腔中占据了统治地位。相对而言，过去人们所吃的含糖食物较少，对于加工精细的碳水化合物、已经加工过的蔗糖摄入较少。而现代人对这类食物摄入较多，破坏了口腔中原有细菌的生态平衡。吃过多精细食物，不利于牙齿的发育，使人的咀嚼功能降低，精细食物的残渣更容易塞入牙缝，这是现代人牙齿退化和罹患牙病的原因之一。

好在目前口腔医学发展迅速，预防和治疗牙病有许多新的方法，有了牙病可以得到及时有效的治疗，缺牙少齿有较好的补救方法，如有多种义齿和人工种植牙等。但最好还是保护好自己原有的牙齿，重在爱牙和护牙。如：坚持每天早晚刷牙，做到"三个三"（每次刷牙不少于3分钟，每天3餐后要漱口，每3个月换一把新牙刷),学会正确的刷牙方法,定期洗牙清除牙垢、牙结石,有牙病及时到正规医院治疗等。

红楼人物重视口腔卫士可资借鉴,但现在对牙齿健康的研究比那时深入细致多了。我们要借助现代口腔医学技术,使我们的牙齿坚固、洁白、亮丽,这是保持整体身心健康、延年益寿的重要环节。

73. 炫富猎奇说茄鲞

茄鲞是《红楼梦》介绍最详细的一道菜肴。第四十一回，刘姥姥参加了贾母举办的宴会，可算是开了眼界，连黄杨根子做的套杯也感到惊奇。凤姐问她想吃什么菜，报个名儿，姥姥说："我知道什么名儿，样样都是好的。"贾母笑道："你把茄鲞搛些喂她。"凤姐依言搛些茄鲞送入刘姥姥口中，因笑道："你们天天吃茄子，也尝尝我们的茄子弄得可口不可口。"刘姥姥笑道："别哄我了，茄子跑出这个味儿来了，我们也不用种粮食，只种茄子了。"众人笑道："真是茄子，我们再不哄你。"刘姥姥又咬了一口，细嚼了半日，说："虽有一点茄子香，只是还不像是茄子。"让告诉她是怎么弄的。

凤姐儿笑道："这也不难。你把才下来的茄子把皮签了，只要净肉，切成碎钉子，用鸡油炸了，再用鸡脯子肉并香菌、新笋、蘑菇、五香腐干，各色干果子，俱切成丁子，用鸡汤煨干，将香油一收，外加糟油一拌，盛在瓷罐子里封严，要吃时拿出来，用炒的鸡爪一拌就是。"刘姥姥听了，摇头吐舌地说道："我的佛祖，倒得十来只鸡来配他，怪道这个味儿！"

"鲞"（读 xiǎng）字比较生僻，按字典解释是"剖开晾干的鱼"。也泛指一切成片状的腌腊食物。我国南方沿海地区，至今还有黄鱼鲞、鳗鱼鲞等食物。

茄鲞是什么？有人认为不过是富贵人家吃的一种腌菜罢了。也有人认为，这道菜说得这么复杂，不过是表明贾府的奢靡而已。有的名厨在制作"红楼宴"时，按凤姐说的做法去做茄鲞，结果味道怪异，难以入口。有的只好简化，去掉油炸、密封等工序，但这已不是茄鲞了。

茄子其实不用配别的就可以单独做菜。我国是栽培茄子历史悠久的国家之一。茄子又名落苏、昆仑瓜、紫瓜等。其类型品种繁多。宋代《图经本草》记述的就有紫茄、白茄、水茄、藤茄等。现在我们经常吃的有紫茄、青茄、白茄等，其形状有圆茄、长茄、条茄等。

中医认为，茄子味甘性寒，入脾胃大肠经，具有清热活血化瘀、利尿消肿、宽肠之功效，可治肠风下血、热毒疮痈、皮肤溃疡。明代李时珍在《本草纲目》一书中记载，茄子治寒热、五脏劳，治温疾。据《中药大辞典》介绍，茄子的主要化学成分是多种生物碱，如葫芦巴碱、水苏碱、胆碱、龙葵碱等，茄皮中含色素茄色甙，紫苏甙等。

茄子营养丰富，含有蛋白质、脂肪、碳水化合物、维生素以及钙、磷、铁等多种营养成分。其中维生素 P 的含量很高，每 100 克中含维生素 P 约 750 毫克。维生素 P 能增强人体细胞间的黏着力，增强毛细血管的弹性，减低脆性及渗透性，防止微血管破裂出血。茄子纤维中所含的维生素 C 和皂草甙，具有降低胆固醇的功效。

但是，茄子属于寒凉性质的蔬菜，因此，有消化不良、容易腹泻、脾胃虚寒、便溏症状的孕妇不宜多吃。老茄子特别是秋后的老茄子，含有较多的茄碱，其味偏苦，不宜多吃。前几年，那位自称"神医""养生食疗专家"实际上不懂医学的张悟本，声称吃生茄子治百病、抗肿瘤、能长寿，吹得天花乱坠，蒙骗了不少人求他诊治疾病。最后查明他是个捞取钱财的骗子，也证明了把一种食物当成治疗疾病的药物是多么的荒谬。

茄子的吃法多种多样,荤素皆宜。既可炒、烧、蒸、煮,也可油炸、凉拌、做汤。吃茄子最好不要去皮,因为茄子皮里面含有维生素 B,维生素 B 和维生素 C 是一对好搭档,维生素 C 的代谢过程中需要维生素 B 的支持,带皮吃茄子有助于促进维生素 C 的吸收。茄子切忌生吃,因为生茄子中含有一种叫茄碱(即龙葵素)的毒素,对胃肠道有较强的刺激作用,对呼吸中枢有麻醉作用,如人体摄入量较高时就会发生中毒。预防茄碱中毒的最好方法,是控制摄入量,一次不可吃得过多。正常情况下,一餐吃 250 克左右的茄子是不会引起任何不适的,因此不必过于担心。

茄鲞这种吃法虽然费时费工费食材,但并不符合营养卫生的要求。做起来一是又是油炸又是油收又是油拌,岂不是太油腻了;二是还要汤煨要封在瓷罐里,如此折腾,茄子中的维生素、微量元素等,岂不消失大半;三是经过如此多的工序,再加封闭,茄子已经不新鲜了,除营养损失外,也会变味甚至变质。刘姥姥说的是实话,这种茄鲞已经没有一点茄子味了。

由茄鲞使人联想到烹调的方法。王熙凤津津乐道茄鲞的做法,无非是在刘姥姥面前炫耀贾家的富有高贵,连吃茄子都是这样讲究,是普通老百姓连想也想不到的,引起刘姥姥惊奇万分,连声念佛,感叹做法之奇,配鸡肉之多,穷人家哪能做得起?凤姐炫富的目的是达到了,但一道高级菜的目的仅仅是为了炫耀,就属于本末倒置了。

烹调是通过加热和调制,将可食性的动植物、菌类等原料进行粗细加工、热处理及科学地投放调味品等烹制菜肴的过程。通常烹调讲究色、香、味、形,即色泽诱人,滋味可口,形态美观,但往往忽视其营养价值和卫生要求。

作为一门艺术和科学,烹调的原则,首先要保证膳食质量和保存食物的营养成分,有利于提高食欲和消化、吸收,讲究饮食卫生。因此,蔬菜要趁新鲜食用。要掌握做菜的火候,少用油炸,尽量不用熏烤。要减少工序,时间短,成熟快,保持原质、原色、原味。而茄鲞恰恰违背了这些原则,使茄子味道丧失,营养损耗,让人品不出、猜不透。这是过度加工,过度消费,是烹调的走火入魔。现在这种华而不实、走偏方向的烹调做法还存在,也有市场,应当设法扭转,使烹调走上科学轨道,更好地维护人们的身体健康。

74. 无疵不真说鸳鸯的雀斑

《红楼梦》描写女儿之美,不再沿袭古代小说的套话,例如"闭月羞花之貌""沉鱼落雁之容"等,也很少采用"美如天仙""美貌绝伦""倾城倾国"的夸张词语。除了对警幻仙子等并非世上女子外,写的都细致实在,写出了不同女子的美的特点和瑕不掩瑜的缺点,这才符合实际,才是活生生的人。

就拿其中的几位女主角来讲。写林黛玉,除直接描写外,她的美是在别人的品评中显现。如在薛姨妈派来送蜜饯荔枝的婆子眼里,"这林姑娘原来真是天仙似的!"在宝玉看来,"凡远亲近友之家所见的那些闺英闱秀,皆未有稍及黛玉者"。而那薛蟠瞥见黛玉"风流婉转,已酥倒在那里"。除写优点外,又写了她"娇袭一身之病""行动如弱柳扶风",有一种病态。

当代著名音乐家王立平,在为"葬花吟"谱曲时说:"林黛玉个头儿不高、眼睛不大、身体不好、脾气更差,为什么我们就是打心里同情、牵挂和向着林黛玉?她是把人生、命运看得最透的一个,所以她也是最痛苦的一个。"《葬花吟》是林黛玉这位弱小女子对天发出的呼号、悲鸣,也是对命运的抗争和反叛。可见黛玉更多感人之美,不仅在外表,更重在内心。

薛宝钗当然是位美女,"人人都说黛玉不及"。宝玉看她"脸若银盆,眼同水杏;唇不点而含丹,眉不画而横翠:比黛玉另具一种妩媚风流"。但她"肌肤丰泽",宝玉要看她左腕上笼着的红麝串,竟然"一时褪不下来"。宝钗怕热。宝玉笑道:"怪不得他们拿姐姐比杨妃,原也富态些。"说穿了,就是有点胖,不符合现代美女的标准。同时她也有病,"从胎里带来的一股热毒"。

史湘云是位娇憨美人,但她有咬舌的缺点。香菱也是位美女,要不美,薛蟠怎会为了夺取她竟然害人性命。但她有点"呆头呆脑的",眉间还有一颗胎痣。

正是有了这样那样的缺点,才使这些美女的性格更加鲜明,美的特色更加突出。脂砚斋评曰:写湘云"轻俏娇媚,俨然一娇憨湘云立于纸上。掩卷合目思之,其爱厄娇音如入耳内。""今以'呆'字为香菱之评,何等妩媚之至也。""最恨野史有一百个女子皆曰聪明伶俐,究竟看来他行止也只平平。"

还有贾母特别信任重用的丫鬟鸳鸯,肯定相当美貌。要不,宝玉为何涎着脸缠着要吃她口上的胭脂,贾赦也不会特选中了她来做自己的侍妾。鸳鸯"穿着半新的藕色绫袄,青缎掐牙坎肩儿,下面水绿裙子;蜂腰削背,鸭蛋脸,乌油头发,高高的鼻子。"邢夫人对鸳鸯说"冷眼选了半年,这些女孩子里头,就只你是个尖儿:模样儿,行事做人,温柔可靠,一概是齐全的"。可见鸳鸯够美的了。但是书中还有一句补充,鸳鸯"两腮上微微的几点雀斑"。

雀斑虽然可以说是鸳鸯的美中不足,但却显示了她的与众不同,更加真实自然,也透露出她刚烈不屈的性格。这是艺术的辩证法。西方美学中有"缺陷美",认为无碍大局的缺陷,反而可以将美衬托得更加鲜明。我国常言说:"金无足赤人无完人""无疵不真",写美写得毫无瑕疵,十全十美,反而失真。

雀斑是发生在面部的一种小斑点,有的呈斑点状,也有的是芝麻状,为褐色或浅褐色。常发生的部位是双颊部和鼻梁部,也可发展到整个面部甚至颈部。大多数是后天发生的,也有部分患者是先天发生的。

研究认为,不论先天或后天发生,均与遗传因素有密切的关系。具有雀斑素质的人在外界的一些因素的作用下,容易发生雀斑。

引发雀斑的外界因素有:日晒、皮肤干燥、月经不调、化学物质刺激、维生素缺乏以及心理因素等。而其中促发和加重雀斑的重要因素则是日光曝晒或 X 射线、紫外线的过量接触。

中医从审证求因的观点出发,认为雀斑的引发因素为阴虚阳盛,易受风邪侵害,而其表现的局部色素沉着,色褐而黑,点状孤立,应属气滞血淤所致。

雀斑要与以下疾病鉴别:一是颧部褐青色痣,颧部对称分布的黑灰色斑点,界限明显。二是雀斑样痣,发病年龄在一岁或两岁左右,颜色较雀斑深,与日晒无关,无夏重冬轻变化,可发生在任何部位。三是着色性干皮病,雀斑样色素斑点周围有毛细血管扩张,色素斑点大小不等,深浅不匀,分布不均。见有萎缩性斑点,光敏突出。四是面正中雀斑样痣,罕见,常在一岁左右发病,褐色集中在面中央,并伴有其他畸形。五是黄褐斑,淡褐色到深褐色的色素斑对称分布面部,不累及眼睑和口腔。边缘清楚或呈弥漫性,有时呈蝶翼状。

治疗雀斑,过去曾用液氮冷冻、三氯醋酸或酚点涂、机械磨削、高频电、普通 CO_2 激光等治疗,均能使雀斑剥脱。但效果因人而异,有的还会有一些后遗症。治疗过深则易引起凹陷性瘢痕或增生性瘢痕,并可能导致色素沉着或减退。同时,治疗过程有一定痛苦。

至于近年来开展的激光治疗雀斑,有较好的效果,但同样具有高度的选择性。由于雀斑情况不同,个人素质差异,要经正规医院皮肤科诊断后,慎重选择治疗方法。不可轻信所谓的秘方妙药,否则美容不成反毁容,就悔之莫及了。其实有点雀斑无损健康,不必耿耿于怀,深部雀斑既然治疗那样困难就坦然处之为好,就像鸳鸯,也不失其自然美。

预防雀斑要做到:平时避免过度的日光照射,更应避免过度的日光暴晒,尤其夏季更应注意。外出应遮阳或使用防晒霜;要多食富含维生素 C 和维生素 E 的新鲜水果和蔬菜;忌食光敏性药物及食物,如:补骨脂素、甲氧沙林等;要保持心情舒畅、精神愉快,避免忧思、抑郁的精神状态;切忌随便使用药物点涂;必要时要在医生的指导下合理用药。

75. 李嬷嬷的"忘年妒"心理

李嬷嬷是贾宝玉的乳母。《红楼梦》第三回还提到,宝玉年幼时睡眠,是由"李嬷嬷并大丫头名唤袭人的陪侍在外面大床上",宝玉称呼李嬷嬷为"妈妈"。可见,李嬷嬷不仅为宝玉哺乳,而且照料他长大。李嬷嬷的儿子李贵又是照护宝玉上学的仆人,母子两代侍奉宝玉,按说与宝玉的关系应该是亲密融洽的。

但是后来,宝玉却和李嬷嬷发生了多次冲突,闹得很不愉快,甚至宝玉扬言要把李嬷嬷赶走。"一个巴掌拍不响",从宝玉方面讲,与他发少爷脾气、看不起下人、耍耍主子威风有关;从李嬷嬷方面讲有哪些原因呢?

宝玉来到薛姨妈住处,薛姨妈把自己糟的鹅掌取来给宝玉尝,并命人灌了上等酒来。李嬷嬷上来就拦酒。薛姨妈说:"就是老太太问,有我呢!"并劝李嬷嬷到一边吃喝去了。但宝玉三杯过去,李嬷嬷又上来拦阻,宝玉屈意央告,她却拿"老爷在家"来吓唬,使得宝玉垂头泄气。多亏林黛玉"利刀之口",说李嬷嬷怎么把薛姨妈当成外人了,这才劝阻了不识趣的李嬷嬷。宝玉回来,贾母特意问怎么不见李嬷嬷,众人说她刚走,其实她早在宝玉喝酒时就溜回自己家去了。宝玉这时对李嬷嬷已经厌烦了,说:"他比老太太还受用呢!问他作什么!没有他只怕我还多活两日儿。"

宝玉酒后回到绛芸轩,问茜雪,早起沏了一碗枫露茶,那茶是三四次后才出色的,为何这时不上这个茶?茜雪道:"我原是留着的,那会子李奶奶来了,他要尝尝,就给他吃了。"宝玉听了,将手中的茶杯摔了个粉碎,泼了茜雪一裙子的茶,又跳起来问着茜雪:"他是你哪一门子的奶奶,你们这么孝敬他?不过是仗着我小时候吃过他几日奶罢了,如今逞的他比祖宗还大了,如今我又吃不着奶了,白白的养着祖宗作什么!撵了出去,大家干净!"后来,李嬷嬷虽未被撵走,而茜雪却当了替罪羊,被逐出了贾府。

还有一次,宝玉问晴雯:"今早有一碟子豆腐皮儿的包子,我想着你爱吃,叫人送来的。你可见了没有?"晴雯道:"快别提了。一送来我就知道是我的,偏才吃了饭,就搁在那里。后来李奶奶来了看见,说:宝玉未必吃了,拿去给我孙子吃罢。就叫人送了家去了。"宝玉因为黛玉当时在旁边,所以虽然气愤,但隐忍未发。

第十九回,李嬷嬷来到怡红院,见丫鬟们都在玩耍,磕了一地的瓜子皮儿,就叹道:"自从我出去了,你们越发没了样儿,那宝玉是丈八的灯台,照见人家,照不见自己,他的房子由你们糟蹋,越不成体统了!"丫鬟们因为她已告老解事,也不理她,有的还说"好个讨厌的老货"。李嬷嬷看到一碗酥酪,拿起来就吃,丫鬟说:"快别动,那是给袭人晚间回来留着的。"李嬷嬷更是生气,说宝玉是"我的血变了奶,长得这么大""袭人是我手里调理出来的毛丫头,什么阿物儿"!赌气把酥酪全吃了。袭人探亲回来,宝玉命取酥酪,丫鬟们说:"李奶奶吃了。"宝玉要发作,袭人说自己吃多了,不想吃酥酪,想吃干栗子,这才免了一场吵闹。

第二十回,李嬷嬷得了便宜还不罢休,又来到怡红院,大骂袭人"忘了本的小娼妇""一心想妆狐媚子哄宝玉""好不好的,拉出去配一个小子,看你还妖精似的哄人不哄!"宝玉为袭人分辨,说她病了,吃药,李嬷嬷越发生气,说:"你只护着那起狐狸,哪里还认得我了呢?"宝钗、黛玉相劝,李嬷嬷哪里听从,还一个劲吵闹。

幸亏王熙凤走来,一方面指出这样闹会惊动老太太贾母,另一方面施缓兵之计,说要帮她出气,还请她吃烧的滚热的野鸡,"多亏了这一阵风来,把这个老太婆撮了去了。"

从李嬷嬷的这些表现来看,她有一定的心理问题。一是居功自傲。认为宝玉是自己奶大的,自己就应该得到格外照顾,地位应该在其他嬷嬷和丫鬟之上,发起威来"真比主子还主子"。其实,旁观者明,她已经告老卸职,不再有原来的作用,也就没有随意指使别人的理由了。二是返老还童,变成"老小孩"了。为了争一杯"枫露茶"、几个豆腐皮包子、一碗奶酪而与小丫鬟争夺,有失老者身份。三是思想僵化,看不惯年轻丫鬟们的言行。其实年轻人爱热闹,下下棋,抹抹牌,说说笑笑是很正常的事,只要干好了她们的差事,就不应指责。四是因为有失落感、失意感,嫉妒她认为被重用的人,尽情发泄,破口骂人。袭人并没惹她,而她却嫉妒袭人受宠,这是典型的"忘年妒",结果是打击了别人,也使自己陷于孤立。

老年期是人生的最后时期,随着身体状况的减退,感知觉的适应能力下降,如视力明显减退,听力、味觉、嗅觉、皮肤觉、记忆力等都有明显下降,脑组织萎缩。脑细胞数减少,思维迟缓,会产生心理障碍。李嬷嬷的种种心理变化就是典型的例子。

对于李嬷嬷的不正常表现,聪明的黛玉说她是"老悖晦",智慧的宝钗说她是"老糊涂了",都认识到这与年老有关,劝宝玉莫计较。青年人对老年人的心理变化,应有所认识、谅解、尊重、忍让,不要针尖对麦芒。袭人挨了骂不还口,能忍让,令人同情。最高明的是凤姐,既指出吵下去的利害,又满足李嬷嬷的自尊心,把她劝走了,实为上策。

作为老人,应当认识到自己身体发生的变化,是自然规律,不可逆转,但可逐步适应。要客观评价自己,不要摆老资格,那过去的贡献、昔日的聪明干练已经成了过去式,现在的年轻人更机智,更健美,更有才干,更有作为,要赞赏,切莫嫉妒;要勉励,切莫讽刺打击。"长江后浪推前浪,喜看今人超前人"。社会在不断地发展进步,自己要跟上形势,眼光要放开,胸怀要宽广,要克服消沉、郁闷、烦躁、怨恨等不良情绪,多参加一些适合自己的文娱体育活动,多参加一些力所能及的社会公益活动,使生活丰富多彩,情绪乐观豁达,愉快地度过晚年。

76. 王太医的医德和医术

《红楼梦》中出场的医生有五位，其医德医术相差很远，有良医也有庸医，还有会吹嘘、善巧辩的假医生，也有被指使害人的恶毒医生。下面试加以比较。

书中有两位姓胡的医生。第五十一回，一位胡姓医生为晴雯看病，他不看晴雯乃是位柔弱女子，却乱用虎狼药，被宝玉察觉，改请了王太医，重新开了药方。这位医生不高明，可被定性为"庸医"。

第六十九回，尤二姐怀孕后患了病，请来的医生名叫胡君荣。他是太医院中新来的太医，按说应具有一定的医疗水平，而且贾琏一再提醒尤二姐怀了孕，但他却硬说是"瘀血凝结"，开的是"下瘀通经"的药。尤二姐服下去，竟把一个已成形的男胎打了下来。尤二姐失去了生存的信心，吞金自尽，胡君荣害了两条人命。这个胡医还是个好色之徒，假借要观气色，要尤二姐"露一露金面"。"帐子掀起一缝，尤二姐露出脸来。胡君荣一见，早已魂飞天外，哪里还能辨气色？"这应被定性为杀人不用刀的"恶毒医"。

出场的医生中，有位名叫作张友士的。他是官二代冯紫英的老师，书读得不少，兼通医理。秦可卿生了病，请了不少医生但不见效。于是贾珍通过冯紫英邀请张友士。这时，张友士为了儿子捐官正在找门路,同时还不停地给达官贵人看病。贾珍让人拿名帖去请张友士,张友士说:"须得调息一夜,明日务必到府"。他一方面端起架子,另一方面答应第二天出诊,是为了抬高自己的身价。他来后,贾家人要说病情,他说:"竟先看脉,再请教病源为是。"诊完脉,他借分析患者的病理,大讲中医术语,众人哪里懂得,但被张友士唬住了。开的药方倒也平常,但他讲得头头是道,病人服药后也没见有奇效,不久去世。看来,张友士是言过其实的,故作高深,医术并不高。这人可称为"虚夸医"。

有一位卖膏药的老道士,名叫王一贴。他自称能治正规医生治不好的疑难杂症,到庙里来烧香的人,有的请求神灵消灾祛病,王一贴借此机会,弄些海上方帮人治病赚点钱。当时有人说他膏药灵验,一贴病除,因此有了"王一贴"的名号。王一贴还告诉宝玉,嫉妒方治不了病,但吃了无害,并承认:"连膏药也是假的。我有真药,我吃了做神仙呢。"倒是实话实说,靠一张利嘴,可能起点心理安抚作用。这是典型的"假医"。

再一位出场的医生就是太医王济仁了。第四十二回,他给贾母诊治疾病,贾母看他穿着六品服色,便知是御医了,提起他的叔祖太医王君效,夸赞"好脉息",并说是"世交"。而他却很低调,只是低头含笑,并不自诩。

王济仁三代是御医院的太医,但他不张扬,谨言慎行。进贾府,由贾珍、贾琏领路,他"不敢走甬道,只走旁阶。"进了贾母房中,见贾母身旁有丫鬟,还有许多穿红着绿、戴宝插金的人,他"也不敢抬头,忙上前请了安"。王太医诊完脉息,就忙欠身低头退出。

在外书房,王太医向贾珍、贾琏说:"太夫人并无别症,偶感一点风寒,究竟不用吃药,不过略清淡些,常暖着一点儿,就好了。"他开了一个药方,说:"如今方子在这里,若老人家爱吃,便按方煎一剂吃,若懒得吃,也就罢了。"

王太医没有像张友士那样夸夸其谈。其实张友士实讲那些医理，对于没学过医的贾珍来讲，无异于对牛弹琴，只是起到炫耀自己博学多才而已。王太医祖传世医，有真才实学，不需要通过自我标榜抬高自己。

庸医的通病，尤氏倒看得一清二楚。她向贾珍谈起秦可卿的病情时说："现今咱们家走的这群大夫，那里要得！一个个都是听着人的口气儿，人怎么说，他也添几句文话儿说一遍，可倒殷勤得很，三四个人一日轮流着，倒有四五遍来看脉！大家商量着立个方儿，吃了也不见效。"尤氏热切盼望能"寻一个好大夫"，并说这事"要紧，可别耽误了！"但张友士只是"张有事"，不成事，仍是她评析的铁嘴草包庸医，使她的期望落空。

王太医却不是随着说文话的无主见大夫，他仔细检查，明确诊断，不故弄玄虚，不夸大病情，因人而异，因病施治。他给贾母开过药方后，刚要告辞，只见奶子抱了大姐儿（就是凤姐的女儿巧姐）出来，笑说："王老爷也瞧瞧我们。"王太医听说忙起身，就奶子怀中，左手托着大姐儿的手，右手诊了一诊，又摸了一摸头，又叫伸出舌头来瞧瞧，笑道："我要说了，姐儿该骂我了，只是要清清净净的饿两顿就好了，不必吃煎药，我送丸药来，临睡时用姜汤研开，吃下去就是了。"看，王太医临走时又来了一个儿科病人，他没有匆忙做出诊断，而是又号脉又摸头又看舌苔，排除了感冒等其他病症，根据大姐儿在风中吃了一块糕的情况，诊断为小儿积食，不需吃煎药，而且提出了治疗的办法。

小儿不具备自我控制的能力，见到喜欢的东西就会停不住口。照料孩子，往往也希望孩子多吃一点富含营养的食物，因此常常造成孩子"积食"，主要表现为腹部胀满、呕吐、厌食、发热、便秘等。王太医的办法主要是调节饮食。"清清净净"，即近几日不要再吃十分油腻的鱼肉之类食物，多吃一些清淡的蔬菜和水果；"饿两顿"是给胃留一点空间，让胃略事休息，有利于尽快恢复功能。俗话说"若要小儿安,三分饥和寒",这对孩子的健康和发育是有益的。

《红楼梦》第五十七回,宝玉听紫鹃说黛玉要回苏州,两个眼珠儿直直地起来,口角边津液流出,皆无知觉。王太医前来,检查后说:"这症乃是急痛迷心,不过一时壅蔽。"宝玉服了他开的药后,果觉比先前安静。第八十三回,王太医还曾给宝玉和黛玉看过病,开方治疗均有效。贾琏还说:"这位老爷是常来的,姑娘们不用回避。"可见其医德医术医风值得信赖,是当时难得的一位良医。

相比之下,庸医、假医、恶毒医,无真才实学,但擅长花言巧语,靠嘴上功夫故弄玄虚,掩盖其笨拙、虚假、恶毒的实质,诊断不准,用药不当,害人匪浅;而真正的良医,并不自吹自擂,不高谈阔论,不必向患者讲什么专业术语,而是仔细检查、谨慎用药,以通俗家常用语来解释病情药理和治疗方法,使病人感到亲切、易懂、信服,由于因人施治、对症下药,所以能收到很好的治疗效果。

77. 两面讨好、图财害命的马道婆

马道婆名义上是贾宝玉寄名的干娘,说起话来满嘴"阿弥陀佛慈悲大菩萨",声称为人治病去灾,实际上是个见钱眼开、邪门歪道、弄鬼害人、两面讨好、两头骗钱的一个打着宗教旗号的巫婆、妖孽。

宝玉被贾环的油蜡烫伤后,她进了贾府,一面向宝玉脸上用指头画了几画,口内嘟嘟囔囔的,又咒诵了一回,说道:"包管好了。这不过是一时飞灾。"一面向贾母要求每日捐五斤或七斤油点海灯,说什么可保宝玉康宁,贾母信以为真,当下答应捐油。

马道婆转身到赵姨娘的住处闲逛,捡了几块鞋面子,掖在袖里。赵姨娘向她诉说受凤姐的欺压,她不但不解劝,反而挑唆她:"明里不敢,暗里算计。"赵姨娘上钩,马道婆就提出:"你有些什么东西打动我?"这就是要钱要物要高价了。赵姨娘把现有值钱的东西给了她,还给她打了五十两银子的欠条,于是马道婆就剪了两个纸人,写上凤姐和宝玉年庚,又剪了五个青面鬼,和两个纸人并在一起,拿针钉了,说:"回去我再作法,自有效验的。"

马道婆做的是"魇魔法",又称"偶像祝诅术",指"对塑像、雕像、画像或其他偶像实施诅咒和攻击,借以打击偶像所代表的人物或鬼神"。这是一种古代流行的巫术,但不断露丑,被证明不灵验。但马道婆却承诺要用此法把凤姐、宝玉二人害死。尤其她

还是宝玉的干妈,刚刚向贾母要了油钱,表示要为宝玉消灾,但一转身却要害死宝玉。她的称呼是道婆,但嘴里念的是佛,实际上既非道又非佛,而是个十足的骗子。

这一类妖法邪术,当然属于迷信,岂能效验。但《红楼梦》却写了凤姐、宝玉二人遭魇魔法后出现的异常情况。宝玉连声说"头疼""我要死",将身一纵,离地有三四尺高,还拿刀弄杖、寻死觅活的。凤姐手持一把明晃晃的钢刀砍进园来,见鸡杀鸡,见狗杀狗,见人就要杀人。众人祈求祷告、百般医治,还送了符水,但并不见好。三日后,二人连气息都微了,合家都说没指望了,治备下后事,买了棺材。赵姨娘以为目的达到,劝贾母不要过于悲痛,让宝玉早断气早些安生吧!这时来了癞头和尚、跛足道人,求见宝玉的"通灵宝玉",说了一番"疯话",家人将"玉"悬于卧室槛,宝玉凤姐二人竟渐渐醒来,几天后便康复了。贾母王夫人放了心,黛玉念佛,宝钗说笑。

书上这一段写得特别热闹,特别戏剧化。有人评论,作者也不相信马道婆有这种法力,只不过借此说明通灵宝玉"能除邪凶",增加趣味性、神秘性而已。

从宝玉和凤姐中魇魔法的表现来看,疑似目前所说的癔症的症状。

癔症是一种神经性疾病,在医学上称为分离转换性障碍,是由于患者在生活中由于心理冲突、自我强迫暗示、压力过大等原因引起的。

癔症多起病于35岁以下青年期,常在心理、社会因素的刺激下,急性起病,可有多次发作。临床上主要表现为解离性(精神障碍)和转换性(躯体障碍)两种障碍,症状复杂多样。

精神障碍的表现:有的哭笑打滚,捶胸顿足,狂喊乱叫,撕衣毁物,甚至乱打乱闹等情感暴发症状;有的对自己经历的重大事件突然失去记忆;有的突然从某一地方向另一地区游荡;有的出现较深的意识障碍,在相当长时间维持固定的姿势,没有言语和随意动作;还有的处于附体状态,是由于催眠、巫术或迷信活动诱导入迷,声称自己是某神或已死去的某人在说话,则称为附体状态,如果其身份为神灵或已死去的人所替代,通过他人或自我暗示,可随意控制这类状态。这是一种迷信相关的行为。

运动障碍的表现有:有的动作减少、增多或异常运动;有的表现为单瘫、截瘫或偏瘫,但无器质性病变;有的肢体震颤、抽动和肌阵挛;有的双下肢均能活动,但却不能站立和行走;还有的表现为缄默症或失音症;有的出现听觉或视觉障碍;也有的出现抽搐大发作。

对于癔症,基本上采用心理治疗。如暗示疗法,特别适用于急性起病的患者。在觉醒状态下,通过语言暗示,或配合适当理疗、针刺或按摩,即可取得良好的效果。如病程较长,病因不明的病例,则需要借助药物或催眠疗法,消除患者的心理阻力。应让患者了解,这种病是一种短暂的神经功能障碍,经过治疗,可以恢复正常。要让患者树立信心,积极配合治疗。对有运动和感觉障碍的患者,可选用注射药物或用感应电刺激患病部位,同时配合语言、按摩和被动运动,鼓励患者运用其功能,使其失去的功能恢复。该病预后一般较好,60%～80%的患者可在一年内自行缓解。宝玉和凤姐都在不久后恢复正常。马道婆的谋财害人之法当然无效,罪恶企图也就破灭了。

马道婆的下场如何?第八十一回通过王夫人与贾母的谈话提到:有个叫潘三保的,与一家当铺因买卖房屋发生纠纷。马道婆收了潘三保的钱,给当铺的内眷使魔魔法,致使人家得了邪病。接着,马道婆又跟当铺的内眷说可以治好她的病,向人家要了十几两银子。岂知诡计败露,马道婆掉了一个绢包,当铺的人捡起来一看,内有纸人、闷香等物。她回来寻找时,被拿获。往身上一搜,又搜出一些做魔魔法的道具,立即送到锦衣府,从她家里抄出好些泥塑的煞神、无数纸人,小账上还记着某家应验过,应找银若干,得人香油钱不计其数。马道婆被送入刑部监,问了死罪。

至今,马道婆这样的人并未绝迹。那些邪教的头子,那些所谓"大师""半仙""神医"等,也打着宗教旗号,以"救人济世"为幌子,但他们对宗教的教义一知半解甚至一窍不通,与宗教的博爱、向善、修德、助人等宗旨背道而驰,散布的是歪理邪说,施行的是装神弄鬼、兴妖作怪;谎称治病消灾,实则骗取钱财,残害性命。对这种社会蟊贼妖孽,人们千万不可受骗上当,而应及时识破揭穿,使其诡计难以得逞。这些邪门歪道危害社会、危害群众,甚至违犯国法,"多行不义必自毙",必将受到法律的严正制裁。

78. 嫌贫爱富、重男轻女的封肃

封肃是甄士隐的岳父,本贯大如州人氏,虽是务农,家中却还殷实。这种情况,属于自己有土地,但还参加劳动的富农阶层。封肃谐音风俗,大如州人氏,是指当时的风俗大致如此。从这个人物身上,可以看到嫌贫爱富、重男轻女的风俗。

甄士隐原来情况是不错的,是一个读书人,身为乡宦,在本地也属于名门望族。封肃把女儿嫁给他,是想到这样的女婿可以中举当官,前途似锦,将来自己老了有依靠。但是,甄士隐却禀性恬淡,不以功名为念,只以观花种竹、酌酒吟诗为乐。封肃未能如愿。

谁知让封肃更没有料到的是,女婿家祸不单行,先是外孙女英莲失踪,杳无音信,接着一场大火,把甄家烧成了瓦砾场。本来,甄士隐打算到田庄上去住,但当时水旱不收,贼盗蜂起,官兵剿捕,田庄上也难以安身。在万般无奈的情况下,甄士隐只得将田地都折变了,携了妻子与两个丫鬟投奔岳父封肃家去。

女儿、女婿遭此大难,作为他们唯一的长辈、亲人,应极为痛惜,主动关怀、慰问,竭力帮助为是。但封肃却与此相反。他见女婿、女儿来投奔他,心中便有些不乐。幸而甄士隐还有折卖田产的银子在身边,拿出来托他置买些房地,他还半用半赚的,只给女婿一些薄田破屋。封肃占了便宜还卖乖,人前人后,还不时指责士隐不会过日子,只一味好吃懒做。甄士隐哪里受得了这种窝囊气,最后出家了事。从某种情况来说,女婿舍妻出走,是与封肃的羞辱逼迫分不开的。

甄士隐出走后,其妻封氏哭个死去活来,悲痛至极,但不见封肃有何难过的表示。他虽然没有赶走亲生女儿,但还是"日日抱怨"。他的女儿并没有吃闲饭,"带着两个丫头日夜做针线以帮他度日",实际上是为他打工挣钱,他吞吃了女婿的积蓄,剥削了女儿及其丫鬟的劳动力,就这样还不满意,口中徒唤"奈何",薄情寡义竟到如此境地!

以后意料之外的事情发生了。贾雨村回来做官,要找传人问话。封肃如此吝啬尖刻之人,可能平时苛待过下人,因此"唬得目瞪口呆,不知有何祸事"临头。但见到贾雨村并获赠银钱、锦缎,又得知贾雨村要他的女儿娇杏做二房时,封肃"喜得眉开眼笑,巴不得去奉承太爷,便在女儿前一力撺掇,当夜用一乘小轿,便把娇杏送进去了"。那种阿谀奉承、屈身巴结官员的急不可耐的丑态跃然纸上。他的女儿由此倍加思念甄士隐,十分感伤。而封肃受赠百金和其他物品,却没有为女婿的走失而伤感,而为自己获得意外之财而窃喜。由此可见,他是一个亲情冷淡、寡廉鲜耻、见钱眼开的势利小人,

封肃如此作为,当然主要是由于个人品德低下,私心太重,但不否认,也与当时的封建制度、社会风俗有关。

封建制度歧视压迫妇女,形成了重男轻女的风俗。生男称为"弄璋",为大喜;生女则为"弄瓦",为小喜。认为男孩才能接种传代,女孩出嫁就是别家的人,嫁出去的女儿泼出去的水,只有儿子才能继承父母的遗产等。封肃就是在这种思想的支配下,才不愿接受女儿女婿。如果没有两个"幸而"(幸而甄士隐还有卖地的积蓄,幸而女儿及其丫鬟还做针线活补贴家用),封肃说不定还会拒女儿女婿于门外。这种风俗真是极不合理、伤害亲情、违

背伦理道德的,必须彻底废弃。

风俗是历史流传下来的行为模式或规范。人们往往将由自然条件的不同而造成的行为规范差异,称之为"风";而将由社会文化的差异所造成的行为规则之不同,称之为"俗"。常言"百里不同风,千里不同俗",就是反映风俗因地而异的特点。风俗有好有坏。雍正皇帝就清楚这一点,他给曹家的谕旨中,就把赊账不还、找门子说情等称之为"混账风俗"。好的风俗如尊老敬贤、热诚待客、养生有道等等,而恶风陋习也涉及许多方面。

由于长期封建礼教的影响,歧视妇女的风俗流传深远。什么"夫有再娶之义,妇无二适之文""饿死事小,失节事大""好马不吃回头草,好女不嫁二夫男",等等。对寡妇再嫁更是有许多刁难、歧视和污辱。如有的地方,寡妇出嫁不能走正门大门,要走偏门、后门,或从墙壁上凿洞钻出。嫁时还要在夜晚,不能用鼓乐。假如有人看见,便以为是不祥之兆,有的还要唾骂几声,加以破解。有的地方,寡妇出嫁要捐门槛,寓意千人骑万人跨,以避免死后两个丈夫分割己身。还有地方流传:"寡妇回房,家败人亡",这些风俗真是愚昧迷信,荒唐至极。

还有一些旧风俗危害健康。如过去要求产妇生育后要坐月子。产妇所在的室内紧闭门窗,产妇要身穿厚衣,裹头扎腿,不让下床活动,不让洗头洗澡,饮食也有很多禁忌。造成卫生环境差、空气混浊,产妇营养不良,易受感染。这种风俗严重影响产妇的身体健康。

在婴儿保育方面,也有一些不利健康的风俗。如有的地方有满月剃光头的风俗。认为新生儿的胎发要剃掉,否则宝宝的头发会又黄又细。实际上,宝宝的发质是由遗传和营养所决定的。给宝宝剃光头不但无益,反而会使孩子娇嫩的头皮受伤感染。

还有的地方有百日开荤的风俗,认为孩子满百天开荤,意味着今后吃穿不愁,富贵吉祥。其实婴儿肠道的淀粉酶从4个月后才开始分泌,百天后才开始具备消化淀粉类食物的能力。如硬开荤将会影响孩子的胃肠消化能力。

有的地方流行给女婴挤乳头,即女孩出生一个月内,要用力挤出乳头内的腺样组织,认为这样可以避免长大后乳头凹陷。其实乳房能够自然发育,而挤乳头会造成婴儿的乳头损伤、感染,甚至会导致败血症。

上述这些风俗有害而无益,有的还是封建迷信的产物,已远远落后于时代的发展和科学的进步了。

风俗是长时期形成的,影响深远,有一定的群众性、约束力和习惯性。好的习俗应当发扬光大,但不良风俗则应当扭转、废弃。有的风俗沿袭已久,改变也非一日之功,所以要下功夫"移风易俗",需要大家共同努力。

79. 贾雨村贪腐的心理和丑态

贾雨村是《红楼梦》中穿针引线的人物，作者借着他提纲挈领，借着他掩饰深意，借着他针砭时弊。可见这个配角起的作用也不可小觑。

从贾雨村的姓名、籍贯上，作者也颇费心思。贾雨村寓意"假语村言"，名叫贾化谐音"假话"，原籍湖州谐音"胡诌"。他出身仕宦人家，但家庭早已衰败，陷于穷苦潦倒的境地。好在他读过书，腹有才华，有心进京求取功名，无奈囊中空虚，只得暂时在姑苏城里葫芦庙中安身，以卖文作字为生。

甄士隐看他虽穷但有志气，就大力资助他进京赶考。后中了进士，当了官。不久因得罪上司被革职，受聘担任林黛玉的启蒙教师。得力于林如海求得贾政帮助，贾雨村得以复职。为巴结贾薛两家，他乱判"葫芦案"（糊涂案），依附贾府得以官运亨通。贾家被抄，他又改换门庭，转投贾家的对头忠顺王府，对贾家反戈一击。后来丑态败露，"因嫌纱帽小，致使锁枷杠"。幸遇大赦，递籍为民，又与甄士隐相见，并从交谈中了解到宝玉等的来龙去脉。以后空空道人找到他请为补天未用之石（即宝玉前身）修补传记，他又转介了曹雪芹，于是"假语村言"得以问世。这就是贾雨村的故事梗概。

贾雨村起初给人的印象并不坏。他生得腰圆背厚，面阔口方,剑眉星眼,直鼻方腮,可以说是相貌堂堂。他虽然贫窭,敝巾旧服,吃饭还要向和尚讨要,但性格豪爽,举止不同凡俗,有心改变命运。他不迷信,认为"读书人不在黄道黑道,总以事理为要"。他有文才,出口成章,能诗善写,所以一考得中。

当官后,贾雨村开始也想秉公办事。但在当时封建社会的官场,没有靠山,不与上司相互勾结,不甘同流合污,不但官位难保,甚至还有性命之忧。他当县令没靠山不久就被参掉,复职任太守后,就从门子口中了解到要有"护官符"。在审理"葫芦案"时,他也曾想把拖延一年以上的冤案依法判决,曾说"事关人命,蒙皇上隆恩,起复委用,实是重生再造,正当殚精竭虑图报之时,岂可因私而废法?"但当门子说明利害后,他就昧着良心,徇私枉法,包庇凶犯薛蟠,向贾家讨好,从此投靠了"四大家族",走上了贪腐之路。

贾雨村办的缺德事可不少。贾赦想买石呆子珍藏下来的古扇,石呆子视这些古扇如性命,坚决不肯出卖。贾赦想了许多办法,派贾琏多次去劝说,许以高价,也未能得逞。为此,贾赦还打骂贾琏,说他没本事。贾雨村却依仗官势,罗织罪名,硬诬石呆子拖欠官银,把他拿到衙门问罪,变卖其家产,把其收藏的二十把古扇抄来孝敬贾赦,逼得石呆子上吊自杀。

贾雨村如此伤天害理,残害人命,连贾琏都说他:"为这点子小事,弄得人坑家败业,也不算什么能为!"温顺的平儿都骂贾雨村是"半路途中哪里来的饿不死的野杂种"。宝玉最不愿见他,说他是"禄蠹"。蠹者,蛀蚀器物的虫子也,贾雨村为求高官厚禄不惜残害良民、蛀蚀民间财富。但他由一个贫苦的读书人而沦落为一个贪腐官员,也是被当时封建官场大染缸腐蚀而蜕变的。

除了封建官场的恶习和环境的熏染侵蚀外,贾雨村的性格和心理也是他由一个穷苦读书人蜕变成一个贪官的根源。他的所谓志气说穿了是不甘久居人下,是追求升官发财,完全是为了一己之私。他不像那些有血性有责任感的正直读书人,"穷则独善其身,达则兼济天下""先天下之忧而忧,后天下之乐而乐",有胸怀有抱负,而缺乏高尚的品德,缺乏当官要为国家报效、为民解困、刚正不阿那样的思想境界。为达到"出人头地"的目的,他肆无忌惮,不受约束,不择手段,不顾廉耻,攀附权贵,以致徇私枉法,贪酷成性。

贾雨村出身虽然贫穷,但很自傲,有一种唯我独尊的心理,自恃有才,自命不凡,因此认为别人帮助自己理应如此。甄士隐资助他上京赶考,五十两白银可不是个小数,刘姥姥说"二十两银子就够农家全年费用"。但贾雨村接收后,不过略谢一语,并不介意,仍是吃酒谈笑。他当官后,并没有想到"滴水之恩当涌泉相报",而是先设法把早已相中的娇杏娶到手。他曾许下"务必"将甄士隐的女儿英莲"寻找回来",但当他审理"葫芦案"时,却没有设法救出英莲,而忍心英莲沦为呆霸王薛蟠的奴婢。他不顾封氏思念女儿滴血悬胆之苦心,连个信儿也不给传递。贾雨村升官后路遇甄士隐,并眼看甄士隐所在的庙宇被大火燃烧,却只顾自己名利,不肯派人搭救。他对恩人毫无报答之意,甚至连恻隐之心也没有。

贾雨村十分狡猾,工于心计,善于做表面文章。对"葫芦案",他听了苦主告状后大怒,要立即捉拿凶犯,但门子以目暗示时,他马上停手。在与门子密谋时,他又故作高深,对门子献的计策,连说"不妥"。而实际上他是照计而行的。表面装正经,实际徇私舞弊。过后还找借口,远远地发配了为他出谋献策的门子,以掩饰他过去的贫贱经历和这次的徇私违法罪行。玩两面派,是贪官污吏的共性,当面满口仁义道德,背后大搞贪污受贿,台前是人,台后是鬼。所以对他们,不能听其言,而要观其行。

一个人如果利欲熏心,不顾一切地追求功名利禄,往往趋炎附势、见利忘义,什么情意、羞耻、气节等,都可以弃之不顾。贾雨村为升官,对贾府逢迎讨好无所不至,甚至为贾赦夺取古扇而冤枉无辜,草菅人命,成了贾府被抄的罪状之一。而贾雨村却在贾府被抄之日,竟然投靠新的主子,并带人气势汹汹地参加查抄贾府,对贾府"又狠狠踢一脚,落井下石",露出了十足的"翻手为云,覆手为雨"的丑恶嘴脸,是恩将仇报,又是设法逃脱罪责,洗白自己。这种人只嫌自己官帽小,只顾自己向上爬,哪里还讲什么道德情义,哪里还会考虑什么是非曲直?更不会顾惜被冤枉祸害的朋友和群众了。从贾雨村身上,也映照出了现代贪官阴暗的心理和腐朽卑劣的丑态。

80. 甄士隐意为真事隐

甄士隐姓甄,名费。作者起这个名字,含义是"真事隐",即将真事隐去,同时起到引子的作用;"费"则是"废"的谐音,意味着是"废人""废物"。甄士隐与贾雨村两相对照,具有象征意义。但他塑造的这个人物,在实际生活中也不罕见,有其典型意义,让人警醒,促人悔悟。

甄士隐原籍姑苏,家住十里街仁清巷内,葫芦庙旁。他曾读书,是个乡宦,家中虽不甚富贵,在本地也属于望族。他可能曾参加乡试,未考中,所以不再以功名为念,每日只以观花种竹,酌酒吟诗为乐。但在封建社会,中产阶级过的这种神仙般的日子并不安稳和持久,祸事接踵而来。

他年过半百,膝下无儿,只有一个女儿,乳名英莲。夫妇二人爱如珍宝。那年元宵佳节,他令家人霍启抱了英莲去看花灯。中间霍启要小解,便把英莲放在一家门槛上,等回来时,哪还有英莲的踪迹,到处寻找不见,霍启交不了差,便逃亡他乡去了。

从这件事可以看出,甄士隐的安排欠周到。元宵节看花灯,人群拥挤,只派一位男家人抱小女孩去看,并不稳妥,为何不派奶妈或丫鬟陪同前往呢?甄士隐又闲着无事,独生小女儿节日观灯,本人陪同也是常理。况且事前已有一僧一道告知英莲的凶讯,自应多加防范。而甄士隐却麻痹大意,以致英莲遭劫。

葫芦庙发生火灾，甄家被烧毁，所幸甄士隐夫妇和家人均未受伤。虽然街道房屋被烧，但甄士隐还有些积蓄，有田庄，土地。仅凭留下的这些，也能维持生活。但他只会跌足长叹，却不想着振作起来安排以后的生活，而去投靠吝啬成性、无情无义的岳丈。他那岳丈明显地表示不欢迎，还赚取他的银子，只给他薄田破屋。与其这样寄人篱下，受人羞辱欺诈，还不如自力更生。他才五十多岁，比起岳丈要年轻得多。岳丈还能自立生活，自己为何不能学会"生理稼穑"之事。这就是书呆子的自命清高，不理俗事，结果是"百无一用"，甄士隐怪不得名叫"甄费"，乃"真废物"也。

　　甄士隐是读书人，会酌酒吟诗，也能空发议论，但所学不会应用，坐吃老本，遭受火灾后，连自家的生活也不会料理，而且他缺乏识人之明。霍启是他的家人，他应知根知底，他让霍启抱英莲去看花灯，就是明显地用人不当。这个霍启，要小解时，完全可以托付给同时观灯的熟人照顾一下，或找一家熟悉的店铺，请求暂时照料英莲，而他却把英莲放在一家门槛上，岂不是太愚蠢了。英莲丢失后，霍启应当立即报告主人，而他却不辞而逃，可见很不忠诚，甄士隐对他却没有识破。

　　还有对贾雨村，甄士隐只看他的相貌不俗，又听他的一联一诗，就大叫"妙极"，赞誉其"抱负不凡，飞腾之兆已现"等，有意让娇杏与他相见，还解囊相助，赠送冬衣，鼓励他前去应试。其实，贾雨村的诗和联句并无一点忧国忧民的远大志向，只是显示个人想"出人头地""飞黄腾达"，想让"万姓仰头看"，暴露了狂妄的野心和强烈的奢望。对这种人，作为长辈，应当多加引导，而不应恭维过誉。甄士隐自己没有求得功名，他把希望寄托在贾雨村身上。但没有料到，自己尽力帮助的这个人，却是个趋炎附势、贪酷成性、忘恩负义的"白眼狼"。贾雨村对大力相助自己的恩人，不但没有设法救助他被拐走的爱女英莲，反而为自己升官，将英莲判给杀人凶手、呆霸王薛蟠，让英莲吃尽了苦头。

甄士隐因失去独身爱女英莲而"昼夜啼哭,几乎不顾性命",遭受火灾后"跌足长叹",受到岳丈羞辱怨恨后,失去生活的信心,遇到跛足道人,听了"好了歌",知道"好便是了,了便是好",还详细注解一番,得到跛足道人的夸奖,然后将道士肩上的褡裢抢过来背上,竟不回家,跟着疯道人飘飘而去。

书中对这样的结局是肯定的,认为甄士隐已经看透世俗,得到解脱。实际情况如何呢?

甄士隐对世俗看透了吗?否,他不但对贾雨村、霍启等人没有看透,对封建制度是当时发生各种问题的根源更不会看透。他注解的"好"和"了",只是历史、社会、人生发展变化的一些表面现象。他的观点,概括起来,就是人活着没有意义,世俗没有价值,社会前景黯淡,一切皆空,还是早些脱离世俗为好。

生老病死是自然规律,不能超越。但人既然活着,就要有点贡献,这就是人生的意义,不能靠吃祖宗遗产,自己游手好闲,无所事事。人一生可能遇到这样那样的挫折、困难,要想办法克服。"天无绝人之路",出路总是有的。要学会适应变化了的环境,要设法改变不良的条件,决不能因此灰心丧气。甄士隐没有这种信心和勇气,也不勤奋努力。从这种表现来看,封肃说他"一味好吃懒做",并没有冤枉他。

甄士隐得到解脱了吗?他出走,撇下了同甘共苦的老伴封氏,让封氏"哭个死去活来"。他成仙后,对自己的女儿英莲(后改名香菱)没有一点救助,只是在英莲难产致死后才去接引,送与太虚幻境交差。甄英莲谐音"真应怜",而作为她的父亲,却没有怜惜的实际行动,真是一颗冷酷的心。

人生在世,并不是孤立存在的,上有祖父母、父母,下有子女、孙子女,还有许多亲戚。对上有孝敬赡养义务,对下有抚养教育责任。如果遇到灾难,就不顾亲人的痛苦,脱身而走,这不是解脱,而是逃避,是极端自私,极端不负责任的。

按现在医学观点,甄士隐是由悲观失望发展到神经性抑郁症,除精神症状如情绪失落、悲观绝望、痛不欲生外,躯体也被疾病缠绕,只能拄拐杖行走了。他出走是想成仙,但这只能是幻想,实际上是跟着跛足道人靠行乞度日,他带病之身能受得了吗?在此笔者也胡诌两句好了歌:世人都晓神仙好,虚无缥缈谁见了;舍弃亲人想脱俗,痛苦失责逃不了;封建迷信害死人,残忍冷酷朽透了;伪装大师好敛财,蛇蝎心肠露馅了。

81. 从"血山崩"谈功能性子宫出血的防治

王熙凤心高气傲,争胜好强,担任一个大家庭的管家确实劳心耗神,再加她背地克扣月钱、放贷牟利、贪贿害人、心内有鬼,导致疾病接踵而来。

《红楼梦》五十五回:"凤姐儿因年内年外操劳太过,一时不及检点,便小月了,不能理事,天天两三个大夫用药。"她"禀赋气血不足,兼年幼不知保养,平生争强斗智,心力更亏,故虽系小月,竟着实亏虚下来"。

贾琏偷娶尤二姐后,凤姐十分气恼和忧愤,致使病情加重。抄检大观园后,凤姐又添新病:"谁知到夜里又连起来几次,下面淋血不止。"七十二回通过鸳鸯和平儿的对话,描写了王熙凤病情日益严重,认为是"血山崩"。

《红楼梦》中还提到,王熙凤曾经怀过一个男孩,但可惜六七个月便流产了。平儿认为这是由于"素日操劳太过,气恼伤着的"。以上的说法很合乎医学道理,精神过度紧张、劳累、气恼、营养不良等,确实是诱发疾病的根源。

从《红楼梦》中的多处描述来看,王熙凤患有习惯性流产、月经不调,以致出现了"血山崩"。

所谓"血山崩",就是中医所说的"血崩之症",是形容月经过多或时间延长，像河流决堤，崩泻而下。现代医学称之为"功能失调性子宫出血"，主要病因是内分泌腺体功能紊乱，使丘脑下部垂体—卵巢之间功能失调，造成子宫内膜不规则剥脱而出血。表现为月经周期紊乱，经期延长，血量增多，时多时少，不规则。严重的患者可持续数十天出血不止，出现面色苍白、头晕目眩、心慌气短和全身无力等一系列严重贫血症状。

正处于生育年龄的妇女，其功能性子宫出血，多属于排卵型，大都发生于产后或流产后的恢复期中。一般来说，育龄妇女的性腺轴应该处于稳定状态，发生异常的子宫出血多数是器质性病变，如生殖器炎症、赘肉、子宫肌瘤、子宫内膜异位等妇科疾病均可出现这一症状。

根据王熙凤的年龄和症状，她有可能患的是"黏膜下子宫肌瘤"。在当时，人们面对子宫大出血还没有有效治疗办法，对子宫肌瘤也缺乏认识。虽经医生治疗，也只是应用一些止血补血中药，因此难以彻底治愈。

目前，虽然对子宫肌瘤的发病机理尚未完全揭示，但随着医学发展，已知其生长与性激素密切相关。因此，凡是导致性激素水平改变的因素都会刺激子宫肌瘤生长。王熙凤操劳过度，贪恋权力、钱财，中饱私囊，外表还要戴上一副公道正派的假面具，因此要费尽心机、绞尽脑汁、日夜不宁、惊恐不安。这种状态很容易导致性激素紊乱，因此就有可能出现功能性子宫出血和生长子宫肌瘤。

功能性子宫出血反复，容易感染，同时对身体的损害也很大。但目前已能及时检查确诊，并有了有效的治疗办法。如药物治疗、短波治疗、放射治疗以及手术治疗等。对于子宫肌瘤，可以采用手术摘除，能取得良好的效果，它对妇女已不再是严重的生命威胁了。

出现功能性子宫出血，应及时去医院诊治，检查排除全身和生殖系统的器质性病变。对于严重失血或休克的患者,应立即补液、输血及止血。止血可应用各种激素,但使用激素前须了解激素止血原理和各种激素的作用,不应盲目使用。还可以采用刮宫止血,一般适用于已婚患者。一般功能性出血治疗,最少应坚持3~6个月,以防复发。各种药物治疗,都必须在医生指导下进行,不要自己擅自用药,因为调整内分泌的药物作用很复杂,服用不当,会造成严重的月经紊乱。

功能性子宫出血患者除了求医治疗外,要注意保持心情舒畅,适当增加营养,多吃含蛋白质丰富的食物以及蔬菜和水果,可适当活动,但不宜做剧烈运动,要避免过度用脑和重体力劳动,以便尽快康复。

预防功能性出血,要注意以下五点:一是注意经期卫生,防止感染;经期身体抵御能力较弱,因此要防止受凉和其他不良刺激。二是注意饮食,营养均衡,饮食宜清淡,宜多食富含维生素C的新鲜瓜果、蔬菜和富含铁和铜的干果,不要食用生冷、辛辣刺激性食品,避免暴饮暴食;三是注意劳逸结合,按时作息,既要搞好学习、工作,又不要过度劳累;四是适当运动,多到户外空气新鲜之处活动,经常散步、做操、游泳等;五是睡眠要充足,精神要愉快,心情要开朗,思想上不要有压力、有包袱,以免影响内分泌系统。

82. 贪婪霸道者的心理与悲惨结局

王熙凤这个《红楼梦》中的女强人，在贾府炫耀一时，霸气十足。但后来病重，贾家被抄，她的恶迹暴露，从塔尖跌入低谷。从她的言行可以看出她的狂妄心理，并因此造成她的悲惨下场。

按高鹗所续的《红楼梦》后八十回，王熙凤是病死的。在抄家后，她的威信丧失殆尽，不像过去一呼百应，而是言语无力，指挥不灵，有时竟然叫不动人，无奈只好低声下气央求仆人："大娘婶子们可怜我罢！我上头捱了好些说，为的是你们不齐截，叫人笑话。"而仆人竟不买账，反而落井下石，"更加作践起她来"。

凤姐料理贾母丧事时，财力欠缺，精力不济，不但丧礼弄得一团糟，自己反添了病，没熬到出殡就病倒了。鸳鸯疑惑道："她头里作事，何等爽利周到，如今怎么掣肘的这个样儿。我看这两三天连一点头脑都没有。"人们讥笑她"像失魂落魄的样儿了。"

王熙凤在受贿时曾说过："我是从来不信什么阴司地狱报应的，凭是什么事，我说要行就行。"这句话是她干坏事时为壮胆而说的，好像不惧鬼神。其实她很迷信，曾经供瘟神，给女儿起名求福祉。在临死时，她梦见了贾瑞、尤二姐、鲍二家的等被她害死的人，要她偿命，冤魂缠绕使她不住嘴地说了许多胡话，最后要船要轿要回金陵，等到拿来纸糊的船轿，她已经咽气了。她死后连办丧事也缺钱，贾琏只好拿丫鬟平儿的东西去当钱使用。

凤姐这样的结局已很不幸,但高鹗笔下还是留了点情面。如按曹雪芹的原意,凤姐的结局比这更惨。写她的曲名为"聪明累":"机关算尽太聪明,反算了卿卿性命!"还有一首判词:"凡鸟偏从末世来,都知爱慕此生才。一从二令三人木,哭向金陵事更哀。"这首词隐含凤姐的命运。"一从"是指她出嫁从夫,"二令"则指她管家,发号施令,"三人木"是个"休"字,指她事情暴露后被贾琏休弃,最后悲哀而死。还有的解释,"令"是指她利令智昏、威重令行,或指皇帝下令抄家,"休"指贾府被抄,凤姐身败名裂、万事皆休。

有人根据该词推断:在贾府被抄时,因从王熙凤房内抄出了放贷票据及其所攫取的金银,此外逼死张家小姐和守备公子也与她有关,所以除了将贾赦、贾珍等逮捕外,凤姐也被拘禁,关进狱神庙内。这位身患"血山崩"的贵妇人,哪能经得起牢狱之灾,因此病重冻饿而死,或者是她无颜见人,上吊自尽的。

87版电视剧《红楼梦》,采用入狱病死的说法,即凤姐被捕入狱后贾琏将她休了,使她悲伤羞愧难忍,病情日渐严重,不久死亡。死后一领破草席裹身,抛尸于乱葬坟内。这与她显赫时"彩绣辉煌,恍如神仙妃子",真有天渊之别。

王熙凤才能出众,口才极佳,"少说有一万个心眼子",常常是对方还没有说出口,她已经猜到了;对方说出来,她早已办好了。"言谈极爽利""心机级深细",这些并不是缺点。作为那个时代的女子,敢于向男权挑战,希望表现自己的才干,扩大自己的活动范围,是正当的要求,是对男尊女卑的反抗,也显示了女子的智慧才能一点也不逊于男子。对待凤姐的这些性格特点,我们不能一概抹杀。王熙凤这个人物风趣幽默,语言爽快机智,不仅使贾母喜笑颜开,而且使广大读者也兴味盎然,拍案叫绝。王熙凤这个人物,是《红楼梦》描写最生动最活泼最生活化的一个,给人们留下了深刻的印象。

因此，不能说太聪明不好，而是看把聪明用在什么地方。王熙凤管理荣府内务和协理荣府，显示了聪明干练的才能；她幽默风趣让贾母高兴，没有人说不好。但她克扣、挪用月银，化公为私，放贷高利盘剥，受贿不惜残害性命等，就是把聪明用到了邪恶的地方，这才是"聪明反被聪明误"。聪明一入邪途，一旦暴露，就会引起众怒。孔子说："其身正，不令而行；其身不正，虽令不从。"凤姐恶迹暴露后，她就威信扫地，号令失灵了。

"若要人不知，除非己莫为"。凤姐做了许多坏事，纸是包不住火的，早晚要暴露。做了亏心事，虽极力隐瞒，但内心难免有恐惧感，良心受责，神不守舍，丧魂失魄，对身心健康十分不利。这种人即使睡觉，也会做一些噩梦，如梦中有人来追责，有冤魂来索命，有法律之剑从天而降，因此惶惶不安。这是贪腐和作恶者共同的心理特征。"善有善报，恶有恶报"。王熙凤的悲惨结局，给那些利欲熏心、见利忘义、贪污受贿、损人利己者敲响了警钟。他们即使像王熙凤那样工于心计、阴险毒辣、手法巧妙，最终也逃脱不了法律的制裁，必然遭到人们的唾弃。王熙凤无疑是他们悲惨下场的一面镜子。

83. 重感冒被说成痨症

痨症即肺结核,过去是不治之症,人们谈痨色变。在《红楼梦》中,王夫人就是以痨病为借口,把晴雯赶出大观园的。

王夫人暗中与贾母较劲,想把眼中钉晴雯拔掉,但总得有个站得住的理由啊!说她是狐狸精,以妖媚勾引宝玉,拿不出真凭实据;说她长得太好,"色色比人强,只是不太沉重",更难成为赶出她的理由。那么,有心计的她,想出了什么点子呢?

贾母将晴雯放在怡红院是想"将来还可以给宝玉使唤的",即想让她以后成为宝玉之妾。贾母喜爱晴雯,了解晴雯的性格,因此若说她不正经,贾母不会相信,于是王夫人找了一个更能说服贾母的理由,说什么晴雯"前日又病倒了十几天,叫大夫瞧,说是女儿痨。"

王夫人除了向贾母汇报时说晴雯死于"女儿痨"之外,在晴雯死后,王夫人闻知,便就赏了其家人十两银子,又命:"即刻送到外头焚化了罢,女儿痨死的,断不可留"。这说明她一方面要获得最高权威认可,又要让众人信服,硬说晴雯是"女儿痨",免得有人为晴雯鸣冤叫屈。

晴雯果真是患了女儿痨吗?

《红楼梦》中关于晴雯生病的描述是:在天寒地冻的半夜三更,晴雯在麝月外出时,"仗着素日比别人气壮,不畏寒冷,也不披衣,只穿着小袄,便蹑手蹑脚地下了熏笼",走出室外,想吓唬麝月,出了屋门,"忽然一阵微风,只觉侵肌透骨,不禁毛骨森然"。因一冷一暖"伤了风",第二天"鼻塞声重,懒怠动弹",还有咳嗽症状。先后请两位医生看过,认为不过是外感内滞,"吃两剂药疏散疏散就好了。"晴雯服药后仍是发烧头疼、鼻塞声重。宝玉又让她闻鼻烟打喷嚏、贴西洋药膏治头疼。但小丫头坠儿偷东西让晴雯知道了,她又骂又打又撵,自己也受了气,病情加重。

恰在此时,宝玉穿的进口的孔雀裘被烧了一个洞,必须当天补上,第二天贾母、王夫人都让穿这件。但问了城里的织补匠、能干裁缝、绣匠并做女工的,都说不认得这是什么,不敢揽。晴雯这时"病得蓬头鬼一样",但为了使宝玉免受责备,只得"狠命咬牙捱着"织补孔雀裘。无奈"头重脚轻,满眼金星乱迸","织补不上三五针,便伏在枕上歇一歇"。一夜辛苦,巧手补得孔雀裘看不出一点破绽,但晴雯已是"力尽神危"了。王太医诊后感到奇怪,外感轻了,如何虚浮微缩起来,可能是劳了神思,于是改用益神养血之剂。晴雯用药后加上饮食调养,便渐渐的好了。当王夫人责问她的时候,她正在恢复期。

由上述情况看来,晴雯起初是突然受寒患了感冒,以后由于生气和劳累,导致免疫力下降,继发呼吸道感染。这与痨病是由结核杆菌传染后患病,显然是不同的。

王夫人说的"女儿痨"指的就是现在所说的肺结核,前加"女儿"两字,不过是限定为青春期和女性患这种病罢了。

痨病即结核病,过去在西方有"白色瘟疫"之称,在中国则有"十痨九死"之说。古医书曾曰:患了痨病,"兄弟子孙,骨肉亲属,绵绵相传,以至灭门",可见其传染性之强。但肺结核的症状与肺炎不同,它一般缓慢起病,有午后低热、盗汗、疲乏无力、体重减轻、失眠、心悸、吐血等症状,女性患者可有月经失调或闭经等。而晴雯起病急骤,"脸上烧的飞红""身上也是火热",她不是午后低热,而是全天高热,还有咳嗽和头疼等症状,由此看来,可能是支气管炎或肺炎。

抄检大观园前,晴雯受到王夫人的无端指责,气愤之极,以致在抄检时倒箱表示抗议,显示自己的清白。受尽屈辱、精神遭受折磨,使心高气傲的晴雯病情急速恶化。就在她病得"四五日水米不曾沾牙"的情况下,王夫人令人把她从炕上拉下来,硬给撵了出去。王夫人还吩咐,只许把她贴身衣服撂出去,余者好衣服留下给好丫头们穿。可见她明知晴雯不是痨病,没有传染性。

晴雯在被赶走时,没有说一句为自己辩白的话,也没有一句讨饶的话,以沉默表示了顽强不屈。只有在宝玉去看望她时,她才悲愤地说:"只是一件,我死了也不甘心的。我虽生得比别人略好些,并没有私情蜜意勾引你怎样,如何一口死咬定了我是个狐狸精?我太不服。"她不但在作风上受到冤屈,而且在病症和死因上,也落了个"女儿痨"的恶名。可见封建制度对于一个清白少女的迫害是何等残酷。

如今随着医学科学的发展,痨病已成为可以治愈的疾病,已不再那么令人闻知心惊了。当然它还有一定的顽固性。有了痨病要坚持长期用药治疗,不要"三天打鱼两天晒网",以免体内的结核菌发生耐药性,增加治疗的难度。同时对结核病的预防也不能放松,因为结核杆菌不仅还存在,而且变得越来越顽固,既有传染性,还产生了抗药性,在印度和非洲一些国家还很猖獗。所以不能麻痹大意,要加强锻炼,增强体质,改善居住环境,并采取其他有效措施,防止结核病卷土重来。

84. 元春是病死还是被赐死之争

元春封妃使贾府风光一时，特别是为元妃回家省亲而建造的大观园，更显示贾府豪华富丽、气势如虹。《红楼梦》一连三回写了"元妃省亲"时"帐舞蟠龙、帘飞绣凤"之盛。

但好景不长，《红楼梦》八十三回写了贾元妃染恙，对所患何病没有交代，只是太监传谕"贵妃娘娘有些欠安"，然后写贾母等来到元春床前请安，元春问了贾母身体和家中的情况，贾母也未问元春是什么病情。八十四回即写"元妃疾愈之后，家中俱各喜欢"，说明这次只是患了小病。八十六回写贾母"合上眼便看见元妃娘娘"，还说元妃向她说："荣华易尽，须要退步抽身"。周贵妃薨逝，使贾府虚惊一场。这些都是为贾元春早逝埋下了伏笔。

《红楼梦》九十五回写了元妃患病而死。其病因是"圣眷隆重，身体发福，未免举动费力。每日起居劳乏，时发痰疾"。对其死亡前的表现描述是："忽得暴病""前日侍宴回宫，偶沾寒气，勾起旧病"，说明起病急而且重，诱因为受寒。主要表现是"不料此回甚属利害，竟至痰气壅塞，四肢厥冷"，太医们会诊意见是"痰厥"。

中医说的"痰厥"是指痰盛气闭导致肢体厥冷，甚至昏厥的病证。太医们开出了处方，但"岂知汤药不进，连用通关之剂，并不见效"。到贾母等进宫探望时，元春已经是"痰塞口涎，不能言语,见了贾母,只有悲泣之状,却少眼泪。""少时贾政等职名递进,宫嫔传奏,元妃目不能顾,渐渐脸色改变。"不久,"薨逝"。

从上述情况来看,元妃入宫后,吃的是山珍海味、鸡鸭鱼肉,未免营养过剩,再加幽居深宫,衣来伸手,饭来张口,行有"銮舆",起卧有宫女侍奉,活动量很少,难免脾胃呆滞,气血失畅,痰湿内盛。而"身体发福"乃肥胖之谓。现代医学研究,肥胖者易发生高血压、冠心病、脂肪肝、糖尿病、高血脂、痛风及胆石症等。单纯性肥胖患者还会出现内分泌紊乱。青少年肥胖还易导致生殖无能症。元妃入宫时20多岁,正当生育年龄,却无子嗣,也可能与肥胖有关。

以上描述过于简略,无元妃血压、血脂、血糖等情况。但从死前症状看,疑似高血压、高血脂引起的心脑血管疾病。其患小恙,可能是高血压引起头痛、心悸等,以致卧床休息,经治疗后好转。但以后心情抑郁,情志不舒,肝郁气滞,病情发展,发生心肌梗死和脑出血的可能性很大。如她突然昏迷,意识丧失,喉中痰堵,呼吸困难,滴水难咽,迅速窒息而亡,都似脑出血或心肺功能衰竭症状。

也有人根据有关元春"举动无力""不能言语""每日起居劳乏",正值壮年而不能自行排痰,最后宫嫔传上职名时,她"目不能顾"等,认为元春患的是重症肌无力,最后并发肺部感染,呼吸衰竭而死。这种说法也有一定道理。如果是单纯痰堵气管,现在已不再是难治之症,如今有专门吸痰之器械,严重者还可采用气管切开术,再加吸氧等措施,以抢救生命。但当时却没有这些对症治疗的办法。同时元春可能有其他并发症,以致猝死。究竟所患何病?由于缺乏有关病历资料,尚难定论。

目前争论的焦点还不在于元春患什么病上,而是究竟元春是病死还是被害死。《红楼梦》后40回为高鹗撰写,不少人认为并非曹雪芹原意。

作家刘心武提出:元春不是病死,而是皇帝赐死。他的根据是,庚辰本十八回脂批:"长生殿中伏元妃之死",可知元春之死,犹如历史上的杨贵妃之死。写元妃的歌词是"喜荣华正好,恨无常又到,眼睁睁,把万事全抛。荡悠悠,把芳魂消耗。望家乡,路远山高。故向爹娘梦里相寻告:儿命已入黄泉,天伦呵,须要退步抽身早!"第五回对元春的判词前面画了一张弓,说明她的死与战争有关,是死于仇敌,死于远离京城的荒郊野外。

刘心武重新写了元春之死,大意是:元妃向皇帝告密,秦可卿是废太子之女,因此秦可卿上吊自尽。废太子之子化名秦可信,发誓要为秦可卿报仇。恰巧皇帝南巡,带元妃同行。秦可信带领由柳湘莲等组成的一支武装,包围了皇帝一行,要求交出元妃。皇帝为了保命脱身,就将元妃交出,为怕泄密,还将侍候元妃的5个太监鸩死。秦可信获得元妃后,急令手下将元妃缢死在智通寺中,弃尸而逃。皇帝回京后,降旨查抄贾府。可叹显赫一时的贾府,忽喇喇似大厦倾,昏惨惨似灯将尽,终于是家破人散各奔腾。

《红楼梦》虽是自叙性小说,但因是小说,就有虚构和想象成分。刘心武根据判词、画弓等改写了元妃之死,想象颇为奇特。这样写,揭露了皇帝的薄情寡恩和残暴凶狠,也为元妃早逝提出了新的见解。

85. 从妙玉的心理谈洁癖

妙玉是一个带发修行的尼姑,苏州人,祖上是读书仕宦之家。因自小多病,买了许多替身儿皆不中用,三岁在玄墓山蟠香寺出家。不久其父母亡故,由师父带在身边养大。

妙玉十七岁时,随师父进京。师父圆寂时遗言,让她在京静居。次年,贾府起造大观园,王夫人下帖请她进贾府,入住栊翠庵。

妙玉美丽聪颖,心性高洁。中秋之夜,湘云、黛玉在凹晶馆联诗,当联出"寒塘渡鹤影,冷月葬花魂"的诗句,不知如何往下接时,妙玉请她们到栊翠庵中,提笔续诗:"钟鸣栊翠寺,鸡唱稻香村",将联诗境界推进一步,可见其才华出众。

宝玉失玉,岫烟请妙玉扶乩,有"青埂峰下倚古松"之语。贾家被抄后,贾母病危,妙玉前来探望。贾母出殡当晚,妙玉出园,到惜春房里座谈、下棋,被入室打劫的贼寇盯上。次日夜间,妙玉遭劫,过了些时日,贾府传闻妙玉不甘受辱,被贼寇杀害了。

《红楼梦》为妙玉下的判词是:"欲洁何曾洁,云空未必空;可怜金玉质,终陷泥淖中。"还有一首题名"世难容"的形容妙玉的曲子,内容为:"气质美如兰,才华馥比仙。天生成孤僻人皆罕。你道是啖肉食腥膻,视绮罗俗厌;却不知太高人愈妒,过洁世同嫌。"

妙玉的一生是典型的悲剧。一个美如天仙、才华横溢的女子，却孤僻自傲令人厌恶，爱好清洁过度讨人嫌，守身如玉但最后却落入盗贼之手。妙玉的经历，展现了美是怎样被摧毁的。这主要应归罪封建社会，但妙玉自身也存在着心理方面的问题。

妙玉最明显的心理问题是"洁癖"。贾母等带刘姥姥到栊翠庵吃茶。妙玉用名贵茶具"成窑五彩小盖钟"，捧了一杯"旧年蠲的雨水"泡的"老君眉"给贾母。贾母只品了半盏，剩下的给刘姥姥一口吃尽。道婆收回刘姥姥用过的茶杯时，妙玉便嫌脏不要。当宝玉说茶杯"白撂了"可惜，不如给了刘姥姥可以卖些钱度日。妙玉虽然同意，却强调"幸而那杯子是我没吃过的，若我使过，我就砸碎了也不能给她。"在吃"体己茶"时，黛玉好奇问泡茶用的"也是旧年的雨水？"妙玉冷笑道："你这么个人，竟是大俗人，连水也尝不出来。这是五年前我收的梅花上的雪，今年夏天才开了。你怎么尝不出来？隔年蠲的雨水哪有这样轻浮，如何吃得。"

刘姥姥虽穷，是身体健康之人，她用过的茶具清洗过后当然可以再用。妙玉却因为刘姥姥用过，就要把珍贵的茶具扔掉，连富贵公子宝玉都感到可惜。雨水和梅花上的雪化过之后，在清洁度和营养成分方面不会有很大差别，黛玉是个很讲究的人，妙玉却把她说成"大俗人"，把自己珍藏的雪水说得玄妙无比，这当然会引起人们反感。

爱清洁、讲卫生是好习惯。但妙玉太过分，成了洁癖。洁癖是强迫症的一种，即把正常卫生范围内的事物认为是肮脏的，感到焦虑，强迫性地清洗、检查及排斥"不洁"之物。患者往往有完美主义倾向，要求绝对清洁，认为周围的人和物大多是"肮脏"的，立即流露出要拒绝或隔离的情绪。

患者若有了洁癖，不但精神受压抑，而且会导致免疫力低下，抗病能力减弱，反而更容易感染疾病。同时会认为处处不洁，难与别人交往、相处,活动范围狭窄,更加孤僻。

洁癖形成的原因:一是遗传因素,不少人的洁癖来自遗传。二是心理因素,发生突发事件,如家庭搬迁、亲人亡故、父母或自己离异等,引起的心理紧张、情绪波动,成为洁癖诱因。三是社会因素,当进入青少年期,生理发育上的明显变化,与社会交往过程中的不适应,均可导致洁癖的出现和加重。外界的不良刺激,严重的精神创伤,如突然惊吓、严重的意外事故等,也会引起洁癖。四是家庭因素,家庭教育过于严格、古板,甚至有些冷酷等。因此患者谨小慎微,过分琐碎细致、固执,缺乏人情味及灵活性。有的家长对孩子的卫生要求过高过严,逼着孩子反复洗手。这种强烈的暗示,对敏感内向的孩子影响更大。五是性格因素,大部分患者都有特殊的性格特征,如过分讲究,有一定知识但死搬硬套,生活刻板,过于谨慎,多疑。陷于迷信的人,在心理紧张、感染疾病时,更易诱发洁癖。

较轻的洁癖仅仅是一种不良习惯,可以通过提高认知能力,控制不良行为来克服。如改变任性、急躁、好胜等思维方式,扭转过于苛刻呆板、强求过度纯净的处事方法,不认死理、钻牛角尖。要换位思考、尊重别人,培养乐观、豁达、自信、宽容的良好性格。如果是较严重的洁癖,就属于心理疾病,是强迫症的一种,应该及时到正规医院,请专业医生治疗。一般以心理治疗为主,辅之以药物,是不难治愈的。

86. "走火入魔"是怎么回事

"哪个少女不怀春,哪个少男不钟情",妙玉是位美貌少女,当然也不例外。她出了家,按教规不允许有这种情感。但青春爱情是生理正常发育,教规的冷水只能冲洗外表,难以浇灭在胸中燃烧的火焰。妙玉口头上讲远离世俗,但感情上又尘缘未了,难以对自身的情感进行制约与控制,想转移注意力,压抑内心的真情,但越压抑越积累越加重,有时会不自觉流露,有时会膨胀显露,形成了青年男女常见的心理问题:性压抑。

宝玉过生日,对于出家的尼姑来说是不应理睬的"尘事",但妙玉却十分上心,专门派人送来贺帖,上面工整地写着"槛外人妙玉恭肃遥叩芳辰"。按教规来说,佛门女弟子专门给一位青年男子送生日贺帖,这就意味着"六根不净,为情所困"。但按人之常情来说,这是一位青春少女对美如冠玉的异性的爱慕,是很自然的怦然心动,是一种美好的情感,是对扼杀人性的清规戒律的叛逆。她表面冷若冰霜,而内心温暖如春,对宝玉的纯洁爱慕不时流露。

在品茶时,她给贾母用的是珍贵的玉斗,给宝钗和黛玉这两位闺蜜,用的是新杯子。虽然名贵和崭新,但不过是待客之礼。而她给宝玉斟茶用的杯子,则是自己平时用的绿斗。这说明她对宝玉更近一层,有洁癖的她并没有嫌宝玉这个"蠢物"脏。当宝玉受宠若惊表示感谢时,妙玉却正色道:"你这遭吃的茶是托他两个福,独你来了,我是不给你吃的。"这是在撇清,但却有"此地无银三百两"之嫌。

下雪后,翠栊庵的梅花开了,人们都想取一枝观赏,但又知道妙玉是不会让折的。李纨知道或许宝玉有这个面子,于是借罚诗派他去要。当真贾宝玉取来了。妙玉口头上拒绝与宝玉单独会面,但给了宝玉梅花。当知道是诗社咏梅花,妙玉随后又送每人一枝。这也是为了掩盖对宝玉的特殊照顾。

当妙玉和惜春在蓼风轩下围棋时,宝玉来了,说了几句恭维话,只见妙玉微微地把眼一抬,看了宝玉一眼,复又低下头去,那脸上的颜色渐渐的红晕起来。接着痴痴地问宝玉从何处来?当宝玉回答后,妙玉想起自家,心上一动,脸上一热。这些表情,显示了妙玉怀春的心态。

下棋后,妙玉借口记不清归路,邀宝玉同行。途中听到黛玉抚琴吟诗,妙玉不免动情。归去后,神不守舍,梦见有许多王孙公子要求娶她,又有盗贼要劫她,只得哭喊求救。庵中女尼道婆等拿火来照看,只见妙玉两手撒开,口中流沫。急叫醒时,只见眼睛直竖,两颧鲜红。书中称原来是"走火入魔"。以后请医吃药,养了几日,才渐渐好转。

"走火入魔"本是道家练功术语,指在练功时,身上发热、发烧,继而心神不定,出现妄想、幻觉、癫狂等现象。必须练到一定境界,才可转为清凉、心静、神安。

而妙玉这种所谓"走火入魔"现象,则是性压抑的表现。

性压抑也叫性饥饿,是指人对自身性欲望的制约与控制。当性欲望被压抑到潜意识后,会出现暂时性的痛苦体验消失。但随后就会出现失眠、噩梦、头晕、注意力涣散、幻觉、胃肠道不适、腹泻等神经功能失调症状。性压抑对人的生理心理发展都会产生消极影响,直至损害身心健康。

妙玉还有一个心理问题是厌世。她常说："古人中自汉、晋、五代、唐、宋以来，皆无好诗，只有两句好，即：'纵有千年铁门槛，终须一个土馒头。'"这说明她对生活是悲观的，出家后对生活的爱好和兴趣都丧失了，感觉活着就是受罪，认为死了埋进"土馒头"就是一个人最好的归宿。她不相信别人，甚至厌恶地位低下的人，自视清高，嫌别人俗气，嫌别人肮脏，"世人皆浊我独净"，因此不合群，也为人厌恶。贾宝玉说她："为人孤僻，不合时宜，万人不入她的目"。邢岫烟说她不合时宜，权势不容，是俗语说的"僧不僧，俗不俗，女不女，男不男"。连最和善、不惹事的李纨都说："可厌妙玉为人，我不理她"。

厌世者的标志是不相信别人，焦虑恐惧，很多事都想不开，发起病来难入睡。出虚汗，浑身无力，精神颓丧，厌弃人世，甚至有自杀的念头。由于厌世，而至厌人、厌事，因此也遭到人人厌她。

不仅《红楼梦》中的人物厌恶她，《红楼梦》问世以来，"厌妙玉为人"者大有人在。有人妒她太高，骂她怪癖，又嫌她过洁，骂她洁癖。也有人说她"嫌贫爱富、趋炎附势"。有的评论家说妙玉"使人感到可厌、可恶、可呕"。

其实，妙玉的心理缺陷与她的经历是分不开的，她之所以"世难容"，是封建制度造成的。她从小多病，出家为尼，父母双亡，失去了父爱母爱。寺内的清规戒律，使她天真活泼的个性难以发展，真实情感难以表达，成了孤僻刻板之人。青春期爱情萌芽，但身份和环境又不允许存在，如同电光一闪，瞬间消失，一切希望都烟消云散，反落得人们说她"尘缘未净""哪里忍得住？"是"很风流的人品，很乖觉的性灵！"这些污言秽语，有洁癖的妙玉岂能承担得起？厌世情绪难免产生。我们不能指责妙玉出家还怀春，不能因为她有朦胧爱情而贬低她鄙视她。对于妙玉这位悲剧性人物，应当给予更多的理解和同情。

87. 人体气味与体香由来

人体是有气味的,它有多少种?它是如何产生的?说法各异,有的纯属臆断,缺乏科学依据。前文曾提到体香,但未叙述来源,也未提到其他气味,这里加以补充。

《红楼梦》中提到了体香的来源,认为有两种:一种是使用药物产生的香味,如薛宝钗的体香来自她服用的冷香丸;另一种是警幻仙子所说的,那种香是尘世所无,是"名山胜景初生异卉之精,合各种宝林珠树之油所制,名曰群芳髓。"那黛玉乃是绛珠仙草下凡,曾受天地精华,复得甘露滋养,幻化人形后自然身上有"群芳髓"之类香味。

这样说来,黛玉的体香也不是来自自身,而是自然界花卉和树木的精华,不过只有在天上才能提炼摄取,这就有点属于神话和幻想了。

关于人的体香来源,自古至今众说纷纭,莫衷一是。归纳起来,比较靠谱的有以下几种说法。

一种是性香说。认为女性的体香来源于她们体内蕴藏和释放出的"性香"。这种性香是女性体内雌二醇等与某些饮食中化学成分作用的结果,通常随着年龄增长而发生变化,到了青春发育阶段则更为浓郁诱人,异性感受最为明显。2013 年,曾有媒体报道,武汉青山区有一位女士,年过四旬,从小身怀异香,成年后,香气日益浓郁,旁人常为之侧目,但自己反而感觉不明显。武汉大学人民医院曾为她做过检查,发现她身上散发出的气味类似檀香的香气,认为是皮脂腺异常分泌所致。还有人认为,人体分泌的汗液中有一种成分叫丁酸酯,丁酸酯存在于人体分泌的汗液中。汗液中存在这种物质多了会发出臭味,唯有其浓度适中,才是女性别具魅力的体香。不过这种说法并未得到国内外医学界公认。

另一种是饮食助香说。认为体香和饮食习惯有着不解之缘。我国古代就有人认为,饮食可以增加人体的香味。唐宋时期,无论是宫廷妃子还是民间百姓都盛行食杏仁、饮杏露、宫室薰香、品饮香茶等,特别是皇宫后妃更是千方百计保持幽幽的体香,以争宠并提高自己的地位。武则天爱饮用狄仁杰进献的"龙香汤",她的女儿太平公主每日用桃花香露调乌鸡血煎饮,"令面脱白如雪、身光洁蕴香"。杨贵妃不仅常沐香汤浴,喜爱吃香榧子和荔枝;慈禧太后喜欢饮用"驻香露",可以"面肤去黑素,媚好溢香气"。

还有一种是化妆品留香说。认为人自身并没有什么体香。古代女子主要是用香囊和香粉等来增加体香,近代护肤品和化妆品种类繁多,香味各异,有的浓烈,有的清淡,各种花的芳香和青草的气味,都能通过化妆品发散出来,沁人心脾。

这些说法各有道理,但都不够全面,也缺乏从生理学方面深入探讨。要想了解体香的由来,还是要从人体气味的产生说起。

人体的气味是代谢过程中产生的,它和人体代谢出的物质有关。而人体代谢出的物质大概可以分为三类。第一类是脂质类物质,像皮肤分泌出的皮脂和汗液。皮脂即我们通常说的皮肤表面的油,它会在皮肤表面形成皮脂膜。皮脂长时间接触空气便会被氧化,形成氧化脂质,氧化脂质会发出气味,汗液也是有味的。第二类是蛋白质类物质,包括我们的排泄物。蛋白质发酵时的味道比脂质浓得多。第三类是一些糖分,包括呼出的二氧化碳,也有一些是有机酸。人体分泌出的这三类物质都会散发气味。

这三类物质中含有多少化学成分呢?有人利用现代科学技术,对人体气味进行了检测,结果表明体味中所含的物质多达700余种。其中呼吸系统排出的有149种,汗液中有152种,尿液中有298种,粪便中有196种。通过皮肤排出的已知气体,有烃、醛、丙酮、苯与甲烷等20余种化学成分。

由于含有这么多的化学成分,所以,人体气味因人而异,气味的强弱浓淡也不同,同样的脂肪氧化不同的人会分解出不同的气味。

每个人身上的体味不尽相同,体味就像指纹一样是人的一种独特标志。警犬在追捕犯罪分子时就是根据其体味来寻找的。

气味化学家认为,人之所以能散发不同气味,除了与饮食有关,还由于每个人都有其独特的气味分子结构,它是由体质基因造成的。

以上研究证明,体味的来源不是单一的,而是来自两个方面:一是来自人体内因,如遗传基因、内分泌系统;二是来自外因,与饮食和其他生活习惯等有密切关系。

内因与生俱来,基因无法改变,但外因则可以改变。也就是说,自然体香不是人人皆能拥有,自古以来,香女香妃所以受人们青睐,受帝王宠爱,甚至青史留名,证明还是十分稀有的。但人们也不要灰心,体味不是没有办法改变,体香也不是无法产生的。如现在可以通过注重卫生、经常洗浴、改变饮食结构、合理应用护肤品、化妆品等来改善体味,从而产生体香。如此作为,倒不仅限于谈情所爱,不只是为了吸引异性,而是旨在让别人容易接近,有利于同人们交往。讲卫生,勤洗浴,营养合理,身留芳香,呼吸顺畅,也有利于自身健康啊!

88. 论阴阳话医理

《红楼梦》第三十一回生动地描述了湘云论阴阳的一段对话。这是她在前往大观园的路上,与翠缕闲谈时所讲的,话虽不多,却很有意趣,摘录如下:

史湘云道:"花草也是同人一样,气脉充足,长的就好。"翠缕把脸一扭,说道:"我不信这话。若说同人一样,我怎么不见头上又长出一个头来的人呢?"湘云听了由不得一笑,说道:"我说你不用说话,你偏好说。这叫人怎么答言呢?天地间都赋阴阳二气所生,或正或邪,或奇或怪,千变万化,都是阴阳顺逆。就是一生出来,人人罕见的,究竟道理还是一样。"

翠缕道:"这么说起来,从古至今,开天辟地,都是阴阳了?"湘云笑道:"糊涂东西,越说越放屁。什么'都是些阴阳'!况且'阴''阳'两个字还只是一个字,阳尽了就成阴,阴尽了就成阳。"翠缕道:"这糊涂死了我!什么是个阴阳,没影没形的。我只问姑娘,这阴阳是怎么个样儿?"

湘云道:"这阴阳不过是个气罢了。器物赋了,才成形质。比如天是阳,地就是阴;水是阴,火就是阳;日是阳,月就是阴。"翠缕听了,笑道:"是了,是了,我今儿可明白了。难怪道人都管着日头叫'太阳'呢,算命的管着月亮叫什么'太阴星',就是这个理了。"湘云笑道:"阿弥陀佛! 刚刚明白了。"翠缕道:"这些东西有阴阳也罢了,难道那些蚊子、蠓虫儿、花儿、草儿、瓦片儿、砖头儿也有阴阳不成?"湘云道:"怎么有没阴阳的呢? 比如那一个树叶儿还分阴阳呢,向上朝阳的就是阳,背阴覆下的就是阴了。"

翠缕听了,点头笑道:"原来这样,我可明白了。只是咱们这手里的扇子,怎么是阳,怎么是阴呢?"湘云道:"这边正面就是阳,那反面就为阴。"翠缕又点头笑了,还要拿几件东西问,因想不起个什么来,猛低头看见湘云宫绦上系的金麒麟,便提起来笑道:"姑娘,这个难道也有阴阳?"湘云道:"走兽飞禽,雄为阳,雌为阴;牝为阴,牡为阳。怎么没有呢!"翠缕道:"这是公的,到底是母的呢?"

湘云啐道:"什么公的母的! 又胡说了。"翠缕道:"这也罢了,怎么东西都有阴阳,咱们人倒没有阴阳呢?"湘云沉了脸说道:"下流东西,好生走罢! 越问越说出好的来了!"翠缕道:"这有什么不告诉我的呢? 我也知道了,不用难我。"湘云"扑嗤"的笑道:"你知道什么?"翠缕道:"姑娘是阳,我就是阴。"湘云拿着绢子掩着嘴笑起来。翠缕道:"说的是了,就笑得这么样?"湘云道:"很是,很是。"翠缕道:"人家说主子为阳,奴才为阴。我连这个大道理也不懂得?"湘云笑道:"你很懂得。"

从这一段对话中,我们看到,湘云与翠缕谈话是那样亲切随和,看不到主仆之间的鸿沟,湘云就像姐姐指教妹妹,翠缕就像妹妹纠缠着姐姐问个不休。湘云的语言神态也符合她天真烂漫、无拘无束的个性。谈到人的阴阳,还未结婚的湘云只好转移话题。翠缕把她自己比做阴,把湘云比作阳,引起湘云好笑,娇羞戏耍之态跃然纸上。同时,湘云通俗易懂的讲解,也让人们对阴阳产生了极大兴趣。

《黄帝内经》中说:"阴阳者天地道也,万物之纲纪。"阴阳是古人观察自然界中各种对立又相连现象,归纳出来的概念。中医学认为:阴阳是构成人体的基础。如人体的结构,背为阳腹为阴,腑为阳脏为阴,气为阳血为阴,头为阳足为阴。正常情况下,机体处于阴阳平衡状态,如果这种平衡被某些因素所破坏,就会生病。中医还有"天人合一""天人相应"的观点,认为"医之为道,上合于天,下合于地,中合于人事。"人体与季节、气候、环境、社会、人事等都有对应关系,人与自然界应保持和谐。

明代名医张景岳说:"凡诊病施治,必须审阴阳,乃为医道之纲领。"中医要通过望闻问切四诊,查明机体哪些部位失去阴阳平衡,然后对症施治,虚则补之,实则泄之,阳虚则补阳,阴虚则补阴;阳盛则泄阳,阴盛则泄阴,恢复阴阳平衡则疾病祛除。

中医把人的性格也分为阴阳。如性情急躁、行动迅速、声音高亢则属阳性;而性情温和、行动缓慢、声音低柔则属阴性。病的形态、表现用阴阳来概括,如表证、热证、实证属于阳证,里证、寒证、虚证则属于阴证。阳证的表现为:面红身热、神烦气粗、声大多言、尿赤便干、苔黄、脉数有力等;而虚证的表现为:面色暗淡、精神萎靡、身倦肢冷、气短懒言、尿清便溏、舌淡、脉沉细无力等。这样辨析,有利于兼顾身体及心理,使诊断个体化、精细化。

在治疗上,中医善于把握全局和整体,调和阴阳,变失调为平衡、和谐。如对肿瘤患者,一味毒杀肿瘤细胞,而不注意机体的承受力,其结果是两败俱伤,甚至肿瘤细胞未除尽,而患者已身亡。所以要在泄的同时注意补,即增强患者的体质,提高其对药物毒副作用的承受力。一面剿灭癌细胞,一面保存和增强机体能量,这才是抗击病魔的取胜之道。

89. 对"驯顺节妇"的逆反

笔者读过不少评论《红楼梦》的文章，受益匪浅。但对不少人评价李纨为"标准寡妇""典型的封建淑女""驯顺的节妇""封建纲常礼教的牺牲品"等，感到有失客观公允。

所谓"标准寡妇"，当然指的是当时符合封建礼教要求的寡妇。李纨青年丧夫是个寡妇，但她的言谈举止是否符合封建礼教要求达到的标准呢？

封建礼教对寡妇是歧视和禁锢的。甚至不少人还把其丈夫早死也算在她们的账上，说什么寡妇"有妨夫之命"，是"灾星"，是"鬼妻"，因此不准她们祭祀、管家，不许她们随意抛头露面，只能在家里带孩子、做针线、读经拜佛。还特别宣扬"饿死事小，失节事大""好女不嫁二夫"，特别是贵族的寡妇，只能守节，不准改嫁，使寡妇成为缺乏人身自由、没有人生乐趣的封闭之人，成为带着无形枷锁的封建守道者。

拿这个标准来衡量，李纨达到了吗？她离开沉闷的府邸，进了大观园后，并没有按照寡妇的戒规"只做做针线活，教孩子读读书"就诸事不闻不问，而是与众姐妹广泛交往，带她们观景赏花，吟诗作赋，建立诗社等。这就是对寡妇标准的明显挑战。

对于众姐妹，李纨并没有那些封建说教，甚至也不像宝钗那样，动不动就谈什么仕途经济，而是对她们关心爱护，平等相待。

对宝黛的自由相爱她也没有说三道四。黛玉临终时,李纨没有趋炎附势,参加宝玉与宝钗的"调包计"婚礼,而是守护在黛玉病床边,进行照料,"哭得死去活来"。当林之孝家的奉贾母之命,要叫紫鹃去当宝钗的伴娘以欺骗宝玉时,紫鹃眼看黛玉气绝,岂忍离开,坚决不去。平儿提出让雪雁前去。林之孝家的怕担责任,说无法向老太太和二奶奶交代。李纨就说紫鹃现在确实离不开,把改换雪雁的责任自己承担下来,让紫鹃留下好安慰照顾黛玉。黛玉死后,李纨想起她素日的可疼,今日更加可怜,便也伤心痛哭。李纨如此同情爱怜一个大胆追求真挚爱情、自由婚姻的女子,说明她是很重感情的人,是理解黛玉纯洁美好向往和悲哀凄苦心情的,而对封建强迫婚姻特别是"调包计"的欺骗婚姻,是反感的、鄙视的。

对封建的陈规陋习,李纨也不是迂腐信奉、一味遵从。如宝玉过生日,在怡红院开夜宴,请众姐妹和嫂子李纨前来。这时黛玉有点担心,笑问:"你们日日说人家夜饮聚赌,今日我们也如此,以后怎么说人?"李纨笑道:"有何妨碍?一年之中不过生日节间如此,并不夜夜如此,这倒也不怕。"她掌握了贾府统治者的心理。虽说宝玉是她的小叔子,宝玉的生日夜宴她不该参加。但当时的宝玉还是个少年,贾母对他是和姑娘们一样看待的。对于孩子般的宝玉,偶尔举行一次生日夜宴不会认为是违规,李纨与众姐妹一起参加并算不得什么越轨,李纨是掌握了这个封建大家庭的道德底线,所以才说"这倒也不怕",才无所顾忌。众姐妹抽签饮酒吟诗,玩得十分尽兴。李纨还和湘云等人强灌探春喝酒。探春被黛玉打趣,李纨还为她解围。李纨言谈幽默风趣,这哪里像个寡妇,而是引得众人笑声朗朗的一个天真活泼的大姐姐。

贾家被抄后,一家人惊慌失措,哭天泣地,为封建大厦倾覆而哀叹。特别是凤姐,干的坏事被揭穿,放账获取的银子被抄没,羞愧悲痛欲绝,甚至想自杀。但这时的李纨却十分沉静,她可能了解贾府外表光彩而内里早已腐朽,败落是早晚的事,因此处之泰然,并不失神落魄。贾母夸她:"倒是珠儿媳妇还好,她有的时候是这么着,没有的时候也是这么着。"

凤姐失势后,心乏力诎,众人埋怨,有的不听使唤,故意使她难看。李纨这时却叫了她的人来吩咐道:"你们别看着人家的样儿,也糟蹋起琏二奶奶来。"她要求只许插手帮忙,不许落井下石,说贾母的丧事"这也是公事,大家都该出力的。"姚燮评曰:"李纨之言,极和平、极允当、极公道、极大方。"由此可以看出,李纨是个宽容厚道的人。

有的人认为,李纨在贾家守节,是驯顺的封建卫道者,她这一辈子算是白活了!李纨在贾珠死后确实没有改嫁,也没有找什么异性情人,这一点是符合节妇标准的。但也要具体分析,李纨对贾珠是有感情的,平时思念悲痛的苦水只能往肚子里咽,不敢流露。但在宝玉挨打时,王夫人拼命护住宝玉,失声大哭起苦命儿来,还特别提起贾珠,说:"若有你活着,便死一百个,我也不管了!"一哭出贾珠的名字,别人还可,唯有李纨禁不住也抽抽搭搭痛哭起来了。这是她真情的流露,对贾珠的深深怀念还占据着她的内心。

按现在的观念,男的丧妻后可以再娶,女的丧夫后也可以再嫁。但在封建社会,男尊女卑,寡妇要守节,这是很不人道的,是对人性的压抑,是对女性自主权的剥夺。但也不排除另一种情况。如果夫妻感情特别深厚,一方死后,另一方不忘旧情,不愿再娶再嫁,也应该是允许的。如果强迫寡妇再嫁也同样是不人道的。人生道路有多种选择,应尊重其个人的自主权。

90. 不是义气而是戾气邪气

呆霸王薛蟠,欺男霸女、骄横跋扈、仗势欺人,是《红楼梦》塑造的一个无视道德、践踏法律、品行恶劣的纨绔子弟的典型。但是,现在有一些关于薛蟠的评论,竟然还不乏赞赏之词。如说他"重义气""忠厚大气"等。

赞扬薛蟠者不自今日始。清代涂瀛曾写过《红楼梦论赞·薛蟠赞》,写道:"薛蟠粗枝大叶,风流自喜,而实花柳之门外汉,风月之假斯文,真堪绝倒也。然天真烂漫,纯任自然,伦类中复时时有可歌可泣之处,血性中人也,脱亦世之所希者与?晋其爵曰王,假之威曰霸,美之谊曰逸呆,讥之乎?予之也。"

这段评语是只取其表,未触本质。所谓"天真烂漫""可歌可泣"这些象征纯正、闪光、朴实的词句是无论如何也套不到薛蟠头上的。说他是"呆霸王",既霸道又呆蠢,哪里有"晋之""美之"的意思?

薛蟠一出场,曹雪芹就评价他"性情奢侈,言语傲慢"、老大无成、不谙世事。薛姨妈住贾府,本想可以对薛蟠"拘谨些儿",免得他再"纵性惹祸"。谁知他结交了贾家那些纨绔子弟,今日会酒,明日观花,甚至聚赌嫖娼,比当日更坏了十倍。

看看薛蟠的所作所为真可以说是劣迹斑斑。在贾府学堂,他以钱财和恐吓手段,哄骗勾引天真的小学生,还拉拢一班人恃强凌弱,甚至见秦钟腼腆温柔,与宝玉十分亲热,因此充满醋意,闹得学堂大打出手。

一次在冯紫英家饮酒,蒋玉涵赠宝玉大红巾子,被薛蟠拿住,不依不饶,直到冯紫英劝解才作罢。但这样私密的事情,却让忠顺王爷的长府官掌握,并以此为证据,向宝玉要人。这是宝玉遭到毒打的原因之一,而目睹此事的只有薛蟠一人。袭人细心问茗烟:这事"老爷怎么得知的?"茗烟说"多半是薛大爷素日吃醋,没法儿出气,不知在外头唆挑了谁来,在老爷跟前下的火。"人们因此怀疑是薛蟠告的密。如果此事坐实,那薛蟠就成了吃里爬外的"内鬼"了。

宝钗素知其兄薛蟠的性情,也怀疑是薛蟠调唆了人来告宝玉的。于是回到家里便同薛姨妈一起责问薛蟠。那薛蟠一口咬定不是他告的,还感到受了天大冤枉,反咬宝钗一口:"好妹妹,你不用和我闹,我早知道你的心了。从先妈妈和我说,你这金锁要拣有玉的才可配,见宝玉有那劳什子,你自然如今行动护着他。"还醋性大发,说:"赖我说的我不恼,我只气一个宝玉闹的这么天翻地覆的""索性进去把宝玉打死了,我替他偿命""将来宝玉活一日,我耽一日口舌,不如大家死了干净!"这样的狠话把宝钗说怔了,说哭了。

其实薛蟠并没有告密,但正如宝钗所分析的,是薛蟠在外头吃酒,说话没遮拦,被人偷听了去。宝钗说薛蟠是"天不怕地不怕,心里有什么口里就说什么的人。"这只说明薛蟠是个直肠子、二百五,并非什么"忠厚"。他虽然没有告密,但却无意之间泄了密,宝玉挨打他也脱不了干系。

说薛蟠"厚道"的另一根据是:秦可卿死后,贾珍恣意奢华,但买不来上好的板子做棺材。这时薛蟠前来说道:"我们木店里有一副板,原系义忠亲王老千岁要的,因他坏了事,就不曾拿去,也没有人出价敢买,你若要,就抬来使罢。"贾珍笑问价值几何。

薛蟠笑道："拿一千两银子来，只怕也没处买去。什么价不价，赏他们几两工钱就是了。"这话说得够大方，但这时薛蟠刚因贾府脱得逃命案，所以是来拉关系、送人情的，从此与贾珍等勾结一起，所以这副值上千两银子的棺木不是白送的。

说薛蟠的重义气，是从他对柳湘莲出走后的态度说起的。柳湘莲长相俊美，薛蟠竟把他看作优伶挑逗羞辱，柳湘莲大怒，把他引到北门外苇塘，一顿痛打，薛蟠跪地喊爷。后来，薛蟠做生意到平安州界，遇到一伙强盗，劫了货物。这时恰逢柳湘莲经过，赶散贼人，夺回货物，救了薛蟠的性命。薛蟠为了感谢柳湘莲，便和他"结拜了生死兄弟"。不久，柳湘莲因断然拒绝与尤三姐的婚姻，尤三姐用订婚礼鸳鸯宝剑自刎而死，柳湘莲悔恨不及，大哭一场，远走他乡，削发出家。

薛姨妈听到这事，"心甚叹惜"。而宝钗听到后，却说："'天有不测风云，人有旦夕祸福'。这也是他们前生命定。如今已经死的死了，走的走了，依我说，也只好由他罢了。"这话确实冰冷。相形之下，薛蟠对柳湘莲倒是还有点感情，说自己"一听见这个信儿，就连忙带了小厮们在各处寻找"。他还告诉众人："城里城外，那里没有找到？不怕你们笑话，我找不着他，还哭了一场呢。"有人认为，宝钗的"冷"，衬托了薛蟠的"热"，说明薛蟠还是讲义气的。

何谓"义气"，《新华词典》解释为："主持公道或甘于替人承担风险或牺牲自己利益的气概"。以此对照，薛蟠无论哪一点都不沾边。他仅仅是对柳湘莲还有点把兄弟感情，宣扬自己到处寻找还哭了鼻子，并没有给予什么实际帮助。这纯粹是为了装面子，连"江湖义气""哥们义气"都谈不上。当然，这后两种所谓"为朋友两肋插刀"的"义气"，有时不辨是非黑白，反而害人害己，也不算真正义气，应当摒弃。

91. 娇生惯养致体弱多病

如何养育孩子,是娇生惯养、过分疼爱,还是正常爱护,合理营养,免得孩子像温室里的花儿,经不起一点风雨。《红楼梦》中的巧姐儿是个典型例子。

巧姐儿从小多灾多病,先是染了痘疹,接着又撞了花神,随后又患了惊风。她是凤姐的长女,凤姐以后也未再生,所以这个独生女儿成了凤姐的掌上明珠。

刘姥姥二进大观园,凤姐陪着她见贾母,游大观园,令她感谢不尽。凤姐笑道,都是为你,我们大姐儿也着凉了,风地里吃了一块糕,就发起热来。刘姥姥先说农村孩子跑坟圈、迎风吹也没事,但大姐儿不同,她身上干净,眼睛又净,或是遇见什么神了。凤姐信以为真,连忙叫人查《玉匣记》,果然说是有鬼作祟,然后烧钱送祟,大姐儿安稳睡了。

其实这次大姐儿并无大病,可能是玩累了,又迎风吃东西,胃肠不适,休息一下就好了。但凤姐因此很是佩服刘姥姥,称赞她经历丰富,接着说起大姐儿多病,不知是何原因?刘姥姥说:"富贵人家养的孩子都娇嫩,自然禁不起一点儿委屈。再她小人儿家,过于尊贵了,也禁不起。以后姑奶奶倒少疼她些就好了。"

刘姥姥这几句话看似平淡,但话俗理不俗。元代名医曾世荣有一首歌诀说:"四时欲得小儿安,常须二分饥和寒;但愿人皆依此法,自然诸疾不相干。"以后流行的民谚改为:"若要小儿安,常受三分饥和寒。"俗话还有:"温室名花惧风雨,富贵娇儿多病患。""要想小儿少疾病,四体要勤多活动"。这些民间的育儿经验还是科学而有效的。

巧儿多病的原因,用刘姥姥的话来说,就是太娇嫩、太尊贵了,是凤姐太疼她了。有的家长溺爱孩子:"背在身上怕掉了,捧在手里怕碎了,含在嘴里怕化了。"吃饭唯恐不可口,吃不饱;穿衣盖被唯恐她受凉。其实,小儿的脾胃尚在发育中,消化力弱。如饮食没有节制,容易导致小儿饮食积滞、伤食、便秘、腹胀、泄泻,严重的会出现小儿疳积等疾病。吃得太精细、太肥腻、太讲究,如山珍海味等,反而营养不全面,不宜消化吸收。衣服被褥如果太暖和了还会降低孩子自身调节体温的能力,容易产生内热。孩子应当经常运动,逐步增强体力和生活自理能力。如果"饭来张口,衣来伸手",动辄有人伺候,就会养成懒惰的习惯。孩子太尊贵了,认为使唤别人是理所应当,一时侍奉不周就感到委屈,发脾气,不利于孩子健康成长。

凤姐接受了刘姥姥的建议,并请刘姥姥给大姐儿起个名字。提到大姐儿的生日,凤姐说:"正是养的日子不好呢,可巧是七月七日。"刘姥姥忙笑道:"这个正好,就叫作巧姐儿好,这个叫作'以毒攻毒,以火攻火'的法子,日后或一时有不遂心的事,必然是遇难成祥、逢凶化吉,从这'巧'字上来。"

凤姐为何说生在七月七日不好呢?农历七月七日相传是牛郎织女鹊桥相会的日子。这是一个凄美的爱情故事,隐含着有情人不能长相守的悲哀。这一天还是乞巧节,妇女向织女乞求织布缝纫的技巧。"七"又与乞求的"乞"、生气的"气"谐音,贵族女儿当然忌讳这两个字。还有一种说法,农历七月是"鬼月",阎王允许冤魂厉鬼可以到阳间游荡,这当然属于迷信。其实人的生日与命运并无什么联系,汉武帝刘彻就是七月七日生的,也没有影响他当皇帝和成就了一番伟业。

取了一个旨在消灾破病的名字后,巧姐儿又患了一场大病,惊动了荣国府,贾母、王夫人还有薛姨妈等都急忙去探望。王夫人还是有经验,回来向贾政说:"怕是惊风的光景。"她之前还说过:"小孩子家魂儿还不全呢,别叫丫头们大惊小怪的。尽着孩子贵气,偏有这些琐碎。"王夫人这些话说明她对惊风是有一定认识的。

小儿惊风是小儿时期常见的一种急重病证,又称"惊厥",俗名"抽风"。往往突然发病,出现高热、神昏、惊厥、喉间痰鸣、两眼上翻、凝视,或斜视,可持续几秒至数分钟。严重者可反复发作,甚至呈持续状态而危及生命。一般以1~5岁的小儿为多见。其病因多为感染性疾病所致,如由细菌、病毒、寄生虫、真菌引起的脑膜炎或脑炎,或因肺炎、细菌性痢疾、百日咳等感染性疾病导致急性脑水肿并发的惊风等。不伴有发热者,多为非感染性疾病所致,除常见的癫痫外,还有水及电解质紊乱、低血糖、药物中毒、食物中毒、遗传代谢性疾病、脑外伤、脑瘤等。巧姐儿的惊风是属于前一种。

现代医学研究证明,小儿惊风与小儿的神经系统发育不完善有关。年龄越小,神经系统发育越不完善,高热引起神经系统兴奋性增高,并易于扩散而引起惊厥。这就是王夫人所说的"魂儿还不全"。随着年龄增长,神经发育逐渐完善,小儿惊风也就逐渐减少直至消失了。

中医以清热、豁痰、镇惊、熄风为治则。《红楼梦》中,大夫用的是"四神散",即牛黄、珍珠、冰片、朱砂四味药用水煎服。巧姐儿服用后很快好转。西医主要应用退热降温和安定、甘露醇等类药物治疗。关键是尽快控制惊厥,以避免惊厥引起的脑组织损伤。

预防小儿惊风,要让孩子多运动,提高抗病能力。注意卫生,避免感染。刘姥姥说的不要娇生惯养,是养育小儿和预防惊风的妙方啊!

92. 巧姐结局与刘姥姥的报恩思想

巧姐儿是贾府的千金小姐。她从小受到凤姐宠爱,有奶娘丫鬟侍奉,过着养尊处优的日子。但是好景不长,她刚刚长大,就出现贾府被抄、母亲罪行暴露抑郁而死,成了"没娘孩",父亲贾琏又不常在家,因此孤立无靠、备受欺凌。

巧姐儿的结局有两个版本。一个是高鹗所续《红楼梦》中的情节。贾府破败,凤姐病死,贾琏又去边疆台站看望病重的贾赦。利用这个机会,巧姐的舅父王仁和贾环、贾蔷、贾芸等密谋,要把巧姐卖给一个外藩王爷。王仁谐音就是"忘仁"。在姐姐死后,王仁到贾府索要钱财,贾琏不理,他又找外甥女儿巧姐,让把好东西都拿出来。巧姐嫌他过去"不知拿了多少东西去",因此得罪了他。那贾环平时就恼恨凤姐苛刻他,在他碰掉巧姐的熬药锅时又遭到辱骂,因此也想报复巧姐。贾芸是由于巧姐一见到他就哭,因而对巧姐也无好感。现在他仨串通一气,一则为了报复凤姐和巧姐,二则为了贪图一笔银钱。于是他们找到邢夫人,谎说是郡王娶妃子,得到邢夫人支持。幸亏平儿识破了他们的奸计,告诉了王夫人。

王夫人找邢夫人想阻止这个骗局。但邢夫人被其弟和王仁迷惑,强辩说:"琏儿不在家,这件事我做得主。"王夫人暗暗生气,却无计可施。

就在这节骨眼上,刘姥姥来了。王夫人想打发她回去。平儿说,刘姥姥是巧姐干妈,此事应该让她知道。刘姥姥听说后,开始也唬怔了,但一想忽然笑道:"这上头的法儿多着呢。"她想了一个"扔崩一走就完事"之法,秘密把巧姐接到她在农村的家里,藏起来,让巧姐躲过一劫。后来由刘姥姥说媒,贾琏做主,将巧姐嫁到与刘姥姥同村姓周的富户,巧姐成了农家媳妇,丈夫文雅清秀,还中了秀才。

巧姐结局的第二个版本,是根据书中有关巧姐的判词和曹雪芹残稿或古本等而出现的。《红楼梦》新版电视剧采用了此说:凤姐死后,王仁、贾环等勾结,把巧姐卖到了妓院。刘姥姥闻知巧姐落难,焦急万分,带着板儿四处奔波寻找巧姐。终于找到这家妓院。刘姥姥请求见巧姐一面,老鸨说:"不行!她正在学曲儿呢!"姥姥提出要把巧姐赎出去,那老鸨狮子大开口,要上千两银子。这对于一个农家来说可真是个天文数字。但姥姥果断地说:"等着,我就来赎人。"她拉起板儿:"走!咱回家,卖房子、卖地,再难也要救巧姐出火坑!"

巧姐终于被刘姥姥救出来了。她以后嫁给了谁呢?《红楼梦》第41回:巧姐儿抱着一个大柚子玩,忽然看见板儿抱着一个佛手,她就要那佛手。于是大人们就让两个孩子互换了柚子和佛手。脂砚斋批曰:"小儿常情,遂成千里伏线。""柚子,即今香圆之属也,应与缘通;佛手者,正指迷津者也。以小儿之戏,暗透前后通部脉络。"刘姥姥没有因巧姐曾被卖到过妓院而有所顾忌,她情愿让巧姐嫁给板儿,当了自己的外孙媳妇。

通过巧姐的遭遇,使人更加看清了封建大家庭的冷酷残忍。所谓"势败休云贵,家亡莫论亲"。什么亲戚兄弟,在家族破败之后,变成了狠舅奸兄。平时的钩心斗角,这时发展为骨肉相残、乘机报复。而那时真正肯伸援手的,却是曾经被人瞧不起的小人物。而曾被贾府贵小姐嘲笑为"母蝗虫"的村妇刘姥姥,倒成了紧急情况下的施救者。

巧姐不论嫁给周家还是嫁给板儿,都是进入了具有田园风光的农村,这比高处不胜寒的官宅豪府要安定、纯朴得多。她可能要学习织布缝纫,成为"巧媳妇"。这样的生活,虽然劳苦,却乐在其中。比起尊贵无比但却郁闷孤寂而死的元春、出嫁不到一年就被将军丈夫虐待致死的迎春、爱情梦断悲惨丧命的黛玉、难觅知音年轻守寡的宝钗等,她还是比较幸运的。

巧姐这位贵小姐的命运,最后维系在原本贫寒的刘姥姥身上。这涉及我国传统的伦理道德报恩思想。民谚有"受人滴水之恩,常思涌泉以报""有恩不报非君子"。凤姐在自己尊贵富裕时,没有将远门穷亲戚刘姥姥拒之门外,而是给予一定帮助,以后还十分信任、拜托后事。刘姥姥知恩而感,在贾家破败、巧姐遇难之时,全力相救,这体现了她的报恩思想,也展现了人性善良的一面。

报恩是人们对曾经帮助过自己的人形成了心理上的好感,也产生了亏欠感,于是在条件达到时进行回报,这是文化反馈的一种心理与行为。但报恩不应局限于私人之间,要克服狭隘的不辨是非不讲原则的报恩。我国道教提出要报四恩,即天地覆载、日月照临、父母养育、君师教导之恩。这样报恩视野就广阔了,境界也就提升了。对自然界要存敬畏与报恩之心,努力保持和改善自然环境;对父母要尽孝道;对那个皇帝"君",当然不应崇拜了,但应转变为对祖国和人民的热爱,并为之做出贡献;对师长,还应再加上亲戚、朋友和曾经帮助过你的陌生人,也要尊敬要回报。当然不一定限于物质方面,而还应包括精神、情感、事业、公益、救助等层面上的回报。正如有的助人者说:"我不要任何回报,你以后多帮助别人,热心公益事业,就是我最大的期望。"

93. 对林黛玉是否服错药的分析

林黛玉是一个虽然美貌但身体瘦弱、疾病缠身的少女。有人说她是"左手拿着药罐子,右手提着醋坛子"。药罐子是指她从小就离不开药。醋坛子是指她对宝玉爱情专一,因怀疑他与别的女子相爱而忧虑、嫉妒,所以也就不断"吃醋"了。

药罐子也是指她用药种类之多,用量之大。因此有人说,她是服错药而死的,也有人说她是被人参滥用综合征害死的。现在确实有一种"药源性疾病",是指药物应用不当,不但无疗效,而且会导致机体器官、组织发生损害的不良反应,甚至造成难以预料的恶果。

黛玉吃的药有哪些?刚进贾府,别人问她:"常服何药?"黛玉道:"如今还是吃人参养荣丸。"为她诊治的名医不少,她吃过的药种类也不少,而以后选中了人参养荣丸,可能是比较见效的一种。

人参养荣丸是根据《和剂局方》中的人参养荣汤处方配制而成。其君药是人参,其他成分有:黄芪、白术、陈皮、当归、茯苓、白芍、肉桂、熟地、远志、五味子、生姜、大枣、甘草。其功能为:补气益血、强心安神,主治呼吸气少、面色萎黄、形瘦神疲、食少乏味、毛发脱落、失眠心悸、妇女月经不调等。其主要作用就是温补气血。方中熟地、当归、白芍补血养阴,人参、黄芪、白术、茯苓、甘草补气益脾,且可阳生阴长,补气以生血;远志、五味子宁心安神;肉桂能导诸药入营生血;陈皮理气,与诸药同用可以补而不滞。配合成方,共奏益气补血,宁心安神之功。方中重用人参,也是一个生津养阴的方剂。

从林黛玉的病情来看,以往从她有咳嗽、痰中带血、午后潮热等症状而认为是"肺痨",也就是现在所说的"肺结核"。但只凭症状来诊断还是难以肯定的。当时不能拍X胸片,没有结核菌检验素试验,因此只能说是"疑似"某种病。因限于当时的诊断条件,也不可能有更多的证据,所以还是只能存疑了。既然所患何病尚不能确定,说她是否用错药,也就难以下结论了。

不过按一般常识,要对症用药,即使同一位患者患同样疾病,也不能长期只用一种药,只按一种用量来用。因为人的年龄、病情、体质都在变化,用药也要进行相应调整,以不变来应变化往往出错。黛玉长期服用人参养荣丸就不一定恰当了。

略通药理的薛宝钗看到了这一点。在黛玉秋季又犯咳嗽时,宝钗说,吃这里几位大夫的药,总不见效,不如再请一个高手来瞧。这就是说要根据病情调整用药。接着,她又提到:"我看你那药方上,人参肉桂觉得太多了。虽说益气补神,也不宜太热。依我说,先以平肝养胃为要。"批讲一番后,她提出"每日早起,拿上等燕窝一两,冰糖五钱,用铁调子熬出粥来,要吃惯了,比药还强,最是滋阴补气的。"黛玉怕要燕窝惊师动众惹人嫌,宝钗就提出,从自己家里拿燕窝送来。这番话让黛玉感激涕零。宝钗并没有否认人参、肉桂的作用,只是认为用量过大,同时针对黛玉当时症状,提出了应用燕窝冰糖粥。

中医认为燕窝"养阴润燥、益气补中",对虚损、咳痰喘、咯血、久痢、肺痨等有治疗作用。冰糖具有润肺、止咳、清痰、和去火的作用。现代医学研究发现,燕窝主要成分有:水溶性蛋白质、碳水化合物;微量元素钙、磷、铁、钠、钾及对促进人体活力起重要作用的氨基酸。可促进免疫功能,有延缓人体衰老,延年益寿的功效。冰糖具有补充体液、供给能量、补充血糖、强心利尿、解毒等作用。可用于心力衰竭、脑水肿、肺水肿等的辅助治疗。

由上所述,黛玉应用的药物,大体来讲还是对症的,只不过当时缺乏确诊的技术和特效药物,因此疗效不理想。同时黛玉属于情志受伤,缺乏心理治疗,她执着追求自由爱情,死因主要是封建社会的"风刀霜剑严相逼",因此才成为一位反封建的典型人物。

94. 酒有养生作用吗?

《红楼梦》提到的酒种类繁多,其中主要的几种酒都与养生相关联,这是贵族家庭特别重视健康长寿的一种表现。

我国古代医学家认为,酒性温而味辛,温者能祛寒,辛者能发散,所以酒能疏通经脉、行气和血、温阳祛寒,能疏肝解郁、宣情畅意等。元朝《饮膳正要》一书中,对酒的利害总括为"酒味甘辛,大热有毒,主行药势,杀百邪,通血脉,厚胃肠,消忧愁,少饮为佳;多饮上身损寿,易人本性,其毒甚是也,饮酒过度,丧生之源。"

最初的酒是人类采集的野生水果在适宜条件自然发酵而成的,由于许多野生水果具有营养价值,所以最初的酒对人体健康是有一定益处的。酒里都含有酒精,酒精可以杀菌,就是所谓的"杀百邪"。有的药如人参等放在酒里给病人服用,这就是借酒"通血脉""主行药势"。在中医四大经典的《伤寒论》和《金匮要略》中,有很多方剂都是加入黄酒、烧酒等,因此酒成为一味重要的中药。过去的医字,下面是由"酉"字组成,就是"酒"的意思,代表古代的"治疗手段"之一就是药酒。

《红楼梦》中贾府的酒宴,既是出于礼仪,又讲究助兴、养生。因为府中女性和未成年人占的比例较大,所以饮用最多的是黄酒。书中有几回都讲明了喝的是黄酒。

黄酒是我国特有的传统酿造酒,至今已有三千多年历史,因其酒液呈黄色而取名为黄酒。黄酒以糯米、大米或黍米为主要原料,经蒸煮、糖化、发酵、压榨而成。黄酒为低度(一般为十五度至十八度)原汁酒,色泽金黄或褐红,含有糖、氨基酸、维生素及多种浸出物,有一定营养价值。因酒液在陶坛中越陈越香,故又称为老酒。

贾宝玉要做生日,袭人征得平儿同意,专门抬了"一坛好绍兴酒"到怡红院,并请了众姐妹和大嫂李纨,夜宴饮酒行令。这绍兴酒便是黄酒中的佳品。据《吕氏春秋》记载:在两千年前,绍兴已经产酒,南北朝以后,绍兴酒日益出名,有"越酒行天下"之说。这晚,宝玉、众姐妹和丫鬟们,无拘无束,开怀畅饮,十分尽兴,把"一坛酒都鼓捣光了"。喝了这么多的酒,大家只是"一个个喝的臊都忘了,又都唱起来",只有芳官吃的"两腮胭脂一般,身子图不得,便睡在袭人身上",其余人都没有醉。说明绍兴酒还是比较温润、柔和的,不像烈性酒那样刺激肠胃和影响神智,喝得适度可以振奋精神,帮助消化。

据浙江医学单位研究,绍兴酒含有丰富的氨基酸、肽类、低聚糖、多酚类化合物、有机酸、维生素及矿物质等营养成分,还有钙、镁、钾、磷等常量元素和铁、铜、锌、硒等微量元素。因此有较高的营养价值和一定的养生功能。但既然是酒,总含有或多或少的酒精,还是不宜当作日常的保健品,不能过量,不宜常喝。就像贾府,也只是在迎客、祝寿和其他节日时才饮酒。

《红楼梦》中提到的与养生有关的酒还有许多种,试举下列几种:

屠苏酒:"宁国府除夕祭宗祠,荣国府元宵开夜宴"提到了除夕夜贾府要"摆合欢宴""献屠苏酒"等。屠苏酒相传为三国时名医华佗所创,采用肉桂、山椒、菝葜、防风、桔梗、大黄、陈皮、白术、乌头、赤小豆等多味药材,浸泡而成的药酒。具有祛风寒、清湿热及预防疾病的作用。北宋改革家王安石的《元日》诗中有

"爆竹声中一岁除,春风送暖入屠苏"之句。南宋诗人陆游在《除夜雪》中写道:"半盏屠苏犹未举,灯前小草写桃符。"由此可见,在宋朝饮屠苏酒已成风俗。到清代,已相沿成习。

合欢酒:是用合欢树上开的小白花浸泡烧酒而成的一种药酒,具有祛除寒气、安神解郁之功效。中医认为,合欢花性平、味甘,能够舒郁理气、安神活络、安五脏、和心志,治郁结胸闷、失眠健忘之症。在螃蟹宴上,林黛玉吃了点螃蟹,觉得心口微微作痛,自斟了半盏酒,见是黄酒不肯饮,便说须得热热的吃口烧酒,宝玉忙道:"有烧酒。"便命丫鬟将那合欢花浸的酒烫一壶来。黛玉因多愁善感,身体软弱,吃了性寒的螃蟹,喝几口用合欢花浸的烧酒,是十分对症的。但烧酒指各种透明无色的蒸馏酒,一般又称白酒,度数高,味极浓烈,饮后易醉。清朝乾隆时曾因粮食歉收曾特降谕旨:"永禁烧酒"。因此黛玉喝的烧酒,可能不是高度白酒,而是用的黄酒生产中的副产品糟烧,浸制的合欢花之类的药酒,用以驱除寒气、有利夜间睡眠。

惠泉酒:也是一种优质黄酒,它产于太湖之滨、惠山之麓,是以纯净的惠泉之水酿制而成的。据《史记》《吴越春秋》等书记载,无锡酿酒历史也有2000年以上。明人冯梦龙的《醒世恒言》中,曾提到"惠山泉酒"。清代初年,惠泉酒已是进献帝王的贡品。曹雪芹祖父在江宁织造任上,一次就发运40坛惠泉酒进京,可见惠泉酒也是贾府的饮用酒。

玫瑰露:宝玉曾让袭人将一个五寸来高的小玻璃瓶子交于芳官,里面装着半瓶"胭脂一般的汁子"。柳嫂误以为是西洋葡萄酒,其实这是一种民间古老的露酒。清代王士雄在《随息居饮食谱》中记载:"玫瑰花,甘辛温,调中活血,舒郁结,辟秽……酿酒亦可。"该酒在清代曾名扬京师。

此外,《红楼梦》提到的还有果子酒、金谷酒、桂花酒、菊花酒等,这些酒都是低度酒,比较平和,而且有一定养生作用。

95. 饮茶习俗与健身

《红楼梦》中不少文字描绘了饮茶情节,计有273处之多。贾府的各种礼仪、迎客、宴会、诗会、祭祀等都离不开茶。茶文化熏陶的品位、规矩、习俗、志趣等,有的符合健康要求,有的则属于陈规陋习。

黛玉初到贾府,拜见贾母后,丫鬟立即送上茶来,凤姐来后又安排摆上果茶。接着来到王夫人处,刚坐下,丫鬟又是忙捧上茶来。在贾母处就餐后,丫鬟又立即捧上茶来。第一道茶是漱口用的,第二道茶才是饮用茶。黛玉感到不习惯。因为林家是饭后必过片时才饮茶。

饭后第一道漱口茶是符合卫生要求的。北宋文豪苏轼就是饭后以茶漱口的倡导者,他说:"每食已辄以浓茶漱口,烦腻既去而脾胃自清。凡肉之在齿间者,得茶涤之乃尽消缩,不觉脱去,不烦刺挑也。而齿便漱濯,缘此渐坚密,蠹毒自己。"李时珍在《本草纲目》中说:"唯饮食后浓茶漱口,既去烦腻,且能坚齿消蠹。"

但饭后立即饮茶,不仅会导致消化不良,还有可能增加患结石的风险。长期在饭后立即喝浓茶,还会引起便秘、营养障碍和贫血等不良后果。这是因为茶叶中含有鞣酸和茶碱,饭后立即喝茶,这两种物质都会影响人体对食物的消化。因此,饭后至少要半个小时,最好在一个小时以后再喝茶。饭后还是喝白开水为好。

在封建贵族家庭,长幼有序、尊卑有别,这在贾府饮茶中有充分体现。元妃省亲时,礼仪太监请元妃升座受礼,举行"茶二献"。每一次献茶都要叩头礼拜。除夕祭宗祠,贾母端坐高堂,长房长媳尤氏给贾母献茶,长房长孙媳秦氏给贾母同辈的祖母们上茶。然后,尤氏又给邢夫人等人、秦氏又给众姐妹上茶。凤姐和李纨等只能在底下伺候。献茶毕,邢夫人等起身服侍贾母,上茶是按辈分的。

在伺候主子吃茶时,丫鬟也要分等级。一次,宝玉一人在房中想吃茶,大丫头不在,丫鬟小红经过,替他倒了茶。秋纹、碧痕听说此事,便啐了小红一口,骂道:"没有脸的下流东西!你也拿镜照照,配递茶递水不配!"做粗活的下等丫头,是没有资格给主子倒茶的。这样严格的等级制度,是对人的尊严与人格的践踏,小红因倒茶而遭羞辱,这时的茶变成了伤害人心灵的利刃了。

饮茶用什么茶具也分尊卑。在妙玉处喝茶,贾母是尊长,用的是豪华高贵的茶具。宝钗黛玉美貌聪明、才华出众,用的是有文化品位的古代酒具。宝玉是贾府的宠儿,又长的俊美,擅诗词歌赋,妙玉对他外表有些冷,但心存暗恋,所以让他使用自己常用的绿玉斗。至于刘姥姥,她是看不起的,刘姥姥吃过的那只"成窑的茶杯",就嫌脏要扔掉。宝玉觉得可惜,就说:"不如就给了那个贫婆子吧。"妙玉想了一想才说:"这也罢了。幸而那杯子不是我吃过的,若是我吃过的,我就砸碎了也不给她!"妙玉不仅看人下茶盘——势利眼,同时还蔑视贫苦善良勤劳的刘姥姥,竟然把自己用过的茶具也神圣化了,刁钻怪癖通过茶具折射了出来。

烹茶要讲究火候水温,妙玉有这方面知识。她根据茶的不同情况,用特殊的炊具烧水,有的要煮,有的是泡。现在研究认为,细嫩名茶,一般不用刚烧沸的开水,而是以80度的开水冲泡,这样可使茶汤清澈明亮,茶中的营养成分也不致遭到破坏。一般绿茶和红茶则要用100度的沸水冲泡。如水温低,则渗透性差,茶中有效成分浸出较少,茶味淡薄。而像乌龙茶,则常将茶具烫热后再泡;砖茶用100度的沸水冲泡尚嫌不足,还得煎煮方能饮用。

贾府饮用的茶多是名茶。如宝玉饮用的多是普洱茶。黛玉饮用的是龙井茶。这两种茶均在中国十大名茶之列。饮什么茶不但出于人的性情、爱好、习惯等,而且与人的地位、贫富有关。晴雯是何等挑剔之人,但被逐后,用黑沙吊子盛茶,茶碗有油膻异味,茶咸涩无味,但她感觉如饮甘露,一气都灌了下去。茶这时起到了迅速解渴的作用。而妙玉说的,饮茶要细细地品尝,解渴倒在其次,"岂不闻:'一杯为品,二杯即是解渴的蠢物,三杯便是饮驴了'"这真是"饱汉不知饿汉饥,站着说话不腰痛"。她忘了,饮茶最早还是为了解渴健身,以后才延伸出了品茶吟诗。

中国是茶的发源地,茶的种类繁多。从加工方法分,就有这几种:绿茶是未经发酵的茶,有防衰老、防癌、清热、杀菌、消炎等作用。红茶是一种全发酵茶,有助消化、暖胃、提神、消食、止痢等作用,但容易上火的人不宜多喝。黑茶是在已经制好的绿茶上浇上水,再经过发酵制成的,有降脂、降血糖、降血压的功效。乌龙茶就是青茶,是一类半发酵茶,有排毒、利便的功效。黄茶的制法类似绿茶,但中间需要闷黄。白茶,加工时不炒不揉,只将细嫩茶叶晒干或用文火烘干,使白色茸毛完整保留。花茶又称再加工茶,是将香花放在茶胚中窨制而成。常用的香花有茉莉、珠兰、玫瑰等。这几种茶都有一定的清热、杀菌、消食、醒神等作用。现代医学解析了各种茶的成分,大多含有多种维生素和微量元素,有一定的养生作用。但饮茶也有学问,如不宜空腹喝茶,茶叶冲泡时间不宜过长,不宜经常大量饮用浓茶,临睡前不宜喝茶,茶具要清洗干净,茶叶要妥善保存,防止变质变味等,以趋利避害。

96. 喝粥分贵贱的封建陋习

贾府这个封建贵族之家，等级森严、贵贱有别，表现在各个方面，就连吃粥也分贵贱、分等级、分档次、分亲疏。

贾母是贾府里的老祖宗，她也很懂得、很注意养生。所以她在酒筵上，对各种菜蔬、肉类、山珍海味等，也只是凭自己的口味，挑选后夹一筷子品尝一下而已。她爱喝的都是一些高档的粥品。最"金贵"的就数胭脂粥了。

胭脂粥中的胭脂米，又称康熙胭脂米、皇宫胭脂米，十分稀缺，它并非一般红米，颜色深于普通红米，而营养价值更高于普通红米，所以尤氏就献给贾母。而贾母吃了半碗，便吩咐人把剩下的粥给凤姐送去。胭脂粥一般人是享受不到的，在贾府也只有贾母能享受。接着，贾母又命人送给凤姐来喝。因为凤姐是贾府的内管家，聪明能干、能说会道，是贾母的开心果，深得贾母宠爱，所以她才能喝到这种珍贵的粥。同时，贾母了解到凤姐因为前段劳累过度，崩漏病复发，经血淋漓不止，只得卧病在床，因此送她胭脂粥有利于她疗病和康复。胭脂米有收涩和补血益气的功效。由此可见，凤姐在贾母心目中的地位，也说明贾母颇懂医理和对下一代的关爱。

贾府贵族吃的粥还有鸭肉粥、红枣江米粥、八宝粥等。到了秋季，他们会用一些百合、沙参、玉竹等润燥养肺的食材入粥。到了冬季,就吃些温补点的羊肉粥等。宝玉喝酒后吃的是碧粳粥,也是比较贵重的粥。但是丫鬟和仆人就吃不到这样讲究的粥了。

怡红院里的袭人可是很有体面的首席丫鬟,宝玉依恋她,王夫人偏重她,但是她患了病,躺在床上,蒙着头才出汗。李嬷嬷来了就看不惯,说她是"起耗",为何大模大样躺着,是"装狐媚子哄宝玉",骂她是"忘了本的小娼妇""妖精似的",要"拉出去配一个小子"等,气得袭人禁不住哭起来。幸亏凤姐路过听见,才把李嬷嬷劝走。

袭人病情加重,"汤烧火热",直到夜间发了汗,"清晨起来觉得轻省了些,只吃些米汤静养。"

宝玉对袭人患病十分焦急,好言安慰,喂她服药,但是却没有安排给她吃什么对症的粥。袭人总归是个丫鬟,有病躺着,那个李嬷嬷还嫉妒挑事,如果吃珍贵的粥,岂不闹翻天?所以只吃了一些米汤。

米汤是指一种极稀极薄的粥,也有的是在熬粥时撇出的汤。有用大米熬的,也有用小米熬的。一般认为,米汤是穷人家才会吃的食物,缺米少面时才煮米汤或熬稀面粥。

米汤用来解饥消饿当然不理想,但米汤也有米汤的特点,有一定营养价值。《清稗类钞》说:"洛阳妇人生产,百日之内,仅饮小米粥汤,此外概不敢食。"这种习俗当然有缺陷。产后第一周可以吃些清淡易消化的食物。第二周就要补气血。第三周就可以进补了。为了康复和催奶,应讲究营养均衡,可以适当进食肉蛋奶和蔬菜等食品,也可喝猪蹄汤、瘦肉汤、鲜鱼汤、鸡汤等汤类。当然米汤也是选择之一。米汤性味甘平,有益气、养阴、润燥的功能,其中含有大量的烟酸、维生素 B1、B2 和磷铁等无机盐,还有一定的碳水化合物及脂肪等营养素,利于消化吸收。清代名医王士雄在《随息居饮食谱》中说:"贫人患虚症,以浓米汤代参汤,每收奇迹。"老百姓吃不起金贵的人参红米,但米汤也可代替。但

只喝米汤就太单调了,容易造成营养不足。

林黛玉是贾母的亲外孙女,按说吃珍贵的粥是没有问题了,但她也有顾忌。当宝钗提出喝燕窝粥最有利于医治她的咳嗽等疾病时,她说:"我因身上不好了,每年犯这个病,也没有什么要紧的去处,请大夫熬药,人参肉桂,已经闹了个天翻地覆,这会子我又兴出新闻来熬什么燕窝粥,老太太、太太、凤姐这三个人便无话说,那些底下的婆婆、丫头们,未免不说我太多事了。你看这里这些人,因见老太太多疼了宝玉和凤丫头两个,他们尚虎视眈眈,背地里言三语四的,何况于我?我又不是他们这里正经主子,原是无依无靠投奔了来的,他们已经多嫌了我了如今我还不知进退,何苦叫他们咒我?"这一番话道出了黛玉的忧愁、痛苦和寄人篱下的顾虑。她确实不好意思自己提出要喝燕窝汤,还是宝钗理解和同情她的处境和难处,就把自己家中的燕窝拿来,黛玉才喝上了燕窝粥。

随着贾府经济日益拮据,入不敷出,日用开支也就逐渐紧缩了,甚至家里连一两上好的人参也找不出来。林黛玉在贾母眼中的地位也被宝钗所代替,在这种情况下,她再也喝不上燕窝粥了。

第八十七回,黛玉病重,紫鹃想着黛玉可能是因为湘云提起南方的话,引起思乡愁闷,所以告诉厨房,为她做一碗火肉(即火腿)白菜汤,加点虾米,配了点青笋紫菜,熬一点江米粥,但黛玉只吃了半碗粥,就搁下了。

江米粥就是糯米粥,这是南方普通人常吃的粥。《本草纲目》说:"糯米益气,治虚寒,泻痢吐逆。"但其黏性强,脾胃虚弱、消化功能差者不宜多吃,并不对于黛玉的病症。

吃粥的原则应当是"只吃对的,不吃贵的",适合最佳。比如高粱面粥、小米粥、玉米粥都价廉物美。喝粥要讲科学,不能只论贵贱、品位而不讲营养和消化吸收。

97. 天王补心丹的功效

《红楼梦》第二十八回：王夫人为了给黛玉治病，请了个鲍太医，问她吃了那药可好些？黛玉说："也不过这么着。老太太还叫我吃王大夫的药呢。"

接着，王夫人说："前儿大夫说了个丸药的名字，我也忘了。"宝玉猜了人参养荣丸、八珍益母丸、左归、右归、麦味地黄丸等几种，王夫人都说不是，但只记得有'金刚'两字。宝玉开玩笑说，若有了'金刚丸'，自然就有'菩萨散'了！还是宝钗猜对了，是天王补心丹。

天王补心丹是一种养心安神的中成药，具有滋阴清热，养血安神之功效。主治阴虚血少，神志不安症。心悸怔忡，虚烦失眠，神疲健忘，或梦遗，手足心热，口舌生疮，大便干结，舌红少苔，脉细数。临床常用于治疗神经衰弱、冠心病等所致的失眠、心悸，以及复发性口疮等属于心肾阴虚血少者。

天王补心丹来源于元代《世医得效方》，明末儒医洪基《摄生秘剖》作了详述。为何起此名？相传是邓天王赐给志公和尚的处方。其配方有人参、茯苓、玄参、丹参、桔梗、远志、当归、五味子、麦门冬、天门冬、柏子仁、酸枣仁、生地黄、石菖蒲、杜仲、百部、甘草等。现代药理和临床研究证实，天王补心丹对属于阴虚血亏的风湿性心脏病、甲状腺功能亢进、更年期综合征等亦有较好的疗效。近年来,经临床实践证实,该品对慢性迁延期肝炎、老年性皮肤瘙痒症、神经性皮炎等也有一定疗效。因方中含有朱砂,故要"中病即止",不宜长久服用。

林黛玉多愁善感,内伤七情,经常烦躁不寐、五心烦热、虚火上炎。单从这些症状看来,服用天王补心丹还是对症的。但她身体虚弱,还有胃纳欠佳、咳嗽痰多等症状。研究认为,天王补心丹性沉寒,有损脾胃。所以黛玉服用后效果不明显,她还是吃贾母让王大夫开的药。

王夫人平时对黛玉的态度十分冷淡。黛玉进贾府,贾母、凤姐都很亲热,大舅妈邢夫人也是"挽着黛玉的手",亲自领她到自己家,"又苦留吃过晚饭去"。可是作为二舅妈的王夫人,表现有点客气但无热乎气,而且有慢待之意,接着又说宝玉"顽劣异常""疯疯傻傻",提醒黛玉"别理会他""只别信他"。王夫人对晴雯反感,原因之一就是她长得像林黛玉。但这时,她为何关心起黛玉的病情来了。

宝钗来到贾府后,王夫人就有了"金玉良缘"的主意。论亲疏,薛姨妈是她的亲姐妹,而黛玉之母与她是姑嫂关系;论家庭,薛家豪富,属四大家族之一,而林家已经消亡;论个人相貌、体质条件,宝钗也略占上风。但贾母这时还是偏爱黛玉的。要改变贾母的态度,办法之一就是在黛玉病情上做文章。黛玉已有贾母给请来的王大夫,为何王夫人又请了鲍大夫,名义上是为黛玉治病,实际上是刺探黛玉所患何病。如果查明黛玉是"肺痨",那她对"金玉良缘"的威胁就完全解除了。

宝玉仿佛觉察到了王夫人的意图,因此说:"太太不知道,林妹妹是内症,先天生的弱,所以禁不住一点风寒,不过吃两剂煎药就好了,散了风寒,还是吃丸药的好。"这几句话可不是虚套话,言外之意是:黛玉并不是外邪传染的痨病之类,而是体弱而已,偶感风寒只吃煎药就好了,并不难治,也不必再找什么金刚丸、菩萨散了。

　　宝玉说了一大堆药名没有猜对,而宝钗一说就准,这是为何? 有人说,有宝玉说的那么多"不是",所以宝钗就好猜剩下的那个"是"了。但类似的中药丸还有许多,宝钗说得那么准还是让人感到有点蹊跷。看来大夫说天王补心丹这个药名时,或许宝钗也在场,也或许王夫人曾与宝钗议论过黛玉的病,提到过这个药。后两个可能是不能排除的。别看王夫人少言寡语,她可是极有心计,她为了促成宝玉与宝钗的婚姻,曾想了不少办法。如贾妃省亲时所赐的礼物,给所有姐妹的都一样,但是到了端午节赐礼就变样了,黛玉的只和迎、探、惜春的一样,而唯独赐给宝玉和宝钗的是一样的,这就表明了贾妃支持宝玉和宝钗结合。可以想象,如果不是在省亲时王夫人有嘱托或暗示,贾妃能那样明确表态吗? 这件事对黛玉精神上的打击是十分沉重的,她对宝玉产生误解,当宝玉说:"我的东西叫你拣"时,她说:"我没这么大的福气禁受,比不得宝姑娘,什么金的玉的,我不过是个草木人罢了。"为此她病了一场,宝玉去看她并赌咒发誓说没有金玉想法,俩人大吵后又大哭一场。

　　当王夫人知道是天王补心丹这个药后,就叫人买些来吃。宝玉说:"这些药都是不管用的。"接着他要王夫人给他三百六十两银子,说他可以给黛玉一料丸药,包管一料不完就好了。他说的这个方子十分古怪,如千年松根茯苓胆、龟大何首乌等,君药竟是古坟里的珍珠宝石,有人用了上千两银子才配成。宝玉的意思是只要王夫人舍得拿钱,黛玉的病不难治。

　　天王补心丹最关键的是补心。但这种药丸尽管有十多种名贵药材组成,但补不了黛玉的心,只有"天王"一人可补。这个天王就是鸳鸯拒绝贾赦时所指的"宝玉、宝金、宝银、宝天王"。这个"天王",王夫人是舍不得给黛玉的,所以黛玉就只能魂归离恨天了。

98. 桂圆汤的营养价值

《红楼梦》中有两次写了宝玉饮用桂圆汤的情景。第一次是第六回,贾宝玉梦游太虚幻境,梦终时游至"迷津",被夜叉海鬼拖拉,受到惊吓,连声呼救。醒来之后,迷迷惑惑,若有所失。贴身丫鬟袭人忙让人给他端来一碗桂圆汤,宝玉喝了两口,神智才恢复了正常。第二次是第一百一十六回,宝玉丢了玉之后昏迷不醒,神智错乱,又做噩梦,醒来后发parent。这时王夫人叫人端来桂圆汤,叫宝玉喝了几口,渐渐地定了神。桂圆汤能有这样的作用吗?

桂圆别名益智、木弹、海珠丛、宝圆等。它既是一种食品,也是一种药品。关于"桂圆"这个名称的来历,有多种说法,可见人们对它的喜爱和关心。

有人说,是因它成熟于桂树飘香时节,俗称桂圆。也有人说,由于它在广西产的比较多,广西简称桂,它的形状又是圆圆的,所以称之为桂圆。还有人把产自福建的桂圆称为福圆。

福建还有一个关于桂圆的神话。很早以前,在福建一带有条恶龙。每逢八月海水大潮,就兴风作浪,毁坏庄稼,糟蹋房屋。周围的百姓深受其害,被迫逃离家园,躲进石洞。当地有一位武艺高强的青年,名叫桂圆,他决心为民除害。当八月大潮来临,他就准备好羊肉用烈酒浸泡。恶龙上岸后,看到羊肉大口吞食很快就吃光了。因为羊肉内含有大量的酒,所以恶龙没走多远,就醉倒在地。这时桂圆赶来,举起钢刀,朝恶龙的左眼刺去,恶龙痛得来回翻滚,桂圆揪住龙角,骑在龙身上,又用钢刀刺向恶龙的右眼。恶龙失去双眼,被桂圆连刺数刀,流血过多死去。桂圆也由于在搏斗中筋疲力尽而亡。不久,在这个地方长出了一种水果,因为其种圆黑光泽,种脐突起呈白色,好似龙的眼睛,所以叫"龙眼",为了纪念桂圆,人们也叫这种水果为桂圆。

还有一种传说,杨贵妃生病时,不思饮食,什么好东西都不愿吃。有位大臣向唐玄宗推荐一种果实给杨贵妃吃,杨贵妃看到这个果实圆似宝珠,很是喜爱,连续食用后,病也痊愈了。玄宗大喜,给这种果实取名桂圆,含有贵妃玉体复原之意。

桂圆历史悠久。《三辅黄图》记载,汉武帝曾经想把它移植长安上林苑,下令从广东交趾移来龙眼树一百株。可惜这一百株龙眼树,因气候、土质不宜,不能生长。武帝大怒,诛杀了数十名守吏。

从汉武帝至东汉时期,岭南各地都要向朝廷进贡荔枝、龙眼。苏东坡有一首《荔枝叹》,其中曰:"十里一置飞尘灰,五里一堠兵火催。颠坑仆谷相枕藉,知是荔枝龙眼来。飞车跨山鹘横海,风枝露叶如新采。宫中美人一破颜,惊尘溅血流千载。"诗中指出:为了进贡龙眼,强赶时间,路旁坑谷中摔死的人交杂重叠,到长安时,仿佛刚从树上摘采的。宫中美人高兴地咧嘴一笑,那背后不知有多少扬起的尘土和飞溅的鲜血。可见皇帝后妃是如此喜食龙眼,而种植和运送荔枝在当时又是何等劳苦艰险。

龙眼作为一味中药,其名为桂圆。《神农本草经》称:桂圆"久服强魂、聪明、强身不老,通神明。"《泉州本草》指出:"桂圆益气,补脾胃。治妇人产后浮肿,气虚水肿,脾虚泄泻。"《药品化义》称:"桂圆,大补阴血。凡上部失血之后,入归脾汤同莲肉、芡实以补脾阴,使脾旺统血归经;如神思劳倦,心经血少,以此助生地、麦冬补养心血;又筋骨过劳,肝脏空虚,以此佐熟地、当归,滋肝补血。"

药理研究证实，桂圆肉含丰富的葡萄糖、蔗糖和蛋白质、维生素 A、维生素 B 等多种营养素，还有多种氨基酸和矿物质。这些营养成分对人体都是十分必需的，可在提高热能、补充营养的同时促进血红蛋白再生，从而达到补血的效果。研究发现，桂圆肉除了对全身有补益作用外，对脑细胞特别有益，能增强记忆、消除疲劳，还能降血脂，增加冠状动脉血流量。

中医认为桂圆有补益心脾、养血安神、益脑力、养心脾的作用。用于失眠多梦、心悸、健忘、产后无力、贫血等，为性质平和的滋补良药。因其能养心安神、补血健脑，所以又名"益智"。

贾宝玉出现了神志昏迷、心烦意乱的情况，所以喝桂圆汤是对症的。但是，宝玉在黛玉死后精神受到很大打击，失去了唯一的知音和恋人，比丢了"命根子"通灵宝玉还难以忍受。他的病痛在心理上，只喝桂圆汤是难以治愈的，只不过临时救急，缓解一下症状而已。桂圆只是一味中药，虽有以上作用，但不能过高评价，有时需要与其他中药配伍才能发挥其治疗作用。

桂圆常与荔枝并提，但二者无论是外形还是口味都有很大不同，其养生功效和保健作用也不相同。桂圆果实成熟呈黄褐色，而荔枝果壳有红色和绿色两种，红色表面上有很多颗粒状的小突起。红色荔枝虽然也可以晒成荔枝干，但它是荔枝干，不是桂圆。龙眼性温味甘，荔枝性热味甘酸，有补脑、健身、开胃、益脾、促进食欲、止呃逆和止腹泻等功效。但荔枝性热，多食易上火并可引起"荔枝病"。桂圆肉的糖分含量很高，糖尿病患者勿食。一般人作为食物也不要吃得过多，因为其虽属温性，但食用过多也容易上火。

99. 梳头情意与养生

人们早起头一件事就是洗脸梳头。《红楼梦》中的梳头除了一般情况如刘姥姥临去贾府前也要梳洗一番外,梳头还引起了情感纠纷,从梳头中揭示了人物的不同性格和各自的观念。

贾宝玉是贾府被宠爱的贵公子,但他有朴素的平等观念,从不摆主子的架子,对丫鬟也是关心爱护的。侍奉他的丫鬟们也较少受等级森严的束缚,有时会突破主仆关系的限制。如袭人有病,宝玉忙前忙后,又是在身边照顾,又是急着请医生。麝月随意说了句头上发痒,他就要为麝月梳头。在封建社会,丫鬟给主子梳头是无可非议的,而主子给丫鬟梳头,就是上下颠倒,反主为仆,坏了规矩。但宝玉乐为,麝月也欣然接受。从外边回来的晴雯看到这一幕时,也没有认为是什么反常之事,只是开玩笑,说了句:"哦,交杯盏还没吃,倒上头了。"虽有点醋意,但并没有嫉妒之心和要制止与揭发的恶意,同时也表现了晴雯性情直爽和嘴尖舌利。

史湘云来到贾府,晚上住在林黛玉处。一大早,贾宝玉起床就披着衣服,趿着鞋子,来到这里。黛玉、湘云梳头时,他在一边观看。接着,他阻止丫鬟们重新倒水,就用史湘云用过的残水洗了一把脸。可见宝玉是很随意很不讲究的,宁肯自己凑合,也不想给丫鬟们添麻烦。同时他与湘云小时在一起,因此不但不嫌她的洗脸水脏,反而有重温儿时情趣之意。

接着,宝玉请湘云替他梳头。湘云说:"这可不能了。"言外之意是,现在长大了,男女授受不亲,作为大家闺秀,她还是遵守封建礼教的。宝玉说:"好妹妹,你小时候儿怎么替我梳了呢?"湘云说:"如今我忘了,不会梳了。"宝玉当然知道这是借口,于是千妹妹万妹妹的央告。又说:"横竖我不出门,不过打几根辫子就完了。"湘云经不起这种苦求,再加是在黛玉房中,并无外人,于是就给宝玉梳头、篦头,还将其周围短发编成了小辫。这时发现辫上的四颗珍珠中有一颗是新换的,问宝玉。宝玉说是丢了。湘云说可能是丢在外面,被人捡了去。黛玉在旁边冷笑着说:"也不知是真丢了,也不知是给了人镶什么带去了呢!"话中带刺,另有所指,但明显并没有为湘云梳头的事而吃醋,也没有耍怪脾气,但此时却惹恼了另一个人。

正在此时,袭人来了。她见宝玉已经梳过头了,只得回到怡红院。适逢薛宝钗前来,袭人大发牢骚,说宝玉:"哪里还有在家里的工夫,姐妹们和气,也有个分寸、礼节,也不能一天到晚胡闹。"她把湘云为宝玉梳头说成胡闹。宝玉回来后,袭人当面吵他:"从今以后,别进这屋子了。横竖有人服侍你,再别来支使我。我仍旧还服侍老太太去。"她赌气不理宝玉,宝玉也气恼,连麝月也不理,只叫一个小丫头来侍候,还给小丫头改名来发泄。但是第二天,宝玉撑不住了,一大早就向袭人赔不是,袭人还不依不饶,让他赶紧去找湘云梳头,迟了就赶不上了,还说这件事她一百年都记着。宝玉为求和解,摔折了玉簪发毒誓,袭人才答应为他梳头。

梳头本来是小事,湘云和宝玉表兄妹之间,梳一次头有什么要紧,袭人为何发这么大火?宝玉和袭人虽有云雨情,关系不一般,但她的身份并无改变,她明知自己顶多是个姨娘,不应与贵小姐争风吃醋,但她从小伺候宝玉梳洗,认为这是她的专责,她伺候宝玉周到细致也是体现在梳头等事情上,而别人代替她为宝玉梳头,岂不是剥夺了她的"服侍权",顶替了她的特长,侵犯了她的"专利",这是她难以忍受的。当然,她早就对宝玉违背礼教的无拘无束的行为看不惯了,因此借湘云梳头之事大发议论,说这是"无明无夜和姐妹们鬼混","姐妹们和气,也有个分寸儿,也没个黑家白日闹的"。她这些话得到了宝钗的赞赏。通过此事,俩人维护封建礼教的观念有了沟通,取得一致,引起共鸣,梳头这件事起的作用可谓不小。

要说梳头,其实也不简单。清代妇女的发式丰富多彩,男子要梳辫子,因此梳头也需要一定技巧。清兵入关曾有"留头不留发,留发不留头"的号令,可见对头发的重视。传说雍正头上长癞疮,很难剃,不少匠人被杀。后来有位师傅为他剃头,还治好了癞疮。雍正赠理发师对联:"做天下头等事业,用世间顶上功夫"。现代剃头改称理发,有不同发式,是一门技艺,其中不能缺少梳理。

梳头不仅是为了整齐美观,还能除掉头发上的浮皮、污垢,使头部保持清洁,同时还有养生作用。中医学认为:头是诸阳之首,百脉相通。经常梳头,能疏通经络,使头发根部血液循环加快,细胞得到充分营养,从而令发根坚固。现代研究也表明,头是五官和中枢神经所在,经常梳头能加强对头皮的摩擦,改善头部血液循环,使头发得到滋养,牢固发根,防止脱发。

梳头一般要用梳子,以木质或牛角梳子为好,梳头应用力均匀,不宜硬拉,以免损伤毛囊。梳子要勤洗,保持清洁,个人专用,以免传染疾病。

此外,还有一种用手指梳头的方法,即每天早晚双手伸开手指,指尖触及头皮,以均匀的力量向头部各部位梳划,一般每次梳100下左右为宜,用力要适当,手指要洁净。

100. 吃胭脂与异食癖

贾宝玉有个嗜好,就是爱吃胭脂,《红楼梦》中曾多次描述这种情况。

宝玉周岁时,贾政要试他将来的志向,便将那世上许多东西摆了出来,让他抓取。谁知他伸手只把些脂粉钗环抓来。贾政大怒,说:"将来酒色之徒耳!"长到七八岁,他说:"女儿是水做的骨肉,男人是泥做的骨肉。我见了女儿便清爽,见了男子便觉浊臭逼人。"宝玉要去家塾上学,向黛玉告辞,还交代等他回来再调制胭脂膏子。说明他从小就爱上了脂粉,而且学会了制作胭脂。

袭人曾与宝玉约法三章,其中一条是,再不可毁僧谤道,调脂弄粉。还有更要紧的一件,再不许吃人嘴上擦的胭脂了。宝玉答应要改,但第二天,黛玉看见宝玉左边腮上有纽扣大小的一块血渍,便欠身凑近前来,以手抚之细看,又道:"这又是谁的指甲刮破了?"宝玉侧身,一面躲,一面笑道:"不是刮的,只怕是才刚替他们淘漉胭脂膏子,蹭上了一点儿。"黛玉便用自己的帕子替他揩拭了,说道:"你又干这些事了!干也罢了,必定还要带出幌子来。"黛玉与他是知己,没有指责他,只是怕他挨贾政的骂和别人的耻笑。

宝玉被贾政传去见面,到了王夫人住处,丫鬟金钏一把拉住宝玉,悄悄地笑道:"我这嘴上是才擦的香浸胭脂,你这会子可吃不吃了？"可见宝玉曾经吃过金钏嘴上的胭脂。

湘云帮宝玉梳头时，宝玉因镜台两边俱是妆奁等物，顺手拿起来赏玩，不觉又顺手拈了胭脂，意欲往口边送，正犹豫间，湘云在身后看见，便伸手来"啪"的一下，从手中将胭脂打落，说道："这不长进的毛病儿，多早晚才改过！"湘云从小与她在一起，知道他爱吃胭脂是老毛病了。

鸳鸯到怡红院找宝玉，等他换衣服去见贾母。宝玉见鸳鸯穿着秀丽，脖子上戴着花领子，便把脸凑在鸳鸯脖颈上，闻那香油气，还猴上身去涎皮笑道："好姐姐，把你嘴上的胭脂赏我吃了罢。"一面说着，一面扭股糖似的粘在身上。鸳鸯急唤袭人，才脱了身。

宝玉爱吃胭脂，特别爱吃丫鬟嘴上的胭脂，是什么问题。历来说法各异。有人说，这是宝玉羡慕女性，自己也想变为女人的表现；也有人说，这是借吃女孩嘴上的胭脂来亲吻，是揩油吃豆腐；还有人说，宝玉可制成玉玺即印章，而印章是要吃色如胭脂的印泥的。这些说法各有道理，也无须考证下结论。这里再从医学角度来分析，看宝玉爱吃胭脂是否有异食癖？

异食癖又称异食症，是由于代谢机能紊乱，味觉异常等引起的一种综合征。患有此症的人持续性地咬食一些非营养的物质，如泥土、纸片、头发及其他污物等。

异食癖的病因，尚未完全揭示。有的认为，其主要病因是体内缺乏锌、铁等微量元素引起的。如体内缺乏某种元素，或者是一些病变，造成味蕾感受器的变化，其味觉就会发生相应变化，对平常的食物感到索然无味，而将其他物品当作美食。也有的认为这是一种不良习惯，多发生在1岁半至6岁的儿童身上。他们会往嘴内放东西，若不及时制止，便形成习惯，随便捡东西吃。如感染上寄生虫、蛔虫等，就会嗜吃泥土、墙皮等。还有人认为，主要是由心理因素引起的，是一种心理失常的强迫行为。中医认为，异食癖属于"疳症""积滞""厌食症"的范畴，多为乳食积滞，损伤脾胃,运化失司所致。

关于异食癖,自古至今有许多记载和报道。《宋书》载:南宋时,有个叫刘邕的,嗜食疮痂,自己生了疮,不等痂落,就剥下来吃掉;左邻右舍若有人生疮,他就登门求痂,并说:"疮痂的鲜味胜似鲍鱼"。2012年有报道称,安顺市岩腊乡一名3岁多男童,以木炭当零食吃两年,10分钟吃掉8块。2013年报道,江苏省一位10岁小女孩,从两三岁就开始吃头发,头发在胃部及部分肠道形成了鸡蛋大的"头发石"。在印度加达格,有一名30岁男子,常年沉迷于吃砖、碎石和泥土等,每天至少吃6斤。美国有位男子,嗜吃金属,已吃掉了三部电视机、两部汽车。这篇报道有点像玩魔术,令人难以置信。有的报道还说,这些人吃了异物"并无不适",这当然违背科学。吃异物对身体特别是对胃肠肯定有严重损害。

同这些事例相比较,宝玉还够不上异食癖。一来是他吃胭脂的量十分有限,只是在调制时挑食一点;吃女孩嘴上的胭脂,其量更是微乎其微;二来他并没有影响正常进食;三来他吃的胭脂是特制的。他在帮助平儿理妆时说:"那市卖的胭脂都不干净,颜色也薄,这是上好的胭脂拧出汁子来,淘澄净了渣滓,配了花露蒸叠成的。"只挑一点儿就够用了。平儿果见鲜艳异常,且又甜香满颊。这三点与厌恶正常饮食、大量食用无营养被污染难消化物品的异食癖是截然不同的。

异食癖的预防和治疗:一是要从小做起,父母要注意孩子的身心健康,提供全面营养,养成不挑食、不偏食、不乱食的饮食习惯。二是对出现不正常饮食情况,要及时就医。如发现有寄生虫者,要及时驱虫;发现有贫血或微量元素缺乏,要及时补充。三是对于症状严重或成年异食癖患者,要查明原因,对症治疗。如是心理和精神因素造成,就要进行心理治疗,服用有关精神方面的药物;如已导致胃肠疾病或形成结石者,就需要相关药物,甚至需要手术治疗了。

101. 从四美钓鱼谈垂钓养生

《红楼梦》第八十一回有"占旺相四美钓游鱼"的内容,说的是四位美女垂钓的故事。

这四位美女各有特色。贾探春聪明有心机,是豪爽之美,李纹和李绮都是李纨堂妹,李纹有超脱、淡然之美,李绮有艳丽娟秀之美;邢岫烟有端雅温厚之美。

这时的大观园已非往日结海棠社时的热闹景象,贾府众姐妹有的出嫁,有的离去。贾宝玉由于迎春误嫁中山狼而十分伤心,不由大哭。他向王夫人建议将迎春接回,仍住大观园,不再回婆家。王夫人说:"嫁鸡随鸡嫁狗随狗",还认为宝玉是又发了呆气,并告知贾政当作笑谈。宝玉痛苦地回到住处,书也看不下去,痴痴坐着。袭人担心他闷出毛病,劝他到园中逛逛。

宝玉走到沁芳亭,看到一片萧疏景象,藕香榭人去楼空,蘅芜苑门窗掩闭,但转过藕香榭,却看到了四美和小丫鬟们正在钓鱼。宝玉本来是个爱热闹的人,就往河中扔小砖头逗她们玩。一阵说笑后,宝玉提议,今儿钓鱼占占谁的运气好,谁钓得着就是今年运气好,钓不着就是今年运气不好。结果,探春、李纹、李绮、邢岫烟四人都钓着了鱼,而宝玉却没有钓着,但他也不是一无所获,在钓鱼中他的痛苦和烦恼都丢到水里了。

钓鱼是一项高雅的娱乐活动。自古以来,我国有许多关于钓

鱼的传说和故事。相传舜帝出巡时就亲自钓过鱼。周穆王在东征途中，常在水边垂钓。姜太公钓鱼，愿者上钩，则是等待时机。乾隆常到望海楼垂钓，并在钓鱼处与大臣们商谈国事。雅兴上来，还写了"钓鱼台"三字，至今仍保存在北京钓鱼台国宾馆。另外，还有孙权观鱼的武昌钓鱼台；乾隆巡游扬州时垂钓的瘦西湖钓鱼台；东越王余善垂钓的闽侯钓鱼台；相传屈原钓鱼处的桃江钓鱼台；东汉隐士严小陵垂钓处的浙江桐庐钓鱼台；唐代诗人李白垂钓的安徽寻阳钓鱼台等，有十余处之多。位于我国东海，有一群列岛，其主岛名叫钓鱼岛，自古以来就是我国的固有领土。

钓鱼最早的目的是获取鱼类做食物。鱼是良好的水产食品，味道鲜美，营养价值高。其蛋白质含量为猪肉的两倍，且属于优质蛋白。鱼肉中富含丰富的硫胺素、核黄素、烟酸、维生素D和一定量的钙、磷、铁等矿物质。鱼肉中脂肪含量虽低，但其中的脂肪酸被证实有降糖、护心和防癌作用。鱼肉中的维生素D、钙、磷等能有效地预防骨质疏松症。海水鱼则含有丰富的碘；其他如磷、铜、镁、钾、铁等营养元素，也都可以在吃鱼时摄取到。鱼肉易消化吸收，其吸收率高达95%以上。世界上心脑血管疾病发病率最低的是爱斯基摩人，因为他们常年吃鱼。常吃鱼可保护心血管，使皮肤细嫩。可见鱼不仅是美味佳肴，它还是抗衰老、防治疾病和健美的佳品。

随着捕鱼手段现代化，吃鱼主要不再靠钓鱼了。钓鱼越来越成为一种健身娱乐活动，其特点是陶冶情操，锻炼人们的耐性。同时，钓鱼者通过不断地观察水面情况，调整鱼竿，研究技巧，也促进了大脑的思维，增强了记忆力。

钓鱼，动静相宜，既有静坐状态，又有装饵、抛杆、甩钩等身体各部位的活动。垂钓能调节中枢神经系统，又可锻炼体能。心理学研究认为，人在进行垂钓时，自然进入精神专一状态，能够排除头脑里一切纷繁杂念，有时甚至达到精神细胞不再接受和回答外部世界对感觉器官刺激的境界,从而使脑组织得到最好的调节,烦恼焦躁的情绪得以驱散。情绪稳定、心情愉快对于疾病防治有积极作用。据有关资料,垂钓活动对于肩周炎、颈椎病、支气管炎、消化性胃溃疡、慢性胃炎、消化不良、胃神经官能症、习惯性便秘等有缓解和辅助治疗作用。

  垂钓一般要离开居室,甚至要离开喧闹的城市,到风景秀丽的江河湖海岸边,会感到心旷神怡。在清新的环境中,空气里含有大量负离子。负离子吸入人体后,可产生负离子效应,即负离子同体内的血红蛋白及钾、钠、镁等正离子结合,使血液中的氧增多,携带的营养物质增多,人们就会倍感舒适,精力充沛。据测定,一般城市的室内,每立方厘米空气中仅含有负离子 40～50 个,室外也只有 100～200 个;公园或郊外,含有 800～1200 个;而海边或瀑布区则高达 2000 个以上。负离子气体分压越高,进入肌体的溶解度就越大,血液中的氧合血色素就越多,从而使人的肌体功能得到改善,明显地体现在耳聪目明、思维敏锐、手脚灵便等。从表面上看,钓鱼是"消磨"了时间,可实际上是养精蓄锐,"磨刀不误砍柴工"。

  需要特别提醒的是,在钓鱼时,一定要安神定气、有耐心,莫性急。宝玉为何钓不到鱼,就是因为他心情浮躁,坐的位置也不对,把鱼儿都吓跑了。当有鱼儿来附近吐沫时,他把杆子一晃,鱼儿又跑了。当钓丝微动时,他急忙拉杆,把钓竿摔在石头上,折为两段。鱼未钓着,工具也损坏了。难怪探春说他:"再没见像你这样的卤人!"

102. 蟹宴虽美禁忌多

自古以来，螃蟹被誉为"百鲜之尊"，吃蟹饮酒赋诗，是金秋时节的雅事。诗仙李白的《月下独酌》："蟹螯即金液，糟丘是蓬莱。"把螃蟹之鲜美誉为金液。宋朝文豪苏轼诗句有"但愿有蟹无监州""可笑吴兴馋太守，一诗换得两尖团。"诗人徐似道诗句"不识庐山辜负目，不食螃蟹辜负腹"等，可见他们嗜蟹已到了入迷程度。

《红楼梦》中的公子小姐也仿效古人的雅兴，摆开螃蟹宴，吟咏螃蟹诗。事情的缘起是，宝玉、探春等结成海棠诗社后，史湘云晚来，吟诗二首受到称赞，于是说"明日先罚我个东道，就让我先邀一社可使得？"众人称妙。至晚，宝钗邀湘云到蘅芜苑安歇，提及办诗社之事。宝钗知道湘云拿不出钱，就提议：自家当铺里有个伙计，他家田上出的很好的肥螃蟹，可以向他要几篓极肥极大的螃蟹来，再往铺子里取上几坛好酒，再备上四五桌果碟，岂不又省事又大家热闹了。等宴散了，再作诗更有韵味。这个建议，既为湘云解了难，又引出了螃蟹宴。

这场螃蟹宴，十分热闹。名义上是湘云做东，实际上是凤姐大力张罗。凤姐安排搭桌子、要杯箸。上面一桌，东边一桌，西边靠门一桌，按辈分安排停当，李纨和凤姐在贾母王夫人两桌上伺候。凤姐吩咐："螃蟹不可多拿来，仍旧放在蒸笼里，拿十个来，吃了再拿。"一面又要水洗了手,站在贾母跟前剥蟹肉,并指使丫鬟:"把酒烫得滚热的拿来。"又命小丫头们去取菊花叶儿桂花蕊熏的绿豆面子来,预备洗手。

在宴会上,凤姐见平儿剔了一壳黄子送来,就说道:"多倒些姜醋。"然后开玩笑说要鸳鸯当贾琏的小老婆,鸳鸯气恼,要拿蟹黄抹凤姐一脸。凤姐央求道:"好姐姐,饶我这一遭儿罢。"琥珀笑她们"没有吃了两个螃蟹,倒喝了一碟子醋。"平儿手里正掰了个满黄的螃蟹,便拿着螃蟹照着琥珀脸上抹来,琥珀一躲,平儿使空了,往前一撞,正恰恰的抹在凤姐儿腮上。众人撑不住都哈哈的大笑起来。贾母那边听见,一迭声问:"见了什么这样乐,告诉我们也笑笑。"鸳鸯等忙高声笑回道:"二奶奶来抢螃蟹吃,平儿恼了,抹了他主子一脸的螃蟹黄子。主子奴才打架呢。"贾母和王夫人等听了也笑起来。

在兴味盎然的宴会中,介绍了吃螃蟹的讲究。即吃的是蒸笼里的蟹,要滚热的酒,还要要配上姜和醋,因为蟹肉是凉性,而姜和醋有调味、杀菌、驱寒作用;酒也具温热之性,可以御寒气、通血脉。凤姐是有吃螃蟹知识的,这样安排很恰当。

吃蟹应有节制,并因人而异。身体瘦弱的林黛玉就不敢多吃,只吃了一点夹子肉,就下来了。贾母一时也不吃了,王夫人说:"这里风大,才又吃了螃蟹,老太太还是回屋里去歇歇吧。"贾母临走时嘱咐湘云:"别让你宝哥哥多吃了。"又嘱咐湘云宝钗:"你们两个也别多吃了,那东西虽好吃,不是什么好的,吃多了肚子疼。"

贾母不让孙辈多吃螃蟹是对的,但说螃蟹"不是什么好的",则有点过贬了。蟹的种类很多,据统计,我国蟹的种类就有600种左右,如按分布地理位置,可分为湖蟹、江蟹、溪蟹、沟蟹、海蟹等。螃蟹营养丰富,含有多种维生素,其中维生素 A 高于其他陆生及水生动物,维生素 B2 是肉类的 5～6 倍,比鱼类高出

6～10倍,比蛋类高出2～3倍。维生素B1及磷的含量比一般鱼类高出6～10倍。每100克螃蟹可食部分含蛋白质17.5克,脂肪2.8克,磷182毫克,钙126毫克,铁2.8毫克。螃蟹壳除含丰富的钙外,还含有蟹红素、蟹黄素等。螃蟹不但为食中佳肴,作为药用也有奇功。传统医学认为,螃蟹性寒味咸,蟹肉有清热、散血结、续断伤、理经脉和滋阴等功用;其壳可清热解毒、破淤清积止痛。现代研究发现,蟹壳含有一种物质——甲壳质,甲壳质中可提炼出一种物质,它具有低毒性免疫激活性质,动物实验已证实,该物质可抑制癌细胞的增殖和转移。

螃蟹有这些营养价值和药效,不能说它不好,但是食用螃蟹也有不少禁忌,关键在于科学应用。其禁忌大致有以下几点:

一是忌食死蟹:蟹死后蟹体内的细菌会迅速繁殖并扩散到蟹肉中,使食者呕吐、腹痛、腹泻。

二是忌食生蟹:活蟹体内的肺吸虫幼虫囊蚴感染率很高,达到71%。肺吸虫寄生在人体肺里,刺激或破坏肺组织,会引起发烧、咳嗽、咯血;若侵入脑部,则可引起瘫痪。

三是忌食隔夜蟹:螃蟹为含组胺酸较多的食物,隔夜的剩蟹中组胺酸在某些微生物的作用下,会分解为组胺,回锅加热虽可杀灭病原微生物,却不能破坏毒素,从而导致组胺中毒。因此,蟹最好现蒸现吃,一般不要超过4小时。

四是忌食蟹的四部位:其体表、鳃部和胃肠道沾满了细菌、病毒等致病微生物。因此,吃时须除尽蟹鳃、蟹肠、蟹心(俗称六角板)、蟹胃。

五是忌食过多:因螃蟹性寒,蟹黄中胆固醇含量很高,一般人每次食蟹不应超过1斤,且一周内食蟹不应超过3次。

六是忌喝茶水:吃蟹时和吃蟹后1小时内忌饮茶水。因为饮水会冲淡胃酸,茶会使蟹的某些成分凝固,不利于消化吸收。

同时,孕妇、肝病患者、肾功能不全者、过敏体质者、腹泻、胃痛、感冒发烧者、关节炎、痛风患者等都不能吃螃蟹。

　　蟹的吃法有多种,常用的有整只蒸、煮、酒泡和剥壳取肉另加工等。贾府是整只上蒸笼。有人认为蒸比煮好,可保持其营养成分。但清代文人袁枚却认为最好以淡盐汤煮熟。其实只要符合饮食卫生要求,吃法可以各随个人口味习惯,多样化胜似单一不变。

103. 海棠解语又入药

《红楼梦》第三十七回,元妃省亲后,贾政被皇上点了差,到外省视察,宝玉就像脱了缰绳的马,再没有人经常训教,他在大观园中"任意纵性逛荡,真把光阴虚度,岁月空添"。这时,贾探春向他提议,由大观园中众姐妹和宝玉共同成立一个诗社,宗旨是"宴集诗人於风庭月榭;醉飞吟盏於帘杏溪桃,作诗吟辞以显大观园众姊妹之文采不让桃李须眉。"

这确实是一件文化盛事,如只在大观园内吃喝玩乐,不仅浪费了大好时光,而且也埋没了这些青年蕴藏的诗情文采。诗社成员饱含诗情,才华横溢,由黛玉、宝钗、湘云、迎春、探春、惜春、李纨和宝玉七人组成。第一次集会是在探春所居之秋爽斋,恰好这时贾芸孝敬了宝玉两盆珍贵的白海棠,于是诗社便以"海棠"为名,各人在诗社中皆有别称,第一场赛诗会就是"咏白海棠"。

探春的诗句:"玉是精神难比洁,雪为肌骨易销魂。"写出了海棠的高尚情操;薛宝钗诗"淡极始知花更艳,愁多焉得玉无痕。"写的是海棠的淡泊高雅;贾宝玉诗"出浴太真冰作影,捧心西子玉为魂。"说的是海棠不同姿态的美;林黛玉诗"偷来梨蕊三分白,借得梅花一缕魂。"说海棠有梨花的洁白,梅花的馨香;史湘云诗"蘅芷阶通萝薜门,也宜墙角也宜盆。"是说海棠的适应性强,栽到哪里都适宜;"花因喜洁难寻偶,人为悲秋易断魂。"说的是海棠高洁出众,能与人心灵沟通,引起共鸣。这六首咏海棠的诗,既是咏赞海棠,也做到了"诗如其人",把诗作者的性格、情趣、品格表现了出来,同时隐含了诗作者的不同命运。

《红楼梦》还在第七十七回写了海棠枯萎,宝玉心有所触,认为应在晴雯身上,把晴雯比作海棠花。第九十四回,西府海棠本应在三月开花,怡红院的海棠突然在十一月盛开,众人议论纷纷,大致分为两种看法:一种是贾母等,认为此乃吉兆,另一种是贾赦等,认为是花妖作怪。从后面的情节来看,海棠开花后,先是宝玉失玉,元妃薨逝,接着是贾府遭查抄,"忽喇喇大厦倾"。其实,海棠冬日开花虽不正常,但也时有发生。据报道,2006年11月下旬,南京就有多处海棠花受忽高忽低气温的影响,出现了冬季开花的现象。目前,园艺学家已掌握了让海棠反季节开花的催花技术,理论上可以使海棠在任何季节开花。所以,海棠反常开花是自然现象,并非是妖。贾母就认识到,小阳春天气和暖,海棠花开的情况不必虚惊。曹雪芹对海棠花是欣赏的,通过海棠诗社咏诗和以海棠比喻晴雯,都是赞美海棠。而高鹗却把海棠冬日开花说成花妖,这对美丽高洁的海棠是一种羞辱,把海棠反常开花当作贾府没落的预兆更是十分荒谬的。

自古以来,海棠受到人们的喜爱,被称为"花中神仙""花贵妃""花尊贵"等。相传唐玄宗就把沉睡中的杨贵妃比作海棠,还赞扬杨贵妃善解人意,是会说话的名花。后来就用"名花解语"来比喻美女。苏东坡咏海棠:"只恐夜深花睡去,故烧高烛照红妆。"因此海棠的雅号为"解语花"。陆游对海棠情有独钟,专咏或涉及海棠的诗就有四十首之多。如他有一首诗写道:"碧鸡海棠天下绝,枝枝似染猩猩血;蜀姬艳妆肯让人,花前顿觉无颜色。扁舟东下八千里,桃李真成仆奴尔。若使海棠根可移,扬州芍药应羞死。"把海棠排在其他花卉之上,绝色美人也在海棠面前失色。我国皇家园林中,海棠常与玉兰、牡丹、桂花相配植,形成

"玉棠富贵"的意境。海棠已花成为中国的传统名花之一。

由于海棠鲜艳动人,十分名贵,后来人们发现了与其花形相似的植物往往就以海棠来命名,我国海棠就有二十多种。具有代表性的是明代《群芳谱》所记载的"海棠四品",即西府海棠、垂丝海棠、贴梗海棠、木瓜海棠。一般的海棠花无香味,只有西府海棠既香且艳,是海棠中的上品。

西府海棠花形较大,花蕾红艳似胭脂点点,开后则渐变粉红,犹如晓天明霞。果实称为海棠果,酸甜可口,味形皆似山楂,可鲜食或制作蜜饯。

垂丝海棠,花未开时为红色,开后渐变为粉红色。果实红黄相间,玲珑可爱,主要用于观赏也可食用。以上两种海棠果,不但酸甜可口,而且有保健作用。海棠果含有糖类、多种维生素及有机酸,帮助补充人体的细胞内液从而具有生津止渴的效果;也可健脾开胃,能帮助胃肠对食物进行消化,对防治消化不良、食积腹胀有一定效果。海棠果味甘微酸,甘能缓中,酸能收涩,因此具有收敛止泄和中止痢之功用。由于海棠果中含有大量人体必需的营养物质,所以对提高机体免疫力也有一定作用。

贴梗海棠,又称皱皮木瓜。花粉红、朱红或白色,贴梗海棠为良好的观花、观果花木,适于种植庭院角隅、草坪边缘、池畔溪旁,也可制作树桩盆景。贴梗海棠的果实叫皱皮木瓜,又叫川木瓜、宣木瓜。可作中药材使用,简称木瓜,但切勿与番木瓜混淆。

川木瓜具有很高的食用价值和药用价值。其营养十分丰富,鲜果富含维生素,还含有丰富蛋白质和磷、铁、钙等微量元素。可用来制作蜜饯,其味酸甜纯正,并有特殊的清香果味,川木瓜作为药用,具有舒筋活络、祛风活血,平肝、和脾、化湿舒筋、兴奋、镇痛的功效,所以被应用于中暑、霍乱、风湿性关节痛、脚气水肿和湿痹等症。木瓜中的番木瓜碱,对人体有小毒,每次食量不宜过多,过敏体质者应慎食。怀孕时不能吃木瓜,以防引起宫缩腹痛,导致流产。

104. 高洁而又祛病的菊花

菊花是我国的传统十大名花之一,有三千多年的栽种历史,经过人们长期培育,品种多样,花型丰富,颜色奇异多彩,有资料称菊花品种已达7000种,真可谓美不胜收了。

历代人们爱菊赏菊,不仅欣赏其姿态美丽,更赞赏其不畏寒霜的特性。人们育菊、品菊、咏菊,形成了我国独特的菊文化,留下了许多有关菊花的名诗佳画和文章、书法等。杜甫的:"寒花开已尽,菊蕊独盈枝。"白居易的:"耐寒唯有东篱菊,金粟初开晓更清。"黄巢的:"待到秋来九月八,我花开后百花杀。冲天香阵透长安,满城尽带黄金甲。"等咏菊诗,歌颂了菊花的坚强、高雅和豪爽,至今还脍炙人口。

《红楼梦》中,由探春、宝玉发起,众姐妹踊跃参加,成立了海棠诗社。史湘云来得迟,要做东,提出要做菊花诗。她和宝钗拟定了诗的题目,其中有忆菊、访菊、种菊、对菊、问菊、供菊、画菊、梦菊、赞菊等,把菊花拟人化了。在赛诗中,大家绞尽脑汁,佳句频出,抒发了自己的真情实感,有对菊花的喜爱,有对菊花高风亮节的赞美,也有对菊花受摧残的同情,有的借菊花表达了自己的伤感情绪。湘云的对菊:"萧疏篱畔科头坐,清冷香中抱膝吟。数去更无君傲世,看来唯有我知音。"表现了她豪爽不羁的潇洒风度。宝钗的画菊:"聚叶泼成千点墨,攒花染出几痕霜。淡浓神会风前影,跳脱秋生腕底香。"构思巧妙,借画写出了菊花的神韵和幽香。最佳的是黛玉的咏菊:"一从陶令平章后,千古高风说到今。"和问菊:"孤标傲世偕谁隐,一样开花为底迟?"她在问菊花,为何那样孤傲和绝世,是和谁一起隐居在这纷繁的人世间,又为什么花开得那样迟呢?表现了菊花的高雅、纯洁、不趋炎附势。《红楼梦》借这些诗句还表现了诗作者的不同性格、追求,暗示了他们以后的不同结局。

菊花不但给人间奉献了美丽、芳香,被赋予吉祥、坚强的含义,而且还为人们养生和防治疾病做出了不可磨灭的贡献,它的别名寿客,就说明了它在延年益寿中的作用。

菊花很早就被人们食用和药用。据记载春秋战国时期就有人食用新鲜的菊花。屈原《离骚》中有"多餐秋菊之落英"之句。两千多年前,《神农本草经》就将菊花列为上品;《群芳谱》总结它的疗效有:"明目,治头风,安肠胃,去白翳,除胸中烦热,四肢游气,久服轻身延年。"宋代苏轼《东坡杂记》中亦有"黄菊之色,香味和正,花、叶、根、实皆长生药也"的记载,有诗称菊花为"却老延龄药"句;宋《全芳备祖》称菊花"所以贵者,苗可以菜,花可以药,囊可枕,酿可以饮。所以高人隐士篱落畦圃之间,不可一日无此花也。"明代中医药学家李时珍《本草纲目》也称:"菊苗可蔬,叶可啜,花可饵,根实可药。囊之可枕,酿之可饮,自本至末,罔不有功。宜乎前贤,比之君子。神农列为上品,隐士采入酒盅,骚人餐其落英。"《荆州志》曰:"湖广久病风羸,饮菊潭水多寿。菊之贵重如此,是岂群芳可伍哉。"对菊花的抗衰老作用作了高度的评价。清代医学家吴尚先曾经说过:"七情之病也,看花解闷,听曲消愁,有胜于服药者矣。"

菊花为常用中药,具有疏风、清热、明目、解毒之功效。主要治疗头痛、眩晕、目赤、心胸烦热、疔疮、肿毒等症。如菊花与桑叶、连翘、薄荷素油、苦杏仁、桔梗、甘草、芦根等配伍的桑菊感冒片,主治风热感冒初起,头痛、咳嗽、口干、咽痛。菊花与枸杞子、熟地黄、酒萸肉、牡丹皮、山药、茯苓、泽泻等配伍的杞菊地黄丸,主治肝肾阴亏、眩晕耳鸣、羞明畏光、迎风流泪、视物昏花。此外,以菊花为主的简单配方,对多种症状能起缓解作用。如用菊花配谷精草水煎,可治风热头痛及眼结膜炎。菊花配藁本水煎对眩晕治疗有效。菊花配柴胡对肝区胀痛有缓解作用。菊花、胖大海、麦冬泡水代茶饮对头颈部放射治疗引起的口干舌燥、口腔溃疡有效。

现代医学研究表明,菊花含有挥发油,成分主要为龙脑、樟脑、菊油环酮,还含有腺嘌呤、胆碱、水苏碱、菊甙、氨基酸、黄酮类及微量维生素 B_1 等。菊花对革兰氏阳性细菌、人型结核杆菌有某些抑制作用;其水浸剂对某些常见皮肤致病性真菌亦有些抑制作用。同时具有治疗冠心病、降低血压、预防高血脂、抗菌、抗病毒、抗炎、抗衰老等多种药理活性。

研究还证明,菊花不畏烟尘污染,对于一些有害气体有不同程度的吸收和净化能力。特别是母菊花,在使人生畏的较高浓度的二氧化硫的空气中,竟能茁壮成长、枝叶并茂,比其他的植物抗污和净化能力强许多。居住区多栽种菊花,对净化空气和人体健康大有好处。

菊花除了药用和有利净化环境外,还可以当茶饮。世界卫生组织已认定茶为人类的最佳饮料,其特点之一是只含微量脂肪。菊花茶中的脂肪含量仅为0.9%。我国有许多菊花名茶,如麻城福田河的福白菊、浙江桐乡的杭白菊、黄山脚下的黄山贡菊、安徽亳州的亳菊、滁州的滁菊、四川中江的川菊、浙江德清的德菊、河南济源的怀菊等。菊花中含有多种氨基酸、维生素及铁、锌、铜、硒等微量元素,因而菊花茶不仅清香宜人,而且能清热解毒,增加人体钙质、调节心肌功能、降低胆固醇,对肝火旺、眼睛干涩有缓解作用。但是有研究显示,菊花茶属寒性,"阳虚体质"的人不宜喝菊花茶,脾胃虚寒的人最好少喝。有过敏体质的人要先品尝,没问题时再喝。

105. 从贾赦腿伤谈关节保护

中秋之夜,贾母带领全家在嘉荫堂拜月后由人扶着上山。王夫人劝她,石上台滑,还是坐竹椅上去。贾母说,走上山疏散疏散筋骨也好。一家人上到了主山峰上的凸碧堂,围坐赏月饮酒,贾母命人折桂枝,击鼓传花,说笑话。

轮到贾赦,他说有一位母亲生病,请一个针灸婆子来扎针,婆子说是心火,一针就好了,但她扎的是肋条。儿子问,肋条离心远着呢,怎能治好?婆子说,你不知,天下做父母的,偏心的多着呢!贾母变色说,我也得要这婆子扎一针就好了。贾赦自知失言,忙赔笑解释。接着他又夸奖贾环的诗,还说这世袭跑不了贾环袭了。这些话句句刺痛贾母、王夫人的心,贾赦也自感莽撞,告辞而去。

贾母等继续吃茶欣赏音乐时,有人来报,贾赦从凸碧堂下去,"被石头绊了一下,歪了腿"。《红楼梦》的注释:"歪"在此专作"拗损"讲,念作wɑi。贾母虽有不悦,但还是关心亲生儿子,忙命两个婆子和邢夫人前去看望。停了一会,两个婆子回来说贾赦"右脚面上白肿了些。如今调服了药,疼的好些了,也没大关系"。由此可知,贾赦是崴了右脚,可能是下山时绊了一跤,引起踝关节损伤。

踝关节由胫、腓骨下端的关节面与距骨滑车构成,故又名距骨小腿关节。它是人体重要的负重关节,站立时全身重量都落到踝关节上,行走时踝关节承受的重量约为体重的五倍。在日常生活中,行走、跳跃活动,主要是依靠踝关节的屈伸运动。踝关节周围有韧带、肌腱保护,屈伸运动灵活。但踝关节也有弱点,易在跖屈时发生损伤,并以内翻损伤居多。人在下楼梯、下坡时,踝关节处于跖屈位,极易发生损伤。

常言说"人老先从腿上老",腿上老的表现就是走路不稳,发生摔倒、崴脚、骨折的情况较多。这是因为,老年后,骨骼退化,骨密度降低。据统计,50岁以后约有45%的女性与22.7%的男性患有不同程度的骨质疏松,表现为腰酸背痛、腿抽筋、驼背、变矮,严重的容易骨折且不易愈合。同时,老年人的肌肉也在萎缩,因此平衡能力、协调能力、反应能力大打折扣。

贾赦为何崴了脚?他不只是年龄问题。按说他也到了五十岁左右,但比起贾母要年轻多了,贾母上下山还拒坐竹椅,八十多岁的刘姥姥在大观园摔了一跤,毫发无损。贾赦有丫鬟仆人陪同还会歪着腿,可见与他耽于酒色、四体不勤、身体虚弱有关。当晚贾赦借说笑话讲了多年埋藏在他心里的话,发泄了心中的不平,但暴露后遭人反感,自己也感到懊悔,默默退出后倍添烦恼,再加喝多了酒,下山晃晃悠悠,也是崴脚的原因。现在研究证明,饮酒过多是导致骨质疏松和股骨头坏死的原因之一,贾赦不知道养身,小老婆娶了一个又一个,每天饮酒作乐,患骨质疏松的可能性很大。

崴脚之后怎么办?《红楼梦》只说贾赦调服了药,但没有说什么药。现在的治疗方法是:如果伤情不重,可以进行湿敷,原则是先冷后热,循序渐进。冷敷可使局部毛细血管收缩,有止血、解热、止痛作用。其方法是取冷水浸透的毛巾放在受伤处,3分钟左右更换1次。也可用冰块、冰水装入热水袋中或塑料袋中直接进行外敷,每次20~30分钟。伤在手及足踝部者,可直接将患处浸在冷水中,或用自来水冲淋。受伤24小时后,局部红肿热痛消失,出血停止时才可热敷。方法是用热水浸透毛巾放在患处,无热感时及时更换,每次30分钟,每天1~2次。也可用热水袋、炒热的食盐等热敷。热敷可使局部毛细血管扩张,促进组织间的淋巴液及血液循环,加速新陈代谢,减轻肿胀,缓解肌肉痉挛,有利于患处瘀血及渗出液的吸收,促进受伤组织的再生与修复,减轻粘连,加速愈合。但热敷时应注意不要烫伤皮肤。

如果踝关节肿胀明显,疼痛严重,不敢活动时,应及时到医院诊治。一般要拍X片,了解踝关节伤情。如有骨折、脱位,应采用手法复位或手术治疗。严重的韧带撕裂伤也需手术修补,以保证断裂的韧带正常愈合。

病变早期不宜进行按摩,因按摩影响瘀血吸收、延缓康复;若合并骨折时按摩,有可能造成骨折断端错位,造成复位困难。

如何保护骨骼和关节?建议做到"五要":

一要尽早加强运动。最好从儿童期就开始注意体育锻炼,平时要适当多晒阳光,多做户外活动,争取有一个最好的骨峰值。研究证明,凡是长期坚持体育运动者,其骨密度及强度明显高于同龄人。长期坐在室内工作者,要挤出一定时间运动肢体,如散步、做操、打拳、游泳、打乒乓球等,都有利于骨骼健康。

二要注意合理营养。通过日常饮食,补充必需的钙,如经常食用虾皮、豆制品、坚果、牛奶等,特别是牛奶,含钙量比较高,每天要坚持喝一袋牛奶。

三是要养成良好的生活习惯。不抽烟,少喝酒,不喝浓茶,不食用过多的高蛋白食品。女性在绝经后有一个骨密度快速下降的时期,要注意补充雌激素。

四是要注意保护关节。如不要久坐或久站,经常调换一下姿势;防止超过自己体力的剧烈运动;注意保暖,因为关节处血液供应较少,应防止受凉;要讲究个人卫生,经常洗澡,晚上睡前要洗脚；保持适当体重，避免肥胖，以免加重关节负担。

五是要及时治疗骨质疏松症。加强对骨质疏松高危人群的监测。如有遗传因素者、过于消瘦者、做过子宫卵巢切除者、患有内分泌疾病以及长期服用皮质激素等药物者等，要定期监测骨密度。如骨密度低于正常指标骨峰值均数 2.5 个标准差，就可以诊断为骨质疏松症，然后进行正规的骨质疏松治疗。

106. 从赵姨娘"讨人嫌"谈心理变态

赵姨娘是《红楼梦》中的一个丑角,在贾府中可谓"万人嫌"。从客观来说,这是与掌权者对她的歧视、压抑,故意贬低、羞辱所致;主观上来讲,是她独特的性格造成的。从医学角度分析,她的心理是一种病态,是被扭曲的状况,即医学上说的心理变态。

有人认为,曹雪芹塑造赵姨娘这个人物,是单线条、平面型的,是脸谱化、漫画化处理,不符合美学原则。我认为此说欠妥。赵姨娘这个人物反映了封建贵族家庭一夫多妻制的弊端和嫡庶之争的尖锐性、复杂性,还生动描写了赵姨娘的性格、心理以及病死状况,也是塑造得很成功的一个人物典型。

赵姨娘是贾政之妾,是贾环和贾探春的生母。她的地位按说应当在夫人之下,大丫鬟之上。她生有儿女,封建社会讲究母以子贵,但侍妾还是被当作奴仆看待。王熙凤比她小了一辈,都能严厉训斥她。在赵姨娘吵嚷贾环后,王熙凤竟然指责她:"现在是主子不好了,横竖有教导他的人,与你什么相干?教得歪心邪意,狐媚子霸道的,自己不尊重,要往下流走,安着坏心,还只管怨人家偏心。"自己亲生的儿子是主子,而自己还是奴才,连教导的权利也没有,这既是侍妾的悲哀,也是凤姐身份的霸凌作派。

赵姨娘生了儿子贾环,看来是幸运,但在王夫人和王熙凤看来却是对她们的一个威胁。虽然她们有了贾宝玉,但贾环却是贾政这一房名正言顺的第二继承人,所以她们要设法把贾环和赵姨娘隔绝在权力统治的核心之外。

能决定赵姨娘命运的人物是贾政,赵姨娘的身份由世代为奴的丫鬟变为侍妾就是贾政所致,但贾政只拿赵姨娘当工具,并不关心体贴她。如来旺媳妇,凭借着凤姐的势力,硬要丫鬟彩霞嫁给酗酒赌博、容颜丑陋的旺儿之子。赵姨娘素日深与彩霞契合,巴不得予了贾环,方有个膀臂。于是便恳求贾政留下彩霞给贾环,但贾政却懒得管,说:"且忙什么……再等一二年。"赵姨娘殷勤"打发贾政安歇",连这点事情也未求成,彩霞还是配给了旺儿之子。可见赵姨娘是多么不得势。

赵姨娘想获得自己应有的地位,想为亲生儿子谋得应有的权利,这是无可非议的。她所处的姨娘阶层也是值得同情的,但是她的所作所为却出于歪心邪念,着实令人厌恶。

赵姨娘一面遭人欺凌,另一面却欺下凌弱,言语俗恶,爱挑唆生事、愚蛮粗野。最典型的是,芳官拿茉莉粉混充蔷薇硝给了贾环,贾环并未气恼,经手的彩云也不愿为此"生事"。而赵姨娘却硬要找事,偏要胡闹。她"飞也似地往园中去","走上来便将粉照着芳官脸上撒来",还破口大骂几个小女孩是"小淫妇、小娼妇、小粉头",甚至还有比这更难听的,脏字满口,结果被几个小戏子"裹住","手撕头撞"把赵姨娘弄得狼狈不堪,这种蛮横侮辱清白少女的做法遭到人们的耻笑。

更为狠毒的是赵姨娘与马道婆合伙谋害宝玉和凤姐。凤姐是荣府内掌柜,宝玉是贾政第一继承人,赵姨娘认为凤姐欺压他,宝玉挡了贾环上升的道,因此设法除掉二人。她迷信魇魔法,不惜搭上自己的所有积蓄,还写了欠契,央求马道婆将两个纸人当作宝玉和凤姐,用五个纸鬼缠住,然后作法,妄图害死二人。马道婆这一套全是骗人的,而赵姨娘却深信不疑,说明她害人心切,不择手段。不久宝玉和凤姐两人确实害了一场病,可能是巧合,这种魔魔法不会如此灵验,否则谋害一个人就太容易了。曹雪芹如此写只是显示赵姨娘的愚蠢和残忍罢了。

赵姨娘的口碑不佳,与她的自私、狭隘有关。她亲生的女儿探春临时参与管家,她不但不体谅探春的难处,反而宣扬"我肠子里爬出来的"女儿应该为自己撑腰,提出无理要求,使探春十分难堪。他亲生的儿子贾环也看不惯她的言行。其他人当然也不会说她好。就连李纨这位和事佬也说:"素日赵姨娘每生诽谤,常常弄出一些事情来诽谤别人。"很少褒贬人的平儿则说:"赵姨奶奶原有点倒三不倒两。"

书中还说她"蝎蝎螫螫",有点神经兮兮。特别宝玉中魔已经气息奄奄,贾母等哭得寻死觅活时,赵姨娘却迫不及待地说:"老太太也不必过于悲痛,哥儿已是不中用了,不如把哥儿的衣服穿好,让他早些回去也免些受苦。"气得贾母唾了她一脸,骂她是"烂了舌头的混帐老婆"。由此可见。她的不识时务,不通情理,暴露了她阴暗的内心,也差点漏出她谋害宝玉的诡计。

赵姨娘似乎很会算计,其实是头脑简单,暴露出一副泼妇嘴脸,有人说她是可恨而不可畏,可气而不可怜,可厌而不可劝,有一定道理。

根据赵姨娘的言行分析,她是出现了心理变态,即认知、思维、情感、意念及人格等心理因素变得异常,表现"急躁"和"易激动"。有时热衷缠斗,特别对地位不如她的人,人不惹她,她偏要惹人;有事惹上了她,她就要小事闹大,甚至与十几岁的小鬟们撕破脸大骂,大打出手,以此引起人们的关注,显示她的不好惹,也借此发泄自己的怨恨。这些都是心理变态的表现。

心理变态有很多种,有的出现幻觉、催眠状态,有的表现为梦游、性变态等,其行为和偏离了社会普遍认可的规范,有的甚至出现攻击性行为,危害家庭和社会。这不仅是个人性格、品行问题,而且与遗传、环境因素密切相关,是一种病态。现在遇到这种患者,不能一味训斥、压制,而应及时送医诊治,通过正规的心理、药物、行为治疗等,一般可以使症状缓解、控制,有的诊治及时对症,可以治愈。

107. 聪明能干从何而来

有人认为,聪明才干都是上天赐予、与生俱来的。因此,在感到自己出身卑微、脑子不灵活时,就放弃学习和应有的努力,并因此庸庸碌碌度过一生。其实这是一种误解。聪明才干是与先天因素,也即遗传基因有关,但主要靠的是后天的学习、实践。《红楼梦》中,贾探春的聪明能干是众人公认的,她的聪明能干由何而来呢?

探春出场时,在黛玉眼中的形象是:"削肩细腰,长挑身材,鹅蛋脸儿,俊眼修眉,顾盼神飞,文采精华,见之忘俗。"可见不仅美貌,而且有神采、有风度、有文化底蕴。与别的姐妹相比,她举止大方、胸襟开阔,是个精明能干的女中英杰。

探春不仅诗词写得格调高雅,而且擅长书法。从她的住房"秋爽斋"布置来看,不像女儿的闺房,倒像文人的书房。她的三间屋子连为一体,房中当地放一张梨花大理石大案,案上累着各种名人的法帖,笔墨纸砚一应俱全。墙上挂的是米芾的《烟雨图》和颜鲁公的墨迹。摆设非常简单,但很便于著诗词、练书法,这也说明她勤于学习,这是她聪明智慧的来源。她发起大观园的诗社活动,让众姐妹的才情得以发挥,说明她有追求风雅的热情及较强的组织的能力。

探春敢说敢为、敢作敢当,办事练达,连王夫人都让她三分,凤姐也惧她五分。在金陵十二钗册中,她虽是庶出却排在了第四位,可见曹雪芹对她的评价不低。在凤姐卧病期间,探春领命理家,秉公办事,不徇私情,大刀阔斧推行改革,兴利除弊,令人赞佩。凤姐连声说:"好,好,好,好个三姑娘!"宝玉、黛玉、宝钗等也赞不绝口。

要讲管理能力,凤姐也是一把好手,但与探春比较,就略逊一筹了。首先,探春知书识字,凤姐却不认几个字,账簿也不会记。其次,探春关注的是贾家的整体利益,而凤姐更关心的是自己的私利。再次,探春理家有构思,有打算,有策略;而凤姐全靠随机应变,只顾当前。最后,探春管理大观园时,情况比办理秦可卿的丧事更加复杂,而且她还要克服自己"庶出"身份的影响,在众人面前树威、处理好各方面的矛盾,难度不小,全靠自己的魄力和才干;而凤姐所以能令行禁止,八面威风,主要是有贾母、王夫人和显赫的娘家做靠山,当然也靠她的随机应变和霹雳手段。要论个人品德和能力,探春是高于凤姐的。

王熙凤管家,不但缺乏整体思路,而且还有一条是以权谋私,借机放高利贷,收受贿赂,这是在挖贾家的墙角。而探春管家,是廉洁奉公,设法堵住贾家财产流失的漏洞。她先从有身份有头面的人物头上开刀,如免了宝玉等公子们学里零花的津贴,免了小姐、丫鬟多领的头油胭脂钱。她还提出要从小处入手,节省开支,增加收入。宝钗笑她这是"膏粱纨绔之谈"还提到朱熹的文章,意思是"君子不言利"。而探春却说这:"不过是勉人自励,虚比浮词。"还引用《姬子》的论述:"登利禄之场,处运筹之界者,穷尧舜之词,背孔孟之道",意思是要管好家务,运筹财源,靠那些脱离实际的空话是不顶用的。于是,她与李纨、宝钗商量,对大观园的花木竹草管理及场地打扫等,实行责任承包制,分给老妈妈收拾料理,免得脏乱毁坏,暴殄天物,每年既可收到四百两银子利息,又可使承包者增加收入,结果公私两利,皆大欢喜。探春管家时间不长,但办的几件事都是有实效的"开源节流",使贾府人浮于事、奢靡浪费的风气有所好转,上下人等对她心生敬畏。探春与赵姨娘疏远,有人认为这是对亲生母亲不孝。其实,她是对赵姨娘的心术不正,"每每生事""人人嫌恶"感到痛心。在她管家时想出以公心,而舅舅赵国基却要求她"越发拉扯拉扯",赵姨娘让她破例照顾并帮她"出出气"。对这种无理要求她岂能照办,于是进行了抵制,用探春自己的话说:"我并不敢犯法违礼。"她这样做是顾全大局,是主持公道,并没有错。但她还是耐心对赵姨娘:"安静些,养神罢,何苦只要操心?"在茉莉粉事件中,赵姨娘打了芳官,又不占理,芳官大闹,赵姨娘下不来台。探春先喝住芳官等人,自己带赵姨娘离开现场,好言劝慰,事后便命人查是谁调唆的。这件事证明,她对生身母亲还是关心和保护的。

有人评价探春是:看得透,拿得定,说得出,办得来。她看出了贾府的腐朽与没落,说:"咱们倒是一家子亲骨肉呢,一个个不像乌眼鸡,恨不得你吃了我,我吃了你!"对检抄大观园,她说:"你们别忙,自然连你们抄的日子有呢!你们今日早起不曾议论甄家,自己家里好好的抄家,果然今日真抄了。咱们也渐渐的来了。可知这样大族人家,若从外头杀来,一时是杀不死的,这是古人曾说的百足之虫,死而不僵,必须先从家里自杀自灭起来,才能一败涂地。"

探春如此聪明能干并非天生。其父贾政虽然读了不少书,但思想陈旧僵化,不善处事;其生母赵姨娘狭隘自私,办了不少蠢事,探春在他们身上不会继承多少智慧,她又是庶出,可见先天条件并不好,她的聪明才智主要靠后天而来。

首先,她有较好的学习环境。贾母特别喜欢这个亲孙女,让她在自己身边生活读书,从小受到很好的教养。二是有强势依靠,王夫人对她也十分喜爱,视同亲生,经常让她与自己在一起而使她远离赵姨娘,因此受到下人的尊重。三是她自己"才自清明志自高",自尊自爱,粉面含威,有人因她是庶出而亵渎冒犯她,她必后发制人。四是她勤恳学习,"人不学,不知义",通过读书,她明白许多为人处世的道理,她还热爱诗词,做的诗疏朗大气,文采出众,"腹有诗书气自华"。她勤练书法,字写得好,元春让她誊写宝玉和众姊妹的诗词,传给太监等外人观看。五是她勤于思考,对世事家事进行观察分析,因此有一定见解,提高了处事能力。

108. 贾府的捶打疗法

捶打是我国民间流传已久的解乏治病的简易方法,属于推拿按摩的范畴。《红楼梦》中就描述了不少贾府中有关捶打的情节。

其中是最常见的是丫鬟们为主子捶打。第三十回,王夫人在里间凉床上睡着,金钏坐在旁边捶腿。第五十三回,正月十五,贾母在花厅请族中男女饮酒观戏,她歪在榻上,与众人谈笑,又说:"恕我老了骨头疼,容我放肆些,歪着相陪罢。"又命丫鬟琥珀坐在榻上,拿着美人拳捶腿。捶打一般是用人的拳头,讲究一些的还可用专门的器具,这里说的美人拳就是其中的一种,即头部用皮革或织物包裹棉花,形成拳头般的小捶,下面装有长柄,代替拳头进行捶打,是当时很时兴的贵族用品。当然,比起现在老年人保健用的捶打按摩棒、敲背锤、按摩锤、敲打棒等就低档简陋的多了。

第五十七回,紫鹃为试探宝玉,说黛玉要回苏州,宝玉吓呆后失去知觉,黛玉闻讯后,"哇"的一声,将所服之药,一口呕出,抖肠搜肚,炙胃扇肝的,哑声大咳了几阵,一时面红发乱,目肿筋浮,喘得抬不起头来。紫鹃忙上来捶背,黛玉这才缓过气来,让紫鹃赶快去向宝玉解释,宝玉恢复后,黛玉也好转了。由此可见捶打的应急效果。

丫鬟们有时也互相捶打。如晴雯受了风寒又受了气,正在病中,但这时贾母送给宝玉的十分珍贵的孔雀裘被烧了一个洞,织布匠也不会补,但第二天必须穿用。在紧急情况下,晴雯不顾头重脚轻、满眼金星乱迸的痛楚,拼命连夜补好了孔雀裘,已使得力尽神危。宝玉忙命小丫头来替她捶着,彼此捶打了一会。以后又请医服药,晴雯渐渐地好了。从一般情况分析,小丫鬟为晴雯捶打的是背部,捶打对晴雯病情缓解也起到了一定作用。

捶打疗法源远流长,来自民间。古时候,人们劳累或患病后,通过捶打可以缓解疲乏、减轻痛苦,并在此基础上发展为推拿按摩。我国自魏晋时期就有了按摩专科,以后逐步完善,自成体系。但民间自发的捶打并未止息。至今在我国农村和城市某些居民区,还可以看到有些小一辈为老一辈捶背。在福建南部和台湾民间,称捶打为"捶龙",据说是认为人周身的经脉宛如盘绕人体的"龙",所以起了这个名称。老人如果觉得肩疼腰酸、困顿疲惫时,就吩咐晚辈捶龙,轻轻地有节奏地在疼痛部位捶打,有的懂得穴位,就结合穴位推拿按摩,以获得较好的疗效。一方面可解乏去痛,一方面又谈笑风生,享受天伦之乐。

我国传统医学认为,捶背等推拿按摩疗法,有调节阴阳、活血散瘀、舒经通络、消肿止痛、通利关节等作用。人体有许多穴位,是运行气血、联络脏腑的通路。捶打可以刺激某些穴位,具有促使气血流通和调节脏腑的功能,治疗某些疾病。例如,刺激背部的肝俞穴,能治肝、胃、眼病和神经衰弱、肋间神经痛等;刺激胆俞穴,可治胆囊炎、口苦、胁痛等。

现代医学研究认为,紧张是多种疾病的潜在根源,而捶打推拿等法,可以让神经肌肉得到放松;同时由于刺激神经系统,传导到相关器官和肌肉,使之产生兴奋或抑制、收缩或舒张,从而调节新陈代谢和内脏功能。人的背部皮下有大量的免疫细胞,由于人手平时不容易触及背部,所以这些免疫细胞处于"休眠"状态。

捶背时,刺激这些免疫细胞,激活了它们的功能,于是就"醒"了过来,发挥其应有作用。近来,医学界还有人以振动学来解释捶打疗法的作用机理。认为人体过度的振动或缺乏应有的振动是致病原因之一。而捶打疗法正是通过有节奏的动作,以达到调节振动强度的目的。

捶打在操作时需要根据不同部位选用合适的手法。如空拳击法,是指手握空拳轻柔击打。捶打法,是五指并拢微屈,掌心呈空心状击打。掌击法,是手指微屈,腕掌用力挺紧,以掌根部击打。这三种方法都适宜于腰背部等肌肉丰厚处,可以减轻腰背部酸痛不适。扇打法则是指放松手腕,以手的背侧扇打。劈法是指双手五指分开,小指侧着力,交替击打,比较适合用来敲打双腿肌肉,能缓解肌肉的疲劳,对肌肉有很好的放松作用。

捶打的手法应视病情灵活掌握。其力量宜由轻逐渐加重,部位可由点到线、由线到面逐步展开,动作要有柔和感和弹性感。捶打手法要刚中有柔,避免生敲硬打。捶打以每分钟60～100次为宜,通常每次捶背的时间应控制在20分钟。

捶打疗法对不同人的不同部位也要区分轻重。如对儿童和年老体弱者手法宜轻,对年轻体壮者手法可较重。对痹症、痿症和感觉功能迟钝者手法应适当加重。在捶击时,肩部、背部和腰部宜轻拍,骶部则可以重拍。四肢肌肉丰满处手法宜重,关节及肌肉较薄处手法宜轻。

捶打并非万能疗法,有一定的适应证和禁忌。主要适应证为腰酸背痛、骨关节软组织扭挫伤、挤压伤、落枕、慢性腰腿痛、肩周炎、颈椎病、神经衰弱等疾病。捶打疗法的禁忌证有:各种表皮湿烂的皮肤病、发热、急性传染病、癫痫、骨折、严重心脏病、肝脾肿大、各种出血倾向的疾病、妇女月经期及妊娠期、眩晕、内脏肿瘤、骨折未愈合、骨结核、类风湿等,均须禁止应用。

捶打要讲究适宜、适度、适量。不能误认为,捶得越用力越有效果。有的人过度相信和依赖捶打疗法,认为捶打得越肿、越淤、越青越好。其实,捶打不科学,过急过重反伤身。捶打前学习有关基本知识,掌握一定的方法和技巧,必要时应请医生指导,配合其他治疗方法,以取得较快较好疗效,避免对身体造成伤害。

109. 从黛玉中暑谈防暑降温

《红楼梦》第二十九回，描述了林黛玉中暑的情况。她中暑不仅是由于高温环境，而且与她当时的所见所闻以及与此有关的心理体验有密切关系。这一回标题的后半句"多情女情重愈斟情"，就是把情重列为黛玉中暑的原因之一。

在此之前，在贾府已经有了"金玉良缘"之说，成了黛玉的一块心病。她深爱着的贾宝玉，虽然一再表态对她比别人更亲近，但婚姻之事难以启齿，处于飘摇不定之中。黛玉唯一的希望是她的姥姥贾母能早日确定她与宝玉的婚事。但是这次到清虚观打醮看戏，她看到的与自己所向往的恰恰相反，对她心灵的打击比暑热更甚。

那个被封为"终了真人"的张道士，见了贾母，先是夸赞宝玉长得与其祖父国公爷一个模子，紧接着就给宝玉提亲，说那位小姐的模样儿、聪明智慧、根基家业倒也配得过。贾母虽然说宝玉命里不该早娶，过几年再说，但却还让张道士继续讯听着，只要有模样儿配得上，性格儿难得好的，就来告诉她。这说明，贾母还有在外面为宝玉找妻子的打算。这对黛玉的殷切期待显然是一次沉重打击。接着，张道士端着盘子，要把宝玉带的那块玉"请下来"叫远来的道友和徒子徒孙见识见识。这块通灵玉这么招人喜欢，而宝钗有金锁来配，自己却没有。这对多愁善感的黛玉是第二次明显打击。张道士归还通灵玉时,还送上了道士们赠送宝玉的礼物,其中有一个赤金点翠的麒麟,贾母说这件东西好像谁家的孩子也带着一个的,宝钗说湘云有一个,比这个小些。探春说宝钗有心,不管什么她都记得。黛玉冷笑道:"唯有这些人带的东西上,她才留心呢。"宝钗有金锁,湘云有金麒麟,都符合金玉良缘,而黛玉没有,这是对她的第三次明显打击。

　　本来身体就虚弱的黛玉,顶着酷暑看了半天戏,加上这时清虚观"人多,气味难闻",公子小姐平时娇生惯养,岂能受得了。黛玉在这里又受了三次精神上的打击,对贾母为自己指婚的希望更加渺茫,于是这位"气儿大就吹倒了的"林姑娘就中暑了。

　　中暑是指在高温和热辐射的长时间作用下,机体体温调节障碍,水、电解质代谢紊乱及神经系统功能损害症状的总称。

　　中暑可分为先兆中暑、轻症中暑、重症中暑三个等级。先兆中暑是:高温环境下,出现头痛、头晕、口渴、多汗、四肢无力发酸、注意力不集中、动作不协调等症状,体温正常或略有升高。轻症中暑是:体温往往在38度以上,除头晕、口渴外往往有面色潮红、大量出汗、皮肤灼热等表现,或出现四肢湿冷、面色苍白、血压下降、脉搏增快等表现。重症中暑症状有四种类型:一是热痉挛,多发生于大量出汗及口渴,饮水多而盐分补充不足,导致肌肉突然出现阵发性的痉挛疼痛。二是热衰竭,常发生于老弱者,对高温难以适应,出现头晕、头痛、心慌、口渴、恶心、呕吐、皮肤湿冷、血压下降、晕厥或神志模糊等。三是日射病,是因为直接在烈日的曝晒下,强烈的日光穿透头部皮肤及颅骨引起脑细胞受损,进而造成脑组织充血、水肿,导致剧烈头痛、恶心呕吐、烦躁不安,继而可出现昏迷及抽搐。四是热射病,由于在高温环境中从事体力劳动的时间较长,身体产热过多,而散热不足,导致体温急剧升高。先有大量冷汗,继而无汗,呼吸浅快、躁动不安、神志模糊、血压下降,逐渐向昏迷并伴四肢抽搐发展;严重者可产生脑水肿、肺水肿、心力衰竭等。由此可见,重度中暑是一种威胁生命的急诊病。

中暑的原因很多,如在高温(一般指室温超过35℃)的室内工作,再加上通风差,发生中暑;从事农业劳动及露天作业时,受阳光直接暴晒,地面温度升高,使人的脑膜充血,大脑皮层缺血,引起中暑;在人群拥挤、产热集中、散热困难的场所,也易引起中暑。此外,精神过度紧张、睡眠不足、过度疲劳、心烦意乱等均为常见的诱因。预防中暑要从改善工作环境、劳动条件和增强人的身体和心理健康等方面入手。

黛玉的中暑情况如何?书中没有详述,根据前后情节来看,属于轻症中暑。她服用的是中药"香薷饮"。这剂药源自宋代《太平惠民和剂局方》,由香薷、厚朴、扁豆三味药组成。香薷素有"夏令之麻黄"的说法,它的功效是疏表散寒、祛暑化湿;扁豆可清热涤暑、化湿健脾;厚朴可燥湿和中,理气开脾,三物合用,共奏外解表寒,内化暑湿之效,对于治疗中暑还是很对症的。

黛玉服下"香薷饮"后,在房内躺着休息,宝玉前来探望,本来是想解除误会,交心求近,但又无法直说,只能表白自己根本不在乎金锁、玉麒麟这些东西,戳到黛玉痛处,俩人又争吵起来。宝玉又是砸玉又是发誓,黛玉更加伤心大哭,方才吃的香薷饮便承受不住,"哇"的一声,都吐出来了。紫鹃说:"才吃了药,好些儿。"说明服药有效,但提起伤心事又加重了病情,以致惊动了贾母王夫人前来探望,贾母急得抱怨说:"这两个不懂事的小冤家,没有一天不叫我操心,真真的是俗话儿说的不是冤家不聚头了。"宝黛二人闻听此言,一个临风洒泪,一个对月长吁,细嚼这句俗话的滋味,感到缘分不浅,情丝缠绵,难解难分,比药物还灵验,黛玉的中暑也就痊愈了。

现在治疗中暑,有物理降温和药物降温等疗法,要根据病情对症治疗,先兆中暑只要脱离暑热环境,休息饮水后即可好转。轻症中暑,只要及时降温补液,也不难治愈。对重症中暑,就要送医抢救,输氧补液,注意保护心脑肝肾等脏器,只要及时正确治疗,一般也能转危为安。

110. 麝香与冰片的作用

《红楼梦》有两处提到了麝香。一处是，贾府计划修盖大观园。贾琏的本家侄子贾芸想从这项工程中谋得一点差事做。他先找了贾琏，贾琏也答应了，但掌握人事大权的是凤姐，把原来打算给贾芸的差使转给了别人。贾芸为了讨得凤姐情面，就想方设法，借了银子，买了一些麝香、冰片，在端午节的时候向凤姐行贿。他知道凤姐过节正需要这些东西，对凤姐说："往年间我还见婶子大包的银子买这些东西呢，别说今年贵妃宫中，就是这个端阳节下，不用说这些香料自然是比往常加上十倍去的。"这时恰逢凤姐要办端阳的节礼，采买香料药饵的时节，忽见贾芸送到面前，因此，十分得意，面露喜色。过了两天，就把监种花木的美差交给了贾芸。

另一处写的是，又逢端午节，贾元春打发夏太监赏赐贾府众人礼物。当然最厚重的礼物是送给贾母的，除了与别人相同的礼物外，还有一个香如意，一个玛瑙枕。贾政、王夫人、薛姨妈只多着一个如意。赐给贾宝玉的是：上等宫扇两柄，红麝香珠二串，凤尾罗两端，芙蓉簟一领。唯独他和薛宝钗的礼物相同，黛玉和迎春、探春、惜春只有扇子同数珠儿。如此看来，有贾母、贾政、王夫人、薛姨妈和宝玉、宝钗共六人获得了含有麝香的红麝香珠。可见麝香是名贵礼品。

宝玉因与黛玉相识早、感情好，所以怀疑："怎么林姑娘的倒不同我的一样,倒是宝姐姐的同我一样!别是传错了罢?"红学家有的认为,元妃送的礼物暗藏玄机。宝钗得到的礼物与宝玉相同,意味着贾元春有指婚意向,表明她已属意宝钗嫁给宝玉。但也有人认为,红麝香珠含有麝香,而麝香据说有催产或堕胎的作用,女人使用过多的麝香,会导致终身不孕。元春不会不了解这一点,所以她另有含义,如给亲戚的礼物理应高于自家姐妹。

红麝香珠又称红麝串、红麝串子,是用麝香加上其他配料做成的红色念珠儿,穿成串子,戴在手腕上作装饰。在明清时期香珠还是端午时节的必备之物。那时,流行佩戴香珠,不仅贵族女子要佩戴,有身份的男子也要在左腕或右胸佩戴一串香珠。

红麝香珠的制法,一般是用珍贵木料制成圆珠,用染料染成红色,再用麝香反复浸泡而成。有研究者认为,《红楼梦》中的红麝香珠,是红色玛瑙手串经过带有麝香避暑药的浸泡和熏蒸后制成,,带有麝香的香气。这种珠串,一般由十八颗珠子构成。信佛的人平时把它戴在腕上,念佛时用来计数,也叫数珠。皇妃亲自赠送,倍加珍贵,所以宝钗接收后就戴在了腕上。宝玉要看,她因肌肤丰泽,一时褪不下来,让宝玉看到她那雪白的胳膊,动了羡慕之心。黛玉见此情景,调侃说宝玉是个呆雁,也证实了她的担心:宝玉心里有林妹妹,只是见了宝姐姐,就把林妹妹忘了。

从这种红麝珠的成分来看,主体是玛瑙,只是用麝香浸泡或熏蒸过,麝香含量很小,因此说它会影响生育,是不确切的。下面我们再来了解一下麝香的性能和作用。

麝香为鹿科动物雄麝肚脐和生殖器之间腺囊的分泌物,干燥后呈颗粒状或块状,有特殊的香气,制成香料,不仅芳香宜人,而且香味持久。麝香也是一种珍贵的中药,与犀角、羚羊角、牛黄合称为"四大名贵中药"。

麝香入药在我国有悠久的历史。《神农本草经》上就有记载。《医学入门》认为:"麝香,通关透窍,上达肌肤,内入骨髓,与龙脑相同,而香窜又过之。"《本草经疏》论述:"麝香,其芳香烈,为通关利窍之上药。"中医认为麝香性味辛温,入心、脾、肝经,能开窍、避秽、通络、散瘀。主治中风、痰厥、惊痫、中恶烦闷、心腹暴痛、癥瘕癖积、跌打损伤、痈疽肿毒等症。

中医应用麝香一般都入丸散,当代有30余种名贵中成药中,都含有麝香,有的还以其作为主要成分。中医的急救药"安宫牛黄丸""紫雪丹""至宝丹"等成药中均有麝香。此外,中医常用的六神丸、犀黄丸、苏合香丸、猴枣散、小儿回春丹等成药中,也都含有麝香。

现代医学研究证明,麝香主要含有麝香酮、麝香吡啶、羟基麝香吡啶等10余种雄甾烷解衍生物;还有甘油二棕榈酸油酸酯、甘油棕榈二油酸酯、油酸甲酯、多种氨基酸等。麝香具有兴奋中枢神经系统的作用,使心跳、呼吸加快,并促进多种腺体的分泌,还有发汗、利水等作用。

与所有药物一样,麝香也有毒副作用。如过量内服,会刺激消化道,抑制中枢神经系统,使呼吸麻痹循环衰竭,并引起严重的凝血机制障碍,导致内脏广泛出血。麝香虽然并不是避孕药,但它可使平滑肌强烈收缩,可造成先兆流产或流产。因此阴虚体弱者及孕妇忌用。

由于目前已经掌握了麝香的化学成分,因此我国应用现代科技研究人工合成麝香成功,解决了自然麝香提取费力、来源衰竭的困难。

贾芸送给凤姐的冰片有什么作用? 冰片,又名龙脑香、梅花冰片、梅花脑等,是龙脑香科植物龙脑香的树脂和挥发油加工品提取获得的结晶,也有的用化学方法合成。因其洁白晶莹如冰,故名冰片。又因其为半透明似梅花瓣块状、片状的结晶体,又称"梅片"。冰片含有多种萜类成分结晶,还有龙脑香醇酮、古柯二醇等三萜化合物。性味辛、苦,微寒。中医认为其功能为:通诸窍,散郁火,去翳明目，消肿止痛。治中风口噤、热病神昏、惊痫痰迷、气闭耳聋、喉痹、口疮、中耳炎、痈肿、痔疮等。多与其他药物配伍，入丸、散，但气血虚者忌服；孕妇慎服。

111. 玫瑰露与茯苓霜

《红楼梦》第三十四回,宝玉挨打之后,默默地躺在床上,无奈臀上作痛,如针挑刀挖一般。贾母派人送来一碗汤,他喝了两口,只嚷干渴,要吃酸梅汤。袭人想着酸梅是个收敛的东西,怕宝玉吃了热毒热血不好发散,因此劝了半天才没有吃,只拿那糖腌的玫瑰卤子和了吃,吃了半碗,又嫌吃絮了。

袭人在王夫人询问时回报了上述情况。王夫人说:"你何不早来和我说。前儿有人送了两瓶子香露来,原要给他点子的,我怕他胡糟蹋了,就没给。即是他嫌那些玫瑰膏子絮烦,把这个拿两瓶子去。"说着就唤彩云把前儿的那几瓶香露拿了来。袭人只要了两瓶,拿着看时,只见两个玻璃小瓶,却有三寸大小,上面螺丝银盖,鹅黄笺上写着"木樨清露",那一个写着"玫瑰清露"。袭人笑道:"好金贵东西!这么个小瓶子,能有多少?"王夫人道:"那是进上的,你没看见鹅黄笺子?你好生替他收着,别糟蹋了。"

袭人回到怡红院,禀明香露之事。宝玉喜不自禁,即令调来尝试,果然香妙非常。不久宝玉伤痛痊愈,但这两瓶玫瑰露却没有吃完,还引出了一场轩然大波。

宝玉房内的芳官向宝玉要了些玫瑰露,送给了厨房柳嫂的女儿五儿,柳嫂把娘家兄弟送来的茯苓霜令五儿送一些给芳官。这本来是互相交往,很平常的事情。

但就在此时,病中的王熙凤想要些玫瑰露,却发现王夫人房里少了一瓶。这是赵姨娘私下求彩云偷出来给了贾环。这天五儿到怡红院送茯苓霜回来,被林之孝家碰见,听她答话辞钝色虚,便起了疑心,拿了五儿,果真在柳嫂处搜出了玫瑰露瓶子和一些茯苓霜。于是凤姐吩咐:将柳嫂打四十板子,撵出去;把五儿打四十板子,或卖或配人。后来平儿查明真相,宝玉主动把偷了玫瑰露的事承担起来,这才避免了柳家母女受冤枉,也保护了彩云、赵姨娘,同时给探春留了面子。

通过这件事,表现了赵姨娘爱占小便宜,看出了平儿办事公道,善解矛盾,感叹宝玉敢于替人背黑锅。这件事,也让人们有了悬念,想了解一下玫瑰露与茯苓霜究竟有什么作用?

玫瑰露为蔷薇科植物玫瑰花的蒸馏液。玫瑰花性甘微苦,温无毒。早在隋唐时期玫瑰花就作为一种天然保养品和护肤品,备受达官贵人的青睐。传说杨贵妃保持肌肤柔嫩光泽的秘诀,就是长年用浸泡着鲜嫩玫瑰花瓣的牛乳沐浴。民间也一直有用新鲜玫瑰花蕾加红糖熬膏或蒸露的偏方,服用后可以起到补血养气、滋养容颜的作用。

中医认为,玫瑰露有理气解郁、和血散瘀的功效。主治肝胃气痛、新久风痹、吐血咯血、月经不调、赤白带下、痢疾、乳痈、肿毒。《食物本草》谓其"主利肺脾、益肝胆,食之芳香甘美,令人神爽"。

宝玉伤痛时饮用玫瑰露确实有效,柳嫂将芳官送的玫瑰露分了一半给她患了热病的侄儿,她侄儿和着井水吃了一碗,顿觉"心中爽快,头目清凉"。这玫瑰露清凉可口,色泽艳丽,有"胭脂一般的汁子",还曾被人误认为是西洋葡萄酒。

茯苓,又称玉灵、茯灵、茯菟等,是拟层孔菌科真菌茯苓的干燥菌核,常寄生在松树根上,形如甘薯,球状,外皮淡棕色或黑褐色,内部粉色或白色,精制后称为白茯苓或者云苓。主产于云南、安徽、湖北、河南、四川等地。

茯苓的来历还有个美丽的传说:古时候,有一个员外的女儿名叫小玲,爱上在家打工的小伏。但员外却把小玲许配给一个富家子弟。于是俩人连夜逃走,住在一个小村庄。由于饥寒交迫,小玲得了风湿病。小伏进山给小玲采药,忽见前面有一只野兔。他一箭射中了兔子的后腿,但兔子仍拖着伤腿朝前跑去。小伏追到一块被砍伐的松林时,兔子不见了。但他发现在松树桩旁一个似番薯样的球体,上面插着他的那支箭。小伏将那个球体挖回家,烧汤让小玲服食。第二天,小玲自觉舒服多了。小伏继续找这种球体烧汤给小玲吃,使她的病逐渐好了起来。因此,后人就把这种球起名叫"茯苓"。

古人称茯苓为"四时神药",因为它功效非常广泛,不分四季,将它与各种药物配伍,不管寒、温、风、湿诸疾,都能发挥其独特功效。

中医认为茯苓性味甘淡平,入心、肺、脾经。具有渗湿利水、健脾和胃、宁心安神的功效。可治小便不利、水肿胀满、痰饮咳逆、呕逆、恶阻、泄泻、遗精、淋浊、惊悸、健忘等症。由于茯苓的功效不受时节限制,既可煎汤内服,也可入丸、散配制成药。如苓桂术甘汤、四君子汤、四苓汤等均是有茯苓配伍的常用方剂。

现代医学研究证明,茯苓中的主要成分为茯苓聚糖。对多种细菌如金黄色葡萄球菌、大肠杆菌、变形杆菌等均有抑制作用。能降胃酸,对消化道溃疡有预防效果;对肝损伤有明显的保护作用;有抗肿瘤的作用;能多方面对免疫功能进行调节;能使化疗所致白细胞减少转为加速回升;并有镇静的作用。

茯苓既可药用又可食用。中医认为,经常食用茯苓有健脾去湿、助消化、壮体质、治失眠等作用。茯苓食用的方法多种多样,可以制成茯苓饼、茯苓粥、茯苓包子和茯苓汤等。据传,宋代文学家苏轼就很喜欢食用茯苓。他说做茯苓饼"以九蒸胡麻,用去皮茯苓少入白蜜为饼食之,日久气力不衰,百病自去,此乃长生要诀。"

但应注意，每个人的体质和健康状况不同，对药物的适应情况也有差别，中医认为，如肾虚多尿、虚寒滑精、气虚下陷、津伤口干、体质羸弱者等，要慎用茯苓，同时还要忌米醋。另外，土茯苓虽与茯苓仅一字之差，但功能作用大不相同，而且副作用较多，因此切勿混淆。

112. 从红纱帐谈防蚊

贾府的用品,十分讲究豪华珍贵,蚊帐也丰富多彩。如黛玉进府时,凤姐就送过来一顶藕荷色花帐。黛玉被安排在贾母室内的碧纱橱中,碧纱橱也类似蚊帐的作用。贾宝玉在怡红院时,床上悬挂着大红销金撒花帐子,探春在秋爽斋使用的是葱绿双绣花卉草虫纱帐,宝钗在蘅芜院挂的是青纱帐幔,贾母游园时感到一个姑娘家太朴素了,吩咐给宝钗换上了水墨字画白绫帐子。从这些不同质地、不同色彩的蚊帐上,可看出不同人物的地位、审美情趣及性格特征。

贾母带刘姥姥游大观园,看到了一种极薄的纱。凤姐逞能误说成是蝉翼纱。其实不仅凤姐年轻没有见过,就连饱经世故的薛姨妈也说没听说过。贾母见多识广,详加解释说,那个纱有雨过天晴色、松花色,还有银红色的。若是做了帐子,糊了窗屉,远远地看着,就似烟雾一样,所以叫作软烟罗,那银红的又叫作霞影纱。接着命人拿银红色的替黛玉糊窗子。据《红楼梦》中所述,贾府用于做帐的薄型织物多达几十种,如绫、罗、纱、绢、绡、纨、锦、绣等。

这样的蚊帐和这样的织物已经够珍贵够罕见的了,但还有更高档更稀奇的。神武将军之子冯紫英拿到贾府推销的一件西洋贡品,名叫鲛绡帐,叠的长不满五寸,厚不上半寸,一层一层打开,打到十来层,桌上铺不下了,里面还有两层,都打开,必得高屋里才张得开。这种蚊帐是由鲨鱼丝织成,"暑热天气张在堂屋里,苍蝇蚊子一个不能进来,又轻又亮。"要价五千两银子。连贾府这样的皇戚公候之家也惊叹买不起。

蚊帐在我国历史悠久。《诗经·召南·小星》:"肃肃宵征,抱衾与裯。"东汉经学大师郑玄就将"裯"释为床帐。多数人认为,"蚊帐"一词,源自"齐桓公喂蚊"。齐桓公休憩时,看到一群蚊子在帐外乱飞,便对管仲说:"现在齐国富了,可是这群蚊子却找不到食物吃,我对不起它们。"说罢,就把碧纱帐卷起,放蚊子进来。蚊子进帐后就吸血,有的肠子都被撑破了还舍不得走。桓公说:"这些蚊子和贪婪的人有何区别?"于是下令,要求国民以贪吃的蚊子为镜鉴,杜绝奢侈。从此,帐子就被称为蚊帐了。

封建社会什么人挂什么蚊帐,也有等级限制。宋朝之前,用丝绸制作的蚊帐为宫禁中独用。至于平民百姓,多用葛一类蔓草制作蚊帐。到了宋朝,随着水上丝绸之路的开通,棉花引进种植,制作蚊帐的原料就多了,丝绸蚊帐也走出宫门进入贵族之家了。《红楼梦》里出现的多为丝绸蚊帐。蚊帐不但用以防蚊,医生为妇女看病时用来遮挡,而且还成为表达情意之物。宝玉悼晴雯,作《芙蓉女儿诔》,有"红绡帐里,公子多情;黄土垄中,女儿薄命"之句。

当然,蚊帐的主要作用还是防蚊。蚊子是双翅目长角亚目的昆虫,种类多达数万种。其中人们熟悉的蚊子有三千三百多种及亚种,中国有15属33种及亚种。常见的有三大类:按蚊、库蚊、伊蚊。它们是昆虫中贪婪的吸血鬼。但蚊子中,只有雌性蚊子以血液为食物,而雄性蚊子则以吸食植物的汁液为生。

人被蚊子叮咬后,皮肤常出现起包和发痒症状。雌蚊是用6枝刺针状的口器,犀利刺进人的皮肤,然后放出含有抗凝血剂的唾液,使人的血液溶化,便于吸取。当雌蚊吸血饱足飞走后,人的皮肤上就留下一个红色肿包,产生痒的感觉。这种痒其实不是蚊子的刺针和唾液引起,而是人体内释放出来一种被称为组织胺的蛋白质,用以对抗外来物质,这个免疫作用引发了叮咬部位的过敏反应,即产生痒的感觉。这种过敏反应因人而异,有的较轻,有的较重。如有的人被蚊子叮咬后,整个脸部都肿胀起来;而有的人则没有什么反应。

蚊子不仅是吸血鬼,其更大的危害是传播疾病。它传播的疾病多达80多种,如疟疾、黄热病、丝虫病、寨卡病毒、登革热、乙脑等。特别是疟疾,是全球人类主要的死因之一,尤其是五岁以下的孩童,更容易感染疟疾而死亡。盛极一时的古罗马帝国,其衰落的原因之一就是因疟疾肆虐。疟疾每年约造成3百万人死亡,尤以非洲最为严重,平均每30秒就有一个儿童死于疟疾。

消灭蚊子是保证人类健康,避免疾病传播的有效途径之一。我国自改革开放以来,在防蚊灭蚊方面做了大量工作。我曾多次访问过著名寄生虫学专家苏寿衹教授,他深入疟疾高发区,研究蚊子的生态习性和灭蚊之法,取得可喜进展,曾两次受国家卫生部委托,举办全国防治疟疾和丝虫病学术会议,培养了一大批灭蚊防疟人才。直到2008年他逝世前,还指导研究生探讨灭蚊的新课题。我国著名药学家屠呦呦等,发掘祖国医学宝库,提取青蒿素治疗疟疾,挽救了全球特别是发展中国家数百万人的生命,2015年10月荣获诺贝尔生理学或医学奖。

对于灭蚊,人类已经研究采取了多种有效措施,大致有以下几种:一是化学灭蚊,包括使用蚊香、气雾剂、驱避剂及其他药物,但应避免对人体的损害。二是物理灭蚊:即使用人工吸蚊器、电蚊拍、灭蚊灯等对蚊类进行捕杀。蚊帐是防蚊的老办法,但方便有效,还在继续应用。三是生物灭蚊,如细菌灭蚊、以蚊灭蚊、遗传控制阻止繁殖、水藻灭蚊、以鱼灭蚊等。这方面的研究方兴未艾,前景可观。四是改良环境灭蚊。如清理河道、处理污水、积水、垃圾,消除蚊子的滋生地。这是从根本上消灭蚊子的好办法,需要发动群众,一起动手,既消灭蚊子,又消除污染,改善环境,迎来丽日蓝天、清新空气,何乐而不为?

113. 贾府的珍珠

《红楼梦》提到珍珠之处不少,第四回"护官符"俗谚中就有"丰年好大雪,珍珠如土金如铁"的句子,这里特指薛家,但也泛指贾、史、王、薛"四大家族",他们视贵重的珍珠如俯拾即是的土粒一般,可见其储存之多,应用之广。

王熙凤一出场,"丽人"打扮就有:"头上戴着金丝八宝攒珠髻,绾着朝阳五凤挂珠钗",这攒珠髻、挂珠钗中就不知镶嵌了多少珍珠。贾府的夫人、小姐,甚至有体面的丫鬟,也都有镶嵌珍珠的发簪、耳环、耳坠、流苏和珍珠项链等,不过大小不同、色泽不同、贵重程度不同而已。老爷、公子也佩戴珍珠,如珍珠手链、念珠和衣服上的珍珠饰物等。宝玉路诣北静王时,就围着"攒珠银带",上面的珍珠不会少了。史湘云为宝玉梳头时,发现他发辫上原来相同的四颗珍珠,如今有一颗颜色不同,便问为什么,宝玉说是丢了一颗。可见贾府公子佩戴珍珠是习以为常的。

贾府也用珍珠配药。有一次,王夫人问起黛玉的病情,宝玉在一旁说:黛玉吃一般的药都不会有效果,如果给他三百六十两银子,他可以配一料丸药,包管一料不完就好了。王夫人不问什么药那么贵。宝玉说了头胎紫河车、人形带叶参、龟大何首乌、千年松根茯苓胆等,并说这些难觅的药都不算为奇,只是那君药,说起来唬人一跳,薛蟠求了我一二年,我才给了他这方子。他拿了方子去又寻了二三年,花了有上千的银子,才配成了。宝玉说的这君药不是别的,就是珍珠。王夫人认为宝玉说谎,凤姐说:是有这事。薛蟠曾向她要珍珠,必定要头上戴过的,没有现成的,于是凤姐就把两枝珠花儿上的珍珠拆下来给了薛蟠。

此外,贾母的大丫鬟有四名,其中有一名叫珍珠。后来将珍珠送给了宝玉,改名袭人。但第二十九回,众人到清虚观打醮时,侍奉贾母的还是鸳鸯、鹦鹉、琥珀、珍珠四位大丫鬟。原来王夫人曾吩咐凤姐:"明儿挑一个好丫头送去老太太使,补袭人。"可能这时补上了袭人的缺,仍取名为珍珠,可见贾母对珍珠这个物品的喜爱。那宝玉虽然将珍珠改名袭人,但并不是因为不喜欢珍珠这个物品,而是认为人名字应当有点诗意,不落俗套。他曾说过:"女孩儿未出嫁,是颗无价之宝珠,出了嫁,不知怎么就变出许多不好的毛病来,虽是颗珠子,却没有光彩宝色,是颗死珠了,再老了,更变的不是珠子,竟是鱼眼睛了。"可见他是喜爱珍珠,而厌恶鱼目混珠的。

《红楼梦》还写了特别珍奇的珍珠。冯紫英推销的四件洋货中,有一件是珍珠。只见装在一个锦匣子内,几重白绫裹着。揭开了绵子,第一层是一个玻璃盒子,里头金托子大红丝绸托底,上放着一颗桂圆大的珠子,光华耀目。然后又打开一个白绢包儿,倒出许多小珠,都放在盘内,那些小珠子儿滴溜滴溜的都滚到大珠子身边了。贾政说这大珠原是珠之母,叫作母珠。这四件洋货中,母珠最珍贵,价值一万两银子。珍珠为何这样珍贵,又为何受到贵族的青睐呢?

珍珠并非是天然宝石,主要产生在一种珍珠贝类和珠母贝类软体动物体内。当外来异物进入这些贝类体内,体内的细胞膜就会分泌出珍珠质液,将其层层包裹,久而成珠。根据地质学和考古学的研究证明,在两亿年前,地球上就已经有了珍珠。具有瑰丽色彩和高雅气质的珍珠,象征着健康、纯洁、富有和幸福,自古以来为人们所喜爱。

我国是世界上利用珍珠最早的国家之一。早在四千多年前，《尚书·禹贡》中就有河蚌能产珠的记载，《诗经》《山海经》《尔雅》《周易》中也都记载了有关珍珠的内容。珍珠按照成因分为天然珍珠和人工养殖珍珠两种，习惯上又分为海水珠、淡水珠、人造珠三种。珍珠的形状多种多样，有圆形、梨形、蛋形、泪滴形、纽扣形和任意形，其中以圆形为佳。颜色有白色、粉红色、淡黄色、淡绿色、淡蓝色、褐色、淡紫色、黑色等，以白色为主。典型的珍珠光泽柔和且带有虹晕色彩，多数不透明。

珍珠药用在中国已有两千余年历史。三国时的医书《名医别录》、梁代的《本草经集》、唐代的《海药本草》、宋代的《开宝本草》等医药古籍，都对珍珠的疗效有明确的记载，认为珍珠有"治目肤翳，止泄"等作用。明代李时珍在《本草纲目》中写道："珍珠味咸甘寒无毒，镇心点目；珍珠涂面，令人润泽好颜色。涂手足，去皮肤逆胪；坠痰，除面斑，止泻；除小儿惊热，安魂魄；止遗精白浊，解痘疗毒"等。

现代研究还表明珍珠在提高人体免疫力、延缓衰老、祛斑美白、补充钙质等方面都具有独特的作用。

但是，珍珠药物也不可滥用。《本草经疏》指出："病不由火热者勿用。"珍珠既已入药，就与其他药一样，有一定适应证，也有一定禁忌。如珍珠性寒，寒性体质者如长期服用珍珠，就可能会引起消化不良、四肢发冷等症状。体质偏寒、胃寒和结石症患者也不宜服用珍珠。珍珠粉不宜与草酸类食物（如菠菜）同食，以免引发结石。珍珠粉性凉，故女性在月经期间不宜服用，孕妇及脾胃虚寒者也应慎用。过敏体质者，尤其是已发现对珍珠过敏者，应忌用。因此，在服用珍珠粉前，应先寻医就诊，确诊后再决定是否应用。

珍珠有一定寿命，对于珍珠饰品也要妥善保管、合理应用，避免珠老变黄失去其应用价值。

114. 宝玉对女性的评价

贾宝玉对女性有独特的见解，与当时封建社会的主流思想大相径庭，但他不可能有反对压迫妇女的思想，也不会鲜明地维护整体妇女的权益。他钟情和同情的只是年轻美貌、聪明灵巧的女孩子，而对于已经出嫁的和俗气十足的中老年妇女则另有一种看法。他对心爱的女孩虽有欣赏、亲近，甚至甘愿俯身效力，但却无力也不敢挺身而出保护她们，甚至连为她们辩白的胆量也没有。因此，把他的女儿观抬得过高是不符合这个人物的性格和行为的。下面，让我们来看一看他对女性的评价。

贾宝玉从小就对女儿有好感，而对男人感到厌烦。他在十来岁时就说过："女儿是水作的骨肉，男人是泥作的骨肉。我见了女儿便清爽；见了男子，便觉浊臭逼人！"

他年纪幼小时，很少出门，并不会了解多少男子的丑恶腐败行为，为何感到男子浊气逼人？是因为看到男子态度粗暴、行动粗野、言语蛮横吧！相比之下，他身边的女孩态度和蔼、行动灵巧、言语亲切温柔，所以宝玉才有这种感觉，而且只是直觉，这也可能是异性相吸引的表现。他当时还上升不到是因为男人占统治地位、有的干尽坏事因此才得出污浊这样的评语。随着年龄增长，阅历不断丰富，他的认识才逐步提升，日益深刻。家族期望他"留意于孔孟之间，委身于经济之道"，走读书、应举、做官、立身扬名、光宗耀祖之路。而他却认为这是热衷于功名利禄的"禄蠹",是一条污浊之路。他把四书五经看作是"前人无故生事,立意造言,自己混编纂出来的",并以"焚书"表示对这些书的鄙视。这表现了宝玉反封建的叛逆精神。

贾宝玉有一种朴素的平等观念。他对与自己身份相同的姐妹是尊重、赞赏、敬佩,甚至在她们面前"做小服低""低声下气"、处处忍让。对身份低下的丫鬟,他也向来不摆主子架势,而是给予同情、爱护,看作是清爽美丽的女儿,而认为自己作为男性也是"浊物""浊玉""俗中又俗的一个俗人"。他"纵容"丫鬟"没上没下""无法无天",乐意为丫鬟麝月梳头,对晴雯撕扇宽容相待,袭人病了他忙着求医寻药,殷勤伺候等。在贾府的主子眼里,戏班的女孩子是"奴才的奴才""猫儿狗儿"一样的"玩意"。但宝玉却尊重她们的意志和感情。有次,宝玉曾到梨香院请龄官唱曲,不想遭到拒绝,他没有恼怒,也没有逼迫,反而被龄官的情有独钟所感动,从此认识到,各人有各人的情缘,不是所有女儿都为你流泪。这在等级森严、尊卑有别的封建社会是难能可贵的。

封建宗法制度,"男尊女卑"表现在许多方面。如生男称为"弄璋",也叫大喜;生女为"弄瓦",只叫小喜。男的可以纳妾,而女的要"三从四德""三纲五常""从一而终",甚至"饿死事小,失节事大"。而贾宝玉却提出:"天地间灵秀之气只钟于女子。"这是他的亲身感受。他的姊妹和亲戚中的女子,个个聪慧美丽、多才多艺,就是他所接触的丫鬟们也都各具才貌,而且对他关爱备至。宝玉从她们身上看到了人性中的真善美,犹如朵朵鲜花洋溢着人情美、才情美、青春美。相反的,贾宝玉接触和看到的男子,大多是愚钝、贪婪、凶残、丑陋,与美好的女子形成了鲜明的对比,所以宝玉得出了这样的结论。

宝玉对年轻女儿有博爱之情,但又是层次分明、区别对待的。如对林黛玉,是志同道合,真心相爱,渴望成为终身伴侣;对薛宝钗,有爱慕、赞美之情,但志向不一,虽结了婚却同床异梦。与史湘云只是青梅竹马、情同姐妹而已。与身边的丫鬟,除了同袭人有云雨之情、体肤之亲但并无爱情之外,同晴雯、麝月等也只是同情、亲近与怜惜而已。看来,宝玉爱情还是专一的,心中独有黛玉一人,最后因为没有与黛玉结合而灰心丧气,对生活失去信心,这是他出家的主要原因之一。

女性有一些共同的特点,但十个指头不一般齐,由于出身、环境、年龄不同,其气质、品德、性格、相貌等也有很大差异。宝玉感到清爽的是美丽、温婉、活泼、天真的女儿,而对其他女性的评价就大不同了。

贾宝玉说得很直白:"女孩儿未出嫁,是颗无价之宝珠;出了嫁,不知怎么就变出许多不好的毛病来,虽是颗珠子,却没有光彩宝色,是颗死珠了;再老了,更变的不是珠子,竟是鱼眼睛了。分明一个人,怎么变出三样来?"

宝玉说的"死珍珠",像薛蟠的妻子夏金桂那样,她设计害香菱,气病薛姨妈,引诱薛蝌等,贾宝玉看不下去,要为她寻觅"妒妇方"。"鱼眼睛"则有抓住藕官烧纸钱不放手的婆子、为芳官洗头并殴打芳官的干娘、不由分说地拉着司棋出去的几个媳妇等。宝玉指着那几个媳妇发狠道:"奇怪,奇怪,怎么这些人只一嫁了汉子,染了男人的气味,就这样混帐起来,比男人更可杀了!"守园门的婆子听了,也不禁好笑起来,因问道:"这样说,凡女儿个个是好的了,女人个个是坏的了?"宝玉点头道:"不错,不错!"他同情的是女孩,而不是女人。

由此看出,贾宝玉对女性的评价还是因人而异,不是凡女性都比男性好,而是未结婚的女孩比男人好。他没有看到有的男人蛮横霸道、骄奢淫逸、行为卑劣是其阶级性和个人品质决定的。其实,男性女性各有其优势和不足,各自其中都有败类和高尚者。以性别论优劣是不公平的。在封建社会,妇女受的压迫最重,所以宝玉赞赏、同情女儿,有一定进步意义。

宝玉同情、爱护女儿只是一种美好的感情和愿望,但有心无力,有情无策,有怜无胆。金钏儿因同他说了一句玩笑话,竟被王夫人一巴掌打了出去,不甘羞辱跳井自尽,宝玉竟一溜烟逃跑了。晴雯为他舍命织补孔雀裘,身患重病竟被硬架了出去,悲惨绝望而死。宝玉明知她们冤枉,竟连一句向自己母亲求情和辩白的话都不敢说。说穿了,宝玉有一种唯恐是非惹上身,急于躲避、连忙洗白自己的自私心理,这也是他性格软弱的表现。只是在陷于百般失望、万念俱灰之后,压在他心头的悲愤之火才终于爆燃,冲破牢笼,一去不复返了。

115. 山药和红枣的药用

《红楼梦》第十回,秦可卿患病,请过几位医生来看,都不见效。后又请名医张友士诊治。张医生号脉之后讲了一番脉息,认为"此病是忧虑伤脾,肝木忒旺,经血所以不能按时而至。"然后开了"益气养荣补脾和肝汤"的处方,其中除了有人参、白术、云苓、熟地等之外,还特地写了"怀山药二钱炒"和"红枣二枚"。

这个药方是《红楼梦》中唯一详写的方子。"怀山药",是指河南怀庆府(今焦作市所辖武陟、沁阳等县)所产的山药。炒是一种加工方法,有利于"怀山药"的有效成分溶出。《本草求真》指出:"入滋阴药中宜生用,入补脾宜黄用。"

秦可卿服了张友士开的药,头晕略好些,但还不见大效。贾母对秦可卿的病情也十分关心,专门派人送来"枣泥山药糕"。秦可卿向前来探望的凤姐说:"婶子回老太太、太太放心吧。昨日老太太赏的那枣泥馅的山药糕,我吃了两块,倒像克化得动似的。"凤姐儿答道:"明日再给你送来。"枣泥山药糕的味道清香甜美,口感细腻,补而不腻,易于消化吸收,所以对体弱多病的秦可卿是很适宜的。

山药又名薯蓣、山芋、修脆、玉延等,在我国历史悠久。公元前11世纪的周朝就有人种植。《神农本草经》列为上品。唐代时,为避唐代宗李豫之讳而改名"薯药";宋代时,为避宋英宗赵曙之讳又改为"山药",一直沿用至今。

相传战国时有两国交兵,一方被困山谷。另一方认为山谷没有粮食,被困的一方必然灭亡,因此放松警惕。但不久被困一方突然杀出,大获全胜。事后方知,山谷中有大量的山药生长,其块根养人,藤茎可以养马,因此兵强马壮,转败为胜。《湘中记》载:东晋永和初年,有一个采药人来到衡山,迷路粮尽,坐在悬崖下休息。忽看到有一老翁,正对着石壁看书,十分健康。采药人求食,老翁就给他山药,并指点出山之路。采药人以山药解饥,走了六天才回到家,可见山药之功效。

《神农本草经》称:山药"补虚,除寒湿、邪气,补中益气力,长肌肉。久服耳目聪明"。李时珍认为山药益肾气、健脾胃、止泻痢、化痰涎、润皮毛。山药,入脾、肺、肾经,在临床上经常用于治疗脾胃虚弱、食少体倦、长期腹泻等症状。宋朝陆游诗曰:"久缘多病疏云液,近为长斋煮玉延。"玉延就是山药,陆游以煮山药来养病,并写入诗中,可见对山药的喜爱。现代医学研究,山药含有黏液蛋白,有降低血糖的作用,是糖尿病人的食疗佳品。

红枣又名干枣、大枣等,起源于我国。经考古学家从新郑斐李岗文化遗址中发现枣核化石,证明枣在中国已有8000多年历史。早在西周时期人们就开始利用红枣发酵酿造红枣酒,作为上乘贡品,宴请宾朋。自古以来枣就被列为"五果"(桃、李、梅、杏、枣)之一。

《黄帝内经》记载:枣具有益气养肾、补血养颜、补肝降压、安神壮阳、治虚劳损之功效。《本经》称,红枣味甘性温、归脾胃经,有补中益气、养血安神、缓和药性的功能。李时珍在《本草纲目》中说:枣味甘、性温,能补中益气、养血生津,用于治疗"脾虚弱、食少便溏、气血亏虚"等疾病。

中医对红枣的应用有以下几种:一是健脾益胃,适用于脾胃虚弱、腹泻、倦怠无力者;或与党参、白术共用,能补中益气、健脾胃,达到增加食欲、止泻的功效;红枣和生姜、半夏同用,可治疗饮食不慎所引起的胃炎如胃胀、呕吐等症状。二是补气养血:平时多吃红枣,能增强免疫力。三是养血安神:用红枣和甘草、小麦同用(甘麦大枣汤),可起到养血安神、舒肝解郁的功效。四是缓和药性:红枣常被用于药性剧烈的药方中,以减少烈性药的副作用,保护脾胃不受伤害。

红枣营养丰富,含有蛋白质、脂肪、糖类、有机酸、维生素A、维生素C、微量钙、多种氨基酸等营养成分。红枣含有的维生素C比苹果、梨、葡萄、桃、山楂、柑、橘、橙、柠檬等水果均高,还含有维生素P、维生素A、B族维生素和黄酮类物质环磷酸腺苷、环磷酸鸟苷等,十分有益于人体健康,故红枣又有"自然维生素"和"百果之王"的美誉。

现代药理学发现,红枣能促进白细胞的生成,降低血清胆固醇,提高血清白蛋白,保护肝脏,红枣中还含有抑制癌细胞,甚至可使癌细胞向正常细胞转化的物质。鲜枣中丰富的维生素C,使体内多余的胆固醇转变为胆汁酸,可降低结石形成的概率。枣中富含钙和铁,对防治骨质疏松、产后贫血有重要作用。枣所含的芦丁,是一种使血管软化,从而使血压降低的物质。枣还可以抗过敏、宁心安神、益智健脑、增强食欲。人们对红枣十分喜爱,有不少顺口溜,如"日食三颗枣,百岁不显老""门前一颗枣,红颜永到老"等。

但是,吃红枣也有限制与禁忌。红枣虽可经常食用,但不可过量,否则会有损消化功能,造成便秘等症。红枣含糖量较高,尤其是制成零食的红枣,不适合糖尿病患者吃,以免血糖增高。如果生吃太多红枣,又没有喝足够的水,对牙齿不利,吃多了要漱口或刷牙。另外,枣皮纤维含量很高,但比较坚韧,一定要充分咀嚼,不然会影响消化吸收。湿痰及积滞者不宜多食。体质燥热者,也尽量少食。

116. 贾府如何治感冒

自古以来,感冒就是一种常见病,但过去中医不叫感冒,称为"伤风""风寒"等。说到感冒一词的来历,还颇有雅趣。

南宋时,翰林院下属有个学术机构叫馆阁,每晚要安排一名阁员值宿。但这不过是应景,只要值班人在值班簿上写"肠肚不安"就可以开溜。有一位名叫陈鹄的太学生,并无阁员资格,但也要他值宿。陈鹄深感委屈,也要开溜,但他却不照例写"肠肚不安",而标新立异,写上"感风"二字。当时有位医学家陈无择,曾论述"风"可致病。陈鹄借来"风"字,加上个"感"字,表明是受了风寒之意。到了清朝,官员请假,依例称请"感冒假"。"感"是"感风"一词的省缩,"冒"字是指透出来了。意思是,本官公务操劳,已感外淫,隐病坚持至今,症状终于冒出,只得请假休息了。

这个官场话怎么变成了病名呢?随着西医的传入,翻译英文常用病名 Catch Cold 需选取一个中文对应词,于是就选取了"感冒"这个有点文化背景的词。

感冒是常见病、多发病,《红楼梦》主要写的是上百人的贾府,当然免不了有人患感冒,但用的病名还是伤风、风寒等。

第十九回,袭人回家,听母兄说要赎她回家,想起卖她的情况,哭了一阵,回到贾府,又费尽口舌劝宝玉,直说到深夜,"至次日清晨,袭人醒来,便觉身体发重,头疼目胀,四肢火热。先时还扎挣得住,只要睡着,因而和衣躺在炕上。宝玉忙回了贾母,传医诊治,说道:'不过偶感风寒,吃一两剂药疏散疏散就好了。'"疏散就是医生根据袭人病情开的解表药方。袭人服后"夜间发了汗,觉得轻省了些"。

第五十一回,袭人因母亲病重回了家,晴雯、麝月成了宝玉近侍。这时正值严冬。半夜宝玉醒来要喝茶,麝月起来伺候,晴雯也要喝茶,麝月只得也服侍她喝茶并漱了口。麝月要出去看看,晴雯想吓唬她玩耍便仗着素日比别人气壮,不畏寒冷,也不披衣,只穿着小袄,便蹑手蹑脚地下了熏笼,随后出来。宝玉笑劝道:"看冻着,不是玩的。"晴雯只摆手,随后出了房门。只见月光如水,忽然一阵微风,只觉侵肌透骨,不禁毛骨森然。心下自思道:"难怪道人说热身子不可被风吹,这一冷果然利害。"晴雯回到室内,两腮如胭脂一般,双手冰冷。暖了一会,不觉打了两个喷嚏。宝玉叹道:"如何?到底伤了风了。"至次日起来,晴雯果觉有些鼻塞声重、懒怠动弹。宝玉连忙叫人请了大夫。那大夫诊脉后说:"小姐的症是外感内滞,近日时气不好,竟算是个小伤寒。幸亏是小姐素日饮食有限,风寒也不大,不过是血气原弱,偶然沾带了些,吃两剂药疏散疏散就好了。"

大夫开了药方,宝玉看时,上面竟有枳实、麻黄。宝玉道:"该死,该死,他拿着女孩儿们也像我们一样的治,如何使得!凭他有什么内滞,这枳实、麻黄如何禁得。"立即命人去请王太医。王太医诊了脉后,说的病症与前相仿,只是方上果没有枳实、麻黄等药,倒有当归、陈皮、白芍等,药之分量较先也减了些。宝玉喜道:"这才是女孩儿们的药,虽然疏散,也不可太过。"

这里既说了晴雯感冒的病因、症状,也讲了治疗晴雯的药方。第五十五回提到,"时届季春,黛玉又犯了咳嗽,湘云亦因时气所感,亦卧病于蘅芜苑,一天医药不断。"可能是倒春寒导致二人也患了感冒,但经治疗后好转。

贾母患感冒有两次。第一次是四十二回,贾母游过大观园后病了,王太医看过后说:"太夫人并无别症,偶感一点风凉,究竟不用吃药,不过略清淡些,暖着一点儿,就好了。"第二次是六十四回,贾母因贾敬病逝奔丧回来,"至夜间便觉头闷目酸,鼻塞声重。连忙请了医生来诊脉下药,足足的忙乱了半夜一日。"这说明,年老体弱者经不起风寒侵袭,感冒后病情较重,还容易引起并发症,不容忽视。

这几人患感冒都与受风袭击有关。中医认为,风是百病之长。六淫之中,风不仅自身致人生病,而且能兼带其他五淫(寒、暑、湿、燥、火)共同伤人。感冒就是伤风,中医分为实证与虚证两种。实证又分为风寒型、风热型;虚证又分为气虚、阳虚、血虚、阴虚等,其治疗原则不同,应因人、因病、因时、因地制宜。

现代医学认为,感冒总体上分为普通感冒和流行感冒。普通感冒,是一种轻微的上呼吸道(鼻及喉部)病毒性感染,有自限性,有的不用服药,注意休息和调节饮食,病程4～10天自愈。流行性感冒传染性强,传播速度快,全身中毒症状明显,常为高热,39～40℃,头痛、全身疼痛常见且严重,可伴有鼻塞、喷嚏、咽痛,胸部不适及咳嗽常见,且程度较重,可并发支气管炎、肺炎,甚至可危及生命。流感所引起的并发症,甚至死亡非常严重。据世界卫生组织(WHO)发布的公告,全球每年流感病例为6亿～12亿例,死亡50万～100万人,其中重症流感病例300万～500万例,重症流感的病死率为8%～10%。所以对感冒不可掉以轻心,一旦有了感冒症状,要及时到医院检查治疗。

对于感冒,重在预防。要注意锻炼身体,增强抵抗疾病的能力;注意卫生,勤洗手,早晚刷牙,饭后漱口,不吃不洁净的食物,避开污染源;注意营养均衡,多吃新鲜蔬菜水果等富含维生素的食物,适当多喝白开水;注意保暖,及时添加衣被,防止风寒突然袭击;注意精神卫生,保持心情舒畅,避免心急上火,郁郁寡欢等。

117.《红楼梦》中音乐韵味浓

"字字看来皆是血,十年辛苦不寻常"。《红楼梦》中关于音乐方面的描述不少,也渗透着作者的心血,成为这部文学巨著的有机组成部分,为深化主题思想、塑造典型形象,起到了重要作用。

第五回,写宝玉梦中到了太虚幻境,先听见山后有人作歌,又遇警幻仙子,领他看了金陵十二钗的册子,又让十二位舞女"轻敲檀板,款按银筝"唱起了"红楼十二支"曲子。宝玉"一面目视其文,一面耳聆其歌"。这些曲子预示了书中众多人物的命运,眼前的富贵荣华不过是一场美梦,爱情和婚姻的悲惨结局,是《红楼梦》的序曲和主题曲。

第四十一回,贾母等众人到了藕香榭,让正在排练戏曲的十几个女孩演出。不一时,只听得箫管悠扬、笙笛并发。正值风清气爽之时,那乐声穿林渡水而来,自然使人心旷神怡。贾母笑道:"大家吃上两杯,今日着实有趣。"薛姨妈、凤姐、李纨、湘云、宝钗、黛玉也都干了。当下刘姥姥听见这般音乐,且又有了酒,越发喜得手舞足蹈起来。这一段显示音乐助兴,大家心情愉悦。

第八十六回,宝玉来到潇湘馆,只见黛玉靠在桌上看书,书上的字他一个也不认得,便说黛玉是看起天书来了。黛玉笑他连个琴谱都没有见过。接着,黛玉讲了弹琴的手法,宝玉乐得手舞足蹈,黛玉道:琴者,禁也。古人制下,原以治身,涵养性情,抑其淫荡,去其奢侈。若要抚琴,必择静室高斋,或在层楼的上头,在林石的里面,或是山巅上,或是水涯上,再遇着那天地清和的时候,风清月朗,焚香静坐,心不外想,气血和平,才能与神合灵,与道合妙,所以古人说"知音难遇"。

黛玉不仅对琴的乐理手法讲得头头是道,而且会为诗词配音韵。在第八十七回,黛玉看见案上宝钗的诗,叹道:"境遇不同,伤心则一。不免也赋四章,翻入琴谱,可弹可歌。"便将琴谱翻出,将宝钗的两首诗合成音韵,又命将自己带来的短琴拿出,调上弦,又操演了指法,抚了一番。这时,妙玉与惜春下棋后回归,由宝玉送行,走近潇湘馆,忽听得叮咚之声。妙玉道:"那里的琴声?"宝玉道:"想必是林妹妹那里抚琴呢。"二人在山子石坐着静听,妙玉边听边评论选用的琴弦与韵律,还说:"这又是一拍。何忧思之深也!"又听了一会,说"如何忽作变徵之声?音韵可裂金石矣。只是太过,恐不能持久。"正议论时,听得君弦嘣的一声断了。可见妙玉是深通琴韵的,封建社会的女子受到很多束缚,但贵族女子赋诗弹琴作曲歌咏,则被看作风雅之事,限制较少。因此,黛玉妙玉从小可以学琴,这是她们表露心声的一个重要渠道,《红楼梦》艺术地再现了这一点。由于在叙事中描述了一些音乐方面的内容,使得书中增添了艺术韵味,节奏上出现一唱三叹之妙,达到了和谐、稳定的美学境界。

遗憾的是《红楼梦》中的歌曲,包括黛玉为宝钗和自己的诗谱写的琴谱音韵,都没有记载下来。好在有当代音乐家王立平,他为电视剧《红楼梦(87版)》谱写了全剧的音乐。他反复思考和推敲,确定了音乐的基调是"满腔惆怅,无限感慨",主题歌确定为《枉凝眉》。他耗时四载有余,竭尽心力,终于为《枉凝眉》《葬花吟》《晴雯歌》《叹香菱》《红豆曲》等谱写了音符,词曲的贴合十分紧密,浑然天成、震慑人心,通过音乐传达出鬼斧神工般的神韵。有人评论,这是中国音乐史上的一座高峰。

音乐确实有神奇的力量。贾宝玉就说过诗词一道,但能传情,不能入骨,而音乐却把他的"神魂都唱了进去了"。

现代医学研究认为,音乐对放松身心、振作精神、诱发睡眠等,都有一定效果。在生理上,音乐能引起呼吸、血压、心脏跳动以及血液流量的变化。

1972年,波兰政府根据几位病理学家和音乐学家的建议,设立了第一个"音乐治疗研究所",颇有效果。不久,英、美、日等国的一些医院也随之采用了音乐治疗的方法。比如,每日饭后听3次音乐,能治疗神经性胃炎;给患高血压病者听抒情音乐,可降低血压;给受了惊吓的人听柔和轻松的乐曲,可以使病人安静以至恢复正常。我国也有不少医院采取了音乐疗法。有的在病人做手术时放舒缓优雅的音乐,对缓解病人紧张情绪起到了微妙作用。人体为什么会在特定的音乐环境中产生反应?研究认为,这与人体细胞本身的节奏有密切的关系。当人体细胞的震动与外部节奏协调时,人就有舒畅的感觉。采用什么音乐,要依据各人的性格、心理和体质慎重选取。

当然并不是所有的音乐对人的身心健康都有益。国外心理学家研究发现,以演奏古典乐曲为主的乐队成员,心情大都平稳愉快;以演奏现代乐曲或以演奏现代乐曲为主的成员,70%以上的人患有神经过敏症,60%以上的人急躁,22%以上的人情绪消沉,还有些人经常失眠、头痛、耳痛和腹泻。

音乐与人体健康的关系有广阔研究空间,目前还有很多未解之谜,不必急于下结论。

118. 做梦影响健康吗？

贾府衰败的预兆，在书中人物的梦中有所反映。第七十二回，王熙凤向旺儿媳妇讲："昨晚上忽然做了一个梦，梦见一个人，虽然面善，却又不知名姓，找我。问他作什么，他说娘娘打发他来要一百匹锦。我问他是那一位娘娘，他说的又不是咱们家的娘娘。我就不肯给他，他就上来夺。正夺着，就醒了。"对这个梦，旺儿家的说："这是奶奶的日间操心，常应候宫里的事。"实际上，贾府这时已经出现了经济窘境，入不敷出，寅吃卯粮，甚至折卖铜锡和自鸣钟。这个梦是贾府外强中干的真实写照。

被王熙凤害死的有五个人，其中尤二姐死后还给凤姐托过一梦。第一百一十三回，凤姐梦中见尤二姐渐近床前说：姐姐的心机也用尽了，咱们的二爷糊涂，也不领姐姐的情，反倒怨姐姐做事过于苛刻，把他的前程丢了，叫他如今见不得人。这个梦表明，凤姐心中有愧，害怕尤二姐前来索命。

除死人托梦外，还有梦遇情人、死前噩梦、梦中嫁娶等。如湘莲梦见死后的尤三姐托梦，决定出家；妙玉做梦出嫁，走火入魔；秦钟、尤二姐、贾瑞与鸳鸯临终之前做梦；贾宝玉梦见甄宝玉；红玉梦见贾芸等，这些梦表现了他们的思念、愿望、惊恐、忧伤等复杂的心理和情感。此外还有宝玉为救藕官而编造的梦。这些梦，表现了人物内心的隐秘，揭示了生活中的矛盾，使人物形象更加

丰满,使主题更加深刻。

这些五花八门的梦确实引起了人们的兴趣和思考。但是,梦究竟是怎么一回事,是如何产生的,对健康的影响如何?《红楼梦》之梦,不少涂上了神话色彩,把梦说得虚幻莫测,好像来自天上的神仙,或故去的人托梦,预言还那么准确,这种说法对吗?

现代医学认为,梦是一种主体经验,是人在睡眠时产生想象的影像、声音、思考或感觉。就是说,梦是来自人的自身,并非来自神灵,也不是来自死亡人的魂灵。常言说得好:"日有所思,夜有所梦",梦是日常生活的曲折反映。

人为什么会做梦,梦产生的机制还不十分清楚。目前研究认为:人入睡后,大脑和一些器官并未完全休息,而是在进行休整和调节,这些活动是引发做梦的根源。梦的内容与人的社会环境、心理因素以及形体状况有着不可分割的联系。还有一种说法:在白天,人的左脑掌管理性思维,而右脑则善于想象和富有创造性。在睡觉时,尤其是浅眠时,右脑依旧会工作,只是这时已经没有左脑理性的控制,便会诞生许多稀奇古怪的想象。

过去人们曾经认为,做梦是神经衰弱或其他疾病的表现,但现在的相关研究证明,这种说法缺乏依据。其实,做梦是人体一种正常的、必不可少的生理和心理现象。科学工作者曾做过一些阻断人做梦的试验。即当睡眠者一出现做梦的脑电波时,就立刻唤醒,不让其梦境继续,如此反复进行,结果发现对梦的剥夺,会导致人体一系列生理异常,如血压、脉搏、体温以及皮肤的点反应能力均有增高的趋势,自主神经系统机能有所减弱,同时还会引起受测试者一系列不良心理反应,如出现焦虑不安、易怒、感知幻觉、记忆障碍、定向障碍等。显而易见,正常的梦境活动,是保证机体正常活动力的重要因素之一。

由于人在梦中以右大脑半球活动占优势,而觉醒后则左侧大脑半球占优势,在机体24小时昼夜活动过程中,使清醒与做梦交替出现,可以达到神经调节和精神活动的动态平衡。因此,梦是协调人体心理世界平衡的一种方式,特别是对人的注意力、情绪和认识活动有较明显的调节作用。因此认为,梦是健康的表现。

做梦还有一些预想不到的奇妙效果。《红楼梦》中,香菱的梦中吟诗与湘云的梦中赋诗,都是在梦中激发了灵感,吟出了佳妙诗句。现实中这样的事例也不少。如英国数学家罗素称,他的不少数学难题是在梦中解决的;世界名著《化学博士》就来自作家史蒂文森的一个梦;广州白天鹅大厦,是我国建筑师佘南在梦中构思的。据调查,有70%的学者坦承,他们都从梦中得到过灵感。这是因为,他们对有关问题思索已久,储存了许多信息,相关知识经验已集中起来,在梦中,从惯性思维中跳脱出来新的闪光,给闭塞的思路开辟了新的境界。

做梦还能预报疾病。心理学家认为,梦好像是一台灵敏的仪表,它对一些不自知的身体变化会有所反应。如有些肝炎病人在发病前几天会出现令人焦躁、恐惧的梦境;有的在梦中被殴打,醒后感觉梦中被打的部位疼痛,预示对应的脏器可能有病变;有的梦中听到怪响,可能是听觉中枢存在某些病变或是其附近的血管发生硬化。梦到气管被卡,呼吸不畅、窒息,可能是呼吸系统存在病变;梦中被追逐、恐惧、叫不出、跑不动,惊醒后心有余悸、出汗、心跳加快,可能是心脏冠状动脉供血不足等。

这是因为入睡时大脑的注意力由外部转入内部,平时被忽略的身体不适信号,这时刺激增强,提醒人们注意。如果睡眠时多次出现类似上述情况,就应引起注意,到医院检查确诊。

最近,动物实验证明,增加能做梦的快波睡眠,可延长小鼠的寿命。还研究认为,人脑中有"催有梦睡眠"和"催无梦睡眠"两类物质,前一种可延长寿命。虽然梦之谜尚未完全破解,但我们至少可以不再恐惧做梦了。

119. 芋头橘橙助诗兴

《红楼梦》第五十回：瑞雪飞舞飘落，大地一片洁白，天上仍是搓绵扯絮一般。这时大观园又迎来了湘云、宝琴、岫烟、李绮几位美丽聪慧的姑娘，黛玉和宝钗和好如初，再加上李纨、贾家三姐妹和宝玉等，诗社人才荟萃，大家聚集在芦雪庭赏雪联诗。

因为来的匆忙，人们没有吃好早饭。湘云、宝玉抢先烧鹿肉吃，各人房中的丫鬟们都添送了衣裳来。年长的大嫂李纨见大家腹中空虚，就命人将那蒸的大芋头盛了一盘，又将朱橘、黄橙、橄榄等盛了两盘，命人送来。

这几样食物，看似平常，但有很好的充饥和保健作用，特别是在冰天雪地之时，在人们搜肠刮肚寻觅佳句而绞尽脑汁之后，更需要增加点营养，说明李纨这个大嫂细心周到，对姑娘们和弟弟无微不至的关心。

联诗中有一句是"煮芋成新赏"，这个"芋"就是指芋头，李纨也可能是从这个诗句中得到启示才令人蒸芋头的。方法也简单，将芋头洗净，放笼中蒸熟即成，不像茄鲞那样反复加工，费力不见好。

芋头又名芋艿、毛芋，为天南星科植物芋的块茎，我国南方和华北各省均有栽培。其药用作用，梁朝陶弘景《名医别录》中指出，芋头"主宽肠胃，光肌肤，滑中"。中医认为，芋头性味甘、辛、平，有小毒，入大肠、胃经，有解毒，散结，消瘰之功，少食可助消化；对已溃或未溃的瘰疬痰核，用来煮粥，或捣烂外敷，均有疗效。

芋头淀粉含量约占69.6%～73.7%，蛋白质含量1.75%～2.3%，此外，还含有脂类、矿物质以及维生素等，有一定的补益功效。

朱橘是橘子的一种，其果皮呈红色，体形如算盘珠，又称"珠橘"。橘子为芸香科植物多种橘类的成熟果实，产于福建、四川、安徽、湖北等地。

中医认为，橘性味甘、酸、凉，入肺、胃经，有理气和中，生津止渴，化痰止咳之效，适用于脾胃气滞，胸腹满闷，呕逆食少，口中干渴，或消渴及咳嗽痰多等证。

橘子含丰富的葡萄糖、果糖、苹果酸、柠檬酸及黄酮苷（如橙皮苷），挥发油、肌醇、维生素B族等。挥发油有利于胃肠积气的排出，推动胃液分泌，帮助消化；能刺激呼吸道黏膜，使分泌物增加，痰液稀释而易于排出；有降低毛细血管脆性的作用，防止微血管出血；黄酮苷有降低血脂作用。在柑橘尤其是金橘中含有类似维生素P的橙皮苷物质，这种物质能增强血管弹性、韧性，降低毛细血管的通透性，防止毛细血管破裂，防止动脉粥样硬化和高血压病。

橙子，为芸香科乔木植物香橙的成熟果实。我国华东、华南、西南和湖北、湖南等地均有栽培。杜甫诗句中有"劝客驼蹄羹，霜橙压香橘。朱门酒肉臭，路有冻死骨。"说明橘、橙历来为贵族席上珍品。

橙子性味甘、酸，微凉。含有橙皮苷、柠檬酸、苹果酸、琥珀酸、果糖、果胶和大量维生素等营养物质，具有增加毛细血管弹性，降低血中胆固醇，防止动脉硬化的作用。中医认为，橙子有生津止渴、开胃宽胸止呕之功，适用于食欲不振，胸腹胀满作痛，醉酒等。澳大利亚研究发现，每天吃柑橘类水果，还可以使中风的发生率降低19%。美国最新的一项调查还发现，女士们多食用橙子，还可以预防和减少胆囊炎的发生。

人们吃橙子大都用刀切,汁液流溢,既浪费又不卫生。其实,橙子剥皮并不难,可以把橙子放在桌面上,用手掌压住慢慢地来回揉搓,只要用力均匀地揉搓一会儿再剥,橙子就会像橘子一样容易剥皮,吃起来既干净又方便。

橄榄,又名青榄、青果、青子,为橄榄科植物艺榄的果实,主产于广东、广西、福建、台湾、四川等地。橄榄性味甘、酸、平,入脾、胃、肺经,有清热解毒,利咽化痰,生津止渴,除烦醒酒,化刺除鲠之功,适用于咽喉肿痛,烦渴,咳嗽痰血,鱼骨鲠咽等。《本草纲目》言其"生津液,止烦渴,治咽喉疼,咀嚼咽汁,能解一切鱼鳖毒"。《随息居饮食谱》赞其"开胃生津,化痰涤浊,除烦止渴,凉胆息惊,清利咽喉。"

橄榄营养丰富,果肉含蛋白质、碳水化合物、脂肪、维生素C以及钙、磷、铁等矿物质,其中维生素C的含量是苹果的10倍,梨、桃的5倍。含钙量也很高,且易被人体吸收。冬春季节是多种上呼吸道疾病的多发季节,每日嚼食2~3枚鲜橄榄,对上呼吸道感染有一定预防作用。民间有"冬春橄榄赛人参"之说。儿童经常食用,有利于骨骼发育。橄榄油能降低低密度脂蛋白,增加高密度脂蛋白,因而可减少患心血管病的机会;橄榄油中多酚类是高效抗氧化剂,有益于脂肪代谢,用橄榄油代替植物油炒菜,有降脂作用。黛玉向香菱讲解绝妙诗句时说:"念在嘴里倒像有几千斤重的一个橄榄",可见橄榄有耐人咀嚼、品味的特点。

芋头、橘、橙等食物又能充饥,又利消化,又能品味,又助诗兴,李纨想的何等周到,对小姐妹何等体贴爱护,真不愧是人们敬爱的好嫂子啊!

120. 端午节的卫生习俗

《红楼梦》以不小的篇幅写了端午节,不仅有详有略,写了许多生动的故事,而且写了端午节的卫生习俗。

第二十四回,到了端午节,贾芸为了能在贾府内谋得一点差事做,就在这时候给王熙凤送礼。他借了银子,买了一些冰片、麝香等香料来孝敬王熙凤。

凤姐正准备办端阳的节礼,要采买香料药饵,忽见贾芸如此一来,正合心意,收了礼物。以后她为贾芸安排了一个监种花木的差事。端阳节,贾府里的夫人姑娘们和要用麝香、冰片做香囊、荷包,有预防时疫、应对暑热、防止蚊虫叮咬、芳香开窍等作用,也可备做药用。同时,还要向宫里进贡。当年元春封为贵妃,贾府更是少不了要进贡香料,所以贾芸是好钢用到了刀刃上。

第二十八回,写贾元春赏赐端午节的礼物:有上等宫扇、红麝香珠、凤尾罗两端、芙蓉簟、香如意、玛瑙枕、扇子、数珠儿等。芙蓉簟是细竹编成的、上有芙蓉花图案的席子。端午节已到了夏天,所以扇子、席子都是度夏之物,还有念佛、避邪所用之物。

第三十一回,描写了端午节的民间习俗。如:"这日正是端阳佳节,蒲艾簪门,虎符系臂。午间,王夫人治了酒席,请薛家母女等赏午。""蒲艾簪门"和"虎符系臂"都是端午的习俗,与卫生保健有关。

端午节，为农历五月初五。因是仲夏登高顺阳的第一个午日，故又称"端阳节"。炎夏来临，民间认为农历五月为"恶月""毒月"，瘟疫流行，毒虫滋生，因此要采取各种方法避邪祛毒。贾家"蒲艾簪门"，就是将蒲艾插在门上。"蒲"是菖蒲，有香气，叶剑形，是防疫驱邪的灵草。艾全草可入药，有温经、去湿、散寒、止血、消炎等作用。艾叶可制艾条供艾灸用。蒲艾插在门上，可驱赶蚊蝇、虫蚁，含有驱邪、辟邪之意。"虎符"是古人避邪护身之物。人们用绫罗布帛等制成小虎形，缝缀儿童袖子上，认为可以避恶消灾。古时，人们误以为疾病都是由鬼邪作祟所至，于是，端午节这天，人们以菖蒲作宝剑，以艾作鞭子，以蒜头作锤子，被称为"三种法宝"，有的地区则把艾、菖蒲和蒜称为"端午三友"，认为可以用来退蛇、虫、病菌，斩除妖魔。

"赏午"也是端午之习俗，即端午节午间，须饮雄黄酒，吃桃、桑葚、樱桃、粽子等，欣赏石榴花等端午时光，无论富家贫家，互相宴请，这一切活动，统称"赏午"。王夫人"请薛家母女等赏午"，就是请客人参加端午饮宴。

粽子是端午的应节食品。民谚有"粽子香，香厨房。艾叶香，香满堂。桃枝插在大门上，出门一望麦儿黄。处处都端阳。"粽子品种多样，有甜有咸，有桂圆粽、枣粽、肉粽、水晶粽、莲蓉粽、蜜饯粽、板栗粽、火腿粽、咸蛋粽等，但都以糯米为主料，香味独特，还有纪念古代大诗人屈原的意义，因不易消化，不宜多吃。《红楼梦》没有多写粽子。在宝玉因晴雯摔折扇子而和袭人与她争吵哭闹时，黛玉来了，说"大节下怎么好好的哭起来？难道是为争粽子吃争恼了不成"，于是三人破涕为笑。可见黛玉有时也很幽默，借转移话题，破解了节日的纠纷。

端午节还有斗百草的游戏。《红楼梦》第六十二回：端午前一天，众姐妹们忙忙碌碌安席饮酒作诗。各屋的丫头也随主子取乐，香菱和小螺、芳官、蕊官、藕官等几个女子，各采了些花草，斗草取乐。这个说,我有观音柳;那个说我有罗汉松。豆官说,我有姐妹花,这下把大家难住了,香菱说,我有夫妻穗。豆官不服气,香菱争辩,豆官便笑着说:"薛蟠刚外出半年,你心里想他,把花儿草儿拉扯成夫妻穗了,真不害臊!"说得香菱满面通红,笑着跑过来拧豆官的嘴,于是两个人扭滚在地上,香菱的裙子被积水污湿了半截。这时,宝玉也来凑热闹,还帮助香菱换了裙子。据传,斗草有"武斗"和"文斗"之别。武斗,就是两人各持草茎的一端,然后用力去拉,谁先断谁就是输家;文斗,就是双方像吟诗答对那样互对草名,当一人报出草名,别人对不上时,就算赢了。香菱等的斗草属于文斗。

斗草之戏,普遍认为与中医药学的产生有关。远古先民艰苦求存,生活单调,暇余以斗虫、斗草、斗兽等为戏自娱,"神农尝百草"形成了中医药学。斗草习俗,据考证"始于汉武",此后每年端午节,群出郊外采药,收获之余,往往举行比赛,以对仗形式互报花名、草名,多者为赢。古书记载"五月五日,竞采杂药,可治百病。"端午前后草药茎叶成熟,药性好,采药正其时矣。

端阳节在南方有赛龙舟,北方有射箭和打马球等活动,不仅增添节日乐趣,也有利于身体健康。

端午节迄今已有2500余年历史,它由驱毒避邪衍生出多种活动,卫生保健是其中重要内容之一。通过端午节,提高对搞好卫生、预防疾病的认识,促进身心健康,这才符合这个节日的要义啊!